TROIS FEMMES, TROIS DESTINS

Nancy Thayer

TROIS FEMMES, TROIS DESTINS

traduit de l'américain
par Yann et Betty McNamara

Données de catalogage avant publication (Canada)

Thayer, Nancy, 1943-

Trois femmes, trois destins

(Super Sellers)
Traduction de : Family secrets

ISBN 2-89077-151-2

I. Titre.
PS3570.H3475F3614 1996   813'.54   C96-940059-4

Titre original de l'ouvrage : Family Secrets
Éditeur original : Viking Penguin, une division
de Penguin Books USA Inc.

ISBN 2-89077-151-2

Dépôt légal : 1er trimestre 1996

Illustration de couverture : Greg Harlin/
Wood Ronsaville Harlin, Inc.

Ce livre est dédié à ma sœur,
Martha Foshee,
et à mon beau-frère,
Chuck Foshee,
en reconnaissance pour leur courage
et leur grande générosité,
ainsi qu'à Phil Smith,
qui nous a donné foi et espoir.

Remerciements

Je tiens à remercier les personnes suivantes de l'aide qu'elles m'ont apportée dans la production de ce livre : ma mère, Jane Wright Patton ; les bijoutiers Sheila Bourgoin et Gary Trainor ; les membres de mon « service de renseignements », Josh Thayer, Sam Thayer et Bret Stephens ; et tout spécialement mon mari, Charley Walters.

1

Diane

Dans la claire lumière de son studio de Cambridge, Diane Randall, assise à son établi, dessinait le modèle d'une broche ouvragée que lui avait commandée un banquier pour l'offrir en cadeau de mariage à sa fiancée. Les fenêtres donnant sur la rue étaient ouvertes et laissaient monter jusqu'à elle les cris, les rires et les bruits de circulation qui flottaient dans l'air frais d'octobre, mais elle n'y prêtait aucune attention. Penchée avec une extrême concentration sur son bloc à dessins, elle songeait à l'amour – aux amours nouvelles et aux amours anciennes –, à l'amour conjugal et à l'amour familial. À l'amour sexuel. Ses pensées tournoyaient et zigzaguaient comme son dessin. Elle finit par lever la tête et la secouer, parce que ses yeux s'étaient remplis de larmes.

Howard Roerson épousait Patricia Wayne. Elle devait se concentrer là-dessus. Elle avait proposé de couler en or les initiales enjolivées des deux noms de famille, qui encadreraient un diamant d'un carat, taillé en émeraude, serti au centre de la broche : *R* et *W*. Diane se remit au travail en se mordant la langue, entrelaçant avec soin les boucles des élégantes lettres, s'efforçant de leur donner un style à la fois baroque et original. Le mariage était ainsi, rêvait-elle, une arabesque entraînant deux personnes dans la plus étroite intimité pour ensuite les laisser seules affronter le monde.

Elle enverrait le modèle de cire à Providence pour qu'il soit coulé ; on le lui retournerait et elle sertirait le diamant elle-même.

R et *W*. Si elle avait gardé son nom de jeune fille lorsqu'elle avait épousé Jim Randall, cette broche pourrait être la sienne. Mais elle avait voulu se débarrasser de son ennuyeux nom de famille, White, d'autant plus qu'elle avait désiré – oh ! avec quelle passion – être complètement à Jim. Elle l'avait alors aimé totalement, avec toute la force et l'espoir du premier amour, et lui l'avait aimée tout autant, avec ferveur. À cette époque.

Elle fut enfin prête à ciseler le modèle. Mais il se faisait tard, elle s'en rendait compte à l'angle que dessinait la lumière du soleil sur toute la largeur du plancher de l'atelier. Elle pouvait entendre Lisa, qui gérait ses affaires avec efficacité, s'agiter dans le bureau voisin et faire claquer les tiroirs des classeurs tandis qu'elle mettait tout en ordre avant de partir. Lisa était minutieuse jusqu'à la manie dans l'organisation de son bureau et de ses dossiers. Chaque fois qu'elle jetait un coup d'œil dans l'atelier de Diane, elle avait peine à retenir un frémissement d'horreur devant le rutilant désordre dans lequel sa patronne faisait fortune.

Lisa ouvrit la porte :

— Je m'en vais.

— Au revoir, Lisa. Amuse-toi bien ce soir.

— Ne traîne pas trop longtemps ici. Tu sais que tu ne travailles pas bien quand tu es fatiguée.

— Oui, « maman ».

Diane enleva ses lunettes et sourit. Elle s'était montrée impatiente avec Lisa récemment ; elle s'était sentie le plus souvent déprimée. Ce n'était certainement pas la faute de sa collaboratrice. Ce n'était la faute de personne. Une espèce de brouillard avait flotté au-dessus de sa bonne humeur habituelle, et un invisible virus la vidait de son énergie. Le contraire de la fièvre du printemps : le frisson de l'automne.

Lisa se retira. Quelques secondes après, Diane entendit claquer la porte de sortie. Elle ôta ses lunettes et les posa sur l'établi, ferma les yeux et se frotta l'arête du nez. Fatigue oculaire. Elle et Jim passaient tellement de temps à fixer les yeux sur de petites choses qu'il ne fallait pas s'étonner de ce qu'ils aient de la difficulté à se voir clairement.

Elle se leva et s'étira voluptueusement en regardant autour d'elle. La beauté primitive et le dernier cri de la technologie se rencontraient dans cet atelier; colliers et breloques brillaient à côté de petites merveilles mécaniques de chrome et d'acier. Diane avait passé l'après-midi à travailler à l'un de ses trois établis, un établi de bijoutier en chêne. Un câble partait d'un moteur suspendu à un crochet fixé à l'établi et rejoignait la poignée qui s'ajustait à une série d'instruments de précision. Toute une collection d'outils se trouvait à côté : spatules, stylets, aiguilles, queues-de-rat ct pincettes évoquaient les outils d'un arracheur de dents du Moyen Âge. Un évier à deux cuves était accroché au mur, derrière; sur le comptoir qui le prolongeait, on pouvait voir un bain d'acide dans un bac de terre, des chalumeaux au gaz propane et à l'acétylène, des lunettes protectrices et un masque de soudeur, des disques de polissage, une balance électronique.

Elle avait du succès avec ses pièces artistiques et les bijoux de commande, mais c'étaient ses collections de mode qu'elle aimait le mieux. Jouer avec ses babioles ne l'aidait pas seulement à trouver de nouvelles idées pour sa production, mais représentait pour elle une forme de méditation et une source de consolation. Dans des plateaux de plastique empilés sur une table et sur le plancher brillaient ses colifichets : cristaux tchèques, clochettes de laiton, amulettes et symboles du zodiaque en métal, croix de cuivre et d'argent, colliers africains. Ses chères pierres semi-précieuses – l'ambre, la turquoise, l'agate, le grenat, l'opale, l'améthyste – aussi bien que ses feuilles d'argent et quelques bijoux précieux étaient soigneusement gardés dans le coffre-fort massif qui remplissait le coin le plus discret de l'atelier. Chaque fois qu'elle déverrouillait la porte de son royaume et qu'elle voyait tout ce trésor qui attendait d'être transformé par la magie de son art, elle se sentait comme une sorcière retournant à ses sortilèges.

11

Si ces pierres étincelantes et ces métaux brillants pouvaient réellement opérer des merveilles ! Si seulement elle pouvait façonner le destin de ceux qu'elle aimait et s'attendre à des résultats aussi sûrs que ceux qu'elle obtenait dans son travail !

Sa vie était un vrai fouillis. Au cours des derniers mois, son père était mort ; sa mère avait alors vendu la maison familiale, puis était partie voyager en Europe ; sa fille était désespérément tombée amoureuse et cela avait quelque chose d'inquiétant ; son propre corps semblait la lâcher et se flétrir alors qu'elle entrait inexorablement dans l'âge moyen. Son affaire était toujours aussi prospère, mais cela lui apparaissait soudain comme l'aspect le moins important de sa vie compliquée.

Ce n'était pas la complication qui l'ennuyait. Elle avait toujours aimé les situations embrouillées, et la difficulté ne l'avait jamais découragée. Femme de talent, artiste particulièrement douée, personne déterminée, elle avait voulu que sa vie soit aussi riche et aussi diversifiée que son travail de joaillerie, remplie par l'amour, le plaisir sexuel, les enfants, un profond bonheur conjugal, les défis et les triomphes professionnels, les amis, les livres, la musique, la bonne chère et le bon vin.

Et elle avait effectivement joui de tout cela pendant des années et des années, succès professionnel et vie de famille heureuse. Peut-être espérait-elle trop. Ou peut-être faisait-elle l'expérience de ce que les magazines appelaient le « syndrome du nid vide ». Chase, qui en était à sa deuxième année de collège, avait maintenant vingt ans ; Julia, qui sortirait de l'école secondaire à la fin de l'année scolaire, en avait dix-huit. Jim disait en plaisantant que la famille était maintenant atteinte du « syndrome du porte-monnaie vide », avec tous les frais de scolarité à payer. Diane savait que ce n'étaient pas les soucis d'argent qui étaient la cause de sa froideur et de son air préoccupé. À eux deux, Jim et Diane avaient pu facilement payer les frais exigés par les pensionnats où leurs deux enfants étudiaient depuis qu'ils avaient atteint leur neuvième année de scolarité.

Non, ce n'était pas l'argent qui était au cœur de ses préoccupations à cet instant. Jusqu'à présent, elle avait été en mesure de garder au moins l'illusion que, si elle travaillait assez fort, si elle faisait tout ce qu'il convenait de faire, elle pourrait assurer la sécurité et le bonheur de ses enfants.

Maintenant ce sentiment de sécurité s'était évaporé. Son fils et sa fille changeaient. Pas encore tout à fait adultes, ils ne semblaient plus se considérer comme des enfants, mais comme des êtres supérieurs surgis du néant. Chase et Julia étaient le centre de sa vie, tandis qu'elle n'était pour eux qu'une planète mineure qui leur envoyait d'ennuyeux signaux des limites extrêmes de leur univers. C'est ainsi que doivent être les choses, se disait-elle. Pourtant, elle trouvait difficile d'admettre que ce qui était important pour elle inquiétait fort peu ses enfants. Elle ne pouvait plus infléchir leur destin, alors qu'elle avait consacré sa vie à leur santé et à leur bonheur. Elle pouvait fort bien tout ignorer de ce qu'ils cachaient au fond de leur cœur.

Chase, plus spécialement, traitait Jim et Diane avec un affectueux mélange d'indifférence et de circonspection, comme si ses parents étaient devenus gâteux avec les années et qu'on ne pouvait plus guère leur faire confiance. Il était devenu arrogant et même hautain. Deux mois auparavant, pour célébrer ce qu'elle considérait comme un déblocage spectaculaire dans la politique mondiale, Diane s'était commandé une montre chez Bloomingdale. Une montre russe. Quand la montre arriva par la poste, Diane la posa dans le creux de sa main et la regarda avec respect. Elle caressa ensuite le bracelet noir au cuir soyeux, tout en examinant le cadran à aiguilles encerclé d'acier inoxydable. Les chiffres arabes trois, six et neuf étaient noirs, tandis qu'une étoile rouge remplaçait le douze. Elle attacha à son poignet ce symbole concret des pas timides mais véritables que l'homme avait faits en direction de la paix mondiale. Née au début des années quarante, arrivée à l'âge adulte à la fin de la décennie suivante, elle avait appris durant son enfance à craindre les Russes. Maintenant elle exultait à la pensée du progrès que le monde lui semblait avoir fait. Elle voulait partager ce sentiment avec ses enfants.

Elle trouva son fils avec son ami Sam dans le séjour. Ils étaient penchés sur l'ordinateur, leurs jambes musclées enserrant les pattes de leur chaise respective. Tous deux en bonne santé, favorisés par le sort, beaux garçons, ils riaient, laissant voir leurs belles dents blanches bien alignées. De les voir ainsi la remplit de joie.

— Regardez, dit-elle avec enthousiasme, en tendant son poignet. Ma nouvelle montre est arrivée !

Chase regarda, puis fit un grand sourire :

— Elle a de la classe. On devine la haute technologie. Très bien, maman. Tu as acheté une montre avec des aiguilles.

Diane sentit une certaine critique dans la dernière remarque de Chase.

— Je préfère un cadran à aiguilles, protesta-t-elle.

— Mais oui, maman, je peux comprendre ça. Les montres à affichage digital nous jouent de vilains tours.

Pour Diane cela était vrai. De plus, elle trouvait bien laids les nouveaux cadrans de forme rectangulaire avec les chiffres clignotants qui faisaient penser à des équations algébriques ou à des signaux d'alarme. Elle aimait voir les heures divisées en pointes à la façon des tartes ; elle aimait consulter un cadran circulaire pour évaluer la part de temps qu'il lui restait.

— Jolie montre, fit remarquer Sam d'un ton poli. Qu'est-ce que ces lettres signifient ?

— Je ne sais pas, avoua Diane.

Elle tendit son poignet et les deux jeunes hommes étudièrent le cadran.

Les lettres *B P E M* et un *R* à l'envers étaient imprimés sous l'étoile rouge.

— Je peux lire le russe quelque peu, déclara Chase. Ah ! oui, ce qui est écrit, c'est « Made in Chernobyl ».

Sam ricana.

Diane ramena sa main :

— Il n'y a pas de quoi rire. Tu ne comprends pas, Chase. Je faisais des cauchemars au sujet de la Russie, et maintenant...

Mais elle pouvait voir leurs yeux regarder dans le vide et leur visage prendre un air où on pouvait lire l'impatience aussi bien que la tolérance.

— Oh ! laissez tomber.

Elle quitta la pièce en se rappelant que ces jeunes gens avaient grandi dans un monde tout à fait différent du sien.

Elle craignait que l'arrogance dont il faisait occasionnellement preuve ne cause un jour des ennuis à Chase. Elle ne pourrait pas alors le protéger, pas plus qu'elle ne pouvait espérer le changer à l'âge qu'il avait maintenant. D'une façon générale, Chase était un jeune homme de bon caractère, bien portant, gentil et assez raisonnable. Elle lui était plutôt reconnaissante du naturel heureux et satisfait qu'il affichait. Quand ses enfants souffraient ou qu'ils étaient tristes, elle était au supplice : il ne pouvait en être autrement avec son instinct maternel exacerbé.

Elle se faisait terriblement du souci au sujet de sa fille.

Julia, comme sa mère, était grande, bien charpentée et svelte, avec des cheveux bruns et des yeux bleus. Contrairement à Diane, Julia ne portait jamais de bijoux d'aucune sorte. Elle ne s'était jamais fait percer les oreilles. Elle dépensait son allocation mensuelle dans l'achat de sous-vêtements d'un luxe inouï – camisoles à liséré de satin, soutiens-gorge de dentelle et de soie – et cachait cette lingerie fine sous des blouses et des jeans déchirés achetés dans des boutiques de vieilles fringues. Julia terminait ses classes secondaires à Gressex, un pensionnat de Lincoln, non loin de chez eux. Diane avait mis son fils et sa fille en pension lorsqu'ils avaient atteint l'âge de quatorze ans, en raison notamment des nombreux voyages qu'elle devait faire : en Orient pour acheter des pierres précieuses, à travers les États-Unis et l'Europe pour assister à des congrès de bijouterie. Mais elle avait surtout pensé à leur bien. Elle désirait qu'ils soient indépendants et voulait que Julia sache qu'une femme peut avoir des enfants et mener de front une carrière florissante.

Julia avait été heureuse à Gressex pendant trois ans. Elle était populaire, elle réussissait en classe ; une fille en or, vraiment.

Mais soudain, cette année, deux mois à peine après le début de son premier semestre, sa personnalité semblait avoir changé de façon radicale. Durant les week-ends où Diane l'avait amenée avec elle faire des courses et déjeuner en ville, Julia s'était montrée d'humeur maussade et ombrageuse, alors que c'était auparavant une fête pour toutes deux.

Et puis, il y avait juste une semaine, la conseillère pédagogique de Julia avait convoqué Jim et Diane pour les informer que les notes de Julia baissaient et que, pire encore, elle séchait des cours. Ce soir-là Diane se rendit en voiture à Lincoln, traversa à pied le campus obscur de Gressex, entra dans le pavillon des étudiantes, grimpa l'escalier et frappa à la porte de Julia :

— Qui est là ? demanda Julia d'une voix mauvaise.

— Ta mère. Est-ce que je peux entrer ?

Diane ouvrit sans attendre la réponse et jeta un coup d'œil dans la chambre. Julia était étendue sur son lit.

— Ah, non ! s'exclama celle-ci en se retournant contre le mur.

Diane entra et referma soigneusement la porte derrière elle. Elle traversa la chambre exiguë, s'assit sur le lit et posa légèrement sa main sur son épaule :

— Julia, chérie, nous avons à parler.

Sa fille ne répondit rien.

— Ta conseillère a appelé. Elle dit que tu sèches des cours depuis quelque temps.

Julia se taisait toujours et restait tout bonnement là, son dos rigide traduisant avec éloquence sa rancune et sa détresse. Anxieuse, Diane commanda d'un ton sec :

— Arrête, Julia. Arrête de te comporter de cette façon. Tourne-toi. Regarde-moi. Dis-moi ce qui se passe.

Julia roula sur son dos et regarda sa mère :

— Je déteste les cours.

— Rien d'autre ?

Julia fit non de la tête.

Diane resta assise sans bouger puis finit par demander :

— Est-ce que tu prends de la drogue ?

— Oh ! je t'en prie !

Julia avait parlé avec exaspération en même temps qu'elle se retournait pour s'asseoir sur son lit.

— Eh bien, alors, de quoi s'agit-il ? Es-tu malade ? Es-tu malheureuse ici ?

Le ton de voix de Diane montait sous l'effet de la frustration. Julia examinait ses mains.

— Julia, supplia Diane en prenant les mains de sa fille dans les siennes. Je suis tellement inquiète !

Sa voix s'était radoucie. Elle sentit alors une larme tomber sur le revers de sa main droite. Levant les yeux vers le visage de Julia, elle vit que celle-ci pleurait.

— Qu'est-ce qu'il y a ? chuchota-t-elle, le cœur en proie à la torture. Dis-le-moi, je t'en prie. Quoi ?

— Oh ! maman, gémit Julia en se laissant tomber dans les bras de sa mère. Oh ! maman, je suis amoureuse !

Eh bien oui, elle aurait dû le savoir ! Au cours des ans, elle avait essayé d'apprendre à sa fille à être indépendante, autonome, capable de changer un fusible ou même un pneu. Elle voulait qu'elle soit prête à embrasser n'importe quelle carrière à laquelle un homme pouvait rêver. Elle avait essayé d'enseigner à sa fille que le monde lui appartenait si elle voulait bien le prendre. Mais elle ne pouvait la protéger contre les ravages de l'amour.

— Chérie, qui est-ce ?

— Sam.

Sam ! Diane n'aurait pas pu être davantage surprise. Sam était l'un des meilleurs amis de Chase, le plus ancien de ses copains du voisinage. Fils adoptif d'un avocat et d'une avocate, il était gai, intelligent, gentil. C'était un beau garçon à l'apparence un brin exotique. Toutes les filles tombaient amoureuses de lui. Au mois d'août précédent, Diane et Jim avaient loué une maison pour un mois à Martha's Vineyard Island, et les amis de leurs enfants avaient envahi l'endroit. Sam s'y était trouvé, mais elle n'avait rien remarqué de particulier entre Julia et lui.

— Et quels sont les sentiments de Sam ?

— Il dit qu'il m'aime.

— Vraiment ?

Julia se dégagea, insultée.

— Pourquoi parais-tu si surprise ? Est-ce qu'il est à ce point impossible que quelqu'un soit amoureux de moi ?

— Ne sois pas si susceptible ! Certainement pas. Tout ça est si soudain. Je parle d'*amour,* Julia. Je ne savais même pas que vous vous fréquentiez.

— Nous avons commencé à sortir ensemble en août. Il fait la distance en voiture du Wesleyan College jusqu'ici chaque week-end, quand il n'est pas surchargé de travaux scolaires. Quand il ne vient pas... eh bien, j'ai toujours peur qu'il voie quelqu'un d'autre.

Des larmes coulaient sur ses joues.

— Oh ! ma louloute !

— Maman, je l'aime tellement ! Je ne veux pas vivre sans lui !

— Oh ! ma petite chérie !

Diane serra sa fille contre elle et lui caressa les cheveux.

— Maman, je veux épouser Sam.

— Certainement que tu le veux.

— Je veux dire que je le veux vraiment. Maintenant. Je n'ai pas l'intention d'aller au collège. Je veux épouser Sam et vivre avec lui.

Diane était choquée et, pendant un instant, elle se sentit envahie par la colère.

— Chérie, tu es trop jeune pour te marier. Tu as toute la vie devant toi. Tu peux faire tout ce que tu veux, devenir tout ce que tu veux.

— Je veux seulement être avec Sam.

Julia fondit en pleurs. Son dos gracile était secoué par les sanglots.

— Oh ! Julia, je sais, je sais.

— Non, tu ne sais pas ! cria Julia. Tu ne comprends rien du tout !

Diane berçait Julia dans ses bras, espérant la calmer.

— Je sais comment tu te sens, mon chou. Vraiment, je le sais. Je me rappelle quand je suis tombée amoureuse de ton père. C'était renversant, comme d'être frappée par la foudre. C'était si... intense. J'avais un peu peur. Mais, ma chérie, nous survivons toutes.

— Je ne veux pas juste survivre, coupa Julia avec impatience. Je veux être avec Sam.

Diane resta avec Julia jusqu'à ce qu'elle se calme. Puis elle se rendit à une épicerie voisine pour acheter des pommes, du raisin, des noix écalées et, pour consoler sa fille, les tablettes de chocolat et les biscuits Graham qu'elle aimait tant lorsqu'elle était enfant. Quand elle revint à la chambre de Julia, celle-ci travaillait paisiblement, un livre de mathématiques ouvert devant elle sur sa table.

Julia avait poliment remercié sa mère, dont le cœur souffrait de ne pouvoir lui offrir plus que de la nourriture.

« Eh bien, pensait Diane maintenant, qui peut bien posséder un remède contre le mal d'amour ? » Elle traversa son atelier et se pencha sur l'appui de la fenêtre pour regarder dans la rue. Elle respira l'air frais et laissa errer ses yeux vers le lointain.

Elle se rappela avoir eu les mêmes sentiments à l'endroit de Jim. Le souvenir ne lui était pas tout à fait agréable. Trop de désespoir s'y rattachait, ainsi qu'un désir, plus fort qu'elle-même, qui avait quelque chose d'irrationnel. Vraiment, l'amour précoce était une forme de folie. Il fallait seulement espérer qu'avec de la chance il finisse par se tempérer.

Et alors ?

Et alors, après vingt-sept ans de mariage, qu'était-il advenu de son bel amour ? L'incendie qui embrasait le cœur de Julia jetait une vive lumière sur le propre cœur de Diane. Elle aimait encore Jim. Mais le désirait-elle encore ?

Quand elle et Jim s'étaient rencontrés, cela avait été un coup de foudre. Pour tous les deux. On ne pouvait pas dire qu'ils étaient tombés amoureux mais qu'ils s'étaient rejoints dans l'amour, par un phénomène bouleversant de reconnaissance réciproque, comme s'ils avaient ensemble franchi une porte qui leur donnait accès à la réalisation de leurs rêves. Elle n'avait jamais douté que Jim l'aimât ou qu'elle l'aimât elle-même. Son seul souci avait été de savoir comment cet amour affecterait sa vie, parce qu'elle caressait déjà des projets bien définis. Elle voulait vivre une vie de bohème, séjourner à Paris et à Amsterdam, voyager en Orient, afin d'engranger des idées qui pourraient inspirer son art. Elle avait rêvé d'avoir plusieurs amants, d'être célèbre pour les cœurs brisés qu'elle aurait laissés derrière elle dans chacun des pays où elle serait passée. Elle avait l'intention d'être aussi différente de sa mère qu'il lui était possible de le devenir.

Oh! sa pauvre mère! Diane, penchée sur l'appui de la fenêtre, lui envoya un silencieux message de gratitude et d'excuse, qui s'envola dans les airs. Maintenant que Chase et Julia arrivaient à l'âge adulte, elle commençait à comprendre tout ce que ses parents avaient fait pour elle, tout ce à quoi elle s'était soustraite. Son père avait servi comme officier dans la marine au cours de la Deuxième Guerre mondiale, avant de se joindre à un important bureau d'avocats de Washington, auquel il était resté lié jusqu'à sa retraite. Il avait procuré à sa femme et à ses quatre enfants une vie confortable, luxueuse même. Diane avait regimbé contre les attentes et les exigences de ses parents. Intellectuellement brillante, esthétiquement douée, elle méprisait l'étude et vivait dans un monde de rêve. Au cours de ses années d'adolescence, la décision mûrit chez elle d'embrasser une carrière artistique.

Comme sa mère, elle alla à Boston pour ses années de collège, mais pas à Radcliffe. Elle s'inscrivit plutôt à l'école du Musée des beaux-arts. Elle nourrissait de grands espoirs. Mais elle était portée à fignoler les détails et à miniaturiser. On jugeait que son travail était de nature « décorative », ce qui était une épithète péjorative chez les peintres. Au cours de sa deuxième année, il devint clair qu'elle n'était pas destinée à devenir une artiste. Cependant elle menait ce qu'elle croyait être la vie d'artiste, et c'était ce qu'elle avait vraiment désiré. Elle et deux compagnes de chambre partageaient un loft rue Brookline, à Cambridge. Promenant avec elles une odeur d'essence de térébenthine, les mains tachées de peinture à l'huile, elles fréquentaient les vernissages, allaient voir les films étrangers, assistaient à des séances de lecture de poésie. Elles dansaient, faisaient la fête et s'engageaient, avec de jeunes artistes excentriques, dans ce que leur orgueil juvénile les faisait considérer comme des liaisons romanesques. Diane adorait cette vie. Un professeur lui suggéra de s'inscrire à un programme de joaillerie. Elle suivit son conseil et se rendit compte tout de suite que sa destinée était là. Pendant la quatrième année de son séjour à Boston, elle alla travailler chez un bijoutier. En 1966, elle commença à enfiler des perles chez elle pour fabriquer de faux colliers indiens ou bohémiens, agrémentés de breloques, qu'elle allait offrir à des commerçants de Boston. Ceux-ci s'empressaient de prendre tout ce qu'elle leur apportait et le revendaient en un rien de temps. À l'âge de vingt-quatre ans, elle avait déjà engagé une de ses amies pour lui servir de comptable et de représentante de commerce.

Elle gardait de cette période le souvenir d'une époque merveilleuse. Elle, Karen et Laurie dormaient sur des matelas recouverts de dessus-de-lit indiens en batik. Elles portaient des pull-overs à col roulé et des jupes de mousseline tourbillonnantes. Elles restaient debout toute la nuit à fumer des Camels, à boire du vin rouge et à discuter du sens de la vie.

Un soir d'été, quelqu'un de l'avenue Putnam organisa une soirée. Pour l'occasion, le cavalier de Diane était un garçon dont elle venait tout juste de faire la connaissance : Roger, un jeune artiste beau garçon, désordonné, passablement perdu, dont l'idole était Van Gogh. Ils commencèrent par boire de la bière, en discutant politique, dans la cuisine. Puis ils dansèrent langoureusement, dans le living-room, au son d'un pick-up. C'était une nuit chaude et humide. Roger abandonna la bière au profit de boissons plus corsées, whisky, vodka ou les deux. Cela ne semblait guère avoir d'importance. À mesure que la nuit avançait, Roger devenait détestable, vulgaire et, pour finir, brutalement entreprenant. Diane s'écarta de lui, ou du moins essaya, mais les remous autour d'eux les rapprochèrent. Juste au moment où elle craignait qu'il ne se produise quelque scène désagréable, Roger tangua vers elle, venant tout près de tomber, les yeux exorbités. Écartant ceux qui se trouvaient dans son chemin, il chancela à travers la pièce et franchit la porte ouverte qui donnait sur le couloir.

Peut-être avait-il décidé de retourner chez lui, ou d'uriner dans le couloir. Diane n'en avait cure, bien qu'elle se sentît vaguement responsable. Se frayant un chemin à travers la masse des danseurs, elle suivit Roger. Elle le trouva à côté de l'escalier, en train de vomir par-dessus la rampe, tandis qu'un jeune homme grand et mince le tenait par les épaules pour l'empêcher de tomber.

— Il faut que je m'allonge, gémit Roger, en se couchant sans plus de façon sur le plancher.

Diane jeta un coup d'œil sur son cavalier, puis regarda tout droit dans les beaux yeux bruns du jeune homme qui se tenait devant elle. Pendant un instant elle se sentit le souffle coupé.

— Te sens-tu bien ? lui demanda l'inconnu.

Il portait un pantalon chinois et un tee-shirt blanc. Il avait les bras longs et minces avec de beaux muscles de nageur.

— Oui, je crois bien. Je me sens un peu faible. Il fait si chaud, et mon cavalier ne se montrait guère galant depuis un moment...

— Aimerais-tu entrer pour t'asseoir une minute... prendre un verre d'eau ? Mon appartement est juste ici, de l'autre côté du couloir.

— Oh ! fort bien. Je te remercie.

— Je m'appelle Jim Randall, se présenta-t-il en lui tendant la main.

— Diane White, merci encore.

Elle mit sa main dans la sienne. Elle plongea son regard encore une fois dans ses yeux sombres et y perçut beaucoup d'intelligence et de gentillesse. Le visage aux traits fins du jeune homme avait de la classe, quelque chose de noble même, mais un sourire étonnamment juvénile et aimable en adoucissait l'aspect. Ils restèrent là, main dans la main, à se regarder seulement l'un l'autre. Elle se sentit rougir sous l'impulsion du désir :

— Il fait si chaud, répéta-t-elle encore, embarrassée.

— Je suis Carolyn Whitney.

C'était une fille aux cheveux roux, debout dans l'embrasure de la porte de Jim, qui venait de parler. Elle n'avait pas du tout l'air amusée de ce qui était en train de se passer.

— Oh ! je ne veux pas m'imposer, bafouilla Diane.

— Ça va très bien, nous revenions du cinéma, la rassura Jim.

Passant devant la jeune fille qui la toisait du regard, Diane entra dans l'appartement de Jim et se laissa tomber sur un canapé. Immédiatement, elle sentit que c'était le siège le plus moelleux dans lequel elle avait pu s'asseoir depuis longtemps. Regardant autour d'elle, elle découvrit un bureau, une chaise, une table à café, un fauteuil, une lampe sur pied, des journaux et des livres ici et là : l'appartement d'un homme sérieux, soigneux et organisé.

Carolyn s'installa à côté de Diane :

— Ils organisent des soirées extraordinaires dans l'appartement d'en face... Jim et moi nous y sommes terriblement amusés parfois.

Pan ! Carolyn affirmait ses droits. Mais, quand Jim tendit un verre d'eau fraîche à Diane, ses doigts s'attardèrent sur ceux de la visiteuse pendant quelques secondes significatives. Elle avala une gorgée :

— C'est la première fois que j'y vais. C'est la première fois que je sors avec Roger aussi. J'imagine que cette chaleur nous affecte davantage quand on boit.

Elle voulait désespérément établir le contact avec Jim.

— J'habite rue Brookline, au-dessus de Barr's Delicatessen. Il fait toujours chaud chez moi, je devrais être habituée à la chaleur.

Voilà. Maintenant il savait où la retrouver s'il lui en prenait l'envie. Chaque fois qu'elle regardait Jim, elle sentait le désir la tourmenter. Il en était certainement de même pour lui. Si seulement Carolyn n'était pas là...

Ce fut tout de même Diane qui finit par s'en aller. Quand elle arriva au fond de son verre d'eau, elle n'eut pas d'autre choix que de dire :

— C'était formidable. Merci beaucoup !

Elle se leva et traversa la grande pièce lumineuse.

— Est-ce que tu vas pouvoir retourner chez toi sans difficulté ? demanda Jim.

Avant que Diane ne puisse répondre, Carolyn intervint d'une voix ferme :

— Je suis sûre qu'elle va pouvoir. Elle doit avoir des amis qui peuvent l'aider.

Diane aurait voulu dire non, qu'elle n'avait pas d'amis, qu'elle était seule au monde. Mais elle sourit plutôt à Jim et passa dans le couloir.

Roger dormait sur le plancher. Il avait un air terrible, et son odeur était pire encore. La porte de l'appartement où avait lieu la fête était ouverte ; la musique et les rires retentissaient à l'intérieur. Sans éprouver aucun remords, elle laissa Roger couché là et retourna toute seule chez elle. Elle put à peine dormir. Elle attendait.

Elle savait que Jim viendrait.

Et elle ne se trompait pas.

Le dimanche matin, elle s'éveilla avant huit heures. Elle avait chaud et se sentait agitée après cette nuit mouvementée. Elle prit une douche rapide et enfila une ample robe de plage en coton mince aux rayures lavande, violettes et mauves qui faisaient ressortir le bleu de ses yeux. La chaleur et sa propre excitation faisaient monter à ses joues une rougeur qui lui seyait. Elle attacha ses longs cheveux bruns sur sa nuque avec une barrette, puis changea d'idée et les laissa pendre librement. L'humidité les fit aussitôt onduler, et les boucles flottaient autour de sa tête. Elle ajouta une paire de pendants d'oreilles qu'elle avait fabriqués elle-même, une longue enfilade de perles bleues et de délicates clochettes d'argent qui tintaient lorsqu'elle secouait la tête pour dégager son cou de la chaude crinière qui l'enveloppait. Elle s'examina dans le miroir de la salle de bains et adressa un sourire d'approbation à son image.

L'instant d'après, toutefois, elle remarqua que la chambre qu'elle partageait avec ses amies encore endormies était dans un total désordre. Des vêtements, des livres, des papiers, des bigoudis, des bâtons de rouge et des assiettes étaient éparpillés à travers la pièce. Ses propres draps, tout froissés, réussissaient mal à couvrir le vieux matelas Goodwill posé sur le plancher. Elle ne voulait pas que Jim voie le fouillis dans lequel elle vivait, pas ce jour-là.

Elle quitta la chambre en fermant énergiquement la porte derrière elle et alla s'asseoir dans l'escalier de bois poussiéreux qui descendait jusqu'à la porte donnant sur la rue. Il faisait chaud dans cet espace fermé dépourvu de fenêtres. Elle éteignit la lumière, s'appuya contre le mur, ferma les yeux et se mit à rêver de l'homme qu'elle avait rencontré au cours de la nuit.

À dix heures, exactement, elle entendit la porte gémir au pied de l'escalier et les marches craquer sous un pas assuré. Elle aperçut bientôt Jim qui s'engageait dans la deuxième volée.

— Eh bien, bonjour ! s'exclama-t-il en s'arrêtant près du sommet.

Diane fit pivoter ses jambes dans sa direction et lui adressa un large sourire :

— Salut ! J'espérais que tu viennes et j'ai pensé t'attendre ici. Mes compagnes dorment encore.

— Ah bon ! Eh bien, aimerais-tu prendre un café ?

— Certainement.

Elle se leva en secouant sa jupe. Debout sur la marche juste au-dessus de celle où il se tenait, elle avait les yeux au niveau des siens. Il était très grand. Son visage lui plut beaucoup, encore plus qu'au cours de la nuit précédente. Il portait un short kaki et un tee-shirt d'un blanc immaculé. La sueur perlait à son front, mais il sentait le savon et son sourire découvrait des dents parfaitement blanches.

Durant quelques longues secondes, ils restèrent immobiles à se regarder l'un l'autre. Une rougeur monta lentement du cou de Jim jusqu'à sa mâchoire fraîchement rasée. En contrepartie, la chaleur se répandit dans le corps de Diane. Elle lécha sa lèvre inférieure, puis la serra entre ses dents pour maîtriser l'émoi qu'elle ressentait dans sa chair. Leur attirance sexuelle réciproque était intense, mais elle voulait davantage.

Jim respira violemment comme s'il frissonnait et recula, manquant de perdre l'équilibre :

— Eh bien, nous partons ?

Diane était si envoûtée que, lorsqu'il posa sa main sur son dos, elle ne comprit pas tout de suite pour quelle raison. Elle se rendit enfin compte qu'il voulait tout bonnement la faire passer devant lui dans l'escalier. Un geste galant, sans plus.

Ils marchèrent jusqu'à un petit restaurant du voisinage et s'installèrent devant une tasse de café et des crêpes.

Jim terminait son doctorat en génétique moléculaire à Harvard. Sa voix devint plus grave lorsqu'il confia à Diane qu'il voulait se spécialiser dans la recherche, particulièrement en ce qui touchait le cancer du sein. C'est le mal qui lui avait ravi sa mère alors qu'il n'avait que dix ans. En racontant cela, il gardait les yeux rivés sur la table. Son père avait été tué en Allemagne au cours de la Deuxième Guerre mondiale. Il avait été élevé par ses grands-parents à Boston. Quand son grand-père était mort, une tante bibliothécaire était venue vivre avec sa grand-mère et lui. Diane décrivit sa famille, son excellente famille, authentiquement américaine, où la sécurité était garantie en même temps que l'ennui. Elle le fit avec tout le charme et l'esprit dont elle était capable. Elle lui parla de l'école des beaux-arts et de son entreprise de joaillerie qui ne cessait de prospérer. Ils continuèrent à parler jusqu'à ce qu'ils aient vidé leur quatrième tasse de café. La foule des clients arrivait alors pour le lunch.

Ils marchèrent jusqu'à Harvard Square pour acheter les journaux dominicaux et prirent la direction des bords de la rivière Charles, où ils s'installèrent sur le gazon à l'ombre d'un chêne monumental. La chaleur de cet après-midi d'été collait à leur peau. Lorsqu'une brise délicate se leva et fit valser les feuilles au-dessus de leur tête, le fin duvet qui recouvrait les bras de Diane se hérissa. Les bateaux à voile glissaient sur l'eau, qui miroitait sous la lumière d'un soleil éclatant. Des enfants couraient non loin en laissant fuser leurs cris et leurs rires aigus. De vieilles gens passaient devant eux en parlant à leur chien.

Ils étaient tous deux assis en tailleur, légèrement tournés l'un vers l'autre, les journaux ouverts devant eux sur le gazon. Leurs genoux et leurs coudes se touchaient presque.

— J'ai de la difficulté à me concentrer sur les nouvelles, avoua Jim en souriant.

— Moi aussi. Je crois avoir lu ce paragraphe à peu près huit fois.

Ils sourirent, enchantés du charme qu'ils exerçaient l'un sur l'autre. Ils se regardèrent dans les yeux. Ceux de Jim étaient merveilleusement grands et lumineux ; ses ardentes pupilles noires la fascinaient.

Jim se pencha et l'embrassa. Sa bouche était aussi fraîche que l'air après une pluie printanière. Quand il mit sa main sur la joue de Diane pour presser plus étroitement ses lèvres sur les siennes, il fit bouger le pendant d'oreille, dont les clochettes d'argent émirent un son troublant. Elle posa sa main sur sa poitrine solide et chaude. Sous le coton moelleux de son tee-shirt, le cœur de Jim battait avec force.

S'appuyant avec un bras sur l'herbe, il l'attira à lui et la fit délicatement basculer par terre. Il pressa son long corps contre le sien et baisa sa bouche, ses joues, ses cils, son front, ses cheveux. Tout était suavité pour elle en cet instant : la jeunesse, l'été, le ciel, l'herbe verte qui chatouillait la peau nue de sa jambe, la brise furtive qui soulevait sa jupe légère. Les longs baisers de Jim devenaient plus passionnés ; la tension montait entre lui et elle ; elle tremblait et se sentait soulagée d'être bien ancrée sur le sol.

— Regarde, maman ! cria une voix d'enfant. Ces gens-là s'embrassent.

Jim se détacha de Diane. Il s'assit, décontenancé, la rougeur au visage, ses cheveux noirs tombant sur son front :

— J'avais oublié que nous n'étions pas seuls.

Diane s'assit à son tour et replaça ses cheveux. Elle dit, alors que les lèvres lui démangeaient :

— J'aimerais bien que nous le soyons.

Elle sentit que Jim examinait son visage et attendit qu'il la touche encore. Il se remit plutôt debout :

— Voyons ce qu'il y a au cinéma, suggéra-t-il.

— D'accord, accepta-t-elle, alors que la déception s'emparait d'elle.

Jim tendit la main pour l'aider à se lever :

— Je veux vraiment...

Sa voix se cassa. Il reprit :

— Je voudrais vraiment faire ça comme il se doit.

Elle comprenait. Pourtant, elle brûla d'impatience pendant tout le reste de la journée, d'abord au cinéma où, assis côte à côte et soudés l'un à l'autre, ils regardaient *Un lion en hiver* ; puis pendant qu'ils bouquinaient au Paperback Booksmith en discutant de leurs auteurs favoris. Ils allèrent dîner au Wursthaus ; leurs cuisses se cherchaient pendant qu'ils mangeaient. À la tombée du jour, Diane se mit à espérer qu'il la ramènerait à son appartement de célibataire. Elle lui avait clairement donné à entendre qu'ils ne pouvaient compter se retrouver seuls chez elle. Cependant, après le repas, il la raccompagna jusqu'à la rue Brookline. Devant la porte il s'excusa :

— C'est la première fois que nous sortons ensemble.

Elle le connaissait alors déjà assez pour savoir qu'il voulait se conformer à la ligne de conduite personnelle qu'il s'était imposée. Tandis qu'une partie d'elle-même, la dangereuse rebelle, aurait aimé le tourmenter, juste assez pour l'entraîner dans des ébats passionnés, la partie la plus sage lui conseilla de le laisser agir comme il l'entendait, puisqu'il tenait à « faire ça comme il se doit ».

Le lendemain soir, ils dînèrent au Pewter Pot. En sortant, alors que le bleu du ciel prenait les teintes sombres du crépuscule, Jim l'invita chez lui. Elle accepta.

Pour la seconde fois, Diane fut étonnée de voir à quel point Jim tenait chacune des pièces de son appartement propre et bien ordonnée. Les journaux étaient soigneusement pliés sur la table à café, ses papiers étaient systématiquement empilés sur son bureau, même ses livres paraissaient disposés selon leur hauteur. Dans l'évier de la cuisine, un verre attendait d'être lavé. Elle supposa que le jeune homme avait bu du jus d'orange en se levant et qu'il avait posé son verre là au lieu de l'abandonner sur le plancher, au bord de l'évier de la salle de bains ou sur l'appui de la fenêtre, comme elle l'aurait probablement fait dans sa hâte et sa négligence coutumières. Ça lui brisait presque le cœur de voir cet appartement coquet et bien tenu, parce qu'elle imaginait Jim, le bon petit garçon sous la coupe de vieilles femmes méticuleuses et tracassières.

Quand il pointa du doigt son lit soigneusement recouvert de la courtepointe aux tons de brun fabriquée par sa tante, elle éprouva une irrésistible tentation de bouleverser cet ordre.

— Ton lit est-il confortable ? demanda-t-elle.

Elle s'assit dessus, puis s'étendit de tout son long et releva les bras au-dessus de sa tête. Elle ferma les yeux en faisant entendre un gémissement de feinte volupté.

Heureusement, elle n'eut pas besoin d'en faire plus. Au fond d'elle-même, elle admit qu'il s'agissait d'un test. Si Jim était assez strict pour vivre dans son propre appartement selon les règles de sa grand-mère, alors il n'était pas l'homme qu'il lui fallait. Mais l'instant d'après il la rejoignit et l'embrassa avec violence, comme s'il ne pouvait s'en empêcher. La barrette qui retenait ses cheveux en arrière se détacha au cours de leurs étreintes et resta prise sous son dos. Le système de fermeture du bijou meurtrissait son omoplate tandis que Jim la pressait contre le matelas. Il l'embrassa passionnément à plusieurs reprises en soutenant sa tête dans le creux d'une main tandis que, de l'autre, il faisait glisser sa jupe de coton sur ses hanches. Puis il descendit la fermeture à glissière de son pantalon blanc, avant de le retirer et de le laisser s'affaisser sur le plancher. Finalement il enleva sa petite culotte à Diane. Celle-ci avait posé ses mains sur la tête de Jim et elle sentait ses cheveux devenir humides et lisses sous l'effet de la transpiration. Il la pénétra et ils poussèrent tous deux un grand soupir de soulagement, comme s'ils étaient enfin arrivés là où ils avaient toujours eu besoin d'être. Après quelques secondes à peine, il éjacula et palpita en elle pendant qu'elle fermait les yeux pour se concentrer et essayer d'ancrer dans sa mémoire la sensation de leurs deux corps ainsi liés.

Ensuite, quand il eut repris sa respiration, il roula sur le côté.

— Ce n'est pas du tout ce que j'avais l'intention de faire, confessa-t-il, embarrassé.

Elle fit courir ses doigts sur son front moite juste à la frontière de ses cheveux d'ébène. Elle porta ses doigts à ses lèvres et les suça. Sa sueur avait un goût à la fois doux et salé.

— C'était parfait, le rassura-t-elle.

— Parfait ? Non, vraiment. Regarde, voici à quoi j'avais pensé.

Diane se souleva sur ses coudes et regarda dans la direction qu'il pointait. Sur la table de chevet, elle découvrit une haute bougie toute neuve. À côté se trouvaient deux verres de cristal fin, du service Waterford de sa grand-mère, pensa-t-elle (elle découvrit plus tard qu'elle avait raison), et une bouteille de Dubonnet encore bouchée.

— J'ai voulu que notre première fois soit un événement mémorable.

— Oh! l'occasion était déjà mémorable, répondit Diane en riant.

Jim lui rendit son sourire. Ils s'étirèrent tous les deux, nus, chauds, moites, mais plus à l'aise l'un avec l'autre maintenant. Jim étudiait le corps de Diane et celle-ci redessinait avec sa main les lignes harmonieuses de ses épaules, de son torse élancé, de ses flancs minces. Puis il se pencha sur elle, et elle ferma les yeux. Avec sa bouche délicate, il se mit à la faire jouir, en prenant tout son temps, car il n'avait plus besoin de se dépêcher, jusqu'à ce que Diane crie pour qu'il la pénètre encore. Cette fois elle ne pensa à rien, ni à sa peau, ni à ses cheveux. Elle s'abandonna totalement. Ses pensées et ses sensations s'estompaient sous l'intensité d'une jouissance extrême. Elle chavira, trembla, frissonna, totalement inconsciente de ce qu'elle éprouvait maintenant et de la part que Jim y prenait. Il la retint tendrement contre lui pendant longtemps encore. Elle ne retourna pas à son appartement, mais dormit toute la nuit avec l'homme que, maintenant elle le savait, elle aimerait toute sa vie.

Jim se passionnait pour la génétique et, à sa façon prudente et scientifique, c'était un optimiste. Sa conviction que l'humanité progressait vers un âge des lumières stupéfiait Diane. Après les années qu'elle venait de passer auprès d'amis artistes en perpétuel état de rébellion sauvage, le monde de Jim brillait d'une lumière positive. Il lui fit visiter les laboratoires où il travaillait, de grandes salles blanches, propres, équipées d'appareils qui ressemblaient à ceux qu'on peut avoir à la maison. La musique de Vivaldi, retransmise par la station de radio FM, jouait en sourdine; des gens en blouse blanche scrutaient le fond de mystérieux tubes de verre et inscrivaient des notes dans leurs cahiers.

Jim menait sa vie privée dans la même tranquillité. C'est vrai, il n'époussetait jamais et il jetait son linge sale au fond de sa garde-robe jusqu'à ce qu'il y en eût assez pour l'apporter à la laverie automatique, mais il gardait un ordre constant dans sa bibliothèque, dans les armoires de cuisine et dans les photographies accrochées aux murs crème. Diane trouvait tout cela séduisant. Elle adorait l'entendre parler de son travail. Il était si idéaliste, si gentiment ambitieux, si confiant de faire un jour partie du réseau de savants qui arriveraient à trouver les causes et le remède des pires maladies de l'humanité. Le cœur de Diane se brisait pour lui lorsqu'il parlait de la mort de sa mère. Elle l'entourait alors de ses bras, désireuse de le protéger et de le consoler.

Peu après qu'ils furent devenus amants, Diane emménagea chez Jim, dont l'appartement avait beaucoup plus de charme que l'antre bruyant et encombré où elle vivait avec ses amies. Elle avait craint un instant que, tout occupée par sa passion pour Jim, elle en arrive à perdre sa créativité et sa concentration. Elle se rendit compte, au contraire, que sa capacité de travail était encore plus forte que jamais auparavant. Peut-être la sérénité lui était-elle favorable, peut-être le bonheur lui tenait-il lieu de carburant.

Un soir, à la fin de l'été, alors qu'ils étaient encore blottis dans les bras l'un de l'autre sur le lit tout défait, encore plongés dans un tel brouillard de jouissance qu'il leur semblait n'être qu'un seul corps et un seul cœur, Jim soupira doucement :

— Je t'aime, Diane.

— Je t'aime aussi, Jim.

— Je crois que nous sommes faits l'un pour l'autre.

Un petit frisson parcourut l'échine de Diane. Cet homme, cet expert en chimie, en logique et en raisonnement, croyait qu'ils étaient destinés l'un à l'autre. Elle se sentit remplie d'un sentiment de puissance, de connivence et même d'émerveillement.

Cependant, quand Jim lui avoua peu après qu'il voulait l'épouser, elle fut à la fois excitée et terrifiée :

— Si nous nous marions, je suppose que tu voudras avoir des enfants.

Ils étaient au lit. C'est là qu'ils tenaient le plus souvent leurs conversations sérieuses. Diane était tournée contre le mur, heureuse que Jim ne pût voir le doute dans ses yeux.

— Eh bien, répondit-il, il va de soi que j'en voudrai. Imagine les merveilleux enfants que nous aurons ensemble!

— Jim, mon travail est important pour moi. Je viens tout juste de me lancer dans les affaires et ça va tellement bien, les idées me viennent si facilement! Je n'arrive pas à satisfaire à la demande. Je ne voudrai jamais abandonner.

— Bien sûr que tu n'abandonneras pas. Pourquoi t'inquiètes-tu à ce sujet?

— Je ne sais trop. Le mariage, une maison à tenir, des enfants. C'est beaucoup de travail, une lourde responsabilité.

— Je t'aiderai, tu le sais bien, Diane. Je vais partager entièrement la tâche avec toi.

Jim était, par-dessus tout, un homme honnête et doué de sens moral. Elle savait qu'il tiendrait parole.

Elle lui avait fait confiance et l'avait épousé.

Il se faisait tard. Diane était fatiguée. Elle ramassa sa serviette, régla le système d'alarme, ferma l'atelier, descendit l'escalier, traversa l'avenue Richdale et s'engouffra dans le garage à étages où sa chère voiture l'attendait. C'était une Thunderbird décapotable 1960 avec un toit blanc et un intérieur tout en cuir blanc. Elle aurait pu avoir une Mercedes avec l'argent qu'elle avait dépensé pour restaurer cette antiquité, mais c'était la voiture dont elle avait rêvé dans sa jeunesse. Maintenant qu'elle avait de quoi se payer ses fantaisies, c'est ce qu'elle avait choisi d'acheter. Le simple fait de s'asseoir dans la Thunderbird, de respirer la riche odeur du cuir, d'ouvrir la radio ou de mettre une cassette d'Eric Clapton donnait à ses journées besogneuses et alourdies par les responsabilités une couleur d'aventure, lui faisait entrevoir d'infinies possibilités. Comme elle l'aimait, cette voiture! Elle avait sa personnalité, mais aucune volonté propre.

Pourquoi les gens ont-ils une famille? se demandait-elle en descendant à vive allure l'avenue Massachusetts en direction de la route 2 et de Belmont. Nos proches nous apportent autant de souci et de peine que de plaisir.

33

Pendant qu'elle roulait vers la maison, le ciel s'était couvert et il avait commencé à pleuvoir au moment où elle arriva. Elle mit sa voiture au garage et sortit vite de cet endroit humide et froid pour retrouver la chaleur de la maison.

Dans le hall d'entrée, un parfum d'arum se mêlait au fumet de rôti d'agneau. Laissant tomber sa serviette sur une chaise Windsor, elle foula les épais tapis orientaux pour se rendre à la longue table d'ébène sur laquelle se trouvaient un vase de fleurs fraîches et la corbeille d'argent contenant le courrier. Elle ramassa les lettres et se rendit tout droit à la cuisine. Malgré l'élégance qui régnait dans toute sa maison, c'était la cuisine qui en était le cœur.

Kaitlin, qui cumulait les fonctions de gouvernante et de cuisinière, lui avait laissé un message de bienvenue sur le comptoir qui courait sur toute la largeur du mur de la cuisine. Le papier l'attendait à côté du nouveau démon de sa vie, le répondeur automatique. Il n'y avait pas que le voyant rouge qui clignotait impérieusement pour lui signifier qu'un message l'attendait, mais aussi le voyant vert qui lui rappelait sévèrement que la cassette était pleine. Diane n'y prêta aucune attention.

Se laissant tomber sur la chaise pivotante, elle se pencha pour enlever ses souliers à talons hauts pendant qu'elle cueillait le message de Kaitlin.

Chère Madame,

L'agneau sera prêt à huit heures, mais une demi-heure de plus ne lui fera pas de mal. Rangez ce que vous ne mangerez pas au frigo, et je ferai une fricassée d'agneau demain soir. Les légumes et le riz ont seulement besoin d'être réchauffés au four à micro-ondes. M. Randall a dit qu'il serait à la maison vers huit heures. J'ai mis la table dans la petite salle à manger. Un certain M. Frost, qui a dit appartenir au FBI, est venu à cinq heures et demie. Il voulait vous parler. Il s'est tout bonnement présenté à la porte, sans avoir pris de rendez-vous, sans s'être annoncé d'aucune façon. Je ne l'ai pas laissé entrer. Il a dit qu'il reviendrait.

Il était huit heures maintenant. Jim ne reviendrait certainement pas avant une demi-heure. Il vivait de plus en plus au laboratoire.

Elle avait le temps de prendre un bon bain ; elle dînerait ensuite en déshabillé. Son mari ne remarquait jamais ce qu'elle portait, c'était une autre bizarrerie de son caractère. Diane adorait les vêtements et possédait plusieurs déshabillés somptueux. Au cours des années passées, il était arrivé par deux fois à Jim, rentré tard à la maison, de se frapper le front en apercevant sa femme ainsi vêtue et de s'écrier : « Sommes-nous en retard pour l'opéra, pour une soirée dansante ? » Julia et Chase adoraient l'incompétence de leur père en matière de mode. Au cours des diverses phases de leur adolescence, Julia pouvait avoir les cheveux bleus et Chase porter des vêtements de cuir noir, mais jamais leur père ne leur avait dit : « Vous ne sortirez pas de la maison arrangés comme ça ! »

Elle avait déjà eu affaire au FBI, se rappelait Diane en montant l'escalier. Dans les premières années, alors qu'elle venait de lancer Arabesque, son entreprise, et qu'elle voyageait en Europe de l'Est et en Orient pour en ramener des pierres précieuses, il était arrivé que le FBI lui pose des questions de routine. Mais les agents étaient toujours venus la voir à son bureau ou à son atelier de Cambridge. Elle ne pouvait s'imaginer ce qu'on lui voulait maintenant.

Eh bien, le FBI pouvait attendre. Elle ne se laisserait pas inquiéter par ça. Elle prendrait son bain puis, en attendant son mari, elle se verserait un verre de bon vin blanc en écoutant les messages de son répondeur.

À l'étage, elle passa devant son petit bureau. Elle s'abstint d'ouvrir la porte pour y jeter un coup d'œil. Elle avait déjà assez travaillé ce jour-là.

Elle entra dans la chambre comme dans un sanctuaire. C'était une pièce immense avec des étagères remplies de livres, une cheminée, des banquettes sous les fenêtres. Les couleurs prédominantes, un vert foncé et un rouge opulent, offraient une combinaison primitive, païenne, rappelant la branche de houx avec son fruit étonnant. Elle gardait de l'encens sur sa table de chevet, à côté du lourd chandelier d'argent et des plus récents romans publiés en version reliée. Sur la table de Jim, soigneusement empilés, se trouvaient des magazines fatigués, des dossiers de travail et les exemplaires des six derniers mois, au moins, de *Cell,* la publication scientifique qu'il lisait de la première à la dernière page.

Dans la salle de bains, vaste et luxueuse, elle tourna le robinet d'eau chaude et versa des sels parfumés au jasmin. Plusieurs miroirs reflétaient son corps, le lui faisant voir dans toute son ample beauté. Tournant sur elle-même, elle s'examina. Quand elle était jeune femme, elle détestait ses épaules larges, sa poitrine généreuse et ses grandes mains. Par la suite, elle en était arrivée à accepter et même à admirer ses mains pour leur habileté et leur talent. Elle s'était aussi réconciliée avec son corps. Avec quelle facilité il avait porté deux bébés et les avait mis au monde, avec quel enthousiasme il désirait la nourriture, le contact, le sexe et s'en repaissait! Elle avait un corps heureux, rapide à donner du plaisir, presque jamais malade. Elle refusait de voir quelque chose de laid dans ses hanches élargies ou dans ses cuisses robustes, dans son ventre arrondi, dans ses seins dodus en forme de poires. Elle était en santé. Elle était intacte.

Elle enveloppa dans un turban ses cheveux bruns ondulés et se glissa dans la baignoire. Sous l'agréable sensation de chaleur qui pénétrait ses muscles, elle se détendit et ses défenses intérieures se relâchèrent. Elle était épuisée. Elle se fatiguait plus facilement et de façon plus marquée depuis quelque temps. Entre ses grands yeux bleus, deux sillons s'étaient creusés, de sorte qu'elle semblait toujours intriguée ou préoccupée. Une ou deux fois au cours de l'été, Julia lui avait dit : « Tu as l'air tellement triste, maman. Qu'est-ce qui ne va pas? » Diane s'était rendu compte qu'à partir de maintenant elle aurait toujours l'air quelque peu inquiète. De tout petits grains de beauté bruns étaient apparus ici et là sur la peau de son cou et sous ses seins. Cela faisait un an maintenant qu'elle retardait toujours le moment de subir une mammographie, parce que l'expérience était si peu plaisante. Elle ne pouvait plus lire les petits caractères sans lunettes et parfois, lorsqu'elle essayait de se rappeler le nom de quelqu'un, elle avait un trou de mémoire. Quand elle portait des talons hauts pendant toute une journée, ses jambes lui faisaient mal. Et il y avait longtemps qu'elle n'avait pas ressenti une vague de pure jouissance animale.

Toutes ces raisons de se plaindre n'avaient pourtant guère d'importance. Diane sortit de la baignoire, s'essuya et enfila un pyjama de soie turquoise et un déshabillé de soie et de cachemire, noir et turquoise. Jim pourrait bien ne rien remarquer, mais cela lui faisait éprouver un plaisir sensuel *à elle*. De plus en plus, maintenant, elle devait se contenter de ça.

Une fois dans le living-room, elle alluma le petit bois et les bûches que Kaitlin avait entassés dans la cheminée. Elle choisit parmi les disques compacts un Brahms agréable, puis s'assit en repliant ses jambes sous elle, une flûte de vin mousseux à la main. Les flammes se tordaient et jaillissaient en formes surprenantes dans la cheminée. De façon machinale, elle prit le bloc à dessins qu'elle gardait près de son fauteuil – comme dans toutes les pièces de séjour de la maison et malgré les protestations de Kaitlin, qui se plaignait du désordre ainsi créé – et se mit à improviser des motifs. C'est alors qu'on sonna à l'entrée.

Avant d'ouvrir, elle regarda à travers les étroits carreaux du vitrail de la porte. Un homme étrange se tenait de l'autre côté.

— Oui ? demanda-t-elle dans l'entrebâillement.

— Madame Randall ? Peter Frost, du FBI.

L'étranger lui faisait voir son insigne.

— Il est plutôt tard. Vous ne pourriez pas venir à mon bureau demain matin ? J'y serai toute la journée.

— Ce n'est pas au sujet de votre travail.

Peter Frost était à l'abri de la pluie, sous le large toit du porche. La lumière au-dessus de sa tête créait comme un halo autour de son visage et du col de son imperméable piqueté de gouttes de pluie. Cheveux noirs, yeux bleus : un personnage noble comme en peignait Botticelli, mais vêtu pour l'heure d'un costume gris et d'un trench-coat.

— Eh bien, ça va. Entrez.

Elle lui prit son imperméable et le suspendit à la patère ancienne. Ensuite elle conduisit l'homme au living-room, où elle lui désigna un sofa en face de celui où elle s'installa elle-même :

— Je vous en prie. Qu'est-ce que je peux faire pour vous maintenant ?

— Nous essayons de retrouver votre mère.

Surprise, Diane éclata de rire :

— *Ma mère !*

— Nous croyons que votre mère a en sa possession quelque chose dont nous avons besoin.

— Il doit y avoir une erreur. Ma mère a plus de soixante-dix ans, monsieur. Elle est veuve depuis peu. Toute sa vie, elle n'a pas fait autre chose que tenir maison et prendre soin de sa famille.

Diane s'amusait maintenant. Elle se sentait détendue. Son visiteur ne se décontenança pas :

— Savez-vous où nous pouvons la joindre ?

— Oui, certainement. Mais non ! pas exactement, pas pour le moment du moins. Elle est en Europe. Quelque part en Europe. Depuis que mon père est mort. Écoutez, est-ce que cela a quelque chose à voir avec mon grand-père ? Ou avec mon oncle ? C'étaient des militaires.

— Non, c'est votre mère que nous voulons voir.

— Vous et vos collègues, mon cher monsieur, vous ne pouvez pas en vouloir à ma mère. C'est une gentille vieille personne aux cheveux blancs. Elle n'a jamais eu la chance de voyager en Europe, bien qu'elle en ait toujours rêvé. Cet été, après la mort de mon père, elle a vendu la grande maison familiale et elle s'est installée dans un appartement. Elle a cru que le temps était peut-être venu pour elle de voyager. Nous tous, mes frères, ma sœur et moi-même, nous l'avons encouragée. Nous avons pensé que ce serait une bonne chose pour elle.

— Auriez-vous son itinéraire ?

— Non. Elle n'en a pas vraiment préparé. Elle voulait aller là où son caprice la conduirait et elle ne pensait pas avoir de difficulté à louer des chambres d'hôtel hors saison. Elle a parlé de Paris, de Londres, de Rome, de Bruxelles, d'Amsterdam, de Berlin peut-être. Mon Dieu ! vous n'êtes pas en train de me dire qu'elle a fait des sottises et qu'elle est allée se cacher en Europe de l'Est !

— Non, non, rien de la sorte, pour autant que nous sachions. C'est quelque chose qui n'a aucun rapport avec ses déplacements actuels.

— En ce cas, de quoi peut-il bien s'agir ?

— Quand votre mère a quitté l'ancienne maison, après la mort de votre père, vous aurait-elle donné quelque chose ?

— Oui, évidemment. Elle a tout divisé entre mes frères, ma sœur et moi-même. Meubles, bijoux, porcelaine, argenterie...

— Des papiers ?

— Des papiers ?

— De vieilles lettres d'amour ou des choses du genre.

Diane se mit à réfléchir tout haut :

— Mes parents se sont mariés au début de la Deuxième Guerre mondiale. Je suis sûre que mon père lui a souvent écrit, mais je ne me rappelle pas avoir vu des lettres ni avoir entendu parler d'aucune. Oh ! il y en a quelques-unes de collées dans le vieil album de guerre. C'est Bert qui l'a. Mais des lettres d'amour, eh bien, je n'en ai jamais vu. Il est possible qu'elle en ait quelques-unes de cachées quelque part.

— Des journaux intimes, des carnets de notes ?

— Maman a écrit un journal où elle parlait de nous, ses enfants, au cours des premières années suivant notre naissance. Avec quatre rejetons, cependant, elle a dû vite manquer de temps. Je sais qu'elle conservait les petits dessins et les valentins que nous lui donnions. Mais elle n'était pas du genre à rapporter de souvenirs des endroits où nous allions passer les vacances. Je ne peux pas voir où vous voulez en venir. Ma mère a mené la vie la plus innocente qui soit. Elle n'a jamais fait quoi que ce soit d'anormal.

— Vous a-t-elle jamais parlé d'un homme dont elle aurait été amoureuse avant de connaître votre père ?

— Maman connaissait papa depuis l'âge de quatorze ans ! Il n'y a jamais eu qui que ce soit d'autre.

— Elle a été au collège, à Boston, pendant deux ans...

— Oui, oui, c'est vrai... Je ne sais pas, je ne sais pas vraiment ce que je pourrais vous dire. Elle ne m'a jamais parlé d'un autre homme, et c'est moi l'aînée. Je ne crois pas qu'elle en aurait parlé à Susan. Pourriez-vous être plus précis ?

Peter Frost secoua sa tête luisante :

— Je ne veux pas me montrer inconvenant, mais il y a des choses que je ne peux pas vous dire. Nous espérons seulement que votre mère ait toujours en sa possession quelque chose qu'on lui a donné il y a longtemps. C'est tout petit. Un bijou. Un médaillon. Nous cherchons le morceau de papier qui y était dissimulé.

— Et qu'y avait-il sur ce précieux morceau de papier ?

— Je vous ai dit tout ce que je pouvais vous dire.

— Oh ! pour l'amour du ciel ! Tout ça est ridicule.

Diane se leva, marcha jusqu'à la fenêtre et regarda dehors. Aucun signe de Jim. Ah ! et puis zut !

Elle se retourna et regarda l'agent du FBI assis de l'autre côté de la pièce. Qu'est-ce qu'il voulait à sa mère ? Elle fut consternée de se rendre compte que ses yeux se remplissaient de larmes. Elle retourna à la fenêtre.

L'homme se leva et vint se poster derrière elle. Elle voyait son image réfléchie dans la vitre de la fenêtre.

— Ne vous inquiétez pas, la rassura-t-il. On a offert quelque chose à votre mère il y a longtemps et, si nous pouvions mettre la main sur cet objet, ça pourrait nous aider. Si nous ne retrouvons rien, eh bien, tant pis. Il n'y a rien de grave en jeu.

— Vous ne connaissez pas ma mère.

Diane avait parlé d'un ton accusateur, en le dévisageant. Lui, de son côté, la regardait gentiment, d'un air aimable.

— C'est vrai, je ne la connais pas du tout. D'un autre côté, laissez-moi vous présenter les choses ainsi : vous avez des enfants ; croyez-vous qu'ils vous connaissent vraiment, qu'ils savent tout de vous ?

Ses paroles atteignirent leur but.

— Je vois où vous voulez en venir.

Elle s'éloigna de la fenêtre, s'assit sur le sofa et se croisa les mains :

— Vous cherchez... un médaillon. Savez-vous que je suis conceptrice en joaillerie ?

— Nous le savons.

— C'est évident que vous le savez. Vous croyez tout savoir, n'est-ce pas, avec vos fiches informatiques ?

Peter Frost revint s'asseoir en face de Diane. Il souriait :

— Si nous savions tout, je n'aurais pas besoin de venir vous déranger ici, ne croyez-vous pas ?

— Est-il possible qu'il y ait quelque confusion dans vos archives et que le médaillon soit quelque chose que j'aurais fabriqué, ou expédié en Europe de l'Est, ou quelque chose que j'aurais rapporté de là-bas pour stimuler mon inspiration ?

— Non.

— Ça fait presque trente ans que je suis dans le métier.

— Ce que nous cherchons a été donné à votre mère avant votre naissance.

Diane garda le silence pendant quelques instants. Elle réfléchissait. Peter Frost la laissa à ses pensées et attendit calmement en contemplant les flammes dans la cheminée.

— Après la mort de mon père, reprit Diane, une fois la maison de McLean vendue, Susan et moi avons aidé maman à vider toutes les pièces, du grenier à la cave. Arthur aussi a donné un coup de main, une fois, mais il devait retourner au Vermont. Bert est bien venu pour les funérailles, mais il était reparti le même jour. Les garçons...

Diane s'interrompit, sourit et fit un geste vague comme pour chasser les mouches.

— Mes frères... il y a longtemps, pour sûr, que ce ne sont plus des petits garçons. Les *hommes* donc ne voulaient rien prendre dans la maison. Bert avait déjà l'album de guerre de papa, ses médailles et le reste. Art ne voulait même pas toucher à ces objets, qui sont associés au mal selon lui.

— Mais vous et Susan, vous avez bien recueilli certaines choses ?

— Oui. Beaucoup, à vrai dire ; tout ce que nous pouvions. Rien de très précieux là-dedans, mis à part certains tableaux, quelques bijoux et l'argenterie. Mais ce que nous avons pris n'avait pour la plus grande partie qu'une valeur sentimentale. Vous savez – Diane sentit encore les larmes lui monter inopinément aux yeux –, se partager les biens de la maison où l'on a grandi est une expérience pénible. J'avais quitté la maison familiale aussitôt que j'en avais eu la chance et je n'y étais retournée que pour de brèves visites. Mais, une fois que Jim et moi avons eu des enfants, nous avons pris l'habitude de les amener voir leurs grands-parents. Les choses avaient changé depuis mon départ. La maison était absolument charmante. Paisible. L'atmosphère que j'y avais détestée, enfant, je l'adorais maintenant que j'étais mère.

Elle se tut. Peter Frost portait bien son nom, pensait-elle, avec cette carnation pâle et lumineuse, ses froids yeux bleus et sa sobre élégance. Il la faisait frissonner.

— Je bavarde, n'est-ce pas ? Je crois que je me laisse aller.

Elle se leva et consulta sa montre :

— J'ai eu une dure journée, mon mari est très en retard et je n'ai pas encore dîné. Avez-vous parlé à ma sœur Susan ?

— Pas encore.

— Vous devriez. Elle a des meubles qu'elle a fait expédier

chez elle et des boîtes pleines de toutes sortes de choses. Comme moi. Quant à maman, une fois déménagée dans son appartement, elle n'a rien déballé. Elle avait trop hâte de voyager. Elle est partie tout de suite. À son nouveau lieu de résidence, tout se trouve encore dans des boîtes. Si ce que vous cherchez est si important – et j'imagine que c'est le cas, autrement vous ne seriez pas ici –, je veux bien examiner le contenu des boîtes que je me suis fait expédier ici. Elles sont toutes au grenier. Je vous serais reconnaissante de m'aider. Ce sera probablement extrêmement ennuyeux pour vous, de fouiller dans les souvenirs d'autrui.

— C'est exactement ce que j'aimerais faire. Peut-être seriez-vous disposée à venir aussi avec moi à Silver Spring pour inspecter les boîtes de votre mère ?

— Oh ! je ne sais vraiment pas. Sans qu'elle le sache, sans son consentement ?

— Nous allons évidemment essayer de la joindre pour obtenir son autorisation. Nous faisons déjà notre possible pour savoir où elle se trouve actuellement. Il importe que nous fassions vite maintenant. Notre visite chez elle doit se faire le plus tôt possible.

Diane regardait fixement Peter Frost. Elle se laissa retomber sur le sofa, pencha le corps en avant, les coudes sur ses genoux, et enfouit son visage dans ses mains. Ses cheveux pendaient lourdement de chaque côté.

— Je n'essaie pas de vous créer des difficultés, plaida doucement Frost. Je ne fais pas exprès pour vous cacher des choses. Je vous ai dit tout ce que je suis autorisé à vous dire. Et je vous demande de nous aider.

Diane leva la tête et prit une profonde respiration :

— Très bien. Laissez-moi y penser, appeler Susan et en parler à mon mari. Vous savez que je suis en affaires. Il va falloir que je réorganise mon emploi du temps. Je veux être à vos côtés lorsque vous examinerez les effets de ma mère.

— Peut-être pourriez-vous aussi appeler vos frères ou les amis de votre mère, pour leur demander s'ils ont eu de ses nouvelles. Une carte postale, une lettre. Si nous pouvions la trouver, nous serions à même de lui poser la question directement à propos de ce que nous cherchons. Nous épargnerions ainsi à tout le monde perte de temps et ennuis.

— Oui, très bien.

— Je vous appelle demain matin.

— Parfait.

Elle le raccompagna jusqu'à la porte. Il endossa son imperméable, puis se tourna pour lui serrer la main :

— Je vous remercie, madame.

Sa main était chaude.

Diane le regarda courir à travers la pluie vers sa voiture, puis retourna à la cuisine pour sortir l'agneau du four. Il était neuf heures. Elle préférait l'agneau saignant et juteux plutôt que bien cuit. Jim en mangerait ; il n'était pas très exigeant pour la nourriture et c'était pour Diane une des bénédictions de sa vie conjugale. Elle n'était pas difficile elle non plus, excepté quand elle était fatiguée, ce qui se produisait souvent. Elle n'avait alors aucun appétit pour la nourriture saine, mais plutôt une envie irrésistible de friandises ou de desserts.

Elle se servit donc une énorme part de la tarte aux pommes qu'avait fait cuire Kaitlin ce jour-là, y ajouta une généreuse boule de glace à la vanille et mit à réchauffer au four à micro-ondes le café noir que la gouvernante lui préparait juste avant de partir, à cinq heures. Peut-être le café stimulerait-il son esprit léthargique.

Elle s'assit sur l'une des chaises entourant la grande table de cuisine en chêne et essaya de se concentrer sur la nourriture. Mais le café avait un goût amer ; la tarte et la glace, trop riches, lui tombaient sur le cœur. Des larmes lui montèrent aux yeux.

Ses hormones, peut-être. De toute évidence, ces derniers mois, elle s'était laissé surprendre, plus souvent que jamais auparavant durant sa vie, par des pleurs incontrôlables. Elle n'avait jamais été comme sa fille Julia, qui sanglotait facilement, et de tout son cœur, à chaque peine d'amour, à chaque bulletin de notes décevant ou même devant une publicité télévisée vantant de la nourriture pour chiens.

Mais cette année... cette année-là exigeait son tribut. Tout d'abord elle avait dû subir le choc de la mort de son père. Elle avait toujours aimé son père, sans toujours être d'accord avec lui. Il affichait un chauvinisme mâle de la plus dangereuse espèce : charmant, cultivé, suave, gentil. Jamais exigeant ou arrogant, il n'en avait pas moins dirigé son foyer avec un aimable despotisme qui datait d'un autre âge. Durant sa jeunesse, Diane s'était rebellée contre lui, mais elle l'aimait quand même profondément. Au cours des dernières décennies, alors qu'elle était devenue mère et que la maladie avait frappé son père, elle avait fait la paix avec lui.

Et elle avait *vraiment* éprouvé du chagrin pour lui. Quand on avait su, plus de six ans plus tôt, qu'il souffrait du cancer, elle en avait eu personnellement de la peine, comme toute sa famille. Elle détestait le fait qu'il fût malade, en train de mourir. Cela lui faisait mal. Quand enfin il mourut, sa mort lui apporta cependant plus de soulagement que de peine.

Le mois précédent, quand elle et Susan avaient aidé leur mère à trier, emballer ou mettre au rebut les objets accumulés au cours de tant d'années, de tant de vies même, Diane avait encore éprouvé de la peine. Il lui était douloureux de prendre une part active au démantèlement du foyer que cette charmante maison avait abrité pendant près de cinquante ans. Elle était portée à croire qu'il ne lui aurait pas été plus pénible de regarder la maison brûler jusqu'à ses fondations.

Plus tard elle se rendit compte qu'elle devait maintenant considérer comme possible que sa mère meure aussi. Plus exactement, qu'elle mourrait : sa mère dépassait maintenant soixante-dix ans. Jean White se portait bien, mais elle n'était pas éternelle.

Toute sa vie Diane avait d'un même élan dédaigné et adoré sa mère. Elle l'adorait pour son affabilité, son rire, sa diplomatie charmante, mais elle la haïssait cordialement pour la façon dont elle se soumettait à son père. Même avant qu'elle sache exprimer ces sentiments avec des mots et certainement avant que le mouvement de libération des femmes commence à s'affirmer, Diane s'était révoltée contre la façon dont sa mère se mettait au service de son mari. Pour elle, sa mère évoquait une flamme vivante, admirablement brillante. Elle était débordante d'idées, de désirs, de joie, d'énergie. La domination qu'exerçait sur elle son mari avait eu pour effet de la diminuer. Elle restait toujours la puissante lumière qui animait toute la maison, mais elle ne s'était pas épanouie, et de loin, autant qu'elle aurait dû. C'est pourquoi Diane en voulait à sa mère, parce qu'elle avait choisi de vivre une vie rétrécie. Comment une personne avec autant de possibilités pouvait-elle se contenter de vivre dans la médiocrité ?

Diane avait assumé personnellement le combat que sa mère aurait dû mener. Elle avait été une petite fille altière qui affichait constamment son dédain. Pire que cela, au cours de la vingtaine, alors qu'elle se glorifiait de son précoce et spectaculaire succès comme dessinatrice de bijoux et femme d'affaires, elle avait posté à sa mère une série de lettres éloquentes la suppliant de divorcer et de recommencer sa vie, sa *vraie* vie, avant qu'il ne soit trop tard.

Ces lettres avaient profondément blessé sa mère et l'avaient enragée.

« Tu n'as aucun droit de me juger aussi sévèrement, avait écrit Jean Marshall White à Diane. Tu sais tellement peu de choses sur ma vie. Tu ne connais que ce que tu as vu à travers tes préjugés et avec tes yeux insolents. »

De toute cette longue lettre, Diane avait retenu ce passage particulier. Assez curieusement, celui-ci lui avait fait mal. Elle avait jugé que sa mère s'était montrée cruelle en l'écrivant. Pendant des années, par la suite, mère et fille s'étaient à peine parlé, ne communiquant qu'indirectement par l'intermédiaire des autres enfants. Diane n'était plus revenue à McLean pour les fêtes de Noël et de l'Action de grâce ; elle n'avait pas vu ses parents pendant près de sept ans. Il n'y eut pas de trêve avant la naissance de son propre fils.

Diane ressemblait à sa mère. Les couleurs qui allaient le mieux à Jean Marshall White étaient celles qui convenaient exactement à Diane White. Elles possédaient le même sens de l'humour. De plus, parce que Diane était l'aînée, Jean lui avait révélé des faits de sa propre enfance qu'elle n'avait pas eu l'occasion de raconter ensuite aux autres enfants. Les garçons ne restaient jamais assez longtemps assis pour écouter les histoires de leur mère et, une fois que Susan fut en âge de les entendre, sa mère n'avait plus le temps de voyager avec elle au fond de sa mémoire.

Diane avait cru toute sa vie qu'elle connaissait sa mère mieux que personne d'autre. Elle était persuadée de connaître la *vérité* à son sujet. La vérité sur sa mère se présentait à elle comme une pièce de tissu sombre et brillante tissée extrêmement serré. Cette vérité pendait comme une tapisserie à l'arrière-plan de sa vie.

La visite de Peter Frost avait eu pour elle l'effet d'un brutal coup de ciseaux qui aurait entaillé cette tapisserie, exposant ainsi Diane à l'inconnu immense et effrayant. Elle frissonna.

La pluie, poussée par le vent, venait battre contre les carreaux des fenêtres de la cuisine. Diane laissa son assiette sur la table et retourna au living-room, où le feu avait besoin d'être ravivé. Après avoir ajouté de nouvelles bûches, elle fit jouer le Bach le plus dépouillé qu'elle put trouver et s'allongea sur le sofa. Elle croisa les mains sur sa poitrine à la façon d'une sainte, elle ferma les yeux et s'obligea à se concentrer sur sa respiration, comptant chaque inspiration, chaque expiration. La chaleur du foyer avait un effet calmant; le pétillement du feu lui tenait lieu de compagnie.

Elle était détendue, tout près de sombrer dans le sommeil quand Jim ouvrit la porte de la maison et fit entrer avec lui un courant d'air frais et humide.

— Ne te lève pas, lui dit-il en déposant sa serviette sur la table à café. Je suis désolé d'être tellement en retard. C'est un

47

des techniciens du laboratoire... Je ne pouvais tout bonnement pas partir. Reste ici. Je vais aller me préparer une assiette et l'apporter ici, près du feu.

— Il y a du rôti d'agneau, murmura Diane. Mais il est froid maintenant.

— Ça me va. De toute façon, c'est des protéines.

Il sortit de la pièce. Elle resta sans bouger sur le sofa, rassurée par le bruit que faisait son mari en se déplaçant dans la cuisine. À l'époque de son enfance, le pas assuré de sa mère qui allait et venait dans la maison lui avait procuré le même genre de réconfort.

Jim revint dans le living-room et s'assit sur le même sofa que Peter Frost, plus tôt dans la soirée. Il posa son assiette sur la table à café, se pencha et mangea en mâchant de façon distraite. Diane savait qu'il considérait cela comme un geste de bonne compagnie, tout comme elle savait que ses pensées le ramenaient au laboratoire.

Elle l'examina d'un œil critique. Il était toujours svelte, toujours bel homme ; ses tempes grisonnantes lui donnaient un air distingué. Il avançait dans la vie en regardant le monde à travers des lunettes à montures de corne qui l'avantageaient, se déplaçant avec un air réfléchi, affable et distrait, comme s'il écoutait une musique planétaire que les gens ordinaires ne pouvaient entendre. Ce soir-là, son air préoccupé le faisait paraître distant, surtout par opposition à l'expression d'intérêt profond qu'elle avait pu lire sur le visage de Peter Frost. Les yeux marron clair de Jim et ses épais cheveux bruns lui semblaient une version affadie des yeux vifs et des cheveux noirs aux reflets bleutés de l'agent du FBI.

Elle s'était habituée à cette demi-présence de Jim. Elle comprenait les démons qui l'habitaient : il avait vieilli, il se sentait mortel et il n'avait pas encore trouvé le remède à la maladie qui pouvait fort bien être passée du sang de sa mère dans le sien, puis dans celui de ses enfants. Il s'était toujours donné avec ardeur à son travail mais, après la quarantaine, c'était devenu une obsession. Il n'avait plus d'humour; son esprit était absent. Le seul sport auquel il s'adonnait consistait à jogger sur une distance de huit kilomètres quatre fois par semaine. Et il ne faisait pas cela parce qu'il y trouvait du plaisir, mais bien plutôt pour garder son cœur en bonne condition de façon à pouvoir vivre plus longtemps et voir son travail couronné de succès.

Il l'avait aimée avec tellement de passion vingt ans auparavant! Il l'avait conquise et l'avait entraînée dans le mariage avec toute sa force et toute sa ferveur. Ils avaient mené une vie sexuelle fougueuse. Le désir amoureux s'était maintenu avec constance et avait été pour eux une source de plaisir pendant toute la durée de leur mariage. Depuis peu de temps toutefois, un an peut-être, ce feu n'était plus que cendres.

Il l'aimait encore pourtant. Elle aussi l'aimait.

Elle ne tarda pas à lui parler de la visite de Peter Frost. Jim fut aussi amusé et intrigué qu'elle, mais il ne parut pas s'inquiéter.

— Les choses vont probablement se clarifier d'elles-mêmes, dit-il. Je ne peux imaginer ta mère engagée dans quoi que ce soit de compliqué. Appelle Susan et tes frères demain.

— Oh, mon Dieu! j'y pense. Je n'ai même pas écouté le répondeur.

— N'en fais rien. Si tu l'écoutes, il y aura certainement quelque chose pour stimuler ton adrénaline, et tu ne dormiras pas de la nuit. Allons nous coucher.

Ils dispersèrent les cendres, replacèrent le garde-feu devant la cheminée, éteignirent les lumières et prirent chacun leur chemin, Jim vers le séjour, Diane vers leur chambre à coucher. Sa façon à lui de se détendre était de s'installer devant la télévision pour les informations de onze heures. Depuis des années, Diane était incapable d'écouter les nouvelles le soir. C'était toujours trop épouvantable, trop bouleversant : une pauvre personne assassinée, un nouveau pays en guerre, une autre ville dévastée par un désastre naturel. À l'âge où elle entrait dans la vie, elle s'était construit, soigneusement et avec beaucoup d'efforts, un rempart de foi. Elle croyait au bien universel vers lequel l'humanité s'acheminait laborieusement. Mais chaque soir, à onze heures, les informations menaçaient de jeter son édifice par terre en une seconde. L'air placide et même aimable avec lequel les présentateurs des informations rapportaient, par exemple, l'enlèvement, le viol et l'assassinat d'une jeune fille la faisait pleurer de rage.

Ainsi donc, pendant les trente minutes que Jim consacrait aux informations, elle lisait des romans, confortablement installée au lit.

Malgré la visite désarçonnante de Peter Frost, Diane était à moitié endormie lorsque Jim s'étendit à côté d'elle dans le lit. Sa chaleur et son odeur familières avaient quelque chose de rassurant. Il lui arrivait souvent d'éprouver de l'amertume au sujet de la façon dont ils partageaient le même lit depuis quelque temps, comme frère et sœur, comme un homme avec son chien. Mais, ce soir-là, cette douce familiarité était réconfortante. Elle se laissa sombrer dans le sommeil.

Le téléphone sonna.

Diane avait toujours refusé qu'on installe un téléphone dans la chambre. Mais il était presque minuit. Cela ne pouvait être un appel ordinaire. Elle sentit la surprise de Jim dans le changement de rythme de sa respiration.

— Probablement un mauvais numéro, dit-il. J'y vais.

Il traversa à grands pas la chambre obscure, marcha jusqu'au bout du couloir, entra dans le bureau de Diane et décrocha le téléphone. Elle l'entendit dire :

— Ne pensez plus à l'enregistreuse, j'écoute.

Quelques secondes passèrent et elle l'entendit s'écrier :

— Oh ! mon Dieu !

Une pause encore et elle l'entendit s'exclamer encore :

— Oh ! mon Dieu ! Très bien. Nous appellerons les parents de Sam. Merci. Oui. Nous vous rappellerons si... oui, certainement. Merci.

Diane se souleva en s'appuyant sur ses coudes. La haute silhouette de Jim se détachait dans l'embrasure de la porte :

— C'était l'école. La direction a appelé plusieurs fois, mais nous n'avons pas écouté les messages qu'on nous a laissés. Julia s'est enfuie avec Sam. Ils vont se marier.

2

Jean

Jean voyageait en Europe sans réservations.

Au début, elle croyait qu'il serait plus sage de commencer par l'Angleterre, où l'on parlait sa langue, mais elle changea très vite d'idée : elle ne laisserait pas la prudence régler ce voyage. Pour la même raison, elle choisit de voyager seule. Elle voulait aller ou rester là où elle le voulait, quand elle le voulait, selon son propre caprice et sans tenir compte de qui que ce soit d'autre.

Pour la première fois en cinquante ans, elle avait la chance de vivre en n'écoutant que ses propres désirs.

Au temps où elle étudiait au collège, elle avait songé à s'installer en France lorsqu'elle aurait son diplôme. C'est donc par la France qu'elle commencerait. Bien sûr, le pays avait changé depuis 1940 et elle-même avait changé, Dieu le savait. Son rêve allait se réaliser tout de même.

Au début de septembre elle atterrit à Roissy, loua un taxi jusqu'à Paris et prit une chambre à l'hôtel Georges V, qu'elle quitta cependant à peine deux jours plus tard. Le grand hôtel manquait de charme : les membres du personnel, qui la reconnaissaient de loin et de façon infaillible lorsqu'elle s'approchait du bureau de la réception ou de la table de la salle à manger, s'adressaient à elle en anglais avant même qu'elle ait pu ouvrir la bouche. On lui enlevait toute chance de s'essayer à parler dans son français rouillé.

Elle trouva les Champs-Élysées majestueux mais encombrés. Elle eut l'impression désagréable que tout ce qu'elle voyait était à vendre, comme si cette avenue de Paris était, malgré sa beauté, le plus grand magasin à rayons du monde. Elle découvrit une petite auberge sur la rive gauche, avec vue sur le jardin du Luxembourg, et s'y installa.

Depuis qu'elle était entrée dans l'âge adulte, elle avait rêvé de voir les hauts lieux du tourisme parisien : le Louvre, Montmartre, Notre-Dame. Mais elle trouva le quartier trop charmant pour s'en éloigner. Pourquoi se sentir obligée d'en sortir chaque jour ? Les grands monuments avaient attendu pendant cinquante ans qu'elle vienne les admirer ; ils pourraient bien attendre quelques jours encore.

Ainsi vagabonda-t-elle dans le VIe arrondissement. Elle prenait, sur une terrasse, un petit-déjeuner tardif : petits pains au chocolat et café au lait ; elle s'asseyait au jardin et regardait les pigeons pendant des heures ; elle examinait les éventaires des bouquinistes pour en rapporter des éditions britanniques toutes racornies de Somerset Maugham ou d'Edward M. Forster, qu'elle lisait dans sa chambre jusque tard le soir.

Elle avait un air splendide et elle le savait, parce que des gens lui souriaient dans la rue, s'arrêtaient pour s'asseoir à ses côtés sur un banc du parc. Ils s'adressaient à elle en français et ils se montraient tout surpris lorsqu'elle répondait dans son français hésitant, approximatif et teinté d'un fort accent américain. Qu'on la prenne pour une Française était le plus grand compliment qu'on puisse lui faire. Elle portait des jupes longues et confortables, d'élégants chemisiers en soie, d'amples blousons garnis de poches profondes et un choix de bijoux qui paraissaient anciens, mais qu'elle avait intentionnellement achetés dans une boutique de Silver Spring spécialisée dans les *bijoux d'héritage* tout neufs. Elle ne craignait aucunement qu'on lui vole quoi que ce soit. Sa toilette, pensait-elle, lui donnait un certain air intellectuel. De fait, elle avait décidé de s'habiller ainsi pour le simple plaisir de pouvoir porter ses chaussures de marche, en cuir souple et d'allure sportive, qu'elle trouvait infiniment confortables.

À quarante ans, elle avait fait couper ses longs cheveux bruns et elle avait adopté la coiffure à la petit page, parce que la frange cachait bien ses rides. Ses cheveux étaient blancs maintenant, ou plutôt poivre et sel, parce qu'elle avait cessé de les faire teindre quand Al était mort. Un peu de poudre et un soupçon de rouge à lèvres, et elle était prête à partir à la découverte du monde.

Assise sur un banc exposé à l'intense lumière du soleil d'octobre, au jardin du Luxembourg, Jean s'amusait à se réinventer une vie qui n'était pas la sienne. Elle avait élevé six enfants au lieu de quatre ou elle n'avait pas eu d'enfants. Elle avait divorcé plusieurs fois ou ne s'était jamais mariée. Elle pouvait venir du Kansas, de la Californie ou du Maine, où elle avait été titulaire d'une sixième année, professeur de physique dans un collège, propriétaire d'une boutique de vêtements pour dames ou aquarelliste.

Pendant cinquante ans, elle avait fondé sa vie sur un seul principe : que ses enfants puissent grandir à l'abri de tout malheur, et elle ne se plaindrait jamais de son sort.

Eh bien, elle l'avait respecté, ce pacte superstitieux passé avec le Destin. Ses quatre enfants étaient maintenant bien installés dans l'âge adulte et elle ne s'était jamais plainte.

Pas plus qu'elle n'avait essayé de changer quoi que ce soit à la façon dont elle avait vécu.

« Gracieuse » était le qualificatif que tout le monde lui attribuait, même ses enfants ; mais Jean savait que le terme qui lui convenait le mieux était « déterminée ». Cela l'émerveillait maintenant de jouir d'assez de loisir et de recul pour se voir rétrospectivement et se rendre compte à quel point elle avait été tenace. Oh ! comme elle s'était accrochée à ce qu'elle avait, à ce qu'elle voulait !

Assise à une terrasse de café dans la lumière du soleil couchant, Jean souriait en sirotant un Pernod. Elle se souvenait du jour où, peu après la naissance de Diane, lorsque l'espèce de queue formée par l'extrémité de son cordon ombilical était tombée dans sa couche, elle avait recueilli ce morceau de chair qui l'avait reliée à sa fille pour le déposer dans un petit coffret de porcelaine, bordé de laiton et orné de fleurs sculptées. Elle avait eu l'intention de le garder indéfiniment. Quelques mois plus tard, elle avait ouvert le coffret et découvert avec horreur que le cordon, ratatiné et noirci, avait pris l'apparence d'un ver desséché. Elle avait pleuré. Mais pas pour longtemps. Son bébé vivant, qui avait besoin d'elle, s'était mis à crier. Jean avait jeté à la poubelle le cordon ombilical encore enveloppé de papier fleuri comme un cadeau.

Les gens ne faisaient-ils pas d'étranges choses ? La maternité l'avait rendue si craintive que ses constantes exhortations à prendre garde avaient rendu fous tous ceux qu'elle aimait. Cependant c'est Jean elle-même qui avait payé le plus cher pour cette vigilance constante qu'elle exerçait sur le destin de ses enfants.

Pendant trente ans, Jean avait été absolument incapable de dormir la nuit quand ses enfants devaient partir en car pour une sortie d'école ou voyager dans la voiture des autres, quand ils commencèrent à apprendre à conduire eux-mêmes, quand ils étaient le moindrement malades, quand ils avaient des problèmes avec un ami ou un enseignant, quand ils éprouvaient des difficultés particulières dans la pratique d'un sport ou dans leurs études, quand ils attendaient la réponse du collège où ils avaient demandé d'être admis.

Ses insomnies irritaient tellement Al qu'elle faisait semblant de sommeiller jusqu'à ce qu'il dorme profondément. Puis elle se glissait furtivement hors du lit et descendait à la cuisine. Il y avait des tâches qu'elle pouvait accomplir durant ces heures nocturnes. Elle ne s'occupait cependant à rien d'agréable alors, de peur d'attirer la guigne sur ses enfants. Elle s'interdisait même, par exemple, de tricoter un pull-over, de broder des draps ou des serviettes de toile pour les invités. Elle ne s'accordait pas le droit de faire de confitures non plus, parce que l'arôme des fruits qui bouillaient dans la bassine lui paraissait trop agréable. Elle s'autorisait à nettoyer les deux salles de bains, à frotter le plancher de la cuisine, à laver le réfrigérateur, à renouveler le papier qui recouvrait les étagères dans les armoires, ou à repasser les nappes et les serviettes damassées. Un travail physique très dur, en somme ; et il lui était même arrivé, par beau temps, de balayer le garage ou, en déshabillé, de faire briller les carreaux des fenêtres au clair de lune.

Au matin sa domestique noire, Pleasant, ne manquait jamais de la saluer en s'exclamant : « Mon doux Seigneur ! ma'me White. Qu'est-ce qui vous tracasse maintenant ? »

Elle savait qu'elle vivait, avec sa famille, une vie extrêmement confortable, luxueuse même. Leur grande maison de style colonial avec sa longue série de larges fenêtres, les arbres majestueux qui embellissaient la propriété, leur magnifique jardin et, à l'intérieur, les pièces nombreuses et magnifiques, tout cela représentait le meilleur de ce que n'importe quelle famille pouvait espérer. Elle l'avait toujours pensé. Bien que née dans une maison assez semblable, non loin de là et dans un voisinage sûr et aisé, Jean s'émerveillait souvent d'avoir la chance de vivre dans cette magnifique résidence.

Comme la châtelaine d'un palais ou l'abbesse d'un monastère, elle veillait scrupuleusement et méthodiquement à ce que les cheminées et les fournaises soient nettoyées à l'automne, les arbres émondés au printemps, les plates-bandes du jardin plantées, sarclées et arrosées, les tapis nettoyés régulièrement, les murs repeints tous les quatre ou cinq ans, les appareils ménagers les plus modernes installés aux endroits idoines et, la chose allait de soi, elle s'assurait que la maison reste constamment propre, en ordre et coquette. Fleurs fraîches sur les tables du hall d'entrée et de la salle à manger. Épis de maïs accrochés à la porte et citrouilles posées sur les marches du porche chaque automne. Les coussins de toile rayée bleu et blanc, destinés aux chaises de rotin sur la terrasse, étaient recouverts à neuf chaque année.

Peut-être à cause du sérieux avec lequel elle se consacrait à la bonne marche de sa maison et à la protection de ses enfants, Jean se sentait de moins en moins à l'aise, au fil des années, lorsqu'elle devait s'éloigner de chez elle. On ne peut pas parler de névrose : elle n'avait pas peur d'aller dans le monde, pas vraiment. Mais, aussi longtemps qu'elle était à la maison, elle avait l'impression qu'elle garantissait la sécurité de ses enfants. D'une certaine façon, elle savait que cela n'avait aucun sens. Comment sa présence dans un lieu ou dans un autre pouvait-elle empêcher Bert ou Art de se blesser sur la piste d'hébertisme ou de se faire frapper avec une batte de baseball ? Comment le fait d'aller prendre le lunch avec une amie dans un agréable restaurant pouvait-il être cause de ce que Diane ou Susan se ferait tourmenter ou snober à l'école ou bien s'écorcherait les genoux pendant la récréation ? Peut-être ce souci était-il né de son désir d'être là si on l'appelait. Avec quatre enfants à conduire en voiture aux activités scoutes, à la patinoire, aux fêtes d'anniversaire, aux leçons d'équitation, chez le dentiste et ainsi de suite, il était arrivé que l'un d'eux avait eu besoin d'elle au moment où elle en conduisait un autre quelque part. Quelle que soit l'excuse, chaque fois qu'il se produisait un raté, elle était coupable non seulement aux yeux de l'enfant, mais aussi à ses propres yeux. Si les téléphones cellulaires avaient existé à l'époque où elle avait élevé ses enfants, elle en aurait probablement acheté un.

Seigneur ! Si les appareils portatifs servant à joindre les personnes avaient alors existé, Jean en aurait donné un à chacun de ses enfants pour qu'ils puissent la réclamer n'importe où, n'importe quand, dès le moment où ils auraient eu besoin d'elle. Pourquoi chaque mère, en Amérique, n'était-elle pas ainsi reliée à ses enfants, maintenant que la technologie rendait la chose possible ?

À mesure que les enfants grandissaient et quittaient la maison, le monde où ils s'en allaient vivre lui paraissait si inquiétant que le besoin de les protéger ne diminua guère chez elle. Bert, Susan et Art avaient tous les trois, chacun à sa façon, été engagés dans la guerre du Viêt-nam, tandis que Diane ne cessait de faire des voyages dans les endroits les plus étranges : le Népal, la Bolivie et même la Russie. Comme la vie de ses enfants s'ouvrait vers l'extérieur, elle s'accorda de son côté un peu de liberté, mais juste un peu. Elle servait la soupe aux indigents dans les quartiers défavorisés de Washington, se dévouait sans relâche lors des campagnes de charité, collaborait à l'éducation des enfants handicapés à l'école de son quartier, remplissait des enveloppes, faisait des appels téléphoniques, tapait des lettres. Sa maison était devenue un quartier général pour les œuvres de charité.

Puis, au Viêt-nam, Art fit une dépression nerveuse et revint vivre à la maison pendant un temps. Jean dut prendre soin de lui et s'interposer entre lui et Al, qui acceptait mal la réaction de son fils vis-à-vis de la guerre. C'est à cette époque qu'elle devint grand-mère et dut répondre aux demandes de ses filles et de sa belle-fille, qui avaient besoin d'un coup de main pour leurs bébés. Elle les avait aidées avec plaisir.

Pour finir, elle et Al avaient passé la dernière décennie seuls dans la grande maison, et son obsession superstitieuse pour la sécurité des autres avait fini par disparaître. Évidemment, les enfants venaient ensemble à la maison avec leur famille pour de fastueuses célébrations à Noël, puis séparément, durant les vacances d'été, pour des séjours d'une semaine entière, au cours desquels « grand-mère » pouvait les gâter tous. Jean consacrait donc encore un temps assez considérable aux plaisirs de la vie de famille, mais les choses avaient changé. En cours de route, à un certain moment, Jean avait relâché sa vigilance.

Cependant, au cours des dernières années, alors que la maladie de son mari avait été diagnostiquée, traitée, et que celui-ci avait fini par y succomber, Jean s'était demandé si Al n'était pas mort parce qu'elle avait failli à son devoir de le protéger. Elle savait justement qu'elle s'était toujours moins préoccupée à son sujet qu'à celui de ses enfants. Al était mort du cancer du poumon. Il avait cessé de fumer dans la quarantaine, mais la décision venait de lui et ne faisait pas suite aux requêtes de sa femme. Aurait-elle dû, plus tôt, lui faire des remontrances au sujet de son tabagisme ? Il va de soi qu'elle avait toujours vu à ce qu'il mange sainement et de façon équilibrée. À part cela, elle ne s'était guère occupée de surveiller la santé de son mari. Il était minutieux et discipliné en ce qui touchait le soin de son corps : il était fidèle à ses rendez-vous périodiques avec le dentiste, il faisait prendre sa tension artérielle régulièrement. Al aurait voulu faire carrière dans la marine, mais Jean l'en avait empêché. Cependant, les habitudes qu'il avait prises au cours des années où il y avait servi lui étaient toujours restées. Il entretenait son corps comme s'il se fût agi d'une indispensable machine.

Non, elle n'avait pas été responsable, directement ou indirectement, de la mort d'Al, survenue à l'âge de soixante-quatorze ans. Elle avait été une bonne épouse, soit, mais elle avait été une mère extraordinaire. Elle avait accompli d'un cœur joyeux et avec une spontanéité toute naturelle les tâches qui lui revenaient, aussi fatigantes et difficiles qu'elles aient pu se révéler. Malheureusement, elle n'avait pu assumer son rôle d'épouse d'Albert White avec la même aisance. Il avait toujours fallu qu'une décision explicite intervienne entre le moment où elle prenait conscience de ce que son devoir d'épouse exigeait et celui où elle s'exécutait. Il y avait toujours eu ce délai, cette pause.

Une courte respiration qui demandait une fraction de seconde.

Un moment accordé non pas à la colère, non pas au regret, mais tout de même *ce délai, cette pause.*

Puis l'exécution.

Jean White sentit alors le besoin de se lever. Elle quitta la charmante terrasse du café et se mit à marcher et à regarder autour d'elle pour se distraire. Elle n'avait jamais été infidèle à Albert White et, pour autant qu'elle sût, il ne l'avait jamais trompée. Une immense tendresse et une grande considération pour lui avaient toujours rempli son cœur, inspiré ses actions, parce que c'était un homme bon, un homme qui méritait qu'on l'aime. Pendant sa dernière maladie, elle était restée de longues heures à son chevet, lui tenant la main, soucieuse avant tout qu'il ne se sente pas seul. Le dernier visage qu'Albert White avait vu avant de mourir avait été celui de sa femme et les derniers mots qu'il avait entendus venaient d'elle : « Je t'aime. »

Quand on l'avait enterré, elle avait eu de la peine ; elle avait pleuré. Sa douleur était réelle, mais elle ne pleurait pas sur elle-même. Au contraire, veuve d'un mari bien-aimé, elle éprouvait du soulagement.

Elle avait mené une bonne vie, une vie vertueuse même. Elle n'éprouvait aucun regret. Et pourtant, quel profond plaisir elle éprouvait de partir seule pour cette ville magique, afin de s'y souvenir avec un douloureux attendrissement de la vie dont elle avait rêvé dans sa jeunesse !

1939
War Stories

Elle évoquait la séduction et le mystère. Doublement dissimulée par la fumée de sa cigarette et la voilette à pois de son chapeau noir au style coquin, Jean Marshall était assise, à une table de l'hôtel Algonquin, avec un groupe de jeunes femmes et de jeunes hommes d'un intellectualisme véhément. Elle écoutait discuter Stanley Friedman et Hal Farmer en buvant un martini sec.

Hal ne cessait de la regarder. Jean pensait qu'il essaierait certainement de la séduire ce soir-là. Évidemment, il faudrait qu'elle fasse mine de lui résister si elle ne voulait pas passer pour une fille facile, mais elle attendait cette soirée depuis qu'elle l'avait aperçu à Cambridge. Ce n'était cependant pas la raison pour laquelle elle tenait à faire partie de l'équipe de *War Stories*. On ne l'aurait d'ailleurs pas acceptée si elle n'avait pas été douée et travailleuse. Elle s'était jointe au groupe parce qu'avant tout elle croyait à la paix, que son travail contribuerait à faire avancer le monde vers la paix. Elle avait vite pris conscience que le coéditeur, Hal Farmer, était l'homme le plus excitant, le plus brillant qu'elle eût jamais rencontré.

Elle était bien décidée à donner un sens à son existence. Quand elle avait appris que les éditeurs se rendaient à New York, durant les vacances de Noël, pour essayer de rassembler des fonds pour le journal, elle avait décidé d'y aller elle aussi. Elle avait menti à ses parents à propos de la date des vacances à Radcliffe.

Ce soir-là, tandis que Hal Farmer parlait, chacun des mots qu'il lançait à son petit auditoire – édition, numéro, sources d'information, errata – mettait son sang en ébullition. Chaque fois qu'il la regardait, le rouge lui montait aux joues, son cœur battait.

Tout chez cet homme était excitant, électrique, révolutionnaire, à partir de ses épais cheveux roux poussant drus sur sa tête jusqu'au bout de ses doigts tachés d'encre. Derrière ses lunettes rondes à monture épaisse, ses yeux bleus étincelaient. Il lui avait accordé peu d'attention à Cambridge. Il restait confiné dans son bureau, le saint des saints où elle n'avait pas encore pénétré. Mais ce soir-là, il avait jeté un long regard sur elle et lui avait adressé un aimable sourire tandis qu'il s'asseyait intentionnellement sur la chaise à côté de la sienne. Pendant toute la soirée, il avait discuté et tonné avec son enthousiasme ordinaire mais, sous la table, sa cuisse pressait constamment celle de sa voisine. C'est ce soir que la vie de Jean commencerait vraiment.

Soudain elle aperçut un homme qui se frayait un chemin à travers la foule du hall de l'hôtel. Elle n'en croyait pas ses yeux. Elle ne pensait pas qu'il l'avait repérée encore, mais il se dirigeait résolument vers leur table et il ne pouvait y avoir qu'une raison pour expliquer sa présence.

« Ça alors ! » murmura Jean, au désespoir. Comme elle ne trouvait rien de mieux à faire, elle se laissa rapidement glisser sous la table pour chercher refuge au milieu des jambes enveloppées de pantalons ou gainées de soie. Elle enfonça les coudes dans ses côtes et baissa la tête pour ne pas écraser son chapeau.

Sa copine Myra leva la nappe et pencha la tête dans sa direction :

— Hé ! l'amie, qu'est-ce que tu fais là ?

Avant d'avoir pu répondre, Jean aperçut une paire de souliers noirs parfaitement cirés s'arrêter près de la table :

— Jean ! sors de là tout de suite.

La situation était sans issue. Il n'y avait aucun moyen pour elle de s'en tirer élégamment.

— Jean, tu sors tout de suite ou je vais te chercher.

Après quelques contorsions, elle réussit à se rasseoir sur sa chaise. L'embarras lui empourprait les joues ; son chapeau avait basculé au cours de l'opération et lui cachait l'œil droit. Elle essaya quand même de faire front :

— Bobby ! J'ignorais que tu étais à New York ! Quelle surprise !

— Bon Dieu ! Jean. As-tu perdu la tête ? Tu viens maintenant. Je te ramène à la maison.

— Eh bien, mon cher frère, si c'est ce que tu désires. Mais j'oubliais, peut-être aimerais-tu te joindre à nous pour...

Elle parlait pour ne rien dire pendant qu'elle ramassait son étui à cigarettes et son sac. Elle souriait gaiement, gardait un ton enjoué et faisait tout ce qui était possible pour éviter l'humiliation totale.

— *Maintenant*, Jean.

En poussant un soupir destiné à traduire l'affectueuse tolérance qui était nécessaire quand on transigeait avec un grand frère, Jean jeta son manteau de raton laveur sur ses épaules.

— Si vous voulez bien m'excuser, dit-elle au groupe qui ricanait doucement, je crois que mon frère est venu me chercher pour me ramener à la maison.

— Tu as diablement raison et c'est ce que je vais faire, grogna Bobby en saisissant Jean fermement par le bras.

Puis, avec une intensité inquiétante, il fixa son regard courroucé sur Hal Farmer et déclara :

— Soit dit pour ton information, mon pote, ma sœur a dix-neuf ans.

Bobby entraîna Jean loin du groupe médusé. Avant qu'ils n'aient atteint la sortie, une explosion de rires fusa de la table et blessa profondément Jean dans sa dignité. Des larmes lui montèrent aux yeux et un sanglot lui noua la gorge :

— Comment oses-tu ? cracha-t-elle à son frère une fois qu'ils furent dans la rue.

Sans répondre, il la tira de force, à travers la foule qui bloquait les trottoirs devant les magasins de la 44e Rue, jusqu'à l'endroit où son coupé Teraplane était stationné en double file. Là il ouvrit la portière droite et poussa sa sœur à l'intérieur. Quand il s'installa au volant, Jean pleurait à chaudes larmes :

— Je n'ai jamais été aussi humiliée de toute ma vie ! C'est la pire expérience que j'aie jamais vécue. Comment peux-tu m'avoir fait une chose pareille ?

— Un jour, tu me remercieras.

Bobby avait parlé d'un ton bourru, en s'insérant dans le flot des voitures et des taxis qui encombraient les rues, leurs phares perçant le crépuscule de décembre.

— Comment savais-tu où me trouver ? Pourquoi même es-tu venu m'espionner ?

— C'est Al qui m'a mis sur la piste...

— Oh ! Al, l'interrompit Jean avec impatience. Il fallait bien que ce soit Al !

— Tu lui avais écrit que les vacances de Noël, à Radcliffe, commençaient le 15 décembre, mais tu parlais du 19 dans ta lettre à papa et maman. Ça m'a tracassé et j'ai appelé Midge. Elle m'a appris que tu étais partie à New York et que tu serais à l'hôtel Algonquin.

— C'est ça, les secrets entre amies, gémit Jean en reniflant.

— Jean, tu as eu de la chance que je te trouve. Ces gens-là vont beaucoup trop vite pour toi.

— Comment le sais-tu ? Tu ne sais rien d'eux ! Tu ne sais rien de moi ! Tu t'es rendu totalement ridicule, et moi avec toi !

— C'est un ramassis de pseudo-intellectuels communistes, voilà ce qu'ils sont. Et cette revue littéraire à laquelle tu veux collaborer ne sera pas autre chose qu'un torchon de propagande. Beau travail, Jean! Papa et maman seraient fiers de toi.

Jean se remit à pleurer :

— Ce que tu peux être mufle lorsque tu t'y mets!

Ils traversèrent le tunnel Holland, en route vers le New Jersey et la route menant au sud. Bobby n'avait rien dit jusqu'à ce qu'ils atteignent l'autre rive de l'Hudson. Quand il recommença à parler, il n'y avait plus de colère dans sa voix.

— Je n'essaie pas de me conduire comme un mufle, Jeanie. J'essaie seulement de te protéger. Que diable! je viens juste de conduire pendant six heures d'affilée et il me faut maintenant refaire la route en sens inverse.

— J'imagine que je devrais être reconnaissante, répondit Jean en maîtrisant elle aussi sa voix, mais, pour être franche, je ne le suis pas. Je suis une grande fille maintenant. Pourquoi ne me laisses-tu pas commettre mes propres erreurs?

— Jean, j'ai cinq ans de plus que toi. Je suis allé dans le monde. Je sais comment les choses se passent. Je sais comment les hommes pensent, je...

— Bobby, je veux que tu saches bien que Hal Farmer ne courait pas après moi, c'est moi qui courais après lui.

— Pas avec l'idée de l'épouser?

Bobby était assez remué pour quitter la route des yeux et regarder sa sœur.

— Non, Bobby, répondit Jean patiemment, comme si elle parlait à un cancre. Absolument pas avec l'idée de l'avoir pour mari. Disons que c'était pour une raison beaucoup plus... frivole.

Immédiatement, elle sentit son frère se fermer comme une huître. C'était comme si d'invisibles ponts basculants avaient été levés; elle pouvait presque entendre le cliquetis des chaînes. Elle en avait dit juste un peu plus que ce qu'une femme pudique devrait pouvoir avouer à son frère. Se retrancher ainsi dans le mutisme lui paraissait une attitude typiquement masculine, car son père et son frère étaient passés maîtres dans cette technique. Sa mère discutait plutôt ; elle expliquait et luttait jusqu'à ce que le litige ait été réglé ou, tout au moins, qu'on en soit arrivé à une impasse.

— Eh bien, je ne dirai rien de tout cela à Al, finit par dire Bobby. Je dirai seulement que tu es allée à New York pour des réunions préparatoires au lancement de la revue littéraire.

Jean soupira. Puis elle se tourna pour faire face à Bobby :

— Bobby, je sais que tu m'aimes bien, et tu sais que je t'aime aussi. De la même façon, j'aime Al, d'une façon que je dirais fraternelle. Mais je ne suis pas amoureuse de lui, je ne veux pas l'épouser et je ne l'épouserai pas. Pourquoi ne veux-tu pas admettre ça ?

— Albert White est le meilleur homme que le monde ait encore jamais vu, répondit Bobby avec chaleur. N'importe quelle fille serait heureuse de l'avoir pour mari. Il est correct, intelligent, riche...

Jean se boucha les oreilles avec ses mains, exactement comme elle faisait, plus jeune, lorsque Bobby se mêlait de la régenter. Comble d'ironie, elle avait eu le béguin pendant des années pour Al White, quand elle était écolière. Il était tellement beau, avec des yeux bleus, d'épais cheveux blonds et une peau bronzée par les longues heures passées à faire de l'aviron, de la voile ou à jouer au tennis. Il avait été condisciple de Bobby, à l'Académie navale, et il avait toujours passé ses congés chez les Marshall, parce que sa famille habitait trop loin, sur la côte Ouest. Jean s'était éprise de lui. En fait, dans les premières années, elle avait joué les emmerdeuses, mais Al s'était toujours montré gentil. Elle avait passé des heures, des semaines, des mois même à rêver à lui tout éveillée. Et puis, soudain, ils avaient tous vieilli. Jean était partie faire sa première année de collège, à Radcliffe. Au bout d'un an, c'était une grande jeune fille d'une étonnante beauté qui était revenue. Al avoua à Bobby, étonné, qu'il était amoureux de sa sœur. Bobby avait annoncé

66

triomphalement la nouvelle à Jean, croyant ainsi faire le bonheur de tout le monde.

Dès cet instant Jean cessa d'aimer Al. Elle répondit : « C'est gentil », puis elle haussa les épaules.

Que s'était-il donc passé ? Qu'était devenu son sentiment amoureux ? Jean était aussi perplexe que tout le monde autour d'elle. On l'avait toujours accusée d'être perverse, de s'entêter à vouloir faire comme les garçons, de n'en faire toujours qu'à sa tête. On s'étonnait qu'elle s'offense quand Bobby lui faisait un compliment et qu'elle le remercie lorsqu'il l'insultait. On lui reprochait de tout confondre. Sa nouvelle attitude troublait Jean elle-même. Elle avait honte de son inconstance et, dans le fond de son cœur, elle savait qu'elle avait cessé d'adorer Al parce qu'il était trop bon. La bonté ne l'attirait guère à cette époque.

Bobby et Jean roulèrent pendant un certain temps dans une espèce de sombre trêve, tous deux absorbés dans leurs propres pensées. Bobby finit par dire :

— Je voulais seulement ce qui était le mieux pour toi, et voilà que j'ai gâché ta vie.

— Oh ! Bobby, protesta Jean en lui touchant affectueusement le bras, ma vie n'est pas gâchée. J'ai encore ma place dans l'équipe de la revue, et Hal sera probablement davantage intéressé par moi maintenant qu'il sait que je suis si jeune.

Bobby répliqua d'un ton glacial :

— Je voulais dire que j'avais gâché ta vie en te révélant que ce cher Al était amoureux de toi. C'était une erreur de stratégie de ma part.

— Stratégie ! répéta Jean d'une voix méprisante. Mon Dieu ! si tu pouvais apprendre à te mêler de ce qui te regarde ! Et tu sais ce que je pense à propos de tout ça. La raison pour laquelle je n'épouserai pas Al, tu la connais : jamais, au grand jamais, je n'épouserai un officier de carrière de la marine. Et je dis ça sérieusement, Bobby. Je ne veux pas être mariée à la marine. Voilà, le sujet est clos.

L'un et l'autre restèrent tranquillement enfermés dans leur

mauvaise humeur. Un immense amour fraternel les unissait. Il y avait à peine un soupçon de jalousie entre eux deux. Avant tout, ils avaient une attitude protectrice l'un envers l'autre. La facilité de communication entre eux s'était dégradée cependant, parce que Jean trouvait Bobby ennuyeux et que Bobby trouvait Jean écervelée. Comme son père, Bobby s'était inscrit à l'Académie navale et envisageait de faire une carrière dans la marine. Jean, quant à elle, considérait avec un dédain de plus en plus marqué la vie que leurs parents leur avaient assurée.

Cette vie n'avait rien eu de mauvais. À sa manière, elle avait été à la fois protégée et aventureuse. Alors qu'ils étaient enfants, ils avaient déménagé souvent, d'une base à l'autre, à l'occasion des nouvelles affectations que recevait leur père. Ils avaient changé d'école presque tous les ans ; il leur était même arrivé d'entrer dans une nouvelle école au milieu de l'année scolaire. Ils avaient appris à se fier l'un à l'autre plutôt qu'aux gens avec qui la vie les mettait en contact, même s'ils savaient qu'il leur faudrait bien se quitter tôt ou tard. Ils avaient acquis un vernis de sophistication de même qu'une assez grande aisance à évoluer dans le monde. Mais tout ce qui avait un caractère intime les déroutait. Ils n'avaient jamais appris à manœuvrer dans les situations qui les concernaient étroitement ; dès que quelqu'un s'introduisait dans leur petit monde fermé, ils tiraient la sonnette d'alarme.

Finalement, l'âge et l'expérience aidant, leur père avait obtenu un poste administratif à Washington. Ils s'étaient alors installés dans la belle vieille maison de Bancroft Place dont leur mère avait hérité de ses parents. Au cours des cinq dernières années, ils avaient enfin vécu dans le luxe et la stabilité.

En dépit de cela, Jean était déterminée à ne pas devenir l'épouse d'un officier de marine. Elle admirait sa mère, elle la respectait. Elle aimait aussi son père. Mais, depuis qu'elle avait l'âge de raison, elle avait nourri des ambitions personnelles. Elle voulait tout : renommée, fortune, aventure, indépendance. Elle était assez douée pour parvenir à ses fins. Elle en avait fait la preuve. Après deux années à Radcliffe, où elle avait obtenu les plus hautes notes, elle avait fini par en avoir assez de la vie scolaire et s'était laissé fasciner par un groupe d'intellectuels engagés de Cambridge.

Ces derniers travaillaient au lancement d'une revue littéraire intitulée *War Stories*. Il s'agissait d'une publication ouvrant ses pages à un vaste éventail de textes d'idées ou de fiction ayant la guerre comme centre d'intérêt : souvenirs authentiques ou reconstitution fictive des batailles de la Première Guerre mondiale ou de la Guerre civile d'Espagne, tragédies vécues par des épouses et des veuves de guerre, nouvelles traductions de l'*Iliade,* études sur les Croisades, journaux personnels écrits durant la guerre de Sécession, poèmes inspirés par la Révolution américaine. L'astuce, le secret magnifique, c'était que dans chaque numéro seraient insérées, de façon subtile, des histoires flétrissant la guerre, des idées radicales et de la propagande pacifiste, de sorte qu'au bout d'un certain temps les lecteurs se seraient convertis à la cause de la paix sans s'en rendre compte. Hal Farmer et Stanley Friedman, les fondateurs de *War Stories,* planifiaient habilement la façon dont ils amèneraient les banquiers et les hommes d'affaires à lire leur revue.

C'est par une brillante étudiante de classe terminale, Myra Kaplan, la jeune fille qu'elle admirait le plus à Radcliffe, que Jean avait été amenée à l'une des premières rencontres d'organisation. Ensuite Myra l'avait présentée à l'équipe de direction. Jean s'était portée volontaire pour faire bénévolement du travail de secrétariat le plus souvent qu'il lui serait possible. Pendant une bonne partie du trimestre d'automne, elle s'était enfermée dans leur sous-sol de la rue Hancock. Elle dépouillait le courrier, elle tapait des lettres, elle corrigeait les épreuves d'essais et de nouvelles. Elle écrivait même ses propres opinions, car on avait découvert qu'elle était brillante et cultivée. Ses remarques étaient bienvenues.

Tout le monde parlait d'Hitler et prédisait que bientôt les États-Unis se trouveraient engagés dans une nouvelle guerre européenne. Jean caressait un rêve secret ou, plutôt, elle s'était fixé un but : se rendre en Europe comme reporter pour *War Stories* et envoyer au pays une information de première main sur ce qui se passait sur le terrain. Elle était prête à interrompre ses études, à risquer sa vie, à ramper dans la boue, à dormir dans les granges polonaises. Son imagination n'avait plus de bornes lorsqu'il s'agissait d'envisager son avenir avec cette revue. Elle ne voulait pas coucher avec Hal Farmer simplement parce qu'il était bel homme, mais parce qu'il savait tant de choses. Elle sentait que si elle pouvait entrer dans son intimité, certaines de ses qualités pourraient déteindre sur elle. Et elle voulait qu'il en sache davantage sur sa personne, qu'il l'apprécie, qu'il soit persuadé qu'elle lui enverrait des comptes rendus de guerre qui rendraient illustre la revue *War Stories*.

La chose était possible parce que, à l'encontre du père de Jean, Hal Farmer croyait les femmes aussi intellectuellement douées que les hommes. Mieux encore, Hal disait souvent qu'il aimerait voir les hommes cultiver un plus grand nombre de qualités féminines : perspicacité, intuition, compassion. Hal parlait volontiers de ses propres émotions et ne se croyait pas moins homme pour autant.

Tout cela montait à la tête de Jean. Le seul autre homme qu'elle avait pu voir agir de près était son père, et Hal Farmer était aussi différent de Lawrence Marshall qu'on pouvait l'être. Le commandant Marshall était un homme d'action. Jean l'aimait, ou du moins en avait-elle l'impression, et elle le détestait en même temps. Il était fier, taciturne et abrupt; c'était un homme habitué à commander. Dans sa famille, il commandait aussi. Il ne manquait pas de gentillesse, mais il était injuste, surtout vis-à-vis d'elle, croyait Jean. Elle était défavorisée par le fait d'être née la deuxième, d'être le « bébé » de la famille et, de surcroît, une fille. Elle s'était donc vu refuser des privilèges dont Bobby avait joui de bonne heure pour la simple raison que c'était un mâle. Une fois qu'elle fut devenue une jeune adulte bien de sa personne, le commandant avait montré encore plus de sévérité, plus d'intransigeance à l'endroit de sa fille. Il lui avait fait clairement sentir, sans avoir besoin de le formuler explicitement, qu'il était responsable de sa vertu et que, pour cette raison, il lui incombait de décider quand Jean pourrait se donner à un autre homme. En effet, il était clair dans l'esprit du commandant Marshall qu'il donnerait lui-même sa fille en mariage quand elle voudrait prendre époux.

La mère de Jean agissait comme un agent de liaison entre Jean et son père. Comme les exigences paternelles se faisaient de plus en plus rigoureuses, il ne restait plus à Mme Marshall qu'à plaider auprès de sa fille : « Oh ! Jeanie, ne vois-tu pas que c'est parce qu'il t'aime tellement ? Il veut seulement te protéger. »

Si c'était ça, l'amour, elle n'en voulait pas. Elle n'avait pas besoin d'être protégée. Ses professeurs avaient informé ses parents qu'elle était une cxcellente élève, et ceux-ci avaient toujours interprété ce compliment comme s'il avait signifié que Jean était une bonne fille, qu'elle travaillait fort, qu'elle était responsable, obéissante, respectueuse de l'autorité. Jean savait qu'on avait voulu dire qu'elle était douée, brillante, perspicace, que son intelligence était vive, qu'elle avait de grandes capacités intellectuelles qui pourraient la mener là où elle voudrait aller.

À ce moment précis, là où elle voulait aller, c'était au lit avec Hal Farmer. Elle avait dix-neuf ans. Il était temps pour elle de se faire dépuceler. Elle ne voulait pas *se conserver* pour le mariage ; elle haïssait l'idée qui présentait le corps féminin comme un coffret de sûreté destiné à recevoir un seul et unique bijou, sa virginité. De plus, elle ne désirait pas se marier. Elle avait plutôt peur du mariage, ce piège, cette prison. Le mariage marquait la fin de tout.

Elle agirait selon ses propres règles. Elle abandonnerait sa virginité librement, sans contrat, et à un homme qu'elle n'envisageait aucunement d'épouser. Elle n'avait d'ailleurs aucune illusion au sujet d'un mariage avec Hal Farmer : il était déjà marié.

Tandis qu'elle traversait la nuit froide et noire dans la

chaude sécurité de la voiture de son frère, Jean réfléchissait à tout cela. Elle savait que Bobby l'aimait énormément, qu'il pourrait même mourir pour la protéger. Mais elle savait aussi que, si elle lui révélait ses sentiments et ses plans, il serait horrifié au point de se faire un devoir de la retenir, de l'enchaîner, jusqu'à ce qu'elle revienne au bon sens et capitule. Les hommes qu'elle aimait le plus au monde, son père et son frère, étaient aussi d'une certaine façon ses ennemis.

— Bobby, qu'est-ce que tu as dit à papa et à maman ? Qu'est-ce que tu leur as raconté à mon sujet ?

— Je leur ai dit que je voulais t'épargner un voyage en train. Qu'il y a tellement de monde, ces temps-ci, que tu ne trouverais certainement pas de place assise et que tu arriverais à la maison épuisée. Que ce n'était pas pour toi une façon de commencer les vacances.

— Ainsi tu leur as caché que j'étais à New York ?

— Oui.

Jean sourit dans l'obscurité :

— Merci, Bobby. En voilà une que je te dois.

— Fort bien, parce que j'en ai déjà une de prête.

— Oh, non ! fit semblant de gémir Jean en se couvrant dramatiquement le visage avec ses mains.

— Ce n'est pas si mal. Al va te demander de l'accompagner au bal de Noël de la marine. Je veux que tu acceptes. Nous réserverons une table pour Al, Betty, toi et moi.

— Ce sera sensationnel, murmura Jean entre les dents.

Elle n'avait jamais aimé Betty depuis le moment où cette petite souris avait fait irruption dans leur vie : une gentille petite chose qui remplissait sa vie avec le bridge, le tennis, les campagnes de charité en attendant que Bobby sorte de l'Académie navale et qu'ils puissent alors se marier. Dès qu'ils avaient été fiancés, Betty avait pris l'habitude de venir tous les soirs à la maison pour bavarder avec le commandant et Mme Marshall pendant qu'elle brodait le linge de maison et cousait à la main les ourlets. Betty n'avait pas d'opinions personnelles, parce qu'elle tenait trop à être d'accord avec tout le monde. Elle était si implacablement gentille que Jean en avait des haut-le-cœur.

Mais la vraie raison pour laquelle Jean méprisait Betty était que, derrière toute cette gentillesse et cette ingénuité, il y avait de la cupidité. Betty avait choisi Bobby de préférence à tous les autres qu'elle aurait pu aimer parce qu'elle savait qu'il hériterait un jour de beaucoup d'argent, quand sa mère mourrait, et elle voulait cet argent. Betty n'en avait jamais rien dit, mais l'intérêt qu'elle portait aux cristaux et à la porcelaine de Mme Marshall ainsi qu'à la résidence secondaire à Newport était évident. Une fois, alors qu'elle traversait la maison par hasard, Jean avait surpris une conversation qui lui avait donné froid dans le dos.

De sa voix haut perchée, essoufflée et pitoyable de souris, Betty avait dit :

— Bobby, mon chéri, tu sais que je te suivrai jusqu'au bout du monde. Mais je me fais quand même du souci à propos du train de vie que nous aurons. J'aimerais pouvoir changer, mais je ne peux pas : je serai toujours exigeante. Je vivrai avec toi n'importe où dans le monde, mais je sais que le salaire d'un officier de marine ne permet guère de profiter des choses qui rendent la vie agréable.

Bobby, qui se conduisait toujours comme le vaillant protecteur de ces dames, avait répondu :

— Écoute, Betty, j'hériterai de mes parents un jour et je crois bien qu'ils se feraient un plaisir de m'avancer de l'argent pour te payer une bonne et te dénicher un endroit décent où vivre, dans n'importe quel endroit où je serai en poste.

— Oh ! le crois-tu vraiment, Bobby ? C'est merveilleux ! Je ne me rendais pas compte que tu étais si favorisé. Oh ! mon chéri, je vais t'organiser le foyer le plus douillet que tu aies jamais vu...

Jean avait été écœurée d'entendre cela et, plus tard, de voir encore Betty s'extasier lorsque sa future belle-mère lui avait montré la porcelaine Spode et les cristaux Waterford qui reviendraient à son fils et à sa femme. Elle avait fini par en parler à sa mère.

— Ma chérie, lui avait répondu Mme Marshall, Betty aime tout simplement les jolies choses. Peut-être nourrit-elle vraiment des ambitions sociales, mais cela pourra l'aider dans sa situation d'épouse d'officier de marine. Les raffinements de la vie mondaine sont très importants ; bien recevoir, bien tenir son rôle social peut avoir une extrême importance pour un couple qui désire s'élever dans la hiérarchie de la marine. Betty est entreprenante, j'en suis heureuse. Elle aidera beaucoup Bobby. Ne sois pas trop dure pour cette jeune fille. Je pense que tu es jalouse parce qu'elle t'enlève ton frère.

Sa mère avait eu un sourire taquin en prononçant ces derniers mots.

Aucun espoir, avait alors pensé Jean ; aucun espoir, pensait-elle encore tandis qu'elle roulait dans la nuit, sous la garde de son frère, vers la prison d'une demeure familiale où l'on pensait trop à sa sécurité. Jean se considérait comme un magnifique colis, comme un panier de fleurs, comme un coffret à bijoux dont elle commençait à peine à connaître le contenu. Au milieu de la joie que lui procurait cette découverte, cependant, elle était obligée de se rendre à l'évidence que ses parents n'aimaient que le contenant. Ils ignoraient quels étaient ses rêves, ses désirs, ses ambitions ; ils n'en voulaient rien connaître.

Mais c'était sa famille. On était à Noël, et elle serait à Cambridge dans une quinzaine. Elle jouerait son rôle de fille respectueuse et de sœur aimable durant cette courte période. Elle laisserait sa hâte réchauffer son sang comme une liqueur, remplir sa tête de fantaisies qui, dans deux semaines, deviendraient bien réelles.

Des flocons de neige en papier blanc tournoyaient au-dessus des têtes des danseurs dans la salle de bal de l'Army-Navy Club. C'était le bal de Noël de la marine. Jean Marshall, assise à une table, buvait du champagne en fumant une longue cigarette. Elle était particulièrement en beauté. Elle se sentait d'humeur massacrante. Tellement de choses allaient de travers.

D'abord elle n'avait jamais paru aussi belle de toute sa vie. Ses cheveux foncés formaient des rouleaux superposés de façon savante et retenus par des épingles ornées de pierres du Rhin. Et sa robe ! Quelle robe ! Son père avait fait la grimace et grogné en voyant le prix qu'elle coûtait, mais sa mère avait dit :

— Oh ! chéri, tu ne te rends pas compte ? C'est le genre de robe qu'on porte une fois dans sa vie. Nous pouvons nous permettre cette dépense. Laisse-lui ce plaisir.

C'était un élégant fourreau, à manches longues et à col officier, dont l'ourlet caressait ses chevilles. À Cambridge, Jean avait des robes décolletées que son père avait payées mais qu'il n'avait jamais vues et ne verrait jamais : il ne l'aurait jamais laissée sortir de la maison avec une toilette la moindrement révélatrice. Cette robe soyeuse et moulante était entièrement noire excepté la manche droite et la moitié droite du corsage froncé, dont le blanc créait un saisissant contraste. Elle avait peint ses ongles et ses lèvres de couleur cramoisie. À ses oreilles pendaient des pierres du Rhin.

Elle avait une allure formidable. Elle se sentait formidable.

Elle donnait l'impression d'être expérimentée.

Mais à quoi bon être belle et séduisante dans cette toilette extraordinaire si Hal Farmer n'était pas là pour la voir ?

Il ne la verrait jamais telle qu'elle apparaissait ce soir-là, songeait-elle avec une morosité croissante, parce que Hal Farmer n'était pas du genre à fréquenter les bals officiels. De fait, Hal Farmer était philosophiquement opposé à ces sortes de mondanités où il était normal de porter une telle robe.

À côté d'elle, Betty minaudait dans une virginale et insipide robe de satin rose bonbon. Elle essayait de se donner l'air d'une ingénue, mais Jean trouvait qu'elle avait l'air d'une folle. Et cette façon qu'avait eue Betty de s'accrocher à Bobby en entrant dans la salle de bal, poussant des oh ! et des ah ! comme si elle n'avait jamais vu de décorations de Noël auparavant, avait donné à Jean l'envie de vomir. La grande enceinte regorgeait de couples splendides qui dansaient, riaient autour des tables ou se frayaient un chemin vers le bar. Sur la piste de danse se trouvait une femme que Jean surveillait depuis un bon moment et qu'elle admirait. Elle connaissait un peu son histoire : fille d'un sénateur, elle était déjà, à vingt-huit ans, mariée puis divorcée. Comme pour ajouter au scandale – on était en 1939, il ne faut pas l'oublier –, elle était là devant tout ce public, non seulement en train de danser mais même de se coller à un jeune homme remarquablement beau qui étudiait encore à Annapolis ! Tout le monde parlait de son impudence, mais elle s'amusait terriblement, tout comme son jeune cavalier.

Jean voulait être comme cette femme : audacieuse, hardie, non conformiste, *provocante*.

Mais elle était assise là, avec Bobby qui se penchait au-dessus d'elle pour lui dire :

— Je ne suis vraiment pas d'accord pour que tu fumes en public, et je sais qu'il en serait de même pour papa.

Et Betty qui lui criait tout de suite après, de sa petite voix aiguë de rongeur :

— Mon Dieu ! Jean, avec tes cheveux remontés comme ça, on ne dirait jamais que tu n'as que dix-neuf ans !

Al, au moins, la laissait tranquille. Jean savait qu'on avait discuté à son sujet avant d'arriver sur les lieux du bal. Bobby avait probablement averti Al de ne pas s'en faire si Jean se révélait maussade. Jean s'était montrée polie envers Al, mais extrêmement froide. Cela aurait été folie que d'avoir l'air de l'encourager. Elle lui avait accordé toutes les danses convenues, mais elle s'était tellement ennuyée, alors, qu'elle avait cru s'endormir dans ses bras. Même les regards envieux des autres femmes la laissèrent totalement froide.

Quand on se retrouvait à table, épaule contre épaule avec amis et connaissances, les choses devenaient un peu plus intéressantes. Ici encore les gens parlaient de l'éventualité de la guerre. Hitler. L'Allemagne. La Russie. Elle aurait aimé que Hal Farmer puisse voir comment les yeux des hommes brillaient lorsqu'ils évoquaient la guerre, comment leurs voix montaient, enflaient. Ils parlaient plus vite, faisaient de grands gestes, gonflaient leur poitrine et plastronnaient de façon prétentieuse. D'un strict point de vue objectif, la scène avait quelque chose de fascinant : les hommes les plus paisibles du monde semblaient avoir une lumière intérieure cachée qui s'allumait à la seule pensée de la guerre.

Jean n'essaya pas de se mêler à la conversation. À Cambridge, elle aurait plongé dans la discussion, avec une voix aussi forte que celle des autres. Ici, cependant, elle était d'abord et avant tout la jeune sœur de Bobby Marshall et, même si les jeunes hommes l'avaient écoutée avec courtoisie, ils n'auraient pas *entendu* ses paroles. Après tout, elle n'en était qu'à sa deuxième année de collège et, de plus, c'était une fille. Qu'est-ce qu'elle pouvait savoir ?

Donc elle bâillait. Ce n'était sûrement pas gentil, mais Bobby ne remarquait rien. Pas même Al, qui était censé être amoureux d'elle. Tout le monde discutait de la guerre.

Tout le monde, excepté un homme qui la regardait, elle. Il avait pris place parmi les jeunes gens réunis autour de leur table, un verre à la main, s'arrangeant pour avoir l'air et ne pas avoir l'air de faire partie du groupe. Grand, vêtu avec élégance, les cheveux noirs, le teint foncé, il donnait vaguement l'impression d'être étranger. Ce n'était pas le genre de Jean : elle aimait plutôt les blonds. Pourtant il était beau. Non, pas beau. Al était beau. Cet homme avait plutôt l'air mondain. Quand il la regardait, on pouvait lire l'admiration sur son visage. Aucune impertinence chez lui, mais quelque chose de déconcertant. Quand leurs yeux se croisèrent, Jean sentit la chair de poule s'étendre sur tout son corps. Elle aimait cela.

La femme qui l'accompagnait et qui, appuyée contre lui, faisait courir sa main le long de son bras, ne passait pas inaperçue. Elle avait les cheveux blond pâle et portait une robe d'une couleur crémeuse qui se confondait presque avec sa peau.

J'aurai cette apparence-là un jour, se promit Jean. Et un jour j'aurai un amant qui ressemblera à cet homme.

L'homme se pencha du côté de son frère et lui dit quelque chose que Jean ne put saisir. Elle regarda ailleurs.

— Aimeriez-vous danser?

L'invitation venait de cet homme.

Alors qu'il se penchait vers elle – un peu plus près que n'auraient dû le permettre les convenances, mais comment aurait-elle pu autrement l'entendre avec tout ce bruit? – elle plongea son regard dans le sien et découvrit des yeux bruns aussi sombres et aussi grisants que le rhum que ses parents mêlaient à leur *egg-nog* au cours de la nuit de Noël. Le temps s'arrêta. Pendant tout le reste de sa vie, elle se souviendrait de cette minute où le temps avait suspendu son vol.

— J'ai demandé la permission à votre frère, lui disait l'homme. Je m'appelle Erich Mellor et...

Jean se leva si rapidement qu'on aurait pu croire qu'elle se ruait sur lui. Elle lui lança, le visage empourpré:

— Il n'est pas nécessaire de demander la permission de mon frère pour simplement danser avec moi!

Erich Mellor sourit et la regarda droit dans les yeux:

— Et si je voulais davantage qu'une seule danse? N'est-il pas prudent en ce cas de m'assurer la confiance de votre frère dès le départ?

Jean, stupéfaite, tomba presque à la renverse sur sa chaise. Elle pensa à ce que disaient ses amies en évoquant une situation analogue: « Il m'a proprement jetée par terre. » C'est ainsi qu'elle se sentait en ce moment, frappée par une force à laquelle elle ne pouvait résister, le souffle coupé, les jambes aussi molles que de la gélatine.

Erich Mellor l'entraîna sur la piste de danse, sa main chaude et sèche autour de la sienne. Jean espérait avoir l'air à son aise en le suivant. De fait, elle se sentait presque paralysée. Au milieu de la piste il la prit dans ses bras, mais sans la tenir trop près. L'orchestre attaqua une version particulièrement ensorcelante de

Blue Moon. L'animation de la salle de bal se calma en même temps que l'éclairage s'adoucit. La lumière avait maintenant pris une teinte bleu de rêve et le bruit des voix n'était plus qu'un faible murmure. Les couples autour d'Erich et de Jean s'enlaçaient plus étroitement, totalement abandonnés à la musique, tandis que les femmes fermaient les yeux et posaient leur tête sur l'épaule ou la poitrine de leur cavalier. La main gauche de Jean était sur l'épaule d'Erich et, à travers le tissu de sa veste, la jeune fille pouvait sentir sa chaleur et sa force. Elle prenait aussi conscience de la langueur avec laquelle elle abandonnait sa main droite dans la sienne. Le temps passa encore, non pas en émiettant les secondes, mais dans un flot rapide, comme le vent chaud courant dans les verts feuillages, troublant, ensorcelant. Le corps de Jean était envahi par une chaleur sensuelle qui la laissait impuissante.

Après un léger coup de fouet donné sur la cymbale, l'orchestre passa à *Moonglow*.

— Je leur ai demandé de jouer cet air, l'informa Erich.

Jean sourit. La chose étonnante n'était pas pour elle d'être dans les bras de cet homme, ses yeux plongés dans les siens, son corps frémissant à son toucher ; la chose étonnante était de se sentir si complètement elle-même pendant que tout cela lui arrivait. Elle ne se préoccupait pas d'être gracieuse, elle n'avait pas honte de jeter sur lui un regard aussi insistant. Elle se sentait *à l'aise*. Cela lui rappelait la première fois où elle avait plongé en eau profonde, avec l'impression qu'elle brisait la masse liquide pour ensuite la sentir se refermer sur elle, alors qu'elle pensait : « Oh ! je peux faire ça ; c'est mon élément. »

Quand l'orchestre se remit enfin au swing, Erich ne la ramena pas à la table où se trouvaient son frère, son cavalier et les autres. Il la dirigea plutôt vers le bar, pour y cueillir deux verres, puis ensuite vers un coin tranquille et retiré où ils s'assirent et bavardèrent. Il faisait carrière dans la banque. La surprise la fit rire :

— Vous n'avez pas du tout la tête d'un banquier !

— De quoi croyez-vous que j'aie l'air?

— D'un prince. Non, d'un baron. Venu d'un de ces pays décadents de l'Europe.

— Je regrette, dit-il en riant. Je crains bien de n'être qu'un terne banquier qui n'a pas honte de son métier.

Elle lui parla de Radcliffe et de son plaisir de vivre loin des contraintes familiales. Elle lui parla aussi de *War Stories* et de son ambition de faire partie de l'équipe de la revue. Il lui dit qu'il trouvait ses idées et son optimisme admirables. Qu'il était vieux : il avait vingt-quatre ans.

Ils dansèrent encore toutes les fois que l'orchestre jouait des slows et, chaque fois, ils se rapprochaient de plus en plus l'un de l'autre. Jean pouvait sentir sa cuisse frôler la sienne sans la toucher vraiment. Il la dépassait de plusieurs centimètres, de sorte qu'à la fin de la soirée, quand il la pressa encore contre lui, son menton se noyait dans ses cheveux. Là, la tête posée contre son épaule, elle pouvait sentir sa poitrine se soulever et s'affaisser au rythme de sa respiration, ainsi que la chaleur de sa peau.

Il ne semblait pas possible que la soirée puisse se terminer, mais après une dernière reprise de *Good Night, Ladies,* tout le monde applaudit et cria bravo. Les gens évacuèrent la piste de danse. Erich ramena Jean à la table de son groupe, où Al discutait ferme avec d'autres hommes. À leur approche, Bobby leva la tête et fixa Jean.

Erich tendit la main à Al :

— Au plaisir de te revoir.

Puis, se tournant vers Bobby :

— Merci de m'avoir laissé danser avec ta sœur. Et bonne chance. J'espère que tu recevras ton affectation dans un sous-marin, comme tu l'as demandé.

Bobby inclina la tête pour toute réponse. La moindre allusion à la marine ramenait sa bonne humeur.

— Merci pour la danse, Jean, ajouta poliment Erich.

Comme son frère et Al l'observaient, elle fut réduite à lui rendre un sourire contraint.

— Puis-je vous appeler demain ? demanda-t-il.

Un sentiment de triomphe se répandait dans tout son être et elle s'empressa de répondre :

— Très certainement.

La route du retour fut un calvaire. Ils étaient venus à quatre et ils retournaient de même. Tandis qu'ils attendaient qu'on approche leur voiture, Bobby, enragé contre Jean parce qu'elle avait ignoré Al toute la soirée, faisait les cent pas sur le trottoir. La vapeur lui sortait des narines et il avait l'air d'un taureau furieux. Betty, dans un effort méritoire pour garder un climat amical, piaulait sans même s'arrêter pour reprendre son souffle. Une fois installée sur la banquette arrière de la voiture, Jean se cala contre la portière, en proie au désir. Assis à côté d'elle, Al répondait de bonne grâce au babil incessant de Betty.

Parce que Betty, Jean et Bobby habitaient dans le quartier excentrique de Kalorama, Bobby annonça qu'il déposerait d'abord Al à son hôtel. Heureusement le Carlton était tout près. Jean éprouva un soudain regret ; elle n'avait pas voulu blesser Al. Encore moins l'humilier. La soirée était maintenant terminée, il descendrait de la voiture et elle n'aurait jamais plus affaire à lui.

Bobby appliqua les freins de façon beaucoup plus énergique qu'il n'était nécessaire, projetant ainsi Jean sur le dossier de la banquette avant, puis il coupa le moteur de façon si brutale que la voiture tressauta et les secoua tous encore une fois. Au moment d'ouvrir la portière, Al prit congé :

— Eh bien, bonsoir tout le monde. Merci, Bobby, de m'avoir ramené.

Bobby se retourna à l'instant et hurla :

— Bon Dieu ! Jean, le moins que tu pourrais faire serait de t'excuser auprès de notre ami Al. Tu t'es conduite ce soir comme une Jézabel mal élevée et stupide. Tu n'es qu'une petite folle de collégienne. Je suis désolé, Al, mais ça me rend furieux de voir traiter un homme de la marine de cette façon ! Jean, je vais avoir une conversation avec papa à ce sujet et m'assurer que tu sois punie de belle façon !

C'était moins la colère de Bobby qui enrageait Jean, que sa menace de mettre leur père au courant. Celui-ci avait en effet un pouvoir illimité sur sa vie. Elle sut tout de suite que, si Bobby tenait parole, son père lui interdirait à jamais de revoir Erich Mellor.

— Sacré bon Dieu ! Bobby, va au diable !

Jean avait scandalisé tout le monde, y compris elle-même, car les jeunes femmes de son milieu ne juraient pas. En parlant, elle avait ouvert la portière et posé dans la neige son pied délicatement chaussé.

— Je ne suis pas ta *petite fille* ! Je ne suis la petite fille de personne ! Je suis une adulte et tu n'as pas le droit de me parler de cette façon-là.

Elle se précipita dehors, pour se retrouver dans le froid intense de cette nuit de décembre. La rage la faisait tellement trembler qu'elle cherchait ses mots, mais elle se pencha à l'intérieur de la voiture et cria :

— Je t'aimais jusqu'à maintenant, mais la façon dont tu me traites, sans aucune once de respect, m'amène à te haïr. Tu dois me croire, Bobby : je te hais. Laisse-moi tranquille !

Et elle fit claquer brutalement la portière.

De nombreuses voitures étaient arrêtées devant l'entrée de l'hôtel pour y déposer des fêtards en tenue de soirée. Des gens chic enveloppés dans leur manteau de fourrure ou dans leur cape examinaient Jean d'un regard à la fois amusé et désapprobateur. Il n'y avait que les femmes de bas étage pour se donner en spectacle comme cela, et non les jeunes dames comme Jean Marshall. Il était heureux pour elle de n'être pas ivre, pensait Jean en s'éloignant à grands pas de la voiture de son frère, parce que la rue était tellement couverte de neige et de glace qu'elle avait peine à rester debout.

— Jean ! Reviens tout de suite dans la voiture ! rugit Bobby.

Betty abaissa la glace à côté d'elle et sortit la tête. En étouffant le plus possible sa voix, pour empêcher les gens d'entendre, elle siffla :

— Reviens vite, Jean. Tu me fais honte !

Jean continua à marcher. Dieu merci, son manteau de fourrure était chaud. La nuit était en effet extrêmement froide ; la neige avait pénétré dans ses fins souliers à talons hauts, mouillé ses bas de soie et transformé ses pieds en glaçons.

— Partez tous les deux. Je vais veiller à ce qu'elle rentre sans problème à la maison.

— Al...

— Nous prendrons un taxi.

— Ça va te coûter une fortune, Al ! Laisse-moi...

— Bobby, s'il te plaît. Retourne chez toi.

Même si Al avait parlé d'une voix calme et mesurée, Jean l'avait entendu. Elle fut soulagée parce que, au moment où elle atteignait l'abri relatif offert par la marquise de l'hôtel, elle prit conscience qu'elle n'avait aucune idée de ce qu'il fallait faire maintenant. Elle n'avait pas d'argent dans son sac, sinon de la menue monnaie qui pouvait être utile si elle voulait appeler à la maison. Mais la maison était le dernier endroit où elle avait envie de téléphoner.

La tête haute, affichant un air de suprême ennui, Jean entra par la porte qu'un concierge en uniforme s'était empressé de lui ouvrir et pénétra dans la chaleur du hall de l'hôtel. Elle se laissa tomber sur une banquette, tremblant encore de colère et de froid, et regarda avec soulagement Al White qui s'approchait.

Il s'assit à côté d'elle, s'appuya au dossier, puis se mit à tourner son chapeau entre ses doigts pendant quelques secondes.

— Eh bien, Jean, dit-il calmement, pourquoi ne me laisserais-tu pas demander un taxi pour te reconduire chez toi ?

— Ça va te coûter les yeux de la tête.

— Je pense que je peux me permettre la dépense.

— Je me demande pourquoi tu es si gentil avec moi.

— Disons seulement que c'est parce que nous sommes de vieux amis.

Que penserait Erich, se demandait Jean, s'il la voyait assise à cet instant dans un hall d'hôtel avec Al?

— Très bien, accepta-t-elle. Je te remercie.

Elle attendit confortablement dans le hall pendant que le jeune homme sortait pour demander au portier de héler un taxi. Al revint bientôt la chercher et ils partirent, assis pour la deuxième fois ce soir-là sur la même banquette, dans une voiture qui la ramenait inexorablement chez ses parents.

3

Julia

Ce lundi soir, pendant que Diane, morte d'inquiétude au sujet de sa fille, se tournait et se retournait dans son lit, Jean buvait son café au lait à Paris et Julia était étroitement plaquée contre Sam. Ils se trouvaient dans un bon vieux motel Howard Johnson, là où toutes les chambres se ressemblaient : toutes les fois qu'ils y allaient et quelle que fût la clef qu'on leur donnait, ils avaient l'impression de toujours occuper la même chambre, la leur, pour faire l'amour.

La peau de Sam sentait le cidre chaud, pensait Julia en se pelotonnant contre lui. Sam, endormi, était nu, comme Julia d'ailleurs, collée à lui comme une ventouse, un bras abandonné sur son corps. Son visage était pressé contre son dos, de sorte qu'à chaque respiration elle s'imprégnait de son odeur. Sa peau avait la couleur ambrée du sirop d'érable, songeait encore Julia, qui se rendit soudain compte qu'elle avait tendance, lorsqu'elle pensait à Sam, à utiliser des images liées à la nourriture. C'était vrai, elle avait toujours faim de lui. Elle voulait poser sa bouche, sa langue sur lui, peu importe l'endroit : sur ses yeux foncés comme du chocolat, sur ses cheveux droits et noirs comme de la réglisse brillante. Sam était petit, bien charpenté et ses dents étaient parfaitement blanches. C'était un orphelin de guerre moitié noir, moitié vietnamien. Comme il avait été adopté par un couple d'avocats de Boston à l'esprit libéral et élevé dans un foyer particulièrement aisé, du moins selon les standards américains, il parlait avec une certaine recherche et son comportement respirait la confiance en soi. Au temps où il était enfant, à cause de sa beauté délicate, on le prenait souvent pour une fille. Il lui importait peu d'être de sang mêlé, mais c'était indubitablement un mâle et il souhaitait que cela, au moins, soit clair pour tous.

C'était clair pour Julia. Son cher Sam était jeune, passionné, affectueux, un homme, quoi ! Parfois elle venait derrière lui, l'entourait de ses bras et glissait ses mains dans son jean. Le halètement de son bien-aimé consacrait sa victoire. Elle le caressait lentement jusqu'à ce qu'il doive descendre sa fermeture éclair. Elle pressait son membre viril, le sentait se raidir et savourait alors son pouvoir. Tôt ou tard, il dénouerait ses bras, la renverserait sur le sol, lui retirerait son pantalon et la pénétrerait. Dans ces occasions, il se préoccupait peu de la faire jouir. Il savait qu'elle tirait son plaisir du pouvoir qu'elle exerçait sur lui. Elle s'allongeait, mettait ses bras sous sa tête, souriait à son esclave, elle, la reine.

Elle vivait pour Sam. Elle vivait par Sam.

Maintenant, elle avait atteint son but, être avec Sam.

Toutefois, elle ne s'expliquait pas pourquoi elle avait tellement peur.

Sa journée avait commencé ce matin-là, à Gressex. Elle s'était rendue, sans enthousiasme, à son rendez-vous avec Mme Derek, sa conseillère pédagogique.

— Eh bien, Julia ! la salua alors l'énergique Mme Derek, cette femme au cœur d'or.

Les murs de son bureau exigu étaient couverts d'étagères remplies d'annuaires de collèges, de formulaires de tests et de rapports statistiques. Elle invita Julia à s'asseoir, ferma la porte, s'installa sur sa chaise et ouvrit devant elle le dossier scolaire de la jeune fille.

— L'automne est maussade, n'est-ce pas ? As-tu passé de bonnes vacances ?

Julia sourit. Oui, pensa-t-elle, parce que Sam et moi sommes devenus amants.

— Excellentes, merci, répondit-elle, bien que mon grand-père soit mort au cours de l'été.

— Je suis désolée.

— Ma mère et moi sommes descendues aider grand-mère à fermer la maison.

— Ah oui ! Il s'agit bien de votre grand-mère qui habite près de Washington, D.C. ? Celle avec qui vous êtes très liée ?

— Oui.

L'image de sa grand-mère surgit dans la tête de Julia. Elle avait accumulé tant de bons souvenirs de chacun de ses séjours auprès d'elle. Il existait entre la vieille dame et Julia une sorte de rituel établi depuis l'enfance de sa petite-fille : quand celle-ci se levait tôt le matin, elle courait retrouver sa grand-mère dans la cuisine. Ensemble elles se préparaient un magnifique plateau de petit-déjeuner, avec du thé, des muffins et de la confiture servis dans la fine porcelaine de Jean. Elles remontaient dans la chambre de Julia avec le plateau, se glissaient dans le lit à baldaquin et se serraient l'une contre l'autre. Elles étaient alors prêtes à manger pendant qu'elles bavarderaient et se chatouilleraient l'une l'autre avec leurs orteils. Le corps de la grand-mère était aussi doux et moelleux que les oreillers.

— Lui avez-vous dit que vous vouliez vous inscrire dans un collège de la région de Washington ?

Julia fixa ses mains. Elle était sur la défensive.

— Non, le moment était mal choisi. Nous préparions le déménagement et nous pensions surtout à grand-père. Grand-mère songeait à aller en Europe.

— Avez-vous parlé à vos parents de votre intention d'étudier l'art culinaire ?

— Non.

— Julia ! Vous m'aviez promis d'en glisser tout au moins un mot à vos parents durant l'été.

— Je sais. Mais ce n'était pas le bon moment.

Ce ne serait jamais le bon moment, mais comment pourrait-elle bien faire comprendre cela à cette Mme Derek à l'optimisme invincible ?

Elle avait pensé des millions de fois à en discuter avec ses parents, mais invariablement la même rengaine tournait dans sa tête. "Papa, maman, je ne veux pas aller au collège. Je veux m'inscrire dans une école d'art culinaire." Son père ne ferait aucune objection, car il n'aurait rien entendu. Il hocherait la tête, d'un air sage et avisé, l'esprit occupé par les éprouvettes et les gènes. Sa mère ferait une crise. « Tu veux cuisiner ! Toutes les avenues s'ouvrent devant toi, et tu veux cuisiner ? Nous te payons des études dans une école privée pour que tu aies toutes les chances du monde, et tout ce que tu veux faire, c'est cuisiner ? » Diane pouvait être terrible lorsqu'elle était en colère ou déçue.

— As-tu réfléchi à ma suggestion ?

Julia fut ramenée à la réalité, à la figure aimable et empressée de Mme Derek.

— Tu es une championne en langues étrangères. Tu as déjà derrière toi quatre années de français et trois d'espagnol. Si tu fais un *major* en français, tu seras bien armée quand tu sortiras d'ici. Tu pourrais aller en France. Comme tu es bilingue, tu pourrais t'inscrire à l'École du cordon-bleu. Tu aurais ton diplôme de collège en poche et tes parents seraient contents. Tu aurais acquis une compétence recherchée dans un domaine que tu aimes.

Julia reconnaissait que Mme Derek avait réellement réfléchi à son cas, qu'elle avait essayé d'ajuster toutes les pièces du casse-tête qu'était devenue sa vie. Elle ne voulait pas la décevoir en lui avouant que l'idée d'étudier encore quatre ans la rendait malade.

— C'est une bonne solution, répondit Julia.

— Tu trouves ?

— Oui.

Elle voulait sortir du bureau de la conseillère. Elle était fatiguée de parler de quelque chose qui ne rimait à rien pour elle.

— Eh bien, c'est un bon point de départ.

— Oui, madame.

Elle aurait donné son assentiment à n'importe quoi pour qu'on lui laisse la paix et qu'elle puisse partir.

— Fort bien. Et maintenant, est-ce que tu as cherché du côté des universités du district de Columbia ?

Bon Dieu ! Mme Derek n'abandonnait donc jamais ? Quel crampon !

— Non, j'en avais l'intention, mais avec la mort de mon grand-père et tout le reste...

— Tu passes ordinairement le congé de l'Action de grâce à McLean, si je me rappelle bien, n'est-ce pas ?

Seigneur ! la bonne femme se rappelait tout. Elle aurait dû travailler pour la C.I.A.

— Oui, madame.

— Si tu vas dans la région de Washington pour l'Action de grâce, ce serait une excellente chose que tu jettes un coup d'œil du côté des universités. Tu as d'excellentes notes, Julia, excepté en sciences.

Julia eut un sourire embarrassé. Elle n'avait pas hérité des précieux gènes de son père. Elle n'avait pas la bosse des sciences. Pour elle tout cela était de la foutaise. Elle avait subi les pires tortures pour obtenir un C dans les cours obligatoires de biologie. Elle n'était pas non plus douée pour le dessin. Elle avait pourtant passé de nombreuses heures, dans l'atelier de la rue Richdale, à essayer d'imiter les gestes rapides et adroits de sa mère. Quant à Chase, il avait tous les dons. Il se spécialisait en chimie. Il pourrait probablement suivre les traces de son père s'il se prenait en main et cessait d'être un tire-au-flanc. Julia savait que sa mère adorerait qu'elle travaille avec elle dans l'entreprise d'Arabesque. Elle éprouvait un vif sentiment de culpabilité et d'échec, elle se sentait déloyale. Elle était nulle en art et, pire encore, elle n'avait aucun désir d'y exceller. L'univers de sa mère lui semblait froid, d'une froideur clinique même, un monde clos et concentré sur des babioles. Julia détestait les bijoux, la vanité, l'attention narcissique que tout cela suppose. Elle préférait l'univers exubérant de la cuisine, la générosité de tout ce qui donne plaisir à manger. Elle détestait voir sa mère choisir avec soin un rubis parmi des pierres minuscules puis, le souffle court, les épaules crispées, le sertir dans un chaton en or. Cette activité solitaire était pour elle une image parfaite de l'égoïsme, tout à l'opposé du travail qu'elle effectuait avec sa grand-mère ou sa tante Susan. En effet, enrober de sucre les framboises cueillies à la main dans le jardin familial, porter ce mélange sur le feu pour le transformer en confiture bouillonnante était pour elle une forme heureuse de magie, une alchimie qui embaumait l'air d'un délicieux parfum. Le résultat de leur collaboration brillait aussi joliment que des bijoux à travers les pots de verre. Et mieux encore on pouvait en offrir aux parents ou aux amis et agrémenter de nombreux jours d'hiver.

Mme Derek interrompit la rêverie de Julia en lui tendant une feuille de papier :

— Je t'ai fait une liste : l'American University, l'université George Washington, Georgetown. Tu te renseigneras à ce sujet.

Julia prit la liste et se leva :

— Très bien, merci.

— Attends un peu ; pas si vite. Nous devons fixer un autre rendez-vous : je veux vérifier les demandes d'admission que tu vas envoyer pour ta première année de collège. Je veux aussi que tu mettes à jour la liste des activités parascolaires auxquelles tu as participé.

— Très bien.

La voix de Mme Derek se fit alors cassante :

— Julia, écoute-moi bien. Tu ne sembles pas te rendre compte. Tu es arrivée à une étape capitale de ta vie. Le moment est crucial pour toi : tu dois obtenir les meilleurs résultats scolaires possible au cours du premier trimestre de ta dernière année de secondaire, parce que ce sont ceux-là que tous les collèges considéreront pour t'accepter ou non. Tu dois aussi analyser tes points forts et tes points faibles, ainsi que les objectifs que tu poursuis, et en faire une présentation claire dans tes demandes d'admission. Ton avenir entier dépend des décisions que tu vas prendre maintenant. Ici, à Gressex, on t'a donné d'excellentes bases. Tu as tout l'avenir devant toi. Arrête de t'évader dans ces humeurs rêveuses qui font ta spécialité ! Julia, tu as tellement d'atouts en main. Ne les laisse pas filer entre tes doigts.

— Très bien, madame, je vous remercie.

Quand Julia sortit enfin du bureau, elle tremblait et respirait avec peine, comme cela lui était souvent arrivé récemment. Elle courut en haletant vers son pavillon pour y téléphoner. Elle voulait appeler Sam. Elle voulait parler à Sam. Elle se sentait toujours mieux quand elle était en contact avec lui.

Sam Weyborn avait grandi à trois maisons de celle des Randall, dans une banlieue tranquille aux rues bordées d'arbres, située à distance commode de Boston. Les maisons étaient magnifiques, les jardins spacieux et les enfants rares. Sam avait deux ans de plus que Chase, mais il partageait ses jeux avec lui parce qu'il n'y avait pas d'autres garçons dans les environs.

Durant son enfance, Julia avait été leur ombre ou plutôt avait essayé de l'être. De deux ans plus jeune que Chase, ce qui lui donnait quatre ans de moins que Sam, elle était traitée avec impatience et mépris par son frère et avec une tolérance amusée par Sam. « Trouve-toi une amie à toi ! » lui criait Chase quand elle tentait de s'accrocher à leurs basques. Mais il n'y avait pas de filles alentour. S'il leur arrivait d'avoir une baby-sitter assez âgée pour conduire une voiture, celle-ci pouvait amener Julia chez une amie. Mais ces arrangements étaient compliqués, parce que beaucoup de parents avaient inscrit leurs enfants à des leçons de musique, d'équitation, de natation, de tennis, de ski, de patinage.

Le pire moment était l'été. Chaque année, les Randall essayaient alors de trouver une nouvelle baby-sitter, une fille enjouée, pour leurs enfants. Certaines fois ils avaient de la chance, mais pas toujours. Julia détestait se plaindre de ne pas

avoir d'amies avec qui s'amuser, parce que cela dérangeait tellement sa mère. Mais il lui arrivait parfois de s'oublier :

— Ah ! qu'est-ce que je pourrais bien faire ?

Diane aurait voulu alors mourir ; elle en venait presque à
s'arracher les cheveux. Au bord du désespoir, elle prenait Julia
sur ses genoux :

— Regarde, chérie, regarde ces photos. J'ai été une maman
à plein temps jusqu'à ce que Chase ait huit ans et toi six. Si je
ne me concentre pas sur mon travail maintenant, je vais tout
perdre ! Regarde, regarde. Sur celle-ci, tu souffles ta première
bougie. J'avais mis la journée à faire ton gâteau ! Non, plus que
ça ; deux jours entiers si je compte le temps qu'il a fallu pour
acheter tous les ingrédients. J'ai tout créé à partir de rien. N'est-
ce pas joli ?

— C'est très joli, maman.

— Tu te souviens de ton premier anniversaire ?

— Oui, maman. C'était un gâteau au chocolat.

— Aux fraises ! Il était rose ! Ta couleur préférée. Oh ! je me
suis donné tout ce mal et tu ne te rappelles plus. Julia, j'essaie de
te dire que je t'aime, que tu es ma petite fille chérie, mais que je
ne peux plus rester à la maison pour prendre soin de vous deux.
Vois-tu, maintenant les femmes travaillent, comme les hommes.
Elles fabriquent des choses, occupent des postes importants. Que
dirais-tu si je t'amenais à l'atelier demain ?

C'était la catastrophe. Julia savait que sa mère voulait
simplement la consoler. Elle l'amènerait aux locaux d'Arabesque,
comme son père l'avait autrefois traînée avec lui pour lui faire
visiter son laboratoire. Hélas ! les deux endroits étaient d'un
ennui mortel. Ils étaient remplis de machines qui sentaient le
métal chauffé et de minces trucs de verre si cassants qu'on ne
pouvait pas les toucher. Ses parents s'enfermaient l'un comme
l'autre dans leur univers, lorsqu'ils travaillaient, et laissaient Julia
avec un lot de perles de verre à enfiler ou avec un bloc à dessins
et des crayons de couleur. Elle se sentait alors obligée de rester
tranquille et silencieuse.

Finalement, quand Julia eut huit ans, ses parents trouvèrent une solution brillante. Pendant que Chase allait au camp de base-ball, Julia passait un mois chez ses grands-parents à McLean, en Virginie, puis un autre mois à Kansas City, dans la famille de sa tante Susan. C'était le bonheur. Ses grands-parents l'adoraient. Ils l'avaient amenée voir des costumes historiques au Smith-sonian Institute, après quoi ils lui avaient payé une citronnade sur le Mall; ils l'avaient conduite dans les magasins pour qu'elle choisisse elle-même ses poupées et leurs vêtements. Julia pouvait jouer avec sa Barbie bien-aimée, que Diane avait bannie de sa maison de façon théâtrale et pontifiante. Ici, Julia pouvait impunément habiller sa petite poupée, princesse d'un royaume magique, de vêtements vaporeux et scintillants.

L'été précédent, quand Diane et Julia étaient venues en avion aider la grand-mère à déménager, c'est Diane qui avait trouvé la fameuse boîte au fond de la penderie de la chambre d'amis :

— Qu'est-ce que c'est?

Elle avait alors sorti de sa boîte, cul par-dessus tête, la pou-pée honnie, en serrant les pieds entre le pouce et l'index, et l'avait tenue à bout de bras, comme si elle avait craint d'être mordue :

— Maman! Ne viens pas me dire...

— Je plaide coupable.

Ce disant, Jean s'était emparée de la poupée et s'était assise sur le lit en lui lissant les plis de sa jupe.

— Une si jolie poupée!

— Un fantasme de mâle sexiste, répliqua Diane. Tu sais ce que j'en pense. Je n'ai pas voulu que Julia grandisse avec l'idée qu'un corps de femme ressemblait à ça.

— Reviens-en, maman, avait dit Julia. Barbie n'est pas mon modèle. Me vois-tu essayer de m'habiller comme elle?

Diane avait jeté un coup d'œil rapide sur les vêtements que sa fille avait choisis dans les meilleurs magasins économiques de Boston.

— Touchée, concéda-t-elle.

La discussion était terminée.

Julia avait remis Barbie dans la boîte à chapeau avec tous ses minuscules vêtements tape-à-l'œil. Le carton s'ajouta à la pile de choses qu'on destinait à l'Armée du Salut. Une petite fille serait éventuellement comblée.

Julia avait appris à cuisiner avec sa grand-mère. Durant la canicule, la grande maison s'assoupissait au soleil. Les climatiseurs installés aux fenêtres vrombissaient doucement. Les chambres et les couloirs étaient gardés dans l'ombre grâce aux rideaux et aux stores qui tenaient le soleil en respect. Jean se réveillait tôt. Et quelle que fût l'heure à laquelle Julia s'était péniblement mise en branle pour devancer sa grand-mère, elle trouvait immanquablement celle-ci à la cuisine, en train de lire les journaux devant sa tasse de café. Elles se préparaient alors leur plateau de petit-déjeuner et hop ! elles remontaient s'installer dans le lit de Julia. Bien calées sur les oreillers, elles mangeaient, parlaient de choses et d'autres, composaient le menu du soir en tenant compte des prévisions de la météo ou du programme de la journée. Une fois habillées, elles préparaient à l'avance tout ce qui était possible, en prévision du dîner, pour ne pas avoir à cuisiner durant les heures les plus chaudes de l'après-midi. C'est dans les magasins spécialisés qu'elles faisaient leurs courses, pour obtenir le poisson le plus frais, les meilleurs légumes, les salades où brillaient de fines gouttelettes et les fruits de l'été gorgés de soleil.

Elles prenaient leur temps pour cuisiner. Jean n'enseignait pas à sa petite-fille la préparation de plats compliqués, mais l'incitait plutôt à s'acquitter avec soin de chaque tâche. Jean était capable de présenter de délicieux toasts à la cannelle comme s'il s'agissait d'un mets délicat. Julia apprit à faire de la croûte de tarte et des pâtés, des consommés en gelée et des soufflés, des confitures, des conserves et des meringues légères comme des flocons de neige. La cuisine de Jean était spacieuse, confortable, un rien démodée, mais remplie de pivoines et d'iris rapportés du jardin. On aurait pu reconstituer une cour de ferme complète en regroupant les canards, les chiens, les vaches et les chats qui ornaient les rideaux, les torchons de vaisselle, les dessous de plats et les bols.

Le mois suivant, quand Julia allait vivre chez sa tante, elle s'empressait de faire goûter ses plus nouvelles recettes à la famille. Tante Susan était toujours contente lorsque Julia venait l'aider à préparer les repas. Julia s'étonnait que Susan et Diane appartiennent à la même famille. Elles étaient si différentes. Susan habitait, avec son mari et ses quatre enfants, une maison construite au bord d'un lac dans la banlieue de Kansas City. Comme toute la famille s'adonnait au sport et que Susan travaillait aussi à temps partiel comme infirmière, la maison donnait toujours l'impression d'être assaillie par un ouragan. Les uns entraient et couraient au réfrigérateur, les autres sortaient en attrapant au passage un sac de chips qu'ils engloutiraient en route pour l'entraînement ou une réunion. Comparée à celle de Diane, cette maison était bruyante et en désordre. L'été, c'était même sale, parce que chacun, après avoir traîné dans la boue ou la poussière, abandonnait son maillot humide parmi les cordes, les ballons, les battes, les gants, les casquettes de baseball, les chaussures à crampons, les sweat-shirts et les tee-shirts. Tante Susan semblait au-dessus de tout ça. C'était une femme cordiale, d'un abord facile et pleine d'entrain. Son travail à l'extérieur l'aidait à situer les choses dans leur vraie perspective : ce qu'elle voyait à l'hôpital lui permettait de se rendre compte que son foyer débordait de santé et de joie de vivre.

Les jours où Susan travaillait, son retour à la maison en fin d'après-midi était une fête. Elle traversait la cuisine, attrapait un Coke diète et une pomme en s'exclamant :

— Grand Dieu ! Julia, comme ça sent bon. Tu es un ange ! Viens me dire comment s'est passée la journée.

Julia suivait alors sa tante le long du couloir jusqu'à l'immense chambre principale dont les larges fenêtres s'ouvraient sur le lac et le ciel. Susan se laissait tomber sur le lit, vitement rejointe par le chien, le chat ct ceux des garçons qui se trouvaient à proximité.

— Maman ! maman ! criaient ses fils. Regarde ça !

Ils lui montraient alors une couleuvre, un genou éraflé, une ligne de pêche emmêlée ou une mèche de cheveux prise dans le chewing-gum. Susan tendait les bras, posait une main apaisante sur les bobos, mettait de l'ordre dans les choses, parlant en quelque sorte à tout le monde à la fois :

— Ooh ! Joey, j'ai ton coude dans les côtes !

Julia ne pouvait pas se souvenir de s'être affalée ainsi à côté de sa mère. La chambre de ses parents était leur sanctuaire. Chase et Julia n'y étaient admis qu'après avoir frappé à la porte. Le style de sa mère était plus guindé, celui de tante Susan plus grégaire. À chacune sa façon, se disait Julia, l'une n'est pas meilleure que l'autre. Quand elle serait devenue adulte, elle aimerait probablement se réserver un lieu bien à elle, comme sa mère, mais elle voudrait très certainement être une mère semblable à tante Susan.

Cet été-là, après les funérailles, les deux sœurs et Julia étaient restées à Washington deux ou trois jours pour aider Jean à préparer le déménagement. Un soir, alors qu'il était très tard, Julia fut incapable de dormir. Elle avait descendu l'escalier sur la pointe des pieds, pour ne réveiller personne, et avait pris la direction du séjour pour y regarder un programme de télévision pour les couche-tard. Tante Susan et sa mère étaient sur la galerie et riaient comme des petites filles.

— Mon Dieu ! je n'ai pas fait ça depuis une éternité ! disait Diane en toussant. Pourtant, j'aime bien le goût de la nicotine.

— Une fois de temps en temps, c'est pas ça qui va nous tuer.

— Une fois à chaque enterrement.

Elles se mirent alors à rire aux éclats. Julia se rendit compte qu'elles étaient éméchées. Elle fit demi-tour, mais quand elle entendit prononcer son nom, elle se glissa dans la pièce et s'appuya au dossier d'une chaise pour écouter.

— Julia promet d'être une beauté.

— Tu crois ? Je l'espère bien. Je ne peux pas porter de jugement sur mes enfants. Tout particulièrement avec les vêtements qu'ils portent par les temps qui courent.

— Mon Dieu ! pense à ce que tu portais quand tu avais leur âge.

— Oui, mais je voulais avoir l'air d'une artiste. Julia, elle, s'habille tout bêtement comme ses amies. Elle ne veut rien de trop original.

— Elle est jeune.

— Je sais, mais quand même. J'aimerais qu'elle entretienne un rêve, qu'elle nourrisse une passion.

— Diane, donne-lui une chance, à cette fille. Ses notes sont excellentes et on la voit partout, à la chorale, dans l'équipe de softball, dans les sociétés scolaires...

— Oui. Tout l'intéresse et rien ne la fascine. À son âge, je...

— Mais Julia, ce n'est pas toi. Allons, tu ne voudrais pas que Chase marche sur tes traces, n'est-ce pas ? Je ne m'attends pas à ça de mes fils.

— Heu..., eh bien, tu as raison. Mais il s'agit de garçons. C'est différent avec une fille.

— Je ne sais pas, Diane. Regarde-nous. Tu vomis à la vue du sang, tandis que moi, je suis infirmière. Tu dessines des bijoux, alors que j'oublie de mettre mes boucles d'oreilles. Maman n'était ni infirmière ni artiste, pourtant. Pense à nos frères : Bert est dans la marine, alors que ce cher Art est un pacifiste convaincu.

— Je sais, je sais. Je sais tout ça. Tout de même, Susie, à franchement parler, Julia me brise tout simplement le cœur. J'ai passé ma vie à m'efforcer d'être un modèle pour elle, à lui enseigner que les femmes peuvent faire tout ce que les hommes font. Je l'ai envoyée aux meilleures écoles. Elle pourrait devenir médecin, avocate, artiste ou diplomate ! Et sais-tu ce qu'elle aime faire ? *Cuisiner !* Bon Dieu ! qu'est-ce que j'ai pu faire de travers ?

— Tu n'as rien fait de travers. C'est une jeune fille merveilleuse. Et tu as raison, elle pourrait choisir n'importe quelle carrière, mais ce qui l'intéresse, c'est de devenir chef cuisinier.

— Oh! Susie, elle est si brillante, si douée, si pleine de ressources. Je ne veux pas la voir hacher de l'ail au fond de la cuisine d'un restaurant. Je veux que sa vie soit magnifique, heureuse. Et je vais me battre pour ça.

Incapable d'en écouter davantage, Julia était repartie en catimini. Étendue sur son lit, elle se prit à souhaiter redevenir une innocente petite fille; puis le ronron de l'appareil de climatisation l'entraîna dans les douces vapeurs du sommeil.

Même si elle avait passé la plupart de ses étés à visiter la famille, Julia se sentait quand même bien seule, tout particulièrement après l'école et durant les week-ends. Quand elle eut dix ans, Sam partit pour le pensionnat et Chase suivit à son tour deux ans plus tard. Elle avait une très belle chambre avec toutes sortes de jouets artistiques et de jeux éducatifs, mais elle se sentait seule. Elle bavardait au téléphone avec ses amies. Elle regardait la télévision. Parfois la gouvernante l'emmenait à la galerie commerciale, où elle pouvait rencontrer des copines. Elle avait terriblement hâte d'être assez vieille pour être inscrite à son tour dans un pensionnat.

Elle avait demandé avec succès son admission à plusieurs écoles, y compris celle où Chase était pensionnaire. Si elle avait choisi Gressex, ce n'est pas parce que Sam s'y trouvait, mais tout bonnement pour plaire à ses parents. Gressex était la plus prestigieuse, la plus exigeante. Le fait que Sam s'y trouvait déjà contribua à lui faire considérer cette école comme un endroit sympathique, un endroit où elle pouvait être heureuse.

Elle était à Gressex depuis trois semaines et elle s'était déjà fait quelques amies. Un matin ensoleillé de la fin de septembre, alors qu'elle traversait le campus avec sa compagne de chambre Sonja, elle croisa Sam, qui se rendait comme elle à ses cours.

— Salut, Julia! lui lança Sam.

En le voyant, elle sentit son cœur battre plus vite.

— Bonjour, Sam, lui répondit-elle en tournant la tête de son côté, tout sourire, et en serrant ses livres contre sa poitrine pour empêcher son cœur de s'échapper de sa cage.

— Tu le connais ? lui demanda Sonja. Mon Dieu ! il est beau à faire rêver.

— C'est le meilleur ami de mon frère. Je le connais depuis toujours.

Julia s'efforça de garder un ton naturel tandis qu'elle enregistrait secrètement le choc qui la bouleversait à ce moment-là.

Elle était amoureuse de Sam ! Peut-être l'avait-elle été toute sa vie.

Elle savait qu'il fréquentait quelqu'un d'autre, une blonde aux yeux turquoise qu'on appelait Buffy. Ils sortaient ensemble depuis des mois et tout le monde savait que c'était sérieux. Buffy était aussi brillante que belle et, comme Sam, elle excellait dans les sciences. C'étaient les deux seuls élèves qui faisaient des études poussées en chimie et en physique sous la direction d'un tuteur.

Plusieurs fois au cours de sa première année à Gressex, quand sa journée de cours était terminée, Julia se rendait au pavillon des étudiants, montait sur la véranda de l'étage et, le nez collé contre la vitre, elle épiait ce qui se passait dans l'aile des sciences, située au-delà de la cour intérieure. M. Weinberg, Sam et Buffy travaillaient ensemble en se tenant si près les uns des autres que Julia avait peine à distinguer qui était qui. Il arrivait que le soleil fasse briller une éprouvette suspendue au-dessus d'un bec Bunsen, des fioles mystérieuses ou un plateau d'instruments, de sorte que les élèves et leur professeur lui paraissaient conspirer ensemble dans une atmosphère de magie. Alors Julia se sentait aiguillonnée par l'envie et le désir.

Elle souffrit encore plus après que Sam, diplôme en poche, fut admis au Wesleyan College. Elle essaya en vain de sortir avec d'autres garçons. Aucun d'eux n'était Sam. Quand elle revoyait celui-ci à l'occasion du congé de l'Action de grâce, de la fête de Noël ou des vacances, le choc qui la secouait lui confirmait qu'elle n'avait jamais cessé de l'aimer. Elle commença donc à élaborer des plans et à rêver.

D'abord, elle essaya de partager l'intérêt de Sam pour la chose scientifique. Elle suivit tous les cours de science qu'elle pouvait inscrire à son programme, mais elle avait beau étudier comme une forcenée, rien ne lui entrait dans la tête. La biologie, la chimie, la physique étaient pour elle un déroutant labyrinthe dans lequel elle s'égarait sans merci.

Quand ses parents virent son bulletin de notes, ils lui conseillèrent d'abandonner les sciences.

— Les sciences, ce n'est pas pour tout le monde, lui fit gentiment remarquer son père. Sincèrement, Julia, je commence à croire qu'il faut avoir l'esprit tordu pour s'y retrouver.

— Un esprit intéressé aux chiures de mouches, ajouta sa mère en jetant un regard taquin du côté de son mari. Pourquoi as-tu mis autant de cours de sciences à ton programme ? Chérie, examine toutes les autres possibilités. Pense à ta facilité pour les langues. C'est là-dedans que tu devrais songer à investir du temps. Mon Dieu, tu pourrais devenir... ambassadrice !

Julia ne voulait pas devenir ambassadrice. Elle était persuadée que sa facilité pour les langues était plus apparente que réelle. Elle était seulement en avance sur les autres à cause des cours de français spéciaux qu'elle avait suivis pendant deux ans. Que ses parents se montrent si compréhensifs et essaient de l'encourager à avoir une meilleure idée d'elle-même l'amenait à se sentir encore plus moche.

Cet été-là, juste avant sa dernière année à Gressex – la fameuse année cruciale –, les Randall louèrent une grande maison à Martha's Vineyard Island pour un mois. Chase, qui venait de terminer sa deuxième année de collège, se vit attribuer l'appartement situé au-dessus du garage. Lui et les amis qu'il avait invités à venir passer quelques jours dans son repaire se joignaient ordinairement au reste de la famille pour les repas du soir et il leur arrivait assez souvent de venir regarder la télévision ou écouter de la musique. Ils passaient cependant la plupart de leurs soirées à faire la fête dans leur coin avant de se coucher aux petites heures du matin. Julia et ses amies logeaient à l'étage d'une aile latérale. Elles se baignaient, se faisaient bronzer sur la plage, roulaient à bicyclette jusqu'à la ville, faisaient passer des vidéocassettes sur l'écran du téléviseur, vernissaient leurs ongles, inspectaient leurs vêtements en attendant que les jeunes hommes daignent leur faire signe pour sortir ensemble. Les garçons de leur âge qu'elles rencontraient à la plage leur semblaient des bébés à côté de Chase et de ses amis. Malheureusement pour elles, les collégiennes que ceux-ci invitaient à leurs soirées étaient si à la page et si sophistiquées qu'elles plongeaient les amies de Julia dans un désespoir profond.

Pas Julia toutefois. Sam avait rompu avec Jackie, la fille qui avait succédé à Buffy, quand il était entré au Wesleyan College il y avait deux ans. C'était maintenant son tour.

Elle savait comment se trouver avec Sam. Elle jouait le jeu depuis des années. Elle connaissait les émissions de télévision qu'il aimait : *Saturday Night Live,* de vieilles reprises de *Star Trek.* Quand il venait s'installer devant le petit écran, elle était toujours là. Il était tout naturel qu'il s'écrase à ses côtés dans le sofa.

— En veux-tu ? lui demandait-elle en tendant le sac de chips au goût de barbecue, ses préférées.

Elle savait qu'il aimait mieux chercher des coquillages que nager. Elle vagabondait donc toute seule sur la plage jusqu'à ce qu'ils finissent par se rencontrer.

— Regarde, lui criait-elle. On dirait des ailes d'ange ; la paire est parfaite.

Elle savait aussi que Sam adorait faire de longues promenades à bicyclette, tôt le matin. Elle s'imposa de se lever au point du jour. Sans bruit, elle enfilait un short, un tee-shirt, des chaussures de tennis et descendait doucement. Lorsque Sam arrivait au râtelier à bicyclettes, à l'arrière de la maison, elle était déjà là qui buvait une tasse de café fumant en écoutant les oiseaux chanter. Il était donc naturel qu'il l'invite à l'accompagner. Vers le milieu du mois, ils en étaient à explorer ensemble, presque tous les matins, les divers coins de l'île. Ils étaient à l'aise l'un avec l'autre. Ils appréciaient leur compagnie réciproque. Ils avaient constitué leur propre répertoire de blagues et ils aimaient se rappeler leur histoire commune. Il ne me reste plus, songeait Julia, qu'à lui faire découvrir que je suis une femme.

Ce dimanche-là, ils revenaient tout juste de leur promenade matinale. Ils avaient remisé les bicyclettes et ils allaient entrer boire du jus d'orange et du café quand, tout à coup, Sam s'arrêta abruptement au milieu de l'escalier. Il allongea le bras pour arrêter Julia qui le suivait. Ils s'immobilisèrent, figés sur place.

— Franchement, Jim, tu me rends folle !

— Diane, je ne comprends pas que tu perdes les pédales pour quelques sacs d'ordures.

— Quelques sacs d'ordures ! C'est bien toi, ça. Nous avions convenu que chacun ferait sa part cet été. Chase ferait les courses ; Julia et moi ferions le ménage et la cuisine ; toi, tu porterais les ordures à la décharge une fois la semaine. Les enfants en font plus que toi.

— Tu aurais dû me le rappeler.

— Pourquoi ? Pourquoi me reviendrait-il de te rappeler que tu dois t'occuper des ordures ? Dois-tu me rappeler qu'il faut préparer les repas ?

— J'ai tellement de choses en tête.

— Ah ! ça c'est vrai. Si j'avais su que tu passerais la moitié de ton temps au laboratoire ou à lire ces maudits rapports, je ne me serais pas donné tout ce mal pour organiser des vacances familiales. Jim, c'est probablement la dernière fois que nous pouvons être tous ensemble. Les enfants sont presque des adultes maintenant.

— C'est vrai et je suis désolé. Que puis-je faire d'autre ?

— T'occuper des ordures avant l'arrivée des invités.

— La décharge est ouverte le dimanche ?

Sam et Julia avaient à peine pu entendre la réplique de Diane :

— C'est à moi de trouver la réponse ?

Ils étaient sortis de la cuisine et les voix de Diane et de Jim s'estompaient au fur et à mesure qu'ils se déplaçaient vers l'avant de la maison.

Julia, adossée au mur de bardeaux, hochait la tête avec embarras. Sam, visiblement mal à l'aise, avait pris la main de Julia dans la sienne pour la caresser :

— Ça va, Jul. Mes parents aussi s'engueulent tout le temps. Juste comme ça.

Le contact des doigts de Sam sur sa peau avait magnétisé Julia. Elle était incapable de dire un mot. Elle respirait son odeur de pomme fraîche et de saine transpiration.

— Jul, murmura-t-il, ne pleure pas.

Il se rapprocha d'elle sans lâcher sa main. Elle nota que son regard s'attardait sur elle, un regard d'une telle intensité qu'elle se sentit rougir.

Lorsqu'ils étaient enfants, ils avaient souvent culbuté ensemble dans les herbes hautes, quand ils jouaient à chat perché, ou dans la neige froide, quand leur traîneau basculait. Ils s'étaient dévoués l'un pour l'autre : Sam pour éprouver les inventions culinaires de Julia, et Julia pour tester les expériences scientifiques de Sam. Ils avaient partagé pâte à modeler, chewing-gum, *popsicles,* cornets de glace. Chacun avait vu l'autre se faire gronder par ses parents courroucés. Julia avait même été témoin d'une fessée mémorable que Sam avait reçue après avoir triomphalement réussi à mettre le feu à un tas de feuilles et d'herbes sèches au moyen d'une loupe placée devant les rayons du soleil.

Sam avait été un enfant délicat, plus fragile et plus petit que Chase. Il avait été plus sage aussi. Chase montait à l'assaut d'un tas de feuilles mortes en brandissant un bâton. Il atterrissait en plein milieu en éparpillant les feuilles et les brindilles dans tous les sens. Quand venait son tour, Sam ratissait patiemment les

103

feuilles pour reformer le tas, se plaçait au fond de la cour, puis courait comme une flèche, silencieux, ramassé sur lui-même, attendant le moment où il lèverait les bras, prendrait son élan et sauterait bien haut pour tomber au cœur de la cible. Il plongeait dans les feuilles comme un dauphin dans l'eau et se retrouvait submergé dans cette mer bruissante. Il restait là, immobile et silencieux, jusqu'à ce que Chase et Julia ne puissent plus tenir le coup : « Sam, ça va ? » demandaient-ils d'une voix inquiète. Alors il se redressait en souriant, des feuilles plein ses cheveux brillants. Ouf! quel soulagement. Ils avaient eu si peur que leur ami ne se soit étouffé ou brisé le cou.

La main de Sam sur celle de Julia était soyeuse, mais un fin duvet noir luisait sur le dos de ses doigts et sur son bras. Elle découvrit une cicatrice près de son coude et se souvint d'un accident de voiture où il avait été blessé, deux ans auparavant, alors que l'un de ses amis conduisait en état d'ébriété.

— Allons! Julia, l'encouragea Sam.

Il lui releva le menton avec sa main et, de son pouce, essuya délicatement une larme qui coulait sur sa joue.

Julia plongea son regard dans les yeux foncés de Sam. Il se pencha et l'embrassa. Ils s'éloignèrent l'un de l'autre, et s'embrassèrent encore. Puis ils s'étreignirent et restèrent simplement là, tremblant tous deux sous les rayons lumineux du soleil matinal. La haie de rosiers sauvages, près de la galerie, les mettait à l'abri des regards qui auraient pu venir des fenêtres du garage. Julia prenait conscience que Sam avait changé physiquement. Il était devenu un jeune homme svelte aux bras solides et à la poitrine bien développée. Quand elle posa sa tête sur son épaule, elle sentit sa force.

Ils s'embrassèrent encore. Sam glissa sa langue entre ses lèvres et l'introduisit dans sa bouche. Une langue énorme, semblat-il à Julia. Elle sentit ses genoux fléchir et elle s'accrocha à lui comme à une bouée. Alors, il posa la main derrière son dos pour presser ses hanches contre les siennes. Il tremblait.

Puis il la repoussa :

— Nous ne pouvons pas faire ça. Chase me tuerait, souffla-t-il.

— Pourquoi ?

— Parce que tu es sa petite sœur.

— Tu ne peux pas embrasser la petite sœur de Chase ?

— *Personne* n'est censé embrasser sa petite sœur !

Sam sourit et s'appuya contre le mur de la maison, à côté d'elle, sa main jointe à la sienne.

Pourquoi les choses sont-elles si difficiles ? se demandait-elle. Elle avait rêvé de ce moment des centaines de fois, mais elle pouvait maintenant à peine parler.

— Sam, oublie Chase.

— C'est mon meilleur ami.

— Je t'aime.

Voilà, elle l'avait dit. Sous l'effet de la surprise, Sam sursauta et serra sa main très fort.

— Tu te trouves seulement bien avec moi.

— Non. Je t'aime. Mon Dieu ! Sam, tu ne veux donc pas le voir ?

— Ce n'est pas possible, soupira-t-il en lâchant sa main.

— Sam, Chase t'en voudrait de t'amuser avec moi. Pas si nous nous conduisons avec sérieux, cependant. Je suis sérieuse, plaida-t-elle avec l'énergie du désespoir.

Elle attendit, sans cesse de le regarder droit dans les yeux. Il hocha la tête :

— Je dois partir.

Il sauta à bas de la galerie et courut au garage. Julia attendit cinq, dix, vingt minutes, jusqu'à ce qu'elle soit sûre qu'il ne reviendrait pas. Elle rentra, monta à sa chambre et se jeta à plat ventre sur son lit. Ses amies venaient tout juste d'arrêter leurs plans pour la journée.

— Nous allons à la plage. Tu viens ? l'invita Sonja.

— Je rentre à peine d'une promenade à bicyclette. Je pense avoir attrapé un coup de soleil. Il fait très chaud. Je vous rejoindrai plus tard, répondit Julia, le nez enfoui dans son oreiller.

— À plus tard. Nous t'attendrons.

Julia ne voulait pas que ses amies la voient pleurer. Toute la journée, elle vécut des transes insupportables. Elle rappelait sans cesse à sa mémoire fidèle le souvenir des doux moments passés le matin sur la galerie avec Sam. En faisant rejouer la scène dans son cinéma intérieur, elle arrêtait l'image sur l'instant où Sam l'avait embrassée. Chaque fois le désir et le plaisir montaient en elle. Elle voyait Sam se pencher vers elle, la lèvre supérieure perlée de sueur, la bouche entrouverte sur des dents presque parfaites. Elle se rappelait qu'il avait déjà porté un appareil orthodontique, mais qu'il s'était par la suite ébréché une dent en jouant au hockey. Quand elle lui avait avoué son amour, il avait pressé sa main si fort qu'elle avait eu mal.

Ce soir-là, Chase et ses amis avaient été invités à une soirée qu'on donnait à l'autre bout de l'île. Sam était aussi de la fête. Le lendemain, Julia accompagna ses amies à la plage, parce qu'elle savait pouvoir y trouver Sam. Elle dut cependant renoncer à lui parler en particulier, parce que trop de gens l'entouraient. Il ne regarda pas dans sa direction une seule fois. Julia sentit le désespoir l'envahir. Il ne restait plus que trois soirs avant que chacun quitte Martha's Vineyard pour retourner à ses occupations ordinaires : Julia à Gressex, Sam au Wesleyan College.

C'est alors que Jim et Diane annoncèrent à leurs enfants qu'ils s'absentaient pour la nuit. Ils avaient accepté de se joindre à des amis pour une excursion nocturne à bord d'un voilier. Ils leur laissèrent de l'argent pour une pizza ainsi qu'une longue liste de recommandations. Leur voiture s'était à peine engagée dans la rue que Chase avait sauté sur le téléphone pour inviter ses copains à venir fêter la fin des vacances. À leur arrivée, il leur demanda de l'aider à transporter presque tous les meubles et les objets de valeur dans une pièce presque vide du rez-de-chaussée, dont il verrouilla ensuite la porte. Puis les garçons jetèrent de la glace dans des poubelles de plastique neuves avant d'y enfouir des bouteilles de bière et de vin. Chase avait descendu son lecteur de disques compacts, et ses amis avaient apporté la musique : Pearl Jam, R.E.M., Def Leppard et Nirvana. Ils avaient posé les enceintes acoustiques dans la salle à manger, au sommet d'un vaisselier ancien, là où c'était le plus commode. Julia, Amy et Sonja avaient passé la journée à se faire les ongles et à se coiffer. Après avoir épuisé toutes les combinaisons possibles de leurs propres vêtements et même de ceux des autres, elles avaient fini par choisir des shorts et des tee-shirts. Elles étaient d'avis que leur tenue les ferait paraître moins excitées par l'événement qu'elles ne l'étaient vraiment.

La nouvelle de la fête qui se préparait se répandit comme une traînée de poudre à travers toute l'île. À huit heures, Julia et ses amies avaient disposé ici et là des plateaux de fromage avec des noix et des chips. À dix heures, il ne restait presque plus rien à grignoter. Les invités venaient fouiller au réfrigérateur et en sortaient des pommes, du jus d'orange ou ce qu'ils pouvaient trouver d'autre. Tous ceux que Chase et Julia connaissaient, plus une cinquantaine d'inconnus, dansaient dans la salle à manger ou sifflaient leurs bières dans la cuisine.

C'était une nuit d'août chaude et humide. Avec tout ce monde entassé dans la maison, on aurait dit que la température atteignait les deux cents degrés. Julia aperçut finalement Sam, qui aidait Chase à transporter un tonnelet de bière.

— Salut, Julia, lança-t-il sans vraiment la regarder.

Puis il se mêla à un groupe de jeunes gens qui rigolaient dans la cuisine. De temps à autre, une fille venait l'arracher à ses amis pour l'amener danser, mais quelque temps plus tard Julia le voyait jouer des coudes pour retourner à la cuisine. Appuyé sur le comptoir pour boire sa bière, il essuyait la buée froide de sa bouteille sur son front et sa poitrine. Son tee-shirt devenu tout trempé collait à sa peau, de sorte qu'elle pouvait distinguer ses muscles solides sous le coton blanc.

Plusieurs garçons faisaient de l'œil à Julia, mais elle se montrait froide à leur égard. Vers minuit, un grand jeune homme blond, beau et bien bâti l'invita :

— Tu veux danser?

— Avec plaisir.

Quand il lui prit la main pour la conduire au fond du salon, elle recula :

— Restons ici, si tu veux bien. Je dois jeter un coup d'œil sur les choses.

Elle voulait seulement être certaine que Sam la verrait danser. Elle bougeait lentement, de façon suggestive, en roulant les hanches, la tête renversée en arrière pour laisser pendre sa longue chevelure dans son dos.

— Tu es une excellente danseuse, la complimenta le garçon.

— Merci, répondit-elle en regardant Sam qui l'observait.

Quelqu'un mit un slow. Le beau blond revint vers Julia. Elle repéra Sam : allait-il rester planté là à les observer? Il lorgnait du côté de Chase, et Julia comprenait pourquoi. Son frère serrait dans ses bras une rouquine qu'il avait rencontrée sur la plage au début de leur séjour. Julia laissa son cavalier la plaquer contre lui. Elle dansait sans perdre Sam de vue un seul instant. Son compagnon l'ennuyait. Elle le trouvait trop grand, trop mastoc, trop balourd. Quand il l'entraînait d'un côté ou de l'autre, au gré de la musique, elle avait l'impression de se trouver avec un de ces bambins agités auprès desquels il lui arrivait de faire du baby-sitting.

Chase sortit par la porte arrière avec sa belle.

— Excuse-moi, dit Julia à son danseur.

Elle se dégagea de ses griffes et fonça sur Sam, qui se débattait, lui, avec une blonde voluptueuse. La jeune femme arborait un bronzage profond qui luisait tellement qu'on pensait à une pièce de mobilier bien astiquée. Elle semblait avoir pris possession de Sam. Tout en parlant, elle faisait de grands gestes d'une main et, de l'autre, elle enroulait une mèche de ses cheveux blonds :

— ...mais je pourrais bien partir pour un an et visiter l'Europe seulement.

— Allo! Sam, dit Julia.

Sans aucune hésitation, nullement embarrassée, elle se glissa entre lui et la blonde, posa ses mains sur ses épaules et pressa son corps contre le sien. Elle sentait la tension crisper ses muscles.

— Qu'est-ce qui te prend, Julia?

— Chase est parti.

— Je sais, lui répondit-il en posant doucement les mains sur ses épaules pour la tenir à distance. Julia...

— Eh bien, j'ai eu beaucoup de plaisir à bavarder avec toi, coupa la donzelle d'un ton sarcastique. Au plaisir.

— Qu'est-ce que tu veux me dire? demanda Julia.

Sam avala sa salive:

— J'ai réfléchi... à notre sujet. Au sujet de ta famille et de la mienne. Nous ne pouvons pas seulement... Julia, entre nous, il faudra que ce soit tout ou rien.

Julia sourit et répondit:

— Tout.

Elle mit la main dans la poche de son short et en sortit la clef qui ouvrait la porte de la pièce verrouillée. La clef brillait au creux de sa main.

Pendant un long moment elle se trouva comme hors du temps, dans une espèce d'absence où rien ne parvenait à sa conscience, sauf les danseurs qui évoluaient lascivement comme dans un mirage et, tout près d'elle, le visage de Sam avec ses cheveux humides collés à son front.

Sam avait l'air curieux, fâché presque. Il saisit alors la main de Julia. Se frayant un chemin à travers la cohue, il avança jusqu'au bout du couloir, là où elle lui avait fait deviner qu'elle voulait l'amener.

Julia ouvrit la porte d'une main tremblante. Une fois à l'intérieur, elle fit de nouveau tourner la clef. Elle n'alluma pas. La brillante clarté de la lune et des étoiles, qui entrait par les fenêtres grandes ouvertes, leur permit de trouver leur chemin dans la pièce où s'entassaient des meubles venant de partout dans la maison. Dans un coin, on avait empilé quelques tapis orientaux afin de les protéger des éclaboussures de bière et des pieds des danseurs. Sam conduisit Julia vers ce lit de fortune. Julia se coucha sur le dos et Sam s'étendit sur le côté en se pressant contre elle. Il l'embrassa longuement. Elle fit courir ses mains sur ses cheveux fins et soyeux, les passa le long de son cou, là où les poils lui chatouillèrent les doigts, puis sur ses épaules et enfin sur son torse.

Lui aussi allait à la découverte du corps de la jeune fille. Il passa doucement ses mains sur ses épaules, ses bras, sa taille et ses hanches. Elle comprit qu'il se retenait et l'aima pour sa délicatesse. Elle l'aimait d'ailleurs pour tout ce qu'il était. Cet homme avait été le petit garçon avec qui elle s'était battue parce qu'il avait osé lui arracher des mains un crayon de couleur ou une pièce de Monopoly. Depuis, ils avaient grandi et elle comprenait sa tendresse. Il ne voulait ni la brusquer ni la blesser. Elle prit sa main et la plaça sur sa poitrine. Elle sentit les muscles de Sam se contracter sous l'effet de la surprise.

— Julia, sais-tu ce que tu es en train de faire? lui demanda-t-il d'une voix tendue et voilée par le désir.

— Oui, je veux faire l'amour avec toi, Sam.

— As-tu un condom?

— Non, répondit-elle, estomaquée.

Il se redressa, elle s'assit à côté de lui.

— C'est stupide. Tu ne peux pas avoir des relations sexuelles avec n'importe qui sans condom. Tu sais ça.

Il regardait droit devant lui, et il faisait trop sombre pour qu'elle puisse voir son expression.

— Tu n'es pas n'importe qui, Sam. Et je ne veux pas seulement avoir des relations sexuelles. Je veux faire l'amour. Avec toi. C'est la première fois, tu sais.

Il se tourna alors vers elle et dit avec colère :

— Ce n'est pas mon cas. Que sais-tu de moi? Je termine mes études au collège. Avec combien de filles suis-je sorti? Je pourrais avoir attrapé...

— J'ai confiance en toi, l'interrompit Julia.

— Tu ne devrais pas. Tu ne dois faire confiance à personne. Tu pourrais au moins poser des questions.

— Très bien. As-tu l'herpès?

— Non.

— Es-tu séropositif?

— Non.

— Es-tu certain? insista-t-elle d'une voix taquine.

— Oui. J'ai passé des tests cet été.

Elle encaissa le choc en silence.

— Je n'ai rien, ajouta-t-il, visiblement embarrassé. J'étais un peu inquiet à cause d'une fille avec qui je suis sorti pendant un certain temps le printemps dernier. Elle était jolie et passablement active sur le plan sexuel. Je voulais me rassurer. Je n'ai pas eu d'autre partenaire depuis.

— Alors tout est bien, conclut-elle en lui tapotant le dos.

Sam toussa pour s'éclaircir la voix :

— J'ai beaucoup d'affection pour toi, Julia. Pour rien au monde je ne voudrais te faire de mal.

Julia enregistra ses paroles dans sa mémoire, les soupesa, analysa leur sens. « J'ai beaucoup d'affection pour toi » signifiait-il je t'aime bien ou je t'aime? Elle espérait trop sans doute. Il voulait simplement lui dire qu'il l'aimait bien. Elle était arrivée à cette conclusion lorsque Sam se tourna vers elle et elle vit sur son visage ce dont elle avait toujours rêvé. Il lui retira son tee-shirt; elle secoua lentement sa longue chevelure brune pour la ramener dans son dos. Il fit glisser les épaulettes de son soutien-gorge sur ses épaules, puis il défit les agrafes. Sam contempla ses seins dans la lumière tamisée de la lune.

— Ciel! Julia, tu es magnifique, murmura-t-il.

Ce compliment la fit tressaillir. Il enferma son sein gauche dans sa main, pressant le mamelon contre sa paume. Sa main était chaude. Julia sentit son cœur battre contre le poignet de Sam.

Faisant comme lui, Julia appliqua sa main sur le côté gauche de la poitrine de Sam. Elle sentit alors que la pointe de son sein était aussi dure que du marbre.

Quand il laissa échapper un gémissement, elle comprit ce que ses amies lui avaient déjà raconté : les seins des hommes aussi étaient sensibles. Ils s'assirent l'un en face de l'autre, la respiration courte, sans rien dire. Sam enleva son tee-shirt et Julia aperçut une touffe de poils noirs sous ses aisselles ainsi qu'une fourrure sombre sur sa poitrine et son ventre. Elle fit lentement glisser la main de sa poitrine jusqu'à l'intérieur de son jean. Elle avait à peine touché la toison de son pubis du bout des doigts que Sam lui arracha presque brutalement son short, entraînant son slip du même coup. Il enleva son jean et renversa Julia sur les tapis. Il s'agenouilla entre ses jambes, se pencha et prit appui sur ses bras minces et musclés. Julia releva la tête et laissa ses yeux errer sur le corps de Sam depuis sa pomme d'Adam jusqu'à son ventre plat, ses hanches étroites et son sexe turgescent, sombre et rigide. Elle souleva son bassin avec empressement mais, à sa grande surprise, Sam l'esquiva. Il fit alors courir ses mains sur tout son corps, couvrit de baisers ses seins et son ventre avant d'enfouir la tête dans sa toison. Le souffle coupé et tous ses muscles tendus par la surprise, elle s'agrippa aux épaules de Sam. Elle se sentait mal à l'aise, désemparée, sans défense. Elle baissa les yeux et ne distingua que les cheveux brillants de Sam. Elle allait dire quelque chose, l'arrêter, quand elle l'entendit gémir.

— Julia ! murmurait Sam.

Il mit ses mains sur ses hanches et elle en sentit la chaleur sur sa peau. Il l'immobilisa tandis qu'il déplaçait sa bouche sur sa chair la plus intime pour la couvrir de longs baisers doux et tendres. Julia comprit enfin, avec une joie indicible, que Sam l'aimait, qu'il l'aimait ici et maintenant.

— Oh ! mon doux amour, susurra-t-elle.

Elle reçut l'infinie tendresse de Sam comme un cadeau précieux. Elle savait qu'elle pouvait lui accorder sa pleine confiance.

Elle poussa un soupir de soulagement. Elle ferma les yeux, relâcha ses muscles tendus et s'abandonna à lui.

Elle avait appris en psychologie que le moi était situé au centre du front, entre les deux yeux. Elle venait de constater que cette théorie était erronée. Son moi authentique, son moi le plus secret était situé dans les profondeurs chaudes et intimes cachées entre ses cuisses. Comment quelqu'un peut-il faire l'amour avec un étranger, se demandait Julia, au moment où ses pensées devenaient de plus en plus confuses, où elle était tout entière emportée par un tourbillon de sensations.

Sam l'embrassait maintenant en répétant son nom. Julia sentait les aspérités de sa denture sur son sexe. Sa langue, tel un doigt, sondait les replis soyeux de sa chair. Puis il se redressa au-dessus d'elle et lui pinça les mamelons. Une explosion de plaisir la secoua. Une vague de jouissance monta en elle, la souleva et l'inonda. Alors elle poussa un cri et frémit, sans pouvoir s'en empêcher. Sam s'empressa de la pénétrer alors qu'elle était au bord de l'orgasme. Ce fut un moment de douleur intolérable, une sensation de déchirure, comme si on l'ouvrait de force sans tenir compte de ce qui était raisonnablement possible. Sam cria à son tour et retomba sur elle en enfouissant dans ses cheveux son visage baigné d'une moiteur musquée.

Julia, enlacée à Sam, blottie contre sa chaleur et son odeur, n'avait jamais ressenti une joie aussi pure.

— Oh, Sam! balbutia-t-elle, hors d'haleine.

Il glissa à côté d'elle encore pantelant et la prit dans ses bras.

— Tu as aimé ça?

Dans sa voix elle reconnut le compagnon de jeux de son enfance. Elle se sentait en sécurité avec lui.

— Non seulement j'ai aimé, mais j'ai adoré ça.

— Je t'aime, Julia.

— Je t'aime, Sam.

Elle était au bord des larmes. Elle se sentait tellement heureuse. Sam lui ébouriffa les cheveux.

— Julia, murmura-t-il.

— Quoi ?

— Rien, seulement Julia. Julia, répéta-t-il.

Ils se blottirent l'un contre l'autre. Elle souriait dans l'obscurité. L'instant d'après, ils dormaient, nus, sans couverture, au chaud et en sécurité.

Très tôt le matin, la faim les réveilla. Ils se rhabillèrent en vitesse pour aller chercher de quoi manger. La maison semblait avoir été traversée par un cyclone. Un géant en maillot de football ronflait sur le plancher du living-room. Ils se frayèrent un chemin entre les sacs de chips, les verres de polystyrène vides, les bouteilles de bière et les assiettes remplies de mégots. Ils prirent un sac de *bagels* au congélateur, les réchauffèrent au micro-ondes et retournèrent dans leur nid d'amour pour les avaler avec de l'eau fraîche.

Julia s'écrasa sur les tapis qui leur avaient servi de matelas la nuit précédente.

— Il va falloir nettoyer la maison avant le retour de mes parents.

— Je me demande si Chase a vu ce bordel.

— Tu penses beaucoup à mon frère, n'est-ce pas ? lui fit remarquer Julia en souriant.

— Nous sommes de grands amis depuis si longtemps.

— Es-tu inquiet de ce qu'il va penser quand il saura... pour nous ?

— Oui, bien sûr, répondit-il après un moment de réflexion. Je me fais également du souci à propos de la réaction des gens qui sont proches de nous. Chase. Tes parents et les miens.

Le cœur de Julia sembla se détacher d'elle. Il lui fallait maintenant attendre le verdict qui signerait peut-être l'arrêt de mort de son amour.

— Ils pourront penser que c'est gentil que nous sortions ensemble ou, au contraire, que c'est curieux, ajouta Sam.

Le cœur de Julia se décontracta légèrement :

114

— C'est bien vrai, nous sortons ensemble maintenant.

Sam la regarda. Il lui enleva délicatement une miette de *bagel* accrochée à sa lèvre :

— Je dirais que c'est bien plus que ça.

— Oh! Sam, comme je t'aime!

— Je t'aime, Julia.

— Vraiment?

Sam se mit à rire et attira Julia contre lui. Ils tombèrent à nouveau tous deux sur les tapis.

— Je pense qu'il y a longtemps que je suis amoureux de toi.

— Je sais ce que tu veux dire.

— J'ai beaucoup pensé à ça au cours de cette dernière semaine. À quel point j'ai toujours eu du plaisir à être près de toi. À quel point j'ai toujours été heureux quand tu venais à la maison avec Chase. Même quand nous étions de petits enfants, j'aimais que tu me touches. Souviens-toi du jeu que nous avions inventé à l'époque où je t'apprenais à nager sous l'eau les yeux ouverts. Nous piquions au fond de la piscine et nous nous touchions la langue. Je pense que j'étais amoureux de toi déjà.

Julia était médusée par les paroles de Sam. Elle se sentait infiniment heureuse.

— Nous avons toujours eu beaucoup de plaisir ensemble, continua Sam. Et je t'ai toujours trouvée belle fille. Mais récemment...

Il lui serra alors la main.

Julia roula tout près de Sam et le retint prisonnier entre ses bras et ses jambes. L'oreille collée contre sa poitrine, elle écoutait les battements fermes et réguliers de son cœur.

Après un moment elle demanda :

— Qu'est-ce que tu as l'intention de faire une fois que tu auras ton diplôme?

Sam déposa un baiser sur son front :

— Mes parents veulent que je m'inscrive à une faculté de médecine. J'ai les crédits nécessaires en chimie. Mais je veux faire de la recherche. Je ne veux pas être médecin. Je n'aime pas le sang, la maladie. Je me sentirais beaucoup mieux dans un laboratoire. Mais je ne sais pas si j'aurai le courage de les décevoir. Ils ont tellement fait pour moi.

— Ils ne voudraient pas que tu fasses quelque chose que tu détesterais.

— Je ne sais pas. J'ai l'impression qu'ils ne croient pas que je détesterais vraiment ça. J'ai tenté de leur en parler. « Essaie seulement », voilà ce qu'ils disent, quelle que soit la façon dont j'aborde la question. « Ne dis pas non avant d'avoir essayé », répètent-ils. Le problème, c'est que je sais qu'ils paieraient mes études de médecine. Mais je me sentirais coupable d'accepter leur argent pour quoi que ce soit d'autre. Je leur dois tellement déjà.

Les figures sympathiques de Hal et P.J. Weyborn surgirent dans l'esprit de Julia. Elle se rappela la vie aisée qu'ils menaient sans ostentation, leur constante et discrète générosité. Les murs, les manteaux de cheminée, les consoles de leur maison portaient une multitude de photos de Sam : le bébé souriant, le bambin aux jolies dents minuscules, Sam sur son premier tricycle, sur son premier vélo, chaussé de patins, de skis, assis sur son traîneau, dans la piscine, à dos de cheval, en bateau, au volant de la voiture que ses parents lui avaient offerte lorsqu'il avait obtenu son diplôme d'études secondaires. Ils lui avaient donné tout ce qu'ils pouvaient et se félicitaient de la vie qu'ils lui avaient assurée. Et ils étaient fiers de leur fils.

— Je sais ce que tu ressens, dit Julia. Des fois j'aimerais que mes parents déménagent sur la planète Mars pour quelque temps, je voudrais pouvoir les débrancher et les ranger dans le placard jusqu'à ce que je sois assez grande pour marcher toute seule. Ils me font toujours perdre l'équilibre.

— Écoute ! chuchota Sam en se soulevant sur un coude, il me semble qu'il y a du va-et-vient dans la maison. Nous ferions bien d'aller donner un coup de main au ménage.

— Qu'est-ce que nous répondrons si Chase nous demande où nous étions ?

Sam saisit le poignet de Julia :

— Nous dirons simplement que nous étions ensemble. Plus tard, quand je serai seul avec lui, je lui raconterai le reste.

Le ménage de la maison avait été une opération menée avec rapidité et application tout à la fois. Ils étaient tous d'humeur maussade, fatigués, taraudés par le mal de tête. Les deux dernières journées à Martha's Vineyard Island se passèrent sans entrain. Chacun ramassait ses choses ou s'écrasait devant la télévision. Même Julia sentait le besoin de dormir. Elle et Sam se contentaient de baisers voraces échangés sur la galerie arrière avant de rentrer se coucher chacun de son côté.

De retour chez eux, les préparatifs de la rentrée scolaire les tinrent occupés toute la journée. Ils trouvaient le moyen de se rencontrer presque tous les soirs pour faire l'amour dans la voiture de Sam ou dans sa chambre, quand ses parents étaient sortis pour la soirée. Chacun des moments qu'ils passaient ensemble les liait de plus en plus étroitement l'un à l'autre.

Julia sut que Sam avait mis Chase au courant de leur histoire le jour même du départ de son frère pour le collège. Avant de quitter la maison, celui-ci monta à la chambre de Julia pour lui donner une de ses maladroites accolades d'adieu. Il avait une carrure plus forte que Sam. Ils ne s'étaient pas beaucoup vus au cours des dernières semaines et, redécouvrant la vigueur et la chaleur de son frère, elle sentit un regain d'affection pour lui. Elle fit le vœu qu'il trouve une jeune fille qu'il aimerait autant qu'elle aimait Sam.

Comme s'il lisait dans ses pensées, Chase s'écarta d'un pas et lança :

— Ça va pour ce qui est de toi et Sam. Mais sois prudente.

Le visage devenu tout rouge, il fit demi-tour, sortit de la chambre et dévala les marches de l'escalier.

Julia savait que Chase avait fait allusion aux moyens contraceptifs. Elle voulait se procurer des pilules anovulantes, mais elle n'en avait pas eu le temps. Sam acceptait volontiers d'utiliser un condom. Elle voulait informer ses parents, tout particulièrement sa mère, au sujet de Sam, mais Jim et Diane s'étaient laissé reprendre par leur travail et, de façon subite, on était arrivé à la fin de l'été. Sam était parti dans sa voiture pour le Wesleyan College et Julia était de retour à Gressex pour son année terminale.

Alors qu'elle traversait le campus pour aller à ses cours, elle se rendit compte que Gressex, du jour au lendemain lui semblait-il, était devenu un établissement aux cent portes qui se refermaient sur elle avec fracas, la faisant prisonnière des examens, des règlements, des travaux à remettre, de l'encre noire, du papier blanc et des lignes droites. Ses amies ne parlaient pas d'autre chose que du supplice de devoir choisir le bon collège. En plus de ses travaux scolaires, les formulaires de demande d'admission s'empilaient sur sa table de travail. On lui demandait de composer un court texte sur « la qualité qui, pour elle, était la plus importante », sur « le moment le plus déterminant de sa vie » ou sur « la façon dont elle envisageait l'avenir de l'humanité ». Cette paperasse semblait dégager une irritable électricité statique qui envahissait sa chambre et lui donnait des maux de tête.

Sam vint la voir chaque week-end au cours de septembre. Il lui écrivait des lettres d'amour qui la faisaient fondre. Il l'appelait presque tous les soirs, c'est-à-dire quand il avait la chance de pouvoir se servir de l'unique téléphone du pavillon où il logeait. Il était aussi intensément amoureux d'elle qu'elle l'était de lui. Julia le savait. Ils savaient aussi tous les deux qu'à mesure que le trimestre avancerait, avec les travaux à remettre et les interrogations écrites, le temps qu'ils pourraient passer ensemble se réduirait à rien.

Elle avait fait quelque chose de radical. Elle en était consciente. Pourtant, elle ne regrettait rien, car son audace les avait conduits dans ce lit du Howard Johnson où ils se retrouvaient dans les bras l'un de l'autre.

Elle ne cherchait pas le sommeil, parce qu'au réveil elle devrait faire face aux conséquences de ses actes. Sam voulait qu'elle téléphone à ses parents pour leur faire savoir où elle était. Cette idée l'agaçait. Leur réaction serait terrible et ils se montreraient tyranniques.

Il n'était pas question qu'elle retourne à Gressex. Elle épouserait Sam, si elle pouvait seulement parvenir à le convaincre. Oui, elle le convaincrait. Elle l'avait persuadé de tant de choses ces derniers temps. Ne l'avait-il pas sauvée de Gressex ? Épuisé, il s'était endormi dans ses bras. Cependant, c'est elle qui se raccrochait à lui comme à une bouée de sauvetage. Les pansements qui entouraient son poignet la démangeaient. Pour le reste, elle se sentait très bien.

4

Diane

Après l'appel téléphonique du directeur, tard ce lundi soir, Diane ne put fermer l'œil. Inquiète au sujet de Julia, elle se tournait et se retournait dans son lit, tandis que Jim dormait profondément à côté d'elle.

Quand le réveil sonna, à six heures trente, Diane était déjà habillée. Lorsque Jim descendit, douché, rasé et fin prêt pour la journée, elle lui tendit une tasse de café et une brioche à la cannelle enveloppée dans une serviette de papier. Il parut surpris.

— Nous avons rendez-vous avec M. Holmes, lui rappela-t-elle.

— Ah oui ! soupira-t-il en regardant sa montre.

— Je vais conduire. Tu prendras ton petit-déjeuner en route.

— Très bien. Merci.

Ils montèrent dans la Volvo de Jim. La décapotable de Diane le rendait nerveux. Tandis qu'ils se dépêtraient de la circulation matinale pour s'engager sur la route 2, Jim écoutait les informations à la radio. Comment pouvait-il en être capable ? se demandait Diane. Comment lui était-il possible de s'intéresser au reste du monde ? Sa pensée à elle était tout entière occupée par Julia.

Elle gara la voiture sur le chemin circulaire devant le pavillon administratif de Gressex. Une fois à l'intérieur, les vieux murs leur renvoyèrent l'écho de leurs pas pressés. Parvenus au bureau du directeur, ils eurent l'impression de pénétrer dans le

121

fumoir d'un club de gentlemen britanniques. Diane fut surprise de voir Sonja Stevens sagement assise sur un canapé de cuir.

M. Holmes les accueillit poliment en leur serrant la main, mais on le sentait sur ses gardes. Leur désignant des chaises près de son bureau, il les invita à s'asseoir et dit :

— J'ai d'autres nouvelles pour vous. Ou, plutôt, c'est Sonja qui en a. Sonja ?

Sonja glissa ses fesses jusqu'au bord du canapé et se pencha vers Diane :

— Julia va très bien, madame. Réellement. Mais j'ai seulement pensé qu'il fallait vous mettre au courant, dit-elle en avalant sa salive. Julia s'est tailladé les veines du poignet avec des ciseaux, hier.

Diane suffoqua. Sonja leva la main pour la calmer :

— Non, je vous assure, elle va très bien. Il est plus difficile qu'on ne le pense de s'ouvrir les poignets. Et ça fait vraiment mal. Elle s'est seulement piqué le poignet avec la pointe de ses ciseaux... les coupures sont vraiment petites... Elle voulait forcer Sam, qui était ici, à l'emmener avec lui pour l'épouser.

M. Holmes précisa d'une voix glaciale :

— Elle était assez calme pour bander ses poignets et préparer son sac de voyage. On ne peut pas dire qu'elle était psychologiquement bouleversée. Elle savait ce qu'elle faisait.

— Qu'est-ce que Sam a dit ? demanda Diane d'une voix tremblante.

— Je ne me rappelle pas exactement. Il semble qu'il n'était pas d'accord, mais qu'il a cédé pour l'empêcher de s'ouvrir les poignets, répondit Sonja.

Elle se tourna vers le directeur et son visage devint tout rouge lorsqu'elle ajouta :

— Elle était vraiment bouleversée, monsieur le directeur. Elle pleurait. Elle ne jouait pas la comédie. Elle était toute chavirée.

— Néanmoins, ce n'est pas le genre de comportement que nous pouvons tolérer dans une école comme Gressex, reprit le directeur. Nous avons beaucoup de peine pour Julia, monsieur, madame, mais vous pouvez comprendre, j'en suis sûr, que nous sommes dans l'obligation de la renvoyer.

— Vous plaisantez! s'exclama Diane, qui était tellement surprise qu'elle se mit à rire.

— Est-ce vraiment nécessaire? demanda Jim. Je serais porté à croire que...

— Si vous lisez l'article 14 du règlement de l'école...

Diane ne laissa pas M. Holmes continuer. Elle se leva et, rouge de colère, elle déclara :

— Croyez-vous qu'il nous importe de savoir si elle est expulsée ou non? Sachez seulement que nous ne pouvons pas la laisser ici, dans un endroit qu'elle déteste au point de se trancher les poignets pour en sortir. Vous aurez de la chance si nous n'intentons pas un procès contre vous et votre école, monsieur !

— Je regrette de vous voir dans cet état d'esprit, répondit le directeur d'un ton sirupeux. Je crains de ne pas avoir d'autre recours que...

Diane ne l'écoutait plus. Elle traversa le bureau et prit la main de Sonja dans la sienne :

— Sonja, dis-moi, je t'en prie. Y a-t-il quelque chose d'autre que je dois savoir au sujet de Julia?

La jeune fille jeta un coup d'œil rapide vers le directeur avant de répondre :

— Je pense qu'elle va très bien, madame. Ce n'étaient que de petites coupures, je le répète, et nous y avons mis des pansements. Elle n'a pas eu besoin d'aller à l'hôpital ni même de voir un médecin. Elle avait l'air heureuse quand elle est partie avec Sam. Elle souriait, poursuivit-elle, les larmes aux yeux. Je ne savais pas si je devais vous en parler. Je ne voulais pas vous inquiéter. Mais j'en ai discuté avec des copines ce matin et nous avons conclu que vous, ses parents, deviez être mis au courant.

— Je suis heureuse que tu m'aies raconté ce qui s'est passé. Merci, merci beaucoup.

— Crois-tu qu'ils sont retournés à Middletown? demanda Jim à la jeune fille.

— J'en suis sûre. Sam a des cours, et vous le connaissez. Il aime vraiment Julia. Il va prendre soin d'elle.

— Je te remercie de dire ça.

Diane serra Sonja contre elle pendant un long moment, tandis que les larmes coulaient sur ses joues.

— Si vous n'avez pas d'objection, je vais discuter de la question avec le comité de discipline, dit M. Holmes.

— Ne vous donnez pas cette peine.

Diane avait presque craché cette rebuffade.

Jim se leva et mit la main sur son bras pour la calmer :

— Viens, Diane. Nous n'avons plus rien à faire ici. Sonja, tu voudras bien nous appeler si tu apprends quelque chose?

— Oui, avec plaisir.

— Nous avons communiqué avec M. et Mme Weyborn ce matin, reprit le directeur. Ils nous ont assuré qu'ils essaieront de joindre Sam et qu'ils nous mettront au courant dès qu'ils auront réussi à lui parler.

Jim et Diane saluèrent le directeur avec les mots vides de sens que la politesse leur imposait et traversèrent à nouveau l'édifice en silence pour se retrouver dans la lumière du soleil. Ils remontèrent dans la voiture; c'est Jim qui conduisait maintenant.

— Il est neuf heures treize, dit-il en consultant sa montre. Nous avons mis quarante-cinq minutes pour venir ici, mais c'était l'heure de pointe. Je vais te laisser à la maison et, si je me dépêche, j'arriverai au laboratoire vers dix heures.

— Jim, comment pouvons-nous tout bonnement aller travailler? Nous devrions faire quelque chose!

— La seule chose que nous pouvons faire, c'est d'attendre. Soyons logiques. Nous savons qu'elle est avec Sam. Nous savons que Sam est un garçon raisonnable. Il va se mettre en contact avec nous quand le moment sera propice. Ou bien il nous appellera si les choses vont vraiment très mal. Les Weyborn essaient de le joindre au Wesleyan College. Ils ont déjà appelé plusieurs fois. Nous faisons tout ce que nous pouvons.

— Mais elle a essayé de s'ouvrir les poignets !

— Sonja nous a dit que les coupures étaient superficielles. Elle n'a pas eu besoin d'aller aux premiers soins. Ça ne saignait plus quand elle est partie. Voyons ! penses-y. Pense à Julia. Elle est du genre à faire des drames.

— Mais c'est bien plus qu'un drame ! C'est... stupide ! C'est de l'autodestruction. C'est de la folie.

— Les adolescents font des choses stupides. Et Julia n'essayait pas de s'enlever la vie. Elle manipulait Sam.

— Si elle réussit à se donner la mort, ce qui pourra l'avoir motivée n'aura guère d'importance, n'est-ce pas ? J'irai à Middletown et je la trouverai.

Diane fouilla dans son sac à la recherche d'un mouchoir. Elle pleurait, écrasée par la crainte et l'impuissance.

Jim se tourna et posa sa main sur l'épaule de Diane en signe de sympathie. Il se mit à la tapoter affectueusement :

— Je sais. Je sais que tu veux courir à son secours. Mais tu ne peux pas l'aider, Diane.

— Pourquoi pas ?

— Ma chérie, Julia n'est plus une enfant. Elle a dix-huit ans. Elle veut se marier.

Il se tut pendant un moment et ajouta prudemment :

— Elle est amoureuse.

— Oui, de *Sam,* gémit Diane.

— Qu'est-ce que tu peux bien avoir contre Sam ? C'est un bon garçon. Il est brillant, on peut se fier à lui, nous l'avons toujours connu...

— Oh ! je l'aime bien, Sam, mais il est tellement facile de prévoir ce qui arrivera avec lui. Il ne dévie jamais de la ligne droite : il a bien réussi au collège et le voici maintenant parti à la conquête de ses diplômes universitaires. Il pourra compter sur Julia, qui travaillera quelque part comme serveuse, pour les faire vivre. Elle ne voyagera jamais, n'aura pas de carrière à elle, ne jouira pas de la vie. Elle ne réussira jamais à réaliser une petite parcelle de ses capacités.

— De ses capacités pour quoi ? Qu'est-ce qui est important pour elle, Diane ? C'est peut-être ainsi qu'elle sera heureuse.

— Ah oui ! tu serais déjà prêt à démissionner pour assurer le « bonheur » de ta fille ? répliqua-t-elle sur un ton dédaigneux.

Ses pleurs avaient séché et son visage s'empourprait, tandis que son angoisse faisait place peu à peu à la colère. Elle poursuivit :

— Enferme-la dans sa cuisine où, enceinte et les pieds nus, elle mijotera des petits plats pour son homme sa vie durant. Tu ne laisserais pas Chase se marier maintenant, devenir garçon de table et rester à la maison pour faire cuire des tartes et passer l'aspirateur. Tu le laisserais faire ? vraiment ? Non, évidemment. Chase est brillant. Tu veux certainement que ton fils réalise toutes ses possibilités, tu ne peux le nier. Mais tu ne souhaites pas la même chose pour ta fille.

Jim répondit calmement :

— Je désire la même chose pour mes deux enfants : le bonheur. Il arrive seulement que c'est Julia, pour le moment, qui veut se marier, pas Chase.

— Je sais, concéda Diane d'un ton morne.

Sa colère se calmait. Elle soupira et posa sa nuque sur l'appuie-tête.

Jim démarra. Ils roulèrent en silence pendant un moment. Diane contemplait le tableau harmonieux offert par les champs et les forêts qui bordaient la route 2. Elle était toujours étonnée de trouver une aussi belle campagne si près de Cambridge et de Boston. Ce matin-là, elle était toute surprise de pouvoir goûter ce paysage alors que sa fille la remplissait d'inquiétude. Plusieurs érables flamboyaient encore. Les étalages de produits de la ferme, au bord de la route, retinrent son attention. Sur de longues tables alignées dans le soleil d'automne, on pouvait voir des baquets de chrysanthèmes dorés, des paniers de pommes rouges et des pyramides de courges vertes, orange, à rayures ou tachetées.

Son estomac grogna. Elle n'avait avalé qu'une tasse de café très tôt ce matin-là. « Quelle sorte de mère suis-je donc ? se demandait-elle pour la centième fois. Ma fille s'est ouvert les poignets, elle s'est enfuie de l'école, et moi, j'admire le paysage et je meurs d'envie de boire un verre de cidre. »

Peut-être n'avait-elle pas été une bonne mère. Tout comme elle n'avait pas été une bonne fille. Elle était trop égoïste. En effet, même maintenant, l'automne l'inspirait : elle imaginait déjà toute une gamme de bijoux en cuivre. Si elle avait eu son bloc et un crayon, elle aurait fait des esquisses. C'était là son génie mais, en ce moment précis, c'était pour elle une cause de honte.

— Le directeur est un mufle pompeux, bougonnait Jim. Il n'a qu'un seul souci en tête : expulser Julia et effacer toute trace d'elle avant que la réputation de Gressex ne soit entachée.

— Oui, oui... approuva distraitement Diane.

Le directeur ne l'intéressait pas. Il s'était montré hautain. Il avait exprimé son propre intérêt en parlant du bien-être de Julia dans une langue alambiquée. Maintenant que Julia s'était enfuie de Gressex, il désirait rapidement s'en laver les mains.

— Je me fous qu'elle soit expulsée, poursuivit Diane à voix haute. Je ne veux pas qu'elle retourne vivre dans un endroit où des enfants peuvent attenter à leur vie parce que personne ne les surveille. Je veux la retrouver, la ramener à la maison et parler avec elle pour lui faire entendre raison.

Jim s'engagea dans l'allée du garage, immobilisa la voiture, mais ne coupa pas le contact. Il se tourna vers Diane et, en faisant des efforts pour rester patient, il essaya de la raisonner :

— Écoute, tu ne peux rien faire pour le moment. Tu sais que Sam est un garçon raisonnable. Il va sûrement t'appeler aussitôt qu'il le pourra. Il ne fera rien de stupide. Tu n'obtiendras rien de plus si tu te précipites à Middletown pour aller frapper à toutes les portes en demandant désespérément où ils peuvent être.

— Tu as raison. Je sais que tu as raison, concéda Diane en secouant les épaules.

— Je dois filer maintenant. Téléphone-moi si tu as du nouveau.

— Oui, je n'y manquerai pas.

Elle sortit de la voiture et fit claquer la portière, frustrée par la froide logique de son mari. Alors une pensée la frappa. Elle entra chez elle et se précipita dans la cuisine. La lumière du répondeur clignotait. Tremblante, elle appuya sur la mauvaise touche. Elle mit plusieurs minutes à retrouver le message : Peter Frost voulait qu'elle l'appelle aussi tôt que possible. Depuis le message téléphonique provenant de Gressex, le soir précédent, elle avait presque oublié cet homme. Elle composa le numéro qu'il avait laissé et s'entretint avec lui brièvement : il arriverait après le lunch et ils iraient tous deux examiner les choses de sa mère au grenier. « Eh bien, se disait-elle en montant à sa chambre pour enfiler un jean et un sweat-shirt, cette fouille m'apportera au moins une distraction. »

Avant l'arrivée de l'agent du FBI, elle appela ses deux frères et sa sœur pour savoir s'ils avaient des nouvelles de leur mère. Personne n'avait entendu parler d'elle. Toutefois, lorsque Diane entendit la voix chaude de Susan, elle lui raconta, d'une voix brisée par l'émotion, ce qui venait d'arriver à Julia.

— Oh ! ma chérie, j'ai bien de la peine. Tu devais être folle d'inquiétude hier soir. Julia ira bien, tu verras.

— Je l'espère, répondit Diane en soupirant.

— J'en suis sûre. Je le sais, c'est tout.

Cela n'avait rien de très logique, mais Diane se sentait plus calme lorsqu'elle raccrocha.

— Bonjour !

La voix de Peter Frost se faisait cordiale à la porte d'entrée cet après-midi-là.

— Je vois que vous n'avez pas suivi mon conseil, lui fit remarquer Diane.

Elle lui avait suggéré de porter de vieux vêtements lavables, parce que le grenier était tout poussiéreux. Mais il était là devant elle en costume-cravate. Ses cheveux noirs et courts brillaient et lui moulaient la tête aussi parfaitement qu'un casque :

— C'est tout ce que j'ai apporté de Virginie. J'ai laissé mes jeans à la maison.

L'image de Peter Frost en jeans et en tee-shirt avait quelque chose de curieusement excitant. En suspendant son imperméable dans la penderie, Diane se disait que c'était vraiment un homme splendide. Le FBI devait certainement exploiter cet atout. Elle imaginait ses supérieurs en train de lui dire : « Eh bien, Peter, nous devons encore une fois mettre le nez dans la vie privée des gens. Comme il s'agit d'une femme, tu vas donc y aller. Fais-toi beau avant de partir pour cette mission. » Elle sourit malgré elle.

— Est-ce que votre répondeur est branché ? lui demanda-t-il.
— Oui.
— Très bien : j'attends des appels.
— Moi aussi. Je n'en attends pas précisément, mais j'espère en recevoir.

Elle se tut pendant un court instant, puis elle laissa échapper :
— Ma fille s'est enfuie de l'école où elle était pensionnaire.
— Quel âge a-t-elle ?
— Dix-huit ans.

Peter Frost sourit. Un sourire en coin, ironique, qui fit apparaître une fossette sur sa joue gauche :

— J'ai un fils de vingt ans. L'année de ses dix-huit ans a été la plus longue de toute ma vie.
— Il va bien maintenant ?

Frost sourit encore :
— Oui. Mais je suis épuisé.
— Votre femme aussi, j'imagine.
— Je ne sais trop. Ma femme et moi sommes divorcés depuis quelques années. Nous nous parlons rarement.
— Oh ! je suis désolée.
— Pas moi.

Le bleu de ses yeux sembla s'assombrir, comme pour le contredire, et Diane resta là pendant un moment à examiner l'homme, curieuse de savoir quelles émotions il pouvait vouloir cacher. Puis elle secoua la tête et fit demi-tour vers les escaliers.

— Je déteste l'idée d'abandonner tout contrôle sur la vie de mes enfants, confessa-t-elle en montant devant lui. Il me répugne de les voir voler de leurs propres ailes.

— Je sais ce que vous voulez dire.

« Oui, se disait-elle en pensant à l'impression d'autorité que dégageait Peter Frost, je parie qu'il sait vraiment ce que je veux dire. »

Et pourtant, elle se sentait curieusement vulnérable tandis qu'elle le précédait dans le couloir de l'étage, en marche vers la porte du grenier, tout au bout. Ce matin-là, elle n'avait pas fermé la porte de sa chambre avant de descendre et Kaitlin n'y était pas encore passée. On pouvait voir un lit tout froissé et, semés sur le plancher, le pyjama de Jim, son caleçon et ses chaussettes. On pouvait faire confiance à Jim. Il était capable de découvrir une chaîne polynucléaire dans l'ADN, mais il ne pouvait pas trouver le panier à linge sale dans sa propre salle de bains.

— Vous avez une maison charmante, dit Frost. Et un beau grand jardin à l'arrière.

Il regardait par la fenêtre au bout du couloir. Diane sourit, agréablement surprise de sa gentillesse, de la façon délibérée dont il avait jeté un coup d'œil dehors.

— Merci. C'est difficile d'ouvrir sa maison à un étranger, admit-elle, la main sur la poignée de la porte.

— J'en suis sûr. Je suis désolé de vous déranger. J'essaie d'obtenir l'autorisation de vous en dire davantage : quand vous comprendrez, je sais que vous vous sentirez plus à l'aise.

— Eh bien, dit-elle en haussant les épaules alors qu'elle ouvrait la porte, c'est en haut de cet escalier.

Le grenier n'était constitué que d'une seule grande pièce, mais il était tellement compartimenté par des bibliothèques, des piles de cartons et tout un ramassis de vieilles choses qu'on aurait dit qu'il était divisé en plusieurs cabinets obscurs. Diane avait conscience de la présence de Peter Frost, qui se tenait tranquillement derrière elle.

La cuisine était le cœur de la maison ; le grenier, sa mémoire. Les souvenirs sommeillaient paisiblement dans la lumière oblique, encore grouillants des rêves remontant aux jours où les enfants n'étaient encore que des bébés et Diane, une jeune mère très mince. Peter Frost la suivit le long d'une série de boîtes remplies de délicats vêtements de nouveau-nés et de douces couvertures qu'elle conservait pour ses petits-enfants. Elle l'entraîna au-delà des housses recouvrant des robes qu'elle gardait seulement parce qu'elle ne supportait pas l'idée de s'en défaire. Ils passèrent à côté de malles ouvertes où s'entassaient des emballages de Noël, des paniers de Pâques tressés avec de la paille aux tons pastel, des citrouilles de plastique orange qui avaient servi aux enfants pour recueillir leur butin d'Halloween. Cette année, Diane n'avait pas découpé de figure humaine dans une citrouille évidée. Elle n'avait pas davantage fait griller les graines de citrouilles que les enfants mangeaient en écoutant *La Légende de Sleepy Hollow* sur leur vieux disque usé. Quand on n'a plus de jeunes enfants, l'année passe sans rien pour rythmer les saisons.

— Mon Dieu ! Quel fourbi ! s'exclama Peter Frost.

Diane regarda dans le même direction que lui et se mit à rire :

— Quel trésor ! corrigea-t-elle.

À côté des costumes d'enfants, de serre-têtes indiens à plumes, de tutus à paillettes, de capes et de couronnes, d'épées et de boucliers, plusieurs boîtes, empilées dans une malle, débordaient de bijoux et d'ornements aux reflets d'or et de pierres précieuses. Même dans cette lumière tamisée, le trésor brillait et invitait à s'en approcher.

— Joyaux de théâtre. Des pièces et des morceaux imparfaits. J'avais l'habitude d'acheter pour une bouchée de pain de pleins sacs de ces babioles et de mettre de côté les articles brisés, avec les rebuts de mon travail, pour constituer des trésors de pirates pour Chase et Julia. Nous organisions des chasses au trésor les jours de pluie. Je suppose que je devrais maintenant donner tout cela à une garderie d'enfants.

Diane s'agenouilla devant une malle. Elle y plongea ses mains et les en ressortit pleines de pierres étincelantes. Émeraudes, rubis, diamants, pièces de monnaie, anneaux et chaînettes retombèrent en pluie dans le coffre avec un léger tintement séducteur. Faux bijoux que tout cela : chacun lui rappelait les jours bénis où ses enfants, jeunes, innocents et à l'abri du malheur, étaient riches au cœur du royaume protégé de son amour.

Maintenant, elle savait que ces jours étaient une richesse. À cette époque, elle pensait que le vacarme, le désordre et l'imprévu apportés par chaque nouvelle journée la rendraient folle. Elle se leva :

— Les greniers ressemblent à des musées intimes, ne trouvez-vous pas ?

« Et c'est toute ma vie qui y est étalée », songea-t-elle.

— Je regrette de ne pas avoir un grenier semblable, répondit Frost. Mon ex-femme a gardé la maison et tous les albums de photos, toute la mémoire de mon passé, en somme.

Diane le regarda et trouva ses yeux tristes. Elle se sentit attirée par lui. Elle aurait aimé le toucher gentiment pour le consoler, mais elle se détourna plutôt.

Elle appréciait cette façon gentille de lui offrir quelques bribes de sa propre vie ; cette attitude l'encourageait à se raconter un peu, elle aussi. Elle frotta ses mains l'une contre l'autre, comme pour en faire disparaître des traces de poussière, et dit brusquement :

— Eh bien, d'une certaine façon, vous avez de la chance. La plupart de ces choses ne servent plus à rien. Elles encombrent inutilement.

Elle souleva un morceau de drap blanc, peinturluré d'orange et de noir, qui enveloppait une grosse boule de mousse de polyuréthane :

— Prenez Casper, par exemple. C'est notre fantôme blessé.

À chaque fête d'Halloween, nous le suspendions au lustre du hall d'entrée mais, d'année en année, il se désagrégeait. J'imagine que j'ai pensé pouvoir le rajeunir un jour, mais les enfants sont devenus trop vieux pour s'exciter à propos de l'Halloween. Je devrais nettoyer cet endroit, continua-t-elle en jetant un regard circulaire. Il y a beaucoup de choses à jeter.

— Non, gardez tout ça. Peut-être qu'un jour vous aurez du plaisir à vous remémorer le bon vieux temps.

Diane fixa son visiteur, surprise et touchée. Elle soutint son regard qui s'attardait aussi sur elle. Après avoir éprouvé une intense sensation de rapprochement, elle dut s'obliger à baisser les yeux. Puis elle se tourna pour entreprendre une course d'obstacles jusqu'à l'endroit où elle avait remisé les affaires de sa mère.

— Rien n'est étiqueté ou classé. Susan, ma mère et moi avons tout jeté pêle-mêle dans des cartons que nous pourrions transporter nous-mêmes. Maman était une mauvaise emballeuse et moi aussi, je le crains. Juste ciel! j'ignorais que j'avais rapporté autant de choses inutiles.

Un incident bizarre était arrivé en juillet, dans la maison de ses parents : la rivalité fraternelle, qui remontait à leur enfance, avait resurgi entre Susan et Diane. Elles l'avaient masquée par des gestes de bonne volonté et de générosité convenant à des adultes, mais l'antagonisme s'était bel et bien manifesté. Leur mère avait toujours préféré Susan à Diane, et celle-ci l'acceptait. Susan avait été la bonne petite fille. En fait, ils avaient tous été de bons enfants, rendus plus libres toutefois grâce à l'attitude rebelle de Diane, la brebis galeuse.

Avant d'atteindre la quarantaine, Diane avait été amèrement blessée par le grand nombre de photos de sa sœur que sa mère exposait dans la maison. Susan à la cérémonie de remise des diplômes au collège, Susan dans sa fabuleuse robe de mariée en dentelle; Susan et sa mère souriant à travers leurs larmes, à l'hôpital, où le premier fils de Susan avait vu le jour sous l'œil vigilant de sa grand-mère et de son père. « Mon Dieu! maman, c'est comme si je n'avais jamais existé pour vous ! » avait pensé Diane. Elle s'était sentie misérable, malade de jalousie.

Mais quand ses propres enfants étaient entrés dans leur adolescence, Diane s'était rappelé sa jeunesse. Si sa mère n'avait aucun souvenir des grandes étapes de sa vie, c'est parce que Diane n'avait jamais rien fait fixer sur pellicule. Diane n'avait pas assisté à sa propre remise des diplômes, pas plus qu'elle ne s'était mariée à l'église, dans une robe somptueuse. Jim aurait voulu se dispenser de toute formalité, mais elle avait insisté pour avoir un petit mariage intime sans tralala. Elle avait dédaigné les cérémonies et les rituels qui avaient jalonné la vie de ses parents. Leur foyer, plein de toutes ces babioles banales et communes, l'avait étouffée.

Encore une fois, l'été précédent, quand sa mère s'était défaite de tous ces objets ramassés au cours de sa vie, Diane avait pris tout ce qu'elle pouvait. Pas la porcelaine et le cristal, ni l'argenterie et les antiquités ; elle avait déjà beaucoup de ces choses. Susan avait été heureuse d'hériter de quelques-unes de ces belles pièces. Elle servait habituellement sa famille dans de solides assiettes de plastique aux couleurs vives, car ses quatre fils étaient des brise-fer.

Diane avait choisi de prendre le contenu dépareillé des commodes et les vêtements entreposés dans le grenier de la vieille maison. Elle avait joyeusement fait valoir qu'elle voulait vraiment les robes très anciennes, les foulards aux couleurs passées et les chapeaux vieillots de sa mère.

— Tout ça est tellement démodé, et tu ne pourras jamais porter ces vêtements trop petits pour toi, avait dit Susan.

— Oh ! ce n'est pas pour moi, avait riposté Diane. C'est pour Julia. Les filles adorent les vêtements rétro. De plus, tu me connais. Je trouverai sans doute là-dedans des idées pour mes bijoux.

— Chérie, avait objecté sa mère, es-tu sûre que tu veux toutes ces vieilleries ? Je ne me rappelle même plus ce qu'il y a dans la moitié de ces boîtes.

— Ce sera amusant d'y faire un tri, maman, avait insisté Diane.

Elle s'était montrée aimable, sans toutefois céder d'un pouce.

— Je crois que tu vas découvrir les quelques cahiers où j'écrivais mon journal.

— Maman ! s'écria Susan sur un ton de convoitise. Je ne savais pas que tu tenais un journal !

— Je l'ai fait quand vous étiez très jeunes, tous les quatre. Je ne sais pas où je pouvais trouver le temps. Ce que j'ai écrit n'est guère intéressant. Je me demande d'ailleurs pourquoi je me suis donné cette peine.

Aussitôt chez elle, Diane avait fouillé dans les cartons pour y trouver les cahiers du journal. Sa mère avait raison : ils n'offraient guère d'intérêt.

« ...Diane m'a souri ce matin. Les médecins disent qu'un bébé d'une semaine ne peut ni voir, ni reconnaître, ni sourire, que tout ce qu'on peut dire là-dessus n'est que verbiage, mais je sais qu'ils ont tort. Je l'ai vue éveillée dans son berceau et j'ai dit "Bonjour, ma petite crotte en chocolat", et elle m'a souri. »

« ...Les nausées matinales sont si pénibles que je me suis couchée sur le plancher de la cuisine, ce matin, pendant que Diane allait jusqu'à l'armoire et retirait toutes les casseroles et les poêlons sans exception et venait les disposer à son goût sous la table. Hier, elle a sorti toutes les chaussures de la penderie et les a rangées dans les tiroirs inférieurs de ma commode. Ils y sont encore. Notre maison commence à avoir l'air d'un bazar. »

« ...La poupée que nous avons offerte à Diane lorsque nous avons ramené Bert de l'hôpital gît abandonnée sous une chaise. J'ai essayé d'encourager ma fille à nourrir et à habiller son bébé pendant que je m'occupe du mien, mais elle ne se montre aucunement intéressée. Heureusement, elle aime vraiment colorier. Nous lui avons donc procuré du papier et des crayons de cire de toutes les couleurs. Diane trouve que son frère est bruyant. Eh bien, elle a raison, il l'est. Je crois qu'il doit avoir des coliques. Il pleure tous les soirs, de cinq heures jusqu'à huit. Trois heures à l'entendre sans arrêt alors que rien ne peut le calmer. Maman me conseille de tremper une tétine dans le sirop et le scotch, mais je n'oserais jamais. Je le berce seulement et le berce encore, et Al prend la relève, le temps que je puisse faire de la lecture à Diane ou prendre mon bain.

Le journal se poursuivait pendant des années, pour s'interrompre juste après la naissance d'Art. Diane trouva l'ensemble étrangement impersonnel. Sa mère avait inscrit le détail de leurs vies sans jamais exprimer ce qu'elle ressentait à propos de tout ça. Avait-elle jamais pleuré jusqu'à épuisement ou regretté les changements survenus dans son corps ? l'épaississement de ses hanches ? Vouait-elle un amour passionné à son mari ? Il le fallait bien si on pensait au nombre de fois qu'elle était devenue enceinte ! Avait-elle déjà désiré une robe avec un décolleté plongeant, avait-elle eu un béguin secret pour une vedette de cinéma ou avait-elle rêvé de voyager en Chine ?

Peut-être que non. Peut-être que sa mère avait été le même genre de femme que Susan : altruiste, dévouée à sa famille, se prolongeant même en elle.

Diane avait été une fille terrible, une sœur terrible. Elle avait aimé ses enfants et avait fait passer leurs besoins en premier, mais elle ne s'était pas prolongée uniquement dans sa famille. Il y avait toujours eu autre chose qui excitait aussi son intérêt : les amis, les voyages, le travail, les livres, le goût de l'aventure.

Pour elle, il allait cependant de soi que chacun éprouvait des plaisirs personnels, des plaisirs quelque peu illicites. Comme la pointe de désir qu'elle ressentait actuellement à l'endroit de Peter Frost.

Ses yeux balayèrent le grenier, puis elle dit :

— Je crois bien que j'ai dû faire au moins vingt voyages de ma voiture au grenier pour ranger tout ça. Ces housses matelassées sont remplies de robes qu'elle a portées, jeune femme. Quelques-unes sont garnies de pierreries que j'ai songé à récupérer pour la fabrication de mes bijoux... J'ai pensé que ma fille aimerait bien un jour mettre la main sur le reste.

Sa fille.

Où était Julia maintenant ? Était-elle en sécurité ?

En juillet, Julia avait accompagné Diane à Washington pour aider à tout emballer. Mais cette corvée l'avait ennuyée et elle s'était offerte pour aider sa grand-mère à préparer le lunch pour tout le monde. Elle formait, avec sa grand-mère, un petit club d'admiration mutuelle : Jean vantait les spaghettis et les tartes de Julia, tandis que celle-ci ne cessait de s'extasier sur la magnifique cuisine si bien éclairée, sur la grande table de bois et sur les solides bols à mélanger en porcelaine anglaise. Quand elle avait vu sa fille, sa mère et sa sœur engagées dans une discussion enthousiaste sur les meilleures recettes de gâteau au chocolat, Diane s'était sentie curieusement mise à l'écart.

Maintenant elle se posait des questions. S'était-elle trop repliée sur elle-même au cours de l'été, occupée à pleurer son père et à se remémorer sa propre enfance ? Julia aurait-elle donné des signaux, concernant sa stabilité émotionnelle, qu'elle n'aurait pas été assez attentive pour décoder ? Non. Cette période avait été heureuse.

Diane savait qu'elle ne pourrait être de nouveau heureuse avant que Julia soit en sécurité.

Elle se dirigea vers la pile la plus haute :

— Les cahiers de son journal sont là-dedans : elle donne toutes sortes de détails sur ses bébés. Il y a des albums de photos aussi. Je les ai feuilletés après les avoir apportés ici. Mais là, ces boîtes que vous voyez... elles sont remplies de je ne sais quoi.

Elle et Frost s'agenouillèrent à côté de la pyramide. Un frisson la parcourut. Il lui arrivait rarement d'être si près d'un inconnu aussi séduisant. Jim avait des mains fines aux longs doigts effilés. Frost avait les mains larges et massives ; des touffes épaisses de poils sombres sortaient sous les poignets de sa chemise blanche et couraient sur le dos de sa main. Elle se prit à imaginer que son corps devait être velu. Que sa façon de faire l'amour ne devait pas être délicate et civilisée, mais exigeante et goulue.

La main de Frost toucha accidentellement la sienne alors qu'ils ouvraient ensemble la première boîte. Elle retira sa main.

— Comment voulez-vous procéder ? lui demanda-t-elle. Ce serait plus facile, il me semble, si nous prenions chacun notre lot. Il y a tellement de choses.

— J'aimerais bien prendre mon temps et faire ça consciencieusement.

« Je le crois bien, que c'est ce que tu voudrais », se dit Diane en se surprenant elle-même. Elle se leva :

— Il y a un grand carton vide par là. Nous pouvons l'utiliser pour y déposer ce que nous aurons examiné. Nous ne nous retrouverons pas empêtrés ainsi dans un tas de choses étalées sur le plancher.

— Très bien.

Il traversa le grenier et rapporta la boîte poussiéreuse.

C'était une fraîche journée d'octobre. La pluie avait cessé, mais les nuages voilaient encore le ciel, se déchirant parfois sous la poussée du vent pour laisser passer de grands rais lumineux à travers les lucarnes. Malgré l'éclairage électrique, la lumière dans le grenier était d'un bleu très doux.

Les boîtes contenaient un fouillis de lettres, de photos, de babioles, de bijoux, de cartes postales, d'écharpes, de diplômes, de médailles. Frost insistait pour ouvrir chaque enveloppe, qu'il secouait ensuite pour s'assurer que le médaillon n'était pas à l'intérieur.

Une des boîtes contenait des lettres et des cartes postales enthousiastes que Diane avait envoyées lors d'un voyage qui l'avait amenée de la Yougoslavie à la Hollande en 1968. Ils y trouvèrent aussi un fichu de paysanne d'un rouge éclatant, encore plié et un peu chiffonné, qui n'était pas du tout dans le style de Jean White ; un lourd et voyant collier fait d'anneaux de laiton et de perles aux couleurs variées et brillantes. C'était la première création qui avait valu à Diane un succès d'envergure : un bijou magnifiquement compliqué à la manière du Moyen-Orient. À tout cela s'ajoutaient des lettres et des photos de Bert, sur un destroyer dans le Pacifique, et de Susan, à l'époque où elle était infirmière à Soc Trang, au Viêt-nam. D'incompréhensibles gribouillis, censés être des lettres, envoyés du Viêt-nam par Art, voisinaient avec un houka que Jean White n'avait certainement jamais su comment fumer.

Diane sortait et examinait chaque objet avant de l'entasser avec tout ce qui était passé par l'inspection. Elle travaillait en silence, mais elle était remplie d'émotion. Comme leur mère avait aimé ses enfants ! Elle avait eu le cœur et l'esprit ouverts à tous, mettant précieusement de côté chacune des reliques de leurs vies si différentes. Que son amour avait été généreux !

Après deux heures de travail, Diane se leva et s'étira :

— J'ai le dos brisé. Est-ce que nous pouvons arrêter pour la pause café ? Je dois aussi vérifier mon répondeur.

Peter Frost regarda le fouillis autour de lui :

— Avec plaisir.

Ils descendirent rapidement l'escalier, dépassèrent la chambre où Kaitlin passait l'aspirateur et se retrouvèrent dans la cuisine. La pièce était tellement sombre et lugubre qu'elle alluma toutes les lumières là aussi.

Le voyant du répondeur clignotait : un message attendait. Elle rembobina. La voix chaude de Susan remplit toute la pièce :

— Bonjour, Diane. J'appelle pour savoir si Julia a donné signe de vie. Appelle-moi quand tu auras l'occasion. Tout va bien aller, tu verras. Je t'aime.

L'affection de sa sœur et la façon dont elle partageait son souci lui firent monter les larmes aux yeux. Elle se retourna vite avant que Peter Frost ne puisse s'en rendre compte.

— Je vais réchauffer un muffin ; vous en voulez un ? Ils sont très bons : dattes et miel.

Il sembla à Diane qu'elle avait pris un ton quelque peu flirteur. Elle rougit et se sentit soulagée d'être occupée à préparer le café.

— Ça m'irait très bien.

La présence de Peter Frost remplissait la cuisine. Tandis qu'elle tournait autour de la table pour y poser des napperons, des couteaux et le beurrier, elle avait conscience de son regard posé sur elle. Elle fut hélas occupée pendant un trop court instant. Bientôt il ne resta plus qu'à attendre que le café passe à travers le filtre et que les muffins soient chauds. Elle se pencha au-dessus du comptoir en se croisant les bras sur sa poitrine. Il se tenait près du four à micro-ondes. Était-ce intentionnel ? Elle leva la tête vers lui et dit :

— Je déteste dépendre des événements comme ça. Je me sens tellement désemparée.

— Avez-vous la moindre idée où votre fille peut se trouver ?

— Je crois savoir où elle est. Elle s'est enfuie avec son petit ami, un excellent jeune homme, le meilleur ami de mon fils d'ailleurs. Je ne crois donc pas qu'elle soit en danger. Toutefois...

— Toutefois vous avez besoin de savoir. Je parie que c'est la première fois qu'elle fait une fugue.

— Oui.

Une pensée lui vint à l'esprit, et elle hocha lentement la tête :

— Vous devez souvent faire face à des situations de ce genre dans votre travail ?

— Des fois.

— Aimez-vous votre travail ? lui demanda-t-elle avec un réel intérêt.

— Beaucoup.

— Pourquoi ?

— C'est quelque chose d'important, de nécessaire. Il arrive que ce soit excitant.

— Dangereux ?

— Les missions dangereuses sont finies pour moi, maintenant, lui répondit-il en souriant.

Tout à coup, elle aurait aimé qu'il lui parle des dangers qu'il avait courus. Elle le vit en imagination se déplacer furtivement dans le noir, porteur de graves secrets.

Il s'avança vers elle et allongea le bras. Diane se figea sur place. Il prit le sucrier, à quelques millimètres de son coude :

— Je peux ?

Le micro-ondes se fit entendre. Diane déposa les muffins sur une assiette, versa le café et, soulagée, se coula sur une chaise de l'autre côté de la table, en face de lui. Elle l'observa pendant qu'il faisait fondre le sucre dans son café.

— Et j'adore voyager, ajouta-t-il. C'est une façon agréable de rencontrer des gens intéressants.

Elle reçut ce compliment indirect avec un sourire.

— Moi aussi, je voyage beaucoup pour mon travail. J'aime les nouveaux paysages, les nouvelles expériences. Découvrir de nouvelles tendances.

« Pourquoi, se demandait-elle, le moindre mot semble-t-il soudain prendre une dimension sexuelle ? »

— Vous n'avez pourtant pas l'air du type globe-trotter, lui fit-il remarquer.

— Pourquoi pas ? répliqua-t-elle, piquée.

Pour toute réponse, il fit un grand geste pour montrer la cuisine. Elle aperçut sa vie reflétée dans ses yeux : sur le mur, le tableau aimanté couvert d'esquisses, de lettres, d'invitations, de fiches de rendez-vous ; les comptoirs décorés de cruchons de céramique originaux et d'articles de cuisine divers ; les rideaux blancs impeccables et les torchons de vaisselle bien propres ; le compotier, au milieu de la table, rempli de fruits frais.

— C'est du camouflage, dit-elle, contente de sa réponse et heureuse du sourire confus qu'il lui adressa.

Le désir monta en elle encore une fois.

Le téléphone sonna. Diane se précipita pour répondre.

— C'est pour vous, dit-elle, désappointée.

Elle tendit le combiné à Peter Frost et resta à quelques pas de lui seulement.

— Nous avons reçu de l'information au sujet de votre mère, lui apprit-il en replaçant l'appareil sur son berceau. Elle s'est inscrite au Georges V il y a environ une semaine, puis elle est repartie après quelques jours sans laisser d'adresse. Nous savons au moins où son voyage a commencé.

— Mais non pas où elle se trouve en ce moment.

Quelque chose s'écroula au-dedans d'elle et elle se mit à pleurer. Elle se couvrit le visage avec ses mains.

— Je suis certain que nous allons la retrouver. Elle n'est pas en danger, vous savez.

— Je sais. Mais tout arrive en même temps. Ma mère et ma fille sont portées disparues.

— Peut-être qu'elles aiment voyager. Comme vous.

Elle releva la tête pour le regarder.

— Elles ne me ressemblent pas du tout. Ce sont toutes deux des bébés !

— Elles vont bien. Je suis sûr qu'elles vont bien.

Ils étaient debout l'un en face de l'autre. Il tapota son épaule pour la rassurer. Sa main forte, chaude et ferme s'attarda pendant quelques secondes significatives. Il était tellement *là,* avec elle, en ce moment, qu'elle fut saisie du désir bizarre de pencher la tête pour frotter sa joue contre sa main, pour le toucher, pour coller sa peau contre la sienne. Elle se contenta de lever les yeux vers lui et dit :

— Ça va maintenant. Merci.

Il la regarda aussi et, pendant un moment, ils furent unis par un sentiment fugace de complicité.

— Nous devrions remonter, ajouta Diane, heureuse que sa voix ne la trahisse pas.

— Oui, en effet.

De retour au grenier, ils travaillèrent rapidement et en silence. Le désir se trouvait maintenant avec eux comme une troisième personne souriant avec malice, assise sur une boîte et répandant dans l'air un lourd parfum. Elle n'avait jamais eu de liaison, elle n'avait jamais été réellement tentée, bien qu'elle ait pris occasionnellement plaisir aux attentions des hommes sur qui elle exerçait son attirance. Chaque fois elle avait été heureuse de savoir qu'elle était séduisante. Et si parfois son corps l'avait surprise en lui manifestant son intérêt, cela avait été pour elle une chose agréable qui avait flatté son épiderme, comme un massage ou une robe neuve.

Ce qu'elle éprouvait maintenant était différent. Et troublant. Quand Frost enleva sa veste et la retourna pour la poser sur une boîte, elle ne put s'empêcher d'étudier son corps qu'elle devinait, sous sa chemise, bien découplé et musclé. « Il doit être obligé de se maintenir en bonne forme physique », songea-t-elle. Pendant qu'il déboutonnait et roulait ses manches, il lui sourit comme s'il lisait dans ses pensées. Plusieurs fois au cours de l'après-midi, lorsqu'elle lui tendait une boîte ou qu'elle lui prenait quelque chose des mains, ses doigts effleuraient les siens et elle sentait le désir surgir en elle.

Il y avait vraiment beaucoup de boîtes. Diane travaillait sans répit, heureuse d'utiliser la poussée d'adrénaline que son anxiété au sujet de Julia et son envie de Peter Frost provoquaient en elle.

L'un des cartons contenait plusieurs petites boîtes prometteuses qui ne recélaient que des centaines de fiches de recettes, de vieux couverts d'argent lâchement attachés avec des rubans, trois ronds de serviette en laiton, des gobelets fêlés, des boîtes décoratives de fer-blanc, de jolis fragments de porcelaine, des tubes de colle, des produits d'entretien pour l'argenterie. La découverte la plus excitante de la journée fut une ancienne valise où avaient été jetés pêle-mêle billets de train, affiches de théâtre, plumes, crayons et gommes à effacer, papier carbone, manuels scolaires, blocs de papier, chemises contenant des notes de classe et des horaires, des listes de numéros de téléphone et d'adresses, des photos. Tous les souvenirs de collégienne de Jean. Au fond se trouvaient plusieurs numéros d'une même revue : *War Stories,* lut Diane sur la couverture bordeaux. Ouvrant un exemplaire à la table des matières, son œil fut attiré par le nom de Jean Marshall, qui signait un article intitulé « L'Histoire d'une veuve de guerre ». Elle se rappela vaguement que sa mère lui avait déjà parlé de cela, il y avait longtemps, mais elle n'avait jamais lu cette revue. Elle mit un exemplaire de côté pour l'examiner lors-qu'elle en aurait le temps.

À la fin de l'après-midi, ils avaient presque tout fouillé, sans succès. Diane fut à la fois soulagée et déçue lorsque Peter Frost se leva, déroula ses manches, ramassa sa veste et dit :

— Je crois bien que nous en avons assez fait aujourd'hui.

— Oui, admit-elle.

Il faisait presque noir dehors et certains coins du grenier res-taient sombres en dépit de l'éclairage électrique.

— Je reviendrai demain matin. Nous devrions pouvoir ter-miner ça en une heure ou deux.

— Fort bien. Je vous attendrai.

Encore une fois, sa voix lui parut coquette, alors qu'elle avait voulu parler d'un ton neutre. Elle se sentit rougir de nou-veau et elle s'empressa de passer devant lui pour descendre les escaliers. Une fois au rez-de-chaussée, elle courut presque vers la cuisine pour aller vérifier le répondeur : aucun message.

— Je crois comprendre à quel point ce que vous vivez actuellement doit être pénible, disait Peter Frost. J'apprécie vrai-ment tout le temps que vous me consacrez.

Sa voix grave et bien timbrée résonnait derrière elle ; elle pouvait en percevoir l'écho dans sa propre poitrine. Elle se re-tourna et le vit tout près, devant elle.

— Merci, dit-elle simplement.

— Vous avez travaillé dur. Laissez-moi vous offrir un verre ou vous amener dîner...

L'invitation parut seulement gentille, sans aucune arrière-pensée de séduction, mais elle fit non de la tête :

— Je dois rester ici. Au cas où Julia appellerait. Je vous remercie quand même. Peut-être une autre fois, ajouta-t-elle hardiment.

Il lui sourit. Cette fois ce n'était pas l'un de ses sourires obliques et narquois, mais un gentil sourire qui fit briller ses yeux :

— Très bien.

Diane fut un long moment avant de pouvoir se décider à bouger. Elle finit par s'avancer et dit :

— Je vais chercher votre imperméable.

Lorsqu'elle franchit la porte de la cuisine pour passer dans le couloir, son corps frôla le sien. Il la suivit, prit son manteau qu'elle lui tendait et partit en inclinant légèrement la tête en guise d'au revoir.

Elle retraversa la maison en essayant de mettre de l'ordre dans ses idées. Il était passé cinq heures. Jim n'était pas encore de retour. Kaitlin, qui était déjà partie, avait préparé une quiche qui attendait sur le comptoir qu'on la réchauffe. La journée entière avait passé sans que Julia donne de ses nouvelles. La grande maison semblait froide et vide maintenant, et Diane se sentit envahie d'un malaise qui ressemblait aux symptômes d'une grippe. Elle était fatiguée et se sentait étourdie. Eh bien, elle avait certainement le droit de l'être après une nuit blanche et cette longue journée d'attente et de souci.

Elle composa le numéro de téléphone des Weyborn et tomba sur le répondeur :

— Bonjour. C'est Diane. Je vous appelle seulement pour savoir si vous avez des nouvelles de Sam, dit-elle à son inter-locuteur électronique.

Elle savait que les Weyborn l'appelleraient aussitôt qu'ils apprendraient quelque chose. Elle se sentit pourtant mieux après avoir essayé de les joindre. Elle ne connaissait pas le numéro de Sam au Wesleyan College ; sinon elle aurait essayé de ce côté-là aussi. Elle n'avait plus qu'à attendre.

Elle monta à sa chambre et, pour la première fois depuis des années, elle s'allongea sur son lit tout habillée.

Elle ferma les yeux dans l'espoir de dormir, mais elle n'eut pas plus de succès que si elle s'était trouvée dans un abri anti-bombes : elle avait les nerfs tordus par l'angoisse. Jim, elle en était sûre, avançait méthodiquement dans son travail, la main sûre et l'esprit léger. La nature ne l'avait pas ligoté férocement à ses enfants. Sa vie suivait une longue ligne droite, clairement tracée, tandis que la sienne avait toujours été un enchevêtrement d'amour et d'ambition, de travail professionnel et de devoirs maternels.

À la veille de la naissance de Chase, Jim et elle avaient opté pour un accouchement naturel auquel le père assisterait. Diane s'était courageusement soumise à l'expérience et elle avait haleté, soufflé, juré et pleuré. Quant à Jim, il s'était évanoui lorsque la tête sanguinolente de son fils était apparue dans l'orifice vaginal de Diane. C'est donc Susan qui était venue l'assister quand elle avait accouché de Julia.

Au début, Diane avait pensé qu'il était normal qu'elle s'occupe davantage du bébé que Jim. Elle l'avait porté, puis elle l'avait nourri et soigné sans relâche, guidée par un véritable instinct maternel. Mais après six mois, un an, et même après la naissance de Julia, Diane prit conscience qu'elle était soudée à ses enfants d'une façon que Jim ne connaîtrait jamais. C'était un lien invisible et inaltérable qui n'avait rien de chimique. Cela tenait plus du radar ou du langage des baleines. Elle avait beau mettre une porte close et même la moitié de tout Cambridge entre elle et ses enfants, ses sens restaient en alerte et ses nerfs à fleur de peau, jusqu'à ce qu'elle revienne et que ses bébés puissent retrouver la sécurité dans ses bras. La nature n'avait pas daigné doter Jim d'une pareille obsession. Il pouvait lire quand Chase pleurait dans une pièce voisine. Durant les chaudes journées d'été, il pouvait se détendre ou converser avec des amis même quand Julia trottinait autour de lui dans sa couche mouillée. Il réagissait étrangement chaque fois que les enfants attrapaient l'une ou l'autre maladie infantile : il affichait alors une impassibilité d'un autre âge, attitude qu'il avait dû apprendre de ses tantes. Il n'aurait pas été juste de dire qu'il ne voulait pas réconforter ses enfants lorsqu'ils avaient le rhume, la varicelle ou un mal de ventre : il ne pouvait tout bonnement pas les soigner. Il semblait presque offusqué que les enfants soient malades.

Des amis avaient recommandé à Diane de ne pas s'inquiéter.

Les jeunes enfants déroutaient les hommes mais, au fur et à mesure qu'ils grandissaient, les pères collaboraient davantage, se montraient plus intéressés. Diane se rendit compte toutefois que quelque chose d'autre était en cause, quelque chose de personnel. Homme d'ordre, le très cartésien Jim était incapable d'évoluer dans l'univers désordonné et bruyant des enfants. Elle excellait dans tout cela : les chicanes et les pleurs, les babillages et les besoins urgents. Pour sa part, Jim retraitait. Il avait aimé les enfants dans l'abstrait, mais leur réalité, irritante et redoutable à ses yeux, ne pouvait trouver place dans ses plans méticuleux.

Tant bien que mal, Diane avait tout juste réussi à maintenir Arabesque à flot durant ses grossesses et la tendre enfance de ses rejetons. Le soir, une fois les enfants endormis, elle s'installait au sous-sol et cherchait à réaliser de nouveaux modèles de colliers et de bracelets en perles. Quand elle en avait trouvé un ou deux d'intéressants, elle apportait les patrons et le matériel nécessaires aux femmes qui travaillaient pour elle à domicile. Elle était heureuse comme jamais auparavant. Et si elle était fatiguée, c'était d'une façon hébétée et bienheureuse, comme dans les moments qui suivent immédiatement l'amour, alors que tous les sens sont assouvis. La nuit, quand elle promenait ses bébés dans ses bras, elle fredonnait de vieilles berceuses ; les mélodies et son propre épuisement agissaient comme des hallucinogènes et lui faisaient apparaître de nouveaux sujets dans l'obscurité de la chambre. Elle se rendait compte qu'elle était immensément fière d'elle pour les exploits les plus humbles et les plus naturels : garder son fils et sa fille en santé, soigner leurs rhumes, leur apprendre à se brosser les dents, les consoler lorsqu'ils étaient malheureux.

Jim passait de plus en plus de temps dans son laboratoire. Quand Diane lui demanda de l'aider davantage parce qu'elle voulait lancer une nouvelle gamme de bijoux, il lui répondit qu'il ne le pouvait pas. Il en était à une étape cruciale dans son travail. Il ne voulait pas courir le risque de perdre la subvention qui lui était accordée. Il proposa d'engager une gouvernante qui ferait aussi fonction de baby-sitter. Ce que Diane fit. Elle plaça une annonce dans le *Boston Globe,* interviewa quatorze candidates, en choisit une, dressa pour elle une liste de tâches et l'initia à son travail. Mais elle se sentait trahie. Avant qu'ils se marient, Jim avait souhaité avoir des enfants et il lui avait assuré qu'il ferait sa juste part dans les soins à leur donner. Maintenant, quand elle lui rappelait ses anciennes promesses, il répondait d'un ton impatient :

— Je vais t'aider. Laisse-moi quelques semaines seulement !

Une fois les nourrissons devenus bambins, Diane comprit que le travail de Jim serait toujours à une étape critique. Son épuisement était atténué par le fait qu'elle était contente d'elle-même. Plus que cela, il lui arrivait d'éprouver un sentiment flatteur de supériorité. Si la nature lui avait fait subir les affres de la grossesse et de l'accouchement, elle l'avait aussi gratifiée d'un plaisir hormonal dont Jim était exclu. L'existence de ses enfants la comblait ; ils étaient ses trésors, sa fierté et sa joie. La nature n'accordait pas à Jim une récompense équivalente et elle comprenait clairement pourquoi il cherchait à se réaliser dans son travail.

Néanmoins, elle se sentait de plus en plus frustrée par la réticence de Jim à plonger dans le tourbillon de leurs activités quotidiennes. Elle employa la raison, elle essaya la ruse. Les enfants avaient surgi dans sa vie et lui avaient imposé de lourdes contraintes en vertu des lois inéluctables de la nature. S'il était impossible d'obliger Jim de la même façon, elle réussirait, quant à elle, à l'embrigader dans les activités familiales en ayant recours à des demandes incessantes mais raisonnables. Quand ils dînaient en famille, elle lui proposait une tâche, une seule : donner le bain à l'un ou l'autre des enfants, ou encore aider Chase à enlever le chewing-gum collé à une chaussure. Habituellement Jim acquiesçait, l'air absent. Ensuite, ou bien il faisait le travail à moitié, ou bien il oubliait de s'exécuter. Elle se sentait dépassée et, pour finir, en colère. Pour la première fois depuis la naissance des enfants, son propre travail la sollicitait autant qu'un autre bébé.

Un modèle avait hanté l'esprit de Diane, apparaissant et disparaissant à la manière d'un fantôme. Un après-midi, alors que Chase était à la maternelle et que Julia faisait un somme, elle s'assit avec une plume et du papier et ébaucha une nouvelle esquisse : c'était un collier, fait d'anneaux de métal, auquel était suspendu un octogone de laiton ; des perles et de minuscules clochettes étaient retenues aux huit angles par des cordons de soie aux couleurs variées. Elle conçut aussi les articles assortis : boucles d'oreilles, bracelets, ceinture. Elle sculpta les modèles dans la cire et alla les porter à Providence pour qu'on fabrique les moules et qu'on coule les pièces. Saisie d'une intuition, elle puisa dans ses économies et paya pour qu'on produise une version en argent sterling plaqué or pour chacun des articles. Elle apporta elle-même les bijoux chez Bonwit Teller, parce qu'elle avait une ancienne amie de l'École des beaux-arts qui y travaillait. On lui prit le lot entier en consignation. Tout fut vendu en moins d'une semaine.

Elle se mit à travailler furieusement, créant une gamme d'articles dont il lui semblait avoir rêvé toute sa vie. Mais le sous-sol trop étroit ne garantissait ni la sécurité ni la tranquillité. Elle ne parvenait pas à se concentrer, même quand la gouvernante surveillait les enfants. Un bruit sourd, un cri, et elle laissait son attention s'écarter de son travail pour s'inquiéter de savoir si un enfant avait été blessé ou si elle devait se précipiter au rez-de-chaussée pour le prendre dans ses bras et le consoler.

Aussi finit-elle par louer un modeste local au premier étage d'un édifice près de Porter Square, à Cambridge. Elle réserva la pièce de l'entrée à la gérante d'affaires qu'elle avait engagée et y installa les classeurs où prendraient place tous les dossiers de ses clients et fournisseurs. Derrière se trouvait son atelier, un grand espace libre avec un plancher de bois, des fenêtres couvrant un mur entier, un large évier fort commode, un puits de lumière. Maintenant elle pourrait avoir un établi, un bain d'acide, des torches à l'acétylène et au propane, une foreuse, une polisseuse et les outils qui auraient pu risquer, à la maison, de blesser gravement un enfant en moins de temps qu'il n'en faut pour le dire. C'est là qu'elle créa, après de nombreuses esquisses et expériences, des bijoux compliqués et exotiques, des pièces ressemblant à des nœuds ou à des labyrinthes, serties avec des pierres sombres et peu communes, comme l'agate, la topaze, le péridot et le jade.

À Noël, elle offrit à sa mère un de ses colliers les plus précieux, les plus ornés.

— Comme c'est étonnant, avait dit Jean quand elle avait appelé, le matin de Noël, après avoir ouvert son cadeau. Sais-tu à quoi ressemble cette création? On dirait que tu as donné une troisième dimension aux dessins de notre Bokhara.

Diane fut stupéfiée. Sa mère avait raison : ce modèle était resté là à attendre dans sa mémoire depuis son enfance.

Quand Jean et Al White s'étaient mariés, ils avaient reçu, outre un nombre record de plateaux d'argent et de grille-pain, un magnifique tapis de Turquie, de toute évidence ancien, mais aux couleurs encore très vives : un rouge profond, des bleus très foncés ainsi que du noir. La carte, adressée aux futurs époux, disait simplement : « Félicitations à l'occasion de votre mariage. » Sans signature. Ils avaient mené leur petite enquête auprès de leurs proches, pour finalement conclure qu'un quelconque ami du père de Jean, qui était dans la marine et qui, à une certaine époque, avait beaucoup voyagé, l'avait envoyé. En fait, et les parents de Jean et ceux d'Al avaient beaucoup d'amis à travers le monde. Ils finiraient bien, tôt ou tard, par trouver qui leur avait offert ce cadeau. Une fois mariés, ils n'avaient jamais oublié le mystère, mais n'avaient jamais trouvé le temps de l'élucider.

Maintenant Diane disait à sa mère :

— Je pense que tout ça était enfoui dans mon cerveau depuis des années.

— Savais-tu que je me suis déjà renseignée sur les Bokhara?

continua Jean. Un expert est même venu à la maison pour examiner le nôtre. Il nous avait recommandé de ne pas l'étendre sur le plancher. Il nous avait même suggéré de le suspendre au mur ou, mieux, de le donner à un musée. C'est une pièce d'une grande valeur.

Diane se mit à rire :

— Ça me fait mal de penser à toute la bave que j'ai laissée tomber dessus quand j'étais bébé.

— M. Yarinen dit que notre tapis est probablement l'un des fameux « tapis rouges » tissés par les nomades du Turkestan russe. Tout cela remonte à cent cinquante ans. C'est étonnant de voir comme les couleurs ont duré, ne trouves-tu pas ? Et le médaillon suspendu à ton collier, Diane, la pièce de forme octogonale : as-tu remarqué que ce motif se répète encore et encore sur notre tapis ? On appelle ça un « gul » ; en langue persane ce mot désigne une fleur ou une rose.

— Tu es une véritable mine de renseignements, la taquina Diane.

Dans son for intérieur, elle était contente d'avoir eu cette conversation avec sa mère sur un sujet autre que les enfants, les vacances ou les anniversaires. Sa mère s'intéressait à son travail, puisqu'elle y avait relevé un détail.

— Oh ! tu sais, j'ai toujours été curieuse. Et maintenant que vous êtes devenues adultes, j'ai un peu plus de temps devant moi.

— J'aimerais bien aussi avoir un peu de temps libre, soupira Diane.

— Oh ! chérie, j'ai beaucoup d'admiration pour toi. Tu travailles tellement !

Réconfortée par les propos de sa mère, Diane se confia à elle :

— J'aimerais bien obtenir de Jim qu'il m'aide un peu plus.

— Ton père non plus ne s'est jamais beaucoup occupé de vous.

Diane pinça les lèvres. La comparaison ne lui plaisait pas : elle et son mari appartenaient à une génération différente.

— Oh ! ce n'est pas si mal. Nous nous en sortons.

Peu après, Julia attrapa un fort mauvais rhume, du type visqueux, agglutinant, qui lui bouchait les voies respiratoires comme de la colle.

Elle respirait difficilement, chaque inspiration s'accompagnant d'un son rauque et gras. Diane avait donné congé à leur baby-sitter, parce qu'elle voulait rester à la maison pour prendre soin de sa fille. Elle était donc seule avec la petite lorsqu'elle reçut un appel téléphonique de la maternelle que fréquentait Chase : au cours d'une partie de chat perché, Chase était tombé et s'était fendu le front contre le mur de brique de l'école. Il faudrait lui faire des points de suture. Comme il s'était évanoui, on redoutait une commotion cérébrale.

Ce jour-là Jim assistait à une conférence sur l'ADN, à Washington.

Diane téléphona frénétiquement à toutes les baby-sitters qu'elle connaissait. Aucune n'était à la maison. Elle avait donc emmitouflé Julia avant de l'attacher à son siège de voiture, puis elle était partie retrouver son fils à l'hôpital où l'avait conduit Mme Eames, l'institurice de la maternelle. Pendant tout ce long après-midi, elle était restée au chevet de son petit garçon, tout en berçant dans ses bras une Julia misérable et souffrante. Chase avait rapidement repris conscience, mais le médecin voulait le garder en observation toute la nuit. Il avait fallu huit points de suture pour refermer la plaie, de sorte que la région tuméfiée était énorme. Le médecin s'était montré rassurant : ce n'était qu'un accident d'enfant tout à fait typique. Rien que de très ordinaire.

Le médecin, un jeune homme qui paraissait visiblement fatigué, découvrit soudain Julia. Il arracha presque la petite fille des bras de Diane et, après un examen rapide, dit sèchement :

— Vous n'auriez pas dû sortir cette enfant malade par un temps pareil !

Diane retint sa langue. Elle ne voulait pas heurter ce praticien qui tenait la vie de son fils entre ses mains lasses et tremblantes. Pour une fois, elle était heureuse de paraître soumise comme on l'attend d'une femme. Il insista pour prendre la température de Julia, sonder ses poumons et, ce qui était plus fou encore, prescrire des antibiotiques. D'un ton froid, il recommanda à Diane de ramener sa fille à la maison et de la garder dans une pièce humidifiée et à chaleur constante. Le temps que Diane puisse faire quelques appels téléphoniques urgents, une infirmière à la douceur angélique s'occupa de Julia. Celle-ci criait et se tordait furieusement devant tous ces étrangers qui lui semblaient menacer sa sécurité. Sheila, une de ses grandes amies, accepta de passer la nuit à l'hôpital, au chevet de Chase. Son mari était à la maison et pouvait s'occuper de leurs enfants.

Diane transporta Julia, que sa colère et ses pleurs semblaient avoir rendue plus lourde et plus encombrante, à travers les corridors aseptisés de l'hôpital jusqu'à la pharmacie. Une dame d'un certain âge et à l'aspect sévère prit son ordonnance. En attendant, Diane s'assit sur une chaise de plastique moulé et jeta un coup d'œil sur le coin des cadeaux. Elle y aperçut des animaux rembourrés qui n'inspiraient guère confiance, des jeux poussiéreux et des plaquettes en porcelaine, décorées de cœurs et de fleurs, où se lisaient des formules sentimentales insipides et mièvres.

Sur un cœur du même rose que le Pepto-Bismol, on avait écrit :

> Dieu ne pouvait être partout à la fois ;
> Aussi a-t-il créé les mères.

Jusque-là, Diane avait pu garder le contrôle de la situation. Mais là, c'en était trop. Elle réagit comme si on l'avait giflée :

— Comment osent-ils ? suffoqua-t-elle. Comment osez-vous vendre de telles insanités ? Personne n'a le droit d'accabler les mères d'une telle responsabilité.

— Pardon ? demanda la pharmacienne.

153

— Qu'exige-t-on des médecins compétents? Je ne sais pas comment guérir mon fils. J'espère seulement que ce médecin prépubère le sait. Et vous, dans tout ça? Je ne connais rien aux pilules. Je suis bien obligée de croire que vous savez ce que vous faites, que vous allez mettre les bons médicaments dans cette bouteille, que vos mesures sont correctes et que vous n'avez pas ajouté accidentellement de la strychnine ou de la digitaline! cria-t-elle à la pharmacienne.

Dans sa détresse, Diane s'était levée en serrant très fort sur sa poitrine une Julia effarouchée.

— Mon diplôme est accroché juste là sous vos yeux, répliqua du même ton la pharmacienne.

Mais elle fit l'erreur d'examiner la bouteille de médecine sirupeuse qu'elle tenait à la main comme si, tout à coup, elle doutait.

— Ils devraient imprimer une affiche affirmant que Dieu ne pouvait être partout et qu'il a donc inventé les antibiotiques! Et les médecins! Et les pharmaciens fiables! Vous ne croyez pas, non?

— Madame, dit la pharmacienne en se redressant bien droit, si vous ne baissez pas le ton, je vais devoir vous demander de partir.

Mais Diane était au bord de la crise de nerfs :

— Qu'arriverait-il si j'étais une mère célibataire? si j'étais pauvre? si j'avais cinq enfants? Je ne pourrais pas m'en tirer seule. Je ne peux pas d'ailleurs m'en tirer seule maintenant. Et je n'accepterai pas d'assumer seule une responsabilité entière. Pourquoi est-ce qu'on vous paie? Seulement pour faire passer un liquide d'une bouteille à l'autre? Non! On vous paie pour le faire avec intelligence, jugement et précaution!

La pharmacienne la regarda avec des yeux tout ronds, puis se radoucit. Après un long moment de silence, elle lui tendit le flacon :

— En supposant que votre médecin et le fabricant n'ont pas

commis d'erreur, je suis sûre que ce médicament soulagera votre enfant.

Diane clopina avec épuisement. Elle avait fait une scène et, en se comportant ainsi, elle n'avait rien fait pour aider son enfant. Elle s'était soulagée, elle. L'aveu de la pharmacienne ne l'avait même pas réconfortée, pas plus qu'il ne lui avait apporté le moindre sentiment de sécurité.

— Puis-je avoir une cuiller en plastique ? demanda-t-elle d'une voix plus calme. Si je pouvais lui donner une première dose maintenant, le médicament commencerait à faire effet tout de suite. Nous habitons assez loin d'ici. Ce serait un soulagement.

Avant qu'elles soient revenues à la maison, Julia, les joues rouges de fièvre, avait sombré dans un profond sommeil d'enfant malade. Diane prépara l'humidificateur et borda soigneusement sa fille. Elle s'assit ensuite sur le lit pendant un certain temps et la regarda dormir. Elle aimait tellement cette petite qu'elle avait peur que son cœur n'éclate.

L'affiche devrait dire : « Les mères ne pouvaient être partout, alors on a inventé Dieu », murmura-t-elle.

Elle se leva enfin et sortit de la chambre de Julia. Après une douche d'eau chaude, rapide et infiniment réconfortante, elle sortit sa chemise de nuit de flanelle la plus chaude et sa robe de chambre préférée, en tissu ouaté. Celle-ci était propre, mais irrémédiablement tachée de sirop pour le rhume aux cerises et de nourriture pour bébés. Elle commençait à se sentir comme cette robe de chambre, marquée par la maternité. Se renversant dans un fauteuil, elle composa le numéro de l'hôtel où Jim était descendu, à Washington. Quand il répondit, elle se mit à sangloter.

— Qu'est-ce qui ne va pas ? demanda Jim.

— Oh ! la journée a été si horrible...

— Est-ce que les enfants vont bien ?

Sa voix lui paraissait agressive, hostile même. Ce n'est que plus tard, quand elle entendit de nouveau la voix de Jim dans sa mémoire, qu'elle se rendit compte qu'elle trahissait la crainte.

— Eh bien, oui et non. Chase est tombé contre un mur de brique en jouant, à la maternelle. Il a une entaille au front et peut-être une commotion cérébrale, et Julia est terriblement enrhumée.

— Que disent les médecins?

— Chase est à l'hôpital, répondit-elle en reniflant. Ils le gardent en observation. Ils disent que c'est seulement un de ces accidents comme il en arrive à tous les enfants ou presque. Il n'a ni vomi ni montré aucun signe de commotion, mais on veut être sûr... Sheila a offert de rester avec lui ce soir. Oh! mon Dieu, Jim, il a fallu lui faire huit points de suture pour recoudre son front.

— Eh bien, s'il est à l'hôpital, il est entre bonnes mains. Et Julia?

— J'ai des antibiotiques pour elle. Et j'ai installé un humidificateur dans sa chambre. Oh! Jim, je suis épuisée. Veux-tu s'il te plaît revenir à la maison?

— Pourquoi? demanda-t-il d'une voix déconcertée. On dirait bien que tu as réussi à tout mettre sous contrôle.

— Chase est à l'hôpital...

— C'est de toute évidence la meilleure place pour lui.

— C'est un petit garçon qui se retrouve perdu dans un hôpital. Il a besoin de l'un de ses parents avec lui.

— Tu viens de me dire que Sheila était avec lui...

— Sheila n'est pas sa mère!

— Diane, calme-toi. Je ne peux pas accourir à leur chevet toutes les fois qu'ils sont malades. Ce n'est pas réaliste.

— Moi, j'ai interrompu mon travail.

— Ce n'est pas la même chose. Tu as quelqu'un pour assurer l'intérim.

— Tu as des employés qui peuvent en faire autant.

— Il faut que je reste ici. C'est une conférence importante.

— C'était la même chose le mois dernier. Et le mois précédent.

— Diane, écoute. Tu es seulement fatiguée. La baby-sitter va revenir demain et...

— Jim, j'ai peur. Et je suis tellement épuisée !

— Va te coucher alors. Je rentrerai dans deux jours.

— C'est toi qui voulais te marier ; c'est toi qui voulais des enfants, mais je suis celle qui fait tout le travail.

— Diane, c'est ridicule. Il est tard maintenant.

— Jim, si tu ne reviens pas pour partager tout ça avec moi, pour m'aider à passer au travers, je ne te le pardonnerai jamais.

— Diane, je suis fatigué. Tu es fatiguée. Allons dormir. Tu te sentiras mieux demain matin.

Diane raccrocha sans même un au revoir. Elle attendit en pleurant que le téléphone sonne, que Jim la rappelle pour s'excuser, pour lui remonter le moral, pour l'apaiser. Mais le téléphone resta muet.

Elle porta le poids de cette peine dans son cœur comme une pierre, une masse lourde qu'elle nourrissait de sa rage chaque fois que Jim se défilait. Parfois elle envisageait le divorce, puis elle se ravisait. Elle l'aimait, après tout. Elle savait aussi que Jim, à sa façon, les aimait elle et les enfants. Bien des années plus tard, cependant, elle comprit quelque chose au sujet de cet homme qu'elle aimait depuis longtemps.

Durant toute son enfance, l'énergique et fougueux Chase s'arrangeait pour être perpétuellement couvert d'égratignures et de bleus. À neuf ans, avec Sam, il avait construit une cabane dans un gros arbre du jardin des Randall. Un beau soir d'été, en faisant le pitre, Chase était tombé de l'arbre. Il avait atterri sur son bras, qui s'était brisé. Diane se précipita à l'hôpital avec lui. Après avoir reçu les résultats de la radiographie, les médecins informèrent Diane que Chase devait passer la nuit à l'hôpital. Il avait subi une fracture compliquée qu'il fallait réduire sous anesthésie. On ne pouvait pas l'opérer maintenant, parce qu'il venait tout juste de dîner. On remettait l'intervention au lendemain matin. Une fois que les antidouleurs eurent produit leur effet, Chase se montra enchanté de l'expérience : il appréciait l'attention qu'on lui portait et la perspective de porter un plâtre le comblait. Comme elle avait grandi avec deux frères, Diane comprenait qu'il s'agissait d'un événement normal. Aussi amena-t-elle Julia, alors âgée de sept ans, visiter son frère à l'hôpital. Elle lui fit remarquer les uniformes des infirmières, leurs mystérieux instruments et les dossiers. Sam et ses parents étaient venus et ils avaient offert à Chase des bandes dessinées et des rébus. Toute cette histoire avait pris pour eux l'allure d'une aventure.

Jim était venu seul. Il était retourné travailler à son laboratoire après le dîner, mais Diane lui avait téléphoné de l'hôpital et il était venu tout de suite.

— Salut, Tarzan ! lança-t-il en entrant dans la chambre de son fils.

Les propos de Jim semblaient naturels, mais il parlait d'une voix froide. Il se comportait de façon bizarre, s'éloignait du lit en regardant tout autour de lui avec appréhension.

C'était la première fois que Diane se trouvait à l'hôpital avec son mari depuis la naissance des enfants. Ce soir-là, alors qu'il n'y avait plus d'urgence et qu'elle pouvait respirer à l'aise, elle se rendait compte que son mari était presque paralysé par la peur.

— Salut, papa. Devine quoi ! Je vais avoir un plâtre. Et ils vont m'envoyer dans les pommes avec du penthotal. Le sérum de vérité !

Jim devint blanc comme un drap. Il se tourna vers Diane :

— Est-ce absolument nécessaire ?

— Le médecin lui a fait passer une radiographie...

— Qui est ce médecin ? Sait-il ce qu'il fait ?

Jim transpirait. Diane voulait l'entraîner en dehors de la chambre avant qu'il n'effraie son fils.

— Jim, allons au poste, où les infirmières t'expliqueront tout ça.

À son grand soulagement, Jim accepta tout de suite. Il était déjà vingt heures et le médecin était retourné chez lui, mais une infirmière lui décrivit avec soin ce qui, en réalité, n'était qu'une procédure de routine. Quand elle eut fini, elle ajouta gentiment :

— Ne vous inquiétez pas. Votre fils ira bien.

— Je ne suis pas inquiet, gueula Jim, en serrant les dents.

— À la bonne heure, répliqua l'infirmière en souriant.

En s'éloignant, elle fit un signe d'intelligence à Diane.

Toute la nuit, Diane sentit l'énervement de Jim. Il se tournait et se retournait. Il se leva deux fois et descendit rapidement l'escalier, pour errer dans le noir à travers toute la maison. Il ne se confierait pas à elle, mais elle savait qu'il avait peur. Il avait peur des hôpitaux, des médecins, des blessures et des maladies. Il avait tout juste l'âge de Chase lorsqu'on avait diagnostiqué un cancer du sein chez sa mère. Un an plus tard, sa mère mourait. Comment n'avait-elle pas mis le doigt là-dessus plus tôt?

Diane comprit finalement que Jim percevait tout ce chaos comme une menace. S'il lui était impossible de mettre de l'ordre dans une forme quelconque de confusion, il retraitait. Elle éprouva de la sympathie pour lui et se sentit soulevée par une vague d'affection qui l'étonna. Mais elle était déterminée à le faire participer, à part entière et même malgré lui, à leur vie familiale. Elle tirait; il s'esquivait. Elle criait, faisait des sermons; il lui opposait son silence. Plus elle s'enflammait, plus il se montrait froid.

En 1980, on offrit à Jim la direction d'un laboratoire bien subventionné, affilié à Harvard, qui avait entrepris une recherche sur le cancer du sein en relation avec la génétique. C'était le genre de travail que toute sa vie il avait espéré faire. Il s'y engagea avec une ardeur qui frôlait l'obsession. Il était de moins en moins à la maison, parce qu'il travaillait de plus en plus tard au laboratoire.

Les enfants avaient maintenant dix et huit ans. Ils pouvaient nouer leurs lacets et préparer leurs sandwichs. On pouvait même discuter avec eux. Mieux encore, ils étaient merveilleusement intéressants. Diane aimait les amener au cinéma, s'amuser avec eux à des jeux de société sur la table de la salle à manger, les dimanches pluvieux, et échanger avec eux plaisanteries et potins. Son énergie et son ambition professionnelle lui revinrent.

Un après-midi de mai, elle était assise dans son atelier, en train de faire des esquisses pour sa collection d'automne : des citrouilles, des feuilles et des écureuils.

— Lisa, appela-t-elle, viens voir ça. Qu'en penses-tu ?

Celle-ci prit le bloc et scruta scrupuleusement les détails du dessin :

— C'est joli.

— « Joli ». Hum. Fort bien. Des citrouilles et des écureuils. C'est trop juvénile pour ma clientèle.

Diane arracha la feuille, la froissa avec rage dans sa main, puis lança la boule à travers l'atelier.

— Mais les feuilles sont belles, ajouta Lisa.

— Je ne veux pas des « belles » feuilles ! Je veux quelque chose qui ne soit pas banal, qui attire l'œil.

Diane saisit son crayon et rétrécit les pointes et les angles des feuilles qu'elle dessinait.

— Ça vient, la rassura Lisa. Tu réussis chaque fois.

Diane laissa tomber son crayon et se leva pour regarder par la fenêtre.

— J'espère bien. Mon énergie est revenue, mais mon esprit tourne en rond.

— Tu as besoin de vacances.

— J'irai passer deux semaines à Martha's Vineyard en août.

— Avec ta famille encore.

Diane se retourna et fixa Lisa :

— Tu as raison, sais-tu ? Avec ma famille. Il ne faut pas s'étonner que mes idées soient juvéniles. Je suis toujours avec mes enfants !

— Peut-être devrais-tu partir seule. Aller dans un endroit où tu n'as jamais mis les pieds. Un coin sauvage !

— Je suis allée au Congrès international des bijoutiers l'an dernier.

— Comme coin retiré, on peut trouver mieux. Et une seule nuit à New York, où tu te retrouves souvent...

— Où devrais-je aller ?

— Pour l'amour du ciel ! n'importe où !

Diane se frotta la nuque :

— Je ne sais pas, Lisa. C'est tellement difficile de laisser les enfants.

— Eh bien, si tu ne pars pas maintenant, quand le feras-tu ?

— Tu penses vraiment que j'ai besoin de faire un voyage, n'est-ce pas ?

Lisa sourit :

— Je le pense en effet.

— Eh bien, je vais y réfléchir. Je sais que tu as raison. Un changement me ferait du bien.

Elle ouvrit la fenêtre, se pencha sur l'appui et laissa l'air frais du printemps s'engouffrer à l'intérieur. Elle frissonna :

— J'irai dans un endroit excitant !

Et elle était partie pendant un certain temps.

Mais elle l'avait chèrement payé.

Est-ce cela qu'elle payait encore aujourd'hui ?

5

Jean

Jean se persuada qu'elle pourrait facilement se convertir à une vie de perpétuelle voyageuse. Ce qui lui plaisait, c'était moins ce qu'elle découvrait au dehors de sa chambre d'hôtel que la façon dont elle se sentait à l'intérieur.

Elle avait tellement l'impression d'être libre. Elle l'était, effectivement. Elle n'avait plus à se préoccuper que les draps soient changés, le lit refait, le lavabo nettoyé, le tapis balayé, les poubelles vidées, les carreaux lavés, les assurances renouvelées, le toit réparé, les gouttières purgées, les murs fraîchement repeints.

Cette vie ne ressemblait pas non plus à celle qu'elle menait au pays, dans l'immeuble où elle avait emménagé, même si quelqu'un s'occupait là aussi de l'entretien général des lieux. La différence venait de ce que la vie en appartement impliquait une démission, un repli sur soi, une recherche de la sécurité, la réduction de ses activités aux limites de pièces exiguës et la résignation aux tâches insignifiantes que celles-ci pouvaient permettre. En revanche, la vie d'hôtel appelait le mouvement, le changement, les nouveaux départs, les découvertes inattendues, bref d'infinies possibilités.

Jean pouvait décider n'importe quand, en s'éveillant le matin, de rester au lit pour lire un exploit de Maigret ou de vite s'habiller pour aller passer la journée au Louvre. Elle pouvait tout aussi bien partir un jour ou deux, en gardant sa chambre,

163

pour aller visiter Versailles ou, plutôt, faire ses bagages, remettre sa clef et prendre le train pour Rome. En effet les tarifs à la semaine, à l'hôtel, étaient si bas qu'il lui importait peu de perdre les quelques francs payés d'avance. Quoi qu'il en soit, elle aimait beaucoup sa petite chambre d'hôtel à Paris. Il lui était même arrivé de s'y installer à divers endroits, à différents moments de la journée, pour voir comment le soleil y entrait. La lumière de l'après-midi rendait les murs de plâtre aussi brillants que la neige. Les pieds de bois du fauteuil capitonné, près de la fenêtre, étaient égratignés et noircis, mais la tête de lit à colonnes torsadées était en beau noyer solide. Rien dans cette chambre n'était assorti. La couleur dominante du faux tapis oriental était le bordeaux, le support du lavabo était d'un rose criard, le couvre-lit rose foncé et les coussins du fauteuil semblaient barbouillés de bleu et de vert. Elle n'aurait cependant rien voulu y changer. C'était sa chambre.

Là, dans cet hôtel à la fois charmant et miteux, elle s'interrogeait sur le sens de la possession. Elle avait vécu pendant quarante ans dans de grandes maisons et, jamais, elle n'avait eu une chambre qui lui convenait aussi bien.

Au cours du dernier été, elle avait pris conscience qu'elle était chez elle partout dans sa maison, mais qu'aucune pièce ne lui appartenait en propre.

Al avait son bureau. Quand elle l'avait vidé, avec l'aide de ses filles, il leur avait fallu plusieurs jours, tellement elles avaient perdu de temps à s'exclamer sur les découvertes qu'elles faisaient. Son mari avait eu une vie secrète. Tout le monde a une vie secrète, mais Al disposait d'une pièce pour la cacher. Elles n'avaient rien trouvé de choquant ou d'obscène, aucun numéro de *Playboy* dissimulé sous son atlas, aucune lettre d'amour dans ses dossiers. Évidemment, Al savait qu'il était en train de mourir, et il était assez intelligent pour avoir fait disparaître tout ce qui pouvait être répugnant ou dégoûtant. Mais, étant donné ce qu'il était, il ne possédait probablement rien de la sorte.

Il avait surpris sa famille tout de même. On savait qu'il avait toujours eu un amour fidèle, voire obsessif, pour la marine des États-Unis. Les murs de son bureau étaient couverts de magnifiques dessins et photographies de vaisseaux de guerre et de sous-marins; les étagères étaient remplies de gros livres, imprimés sur papier glacé, consacrés à l'histoire de la marine, que sa femme et ses enfants lui avaient offerts comme cadeaux de Noël ou d'anniversaire.

Mais elles trouvèrent avec étonnement, cachés dans un classeur fermé à clef, une multitude d'articles de journaux et de magazines consacrés à la marine. Les étiquettes sur les tiroirs de bois avaient beau porter la mention « Assurance et testament » ou « Garanties et information relative au service après vente », toute cette paperasse de pékin était entassée pêle-mêle au fond du dernier tiroir, qui portait l'étiquette « Maison ». Le reste du classeur, qui avait bien un mètre cinquante de haut, contenait une foule de dossiers bien classés selon l'ordre chronologique, mois par mois, année par année. Les chemises étaient étiquetées « Juin 1981 » ou « Décembre 1989 ». À l'intérieur de chacune se trouvait un article portant sur la marine et, en tête de chaque article, on pouvait lire le nom du périodique et la date de publication : « *The Nation,* Juin 1986 »; « *U.S. News and World Report,* Août 1986 »; « *Life,* Septembre 1987 ». Les premiers dossiers dataient de 1981, année où Al avait pris sa retraite. On avait cependant trouvé dans une boîte, au fond du placard, un tas de coupures non classées remontant aux années cinquante.

— Oh ! maman. Pauvre papa ! s'était écriée Susan.

Comme tout le monde dans la famille, elle savait que son père avait rêvé de faire carrière dans la marine. Cependant il s'était laissé fléchir par les plaidoyers de Jean pour une vie plus normale. Il avait remis sa démission après la Deuxième Guerre mondiale. Une fois ses études de droit terminées, il avait joint les rangs d'un bureau d'avocats dans les environs de Washington.

— Que serait-il arrivé si votre père avait nourri une passion pour l'Antarctique ou Bornéo ? avait répliqué Jean. Aurais-tu accepté d'y passer ta vie ? Que votre père ait choisi la marine comme hobby, plutôt que d'y faire carrière, nous a assuré une plus grande stabilité et davantage de bien-être.

Au cours de l'été, tandis qu'elle vidait sa maison, Jean s'était répété, avec une certitude absolue, qu'elle avait toujours eu raison à ce sujet. Seule dans sa chambre d'hôtel à Paris, elle prenait toutefois la liberté de reconsidérer ou du moins d'imaginer comment les choses se seraient passées si Al était resté dans la marine. Il n'y aurait pas eu de grande maison de style colonial pour leur garantir un refuge permanent ; à la place, ils auraient vécu dans des maisons de dimensions diverses un peu partout dans le monde, au gré des affectations de son mari. La famille n'aurait pas accumulé autant de biens ; elle n'aurait pas eu cette unique maison qui était devenue au fil des ans le musée de leur vie. Si Al était resté dans la marine, il aurait été plus heureux, il n'y a aucun doute là-dessus. Et Jean n'aurait pas eu à faire autant d'efforts pour lui plaire, pour compenser ce qu'il avait sacrifié pour elle. Leur mariage aurait été complètement différent.

Jean n'avait pas pressé son mari de quitter la marine parce qu'elle voulait une grande maison blanche et une vie sans imprévus. Elle n'avait pas insisté parce qu'il lui répugnait d'être obligée de faire la cour aux épouses des supérieurs de son mari, comme l'avait fait sa mère pendant toute sa vie. Elle l'avait prié de démissionner parce qu'elle savait que la vie d'un militaire pouvait être dangereuse, et qu'elle voulait qu'il vive.

Non, elle ne regrettait pas le genre de vie qu'elle avait imposé à son mari.

De toute façon, elle n'avait pas totalement contrôlé sa vie. Les faits et gestes d'Al ne lui étaient pas tous connus. Dans le dernier tiroir de son bureau, sous une petite pile de catalogues de L.L. Bean, il y avait un ensemble disparate de photographies et de descriptions de pipes. Al avait de toute évidence commencé cette collection quand il avait appris qu'il était atteint du cancer des poumons et qu'il avait dû cesser de fumer. Cette découverte avait fait pleurer Jean. À cause de sa maladie, les plaisirs de la vie étaient devenus de plus en plus rares pour Al. La vision de son mari solitaire, assis dans son bureau, caressant secrètement la photo glacée d'une pipe en écume de mer, pendant qu'en esprit il savourait le goût du tabac et jouissait de la prise de ses lèvres sur le bec brûlant, lui paraissait infiniment triste. Il n'avait jamais, à sa connaissance, fumé la pipe; mais cela, au moins, n'était pas sa faute à elle. Quand il avait mis de côté la cigarette, il n'avait pas essayé de la remplacer par la pipe, le cigare ou le chewing-gum. Toutefois les catalogues aux coins écornés prouvaient hors de tout doute qu'il avait passé des heures à rêver de fumer, tout comme une femme aurait pu feuilleter des magazines de modes en rêvant d'amour.

D'autres secrets remontèrent à la surface lorsque Jean et ses filles vidèrent le grand tiroir de son bureau. Al avait été un bel homme à l'air distingué. Objet de beaucoup d'admiration, il cachait aussi soigneusement que possible tout ce qu'il considérait comme une faiblesse chez lui. Diane avait donc été étonnée de découvrir la quantité de médicaments qu'il gardait dans le tiroir de son bureau : des baumes pour les hémorroïdes et l'arthrite, des préparations épaisses et laiteuses ainsi que de grosses pilules blanches contre la mauvaise digestion et la constipation, des comprimés contre l'hypertension et des antihistaminiques. Des analgésiques. Jean connaissait presque tous ces médicaments et avait toujours soupçonné que son mari les gardait dans son bureau, puisqu'ils n'étaient pas rangés dans la pharmacie de leur salle de bains. Son mari trouvait l'endroit trop facilement accessible à une femme de ménage, à un invité ou à un petit-enfant curieux.

Par contraste, la vie de Jean dans cette maison était librement exposée. Ses médicaments se trouvaient dans la pharmacie de sa salle de bains, sa crème pour la peau sur l'étagère près de la baignoire, ses produits de santé bien en vue dans la cuisine, son carnet de chèques, sa correspondance personnelle et son papier à lettres dans le bureau jamais fermé à clef du séjour. Sa vie avait toujours été un livre ouvert à tous les membres de sa famille. Quand les enfants étaient petits, il allait de soi que son bureau se trouve à l'endroit même où ses enfants s'amusaient. Cela lui permettait d'acquitter les factures en même temps qu'elle gardait un œil vigilant sur eux. Jamais, au cours de ses cinquante années de mariage, elle n'avait reçu une seule lettre qu'elle n'avait pas montrée à son mari ou au plus naïf de ses enfants. À partir du moment où ils avaient emménagé dans la grande maison de style colonial, elle aurait pu enfin avoir sa propre pièce, mais elle avait préféré aménager un atelier de couture. Il n'y avait rien de secret dans les petites robes qu'elle cousait pour ses filles ou dans les costumes d'Halloween qu'elle créait pour ses fils. Peut-être lui était-il arrivé de se reposer dans cette pièce en s'allongeant les jambes sur une ottomane, la tête penchée sur son travail de reprisage. Jamais pourtant elle ne fermait la porte lorsqu'elle y travaillait, et tout le monde y entrait comme dans un moulin. En revanche, il fallait frapper avant de pénétrer dans le bureau d'Al et attendre qu'il donne le feu vert en lançant un « Entrez » bien sonore.

Toute sa vie elle avait fait la liste des choses à faire. Ces mémos, qui n'avaient aucun caractère confidentiel, étaient retenus sur la porte du réfrigérateur par un aimant ou flottaient à la surface de son bureau dans le séjour. Ses enfants lui avaient même offert des blocs-notes ornés de citations humoristiques. Pourquoi alors Jean fut-elle émue jusqu'aux larmes lorsqu'elle découvrit une liste cachée dans le grand tiroir, fermé à clef ? Elle put y lire :

Nettoyer les articles de pêche, étiqueter les leurres, envoyer ça aux enfants de Susan.
Rappeler à Art – *avec tact* – qu'il doit, pour le bien de sa famille, souscrire une police d'assurance-maladie.
Mes cannes de golf... À l'Armée du Salut? Et tous ces satanés cadeaux ridicules qui encombrent mon bureau et me rappellent que je n'ai jamais été bon golfeur.
Écrire une lettre à Jean.
Appeler Corkins pour une mise au point de la Volvo.

Séjour au Château Frontenac en juillet : arrêter, en route vers le nord, pour faire une visite à Diane et sa tribu ainsi qu'à Art et sa progéniture ?

Al était décédé avant qu'on soit en juillet, avant de faire mettre au point la Volvo, de nettoyer ses articles de pêche, de faire un voyage romantique à Québec ou d'écrire à Jean une lettre d'adieu. Il était possible qu'il ait appelé ou écrit à Art au sujet de l'assurance : Jean décida de ne pas intervenir. Art était un adulte maintenant; il vivait avec une femme qui lui avait donné deux enfants même s'ils n'étaient pas mariés. Il vivait au nord du Maine et, grand Dieu, se prenait pour un fermier. Joy, avec qui Art vivait depuis huit ans, prétendait être une guérisseuse et une honorable sorcière. Elle n'avait pas encore réussi – si elle avait jamais essayé – à trouver une herbe qui pourrait lui faire perdre au moins une partie de la cellulite qui l'alourdissait, mais on pouvait parier qu'elle avait juré, grâce à ses pouvoirs magiques, de garder Art en si bonne santé qu'il n'aurait jamais besoin d'assurance-maladie.

Les cannes de golf, les plus chères remisées dans un sac de cuir, étaient restées au garage. Jean les avait données à une œuvre de bienfaisance pour sa prochaine vente de charité. Elle avait elle-même transporté jusqu'au bord du trottoir le sac d'ordures en plastique contenant l'abondante collection de figurines de golf grotesques, y compris la chope en forme de balle de golf sur laquelle on pouvait lire : « Le golf est une magnifique promenade à pied gâtée par une petite balle blanche ». Elle y avait joint le petit sac de daim plein de tees portant le nom d'Al, le nettoyeur de cannes de golf en hêtre et les vidéos tournés sur le terrain de golf. La folle abondance de tous ces gadgets lui paraissait comme une insulte à son mari. Songer qu'un homme de son envergure ait pu en arriver à recevoir, de ses quatre enfants et onze petits-enfants, des cadeaux aussi pathétiquement stupides que ceux-là! Oh! c'est vrai qu'il est difficile de trouver un cadeau pour un homme, mais ces objets révélaient un manque d'imagination et donnaient à croire qu'on ne s'intéressait pas vraiment à lui. Pendant des jours, elle en avait silencieusement voulu à chacun de ses enfants.

Susan et Diane avaient attribué l'humeur sombre de leur mère à l'embarras qu'elle éprouvait devant sa propre stupidité : Jean connaissait la combinaison du petit coffre-fort qui se trouvait dans le bureau de leur père, mais elle ne pouvait s'en souvenir ou, du moins, s'en souvenir correctement. Par une belle matinée ensoleillée, que l'humidité n'était pas encore venue gâter, elle et ses filles s'étaient retrouvées dans le bureau d'Al après un petit-déjeuner agréable et chaleureux. Jean s'était agenouillée sur le plancher et avait fait tourner le bouton en refaisant le code avec la même facilité qu'elle aurait épelé son nom. Mais la porte du coffre avait refusé de s'ouvrir.

— Je dois avoir fait le code trop vite, dit-elle en tournant de nouveau le bouton, avec plus d'attention cette fois.

La porte refusa encore de s'ouvrir. Jean se mit à rire :

— Cette combinaison commence à me ressembler : vieille, grinçante et difficile !

Elle poursuivit ses essais pendant plusieurs minutes, sans perdre son calme. Diane, exaspérée, finit par dire :

— Maman, laisse-moi essayer !

Jean s'écarta sans protester et dicta le chiffre. La porte ne s'ouvrit pas plus pour Diane.

— Oh ! maman, tu dois avoir mêlé les nombres dans ta mémoire ! s'exclama Diane, qui ne pouvait cacher son impatience.

Jean surprit le regard que ses filles avaient échangé. Elle était certainement aussi exaspérée qu'elles du tour que lui jouait sa mémoire.

— Écoutez, leur dit-elle, il est bien évident que j'intervertis l'ordre des nombres. Faisons autre chose. Vous savez comment c'est : plus on cherche à se souvenir, moins on trouve. Si je pense à quelque chose d'autre pendant un certain temps, je suis certaine que le code va me revenir correctement à l'esprit. Montons trier les vêtements de votre père.

Les trois femmes passèrent donc le reste de l'après-midi à l'étage. Elles avancèrent tellement dans leur travail qu'elles décidèrent de se payer un dîner en ville et une séance de cinéma. Jean était fatiguée. Elle ne voulait pas que ses filles sachent à quel point il pouvait alors lui arriver d'être fatiguée. Elle ne voulait pas les inquiéter. Elles s'étaient habituées à la considérer comme la grand-mère increvable qui allait et venait avec du lait, des biscuits et mille gâteries pour les enfants, toujours souriante et pleine d'entrain. Elle ne pouvait plus maintenir ce rythme maintenant et ses filles comprendraient que la mort de son mari avait de toute façon changé bien des choses, mais elle ne voulait pas qu'elles prennent la mesure de son épuisement.

Elle était donc heureuse du refuge que lui offrait l'obscurité de la salle de cinéma. Elle ferma les yeux et se laissa aller à un état voisin du sommeil. Après un certain temps, elle comprit pourquoi elle avait échoué dans ses tentatives d'ouvrir le coffre-fort d'Al. C'est qu'elle avait eu l'occasion, plusieurs décennies auparavant, d'ouvrir régulièrement un coffre-fort semblable dans le bureau de son père.

1939
War Stories

La famille de Jean Marshall faisait partie du club sélect de vieilles dynasties aristocratiques et bien nanties qui étaient connues dans les années trente comme les *Troglodytes*. Ce qui ne veut absolument pas dire qu'elles habitaient des cavernes creusées dans une falaise. Leurs maisons étaient très belles, luxueuses et confortables. N'importe quelle jeune fille aurait rêvé d'une chambre comme celle de Jean, avec des murs tapissés de basin à pois et de papier peint rose. On dînait chaque soir dans la salle à manger, assis autour d'une longue table recouverte d'une nappe de lin et dressée avec des couverts d'argent et de la vaisselle de porcelaine, qui n'était toutefois pas celle des grands jours. La

171

nourriture était préparée par la cuisinière noire et apportée à table par l'« homme » du maître de la maison. Les Marshall n'avaient que deux serviteurs : Agate, une Noire placide qui venait tous les jours en autobus, excepté le dimanche, pour faire la cuisine, le lavage, le repassage et aider Mme Marshall à s'acquitter des travaux domestiques trop durs ; et Stafford. Celui-ci vivait dans un appartement aménagé au-dessus du garage. Il était à la fois maître d'hôtel, chauffeur, jardinier et homme à tout faire. Partout où il avait été muté, le commandant Marshall avait pris des dispositions pour avoir des domestiques chez lui, quitte à les payer à même l'héritage de sa femme lorsque c'était nécessaire. Jean et Bobby avaient grandi avec Agate et Stafford et appréciaient leur présence active dans la maison.

En fait, Jean et Bobby étaient accoutumés de voir toutes sortes de gens venir et sortir de chez eux. Leur mère était à la tête de diverses organisations charitables, qui nécessitaient des rencontres de comités, des thés, des séances de correspondance lors des campagnes de sollicitation. Leurs parents, sérieux joueurs de bridge, invitaient des amis au moins un soir par semaine. De plus, les Marshall semblaient s'être fait des relations partout où la marine avait envoyé le commandant. De vieux amis de la marine et des civils qu'ils avaient connus à Malte, en Californie ou à Guam venaient leur rendre visite et pouvaient séjourner chez eux pendant toute une semaine. Ces gens étaient souvent accompagnés de leurs enfants, et Jean était alors poliment réquisitionnée pour faire du baby-sitting ou, pire, sommée de s'occuper de quelque infortuné adolescent.

Bobby et Jean étaient aussi habitués à voir leur père accueillir, à n'importe quelle heure du jour et de la nuit, de nombreux visiteurs, qui avaient l'air de gens d'affaires. Souvent ces hommes étaient les mêmes que leurs parents rencontraient au golf ou aux soirées dansantes. Quand l'un d'eux se présentait sans sa femme, toutefois, il portait un complet gris qui annonçait tout de suite qu'il venait pour une question d'affaires. Alors Stafford, s'il lui arrivait de répondre à la porte, ou Mme Marshall, ou Jean, ou

Bobby allait tout de suite arracher le commandant à son occupation présente, quelle qu'elle fût. Les deux hommes se rendaient au bureau et refermaient la porte sur eux.

Ce n'était un secret pour personne dans la maison que le commandant Marshall était en relation avec les services secrets et que, lorsque les hommes en gris s'enfermaient avec lui dans son bureau, il était alors question de sujets d'importance. De fait, si on avait dit à Jean que son père gouvernait secrètement le monde, elle n'aurait pas été très surprise, parce que sa mère lui soulignait constamment l'importance du travail de son père. Avec le résultat que Jean se retirait presque chaque fois sur la pointe des pieds après avoir fait la révérence.

En retour, le commandant traitait Jean comme si elle n'avait pas eu de cervelle. Peut-être le méritait-elle quelque peu, car ses notes en mathématiques et en sciences n'étaient pas terribles, même si elle avait réussi à se faire admettre à Radcliffe. Le commandant Marshall n'était pas un homme désagréable, mais sa façon de penser datait du moyen âge. Il croyait à une hiérarchie qui partait du trône de Dieu et suivait un long parcours de plus en plus étroit avant d'atteindre une première femme.

Probablement à cause de cela, il ne lui était jamais venu à l'esprit que sa fille pourrait un jour le trahir. C'est ainsi que, peu après leur emménagement à Bancroft Place, alors qu'elle n'avait que douze ans, il lui demanda de mémoriser le chiffre du petit coffre-fort dans son bureau. Il y avait deux tablettes dans le coffre. Sur celle du bas, un coffret fermé à clef contenait le testament du commandant Marshall et d'autres papiers d'intérêt juridique. La tablette supérieure portait un monceau de bouts de papier sur lesquels il écrivait ses pensées. Il apportait du travail à la maison. Il jugeait que, dans une atmosphère de paix et de détente, les problèmes qui l'avaient assailli à son bureau de l'avenue Constitution trouvaient plus facilement une solution. Ce n'était pas un homme distrait, mais un homme occupé. C'est ainsi que Jean s'habitua vite à décrocher le téléphone pour l'entendre dire : « Jean ? Va dans mon bureau, chérie, ouvre le coffre, sors la feuille de papier qui se trouve au sommet de la pile et lis-la-moi, veux-tu ? Tu es une bonne fille. » Elle n'essayait jamais de trouver un sens à ce qu'elle lisait à son père, n'essayait jamais de le mémoriser, car c'était du charabia : une série de chiffres et de lettres, ou bien quatre noms suivis de curieux symboles. Une fois elle avait demandé à son père ce qu'un certain message signifiait et elle s'était fait répondre sèchement : « Rien qui puisse retenir l'intérêt d'une jolie fille. »

Le commandant Marshall avait confié à sa femme le chiffre de son coffre-fort. Elle était la première à qui il demandait de trouver l'information qu'il avait oubliée. Il ne s'adressait à Jean que lorsque sa mère était absente de la maison. Il n'avait pas révélé le code à Stafford ni à Agate, et il s'était fait une règle de ne pas mettre son fils au courant, parce qu'il ne voulait pas que Bobby, qui se destinait à la marine, se trouve jamais en position de mettre ses principes en péril.

Il aimait beaucoup sa fille et il était fier d'elle, mais il aurait eu presque autant d'affection pour un chien intelligent qu'il aurait dressé à aller chercher les objets. Sa plus grande ambition pour elle était qu'elle épouse un officier de la marine qui lui ferait un gendre intéressant. Jean hériterait d'une grande part de l'argent de sa mère, et c'était une tradition, dans la marine, de se marier avec des jeunes filles riches. C'est exactement ainsi que le commandant Marshall avait trouvé, courtisé et épousé sa femme.

La vie de Jean et celle de son frère avaient toujours été circonscrites par les diktats de leur père. C'est pourquoi, en cette froide nuit de décembre, Jean se sentait envahie par la crainte tandis qu'elle revenait de l'hôtel Carlton. Bobby croirait de son devoir de mettre son père tout de suite au courant de la façon dont elle s'était conduite avec Al, au bal de Noël de l'armée et de la marine. Il s'empresserait d'ajouter qu'elle avait abandonné quelqu'un de la marine pour flirter avec un étranger. À mesure qu'ils approchaient de chez elle, l'air, dans le taxi, paraissait de plus en plus froid. Jean se drapa dans son manteau de fourrure, puis elle se pencha pour secouer la neige collée au bas de sa robe du soir. Elle avait les pieds gelés. Dehors la neige tombait dans un moelleux silence.

— Un temps excellent pour les fêtes, n'est-ce pas ? fit remarquer le chauffeur avec enthousiasme.

— En effet, répondit poliment Al.

Le silence retomba jusqu'à ce que le taxi s'engage dans l'allée conduisant à la maison.

— Aimerais-tu que j'entre avec toi ? demanda Al. Bobby peut me ramener.

Jean réfléchit un peu.

— Ce serait très gentil, Al. Merci. Papa sera obligé de se montrer courtois. De plus, ça lui fait toujours plaisir de te voir. Ta présence aura pour effet de retarder sinon d'empêcher la mise à mort.

Al régla la course, mit sa main sous le coude de Jean et l'aida à faire son chemin dans la neige. Agate leur ouvrit la porte. Pendant qu'elle prenait leurs manteaux, elle regardait à ses pieds, signe certain que la tempête grondait. Bobby était donc déjà là.

La famille était rassemblée au salon autour d'un service à café en argent. Quand Jean entra, Bobby serra ostensiblement la mâchoire. Elle comprit tout de suite : son frère avait parlé.

— Qui est ce type étrange avec qui tu as passé la soirée ? lui demanda le commandant Marshall dès que les jeunes gens furent assis.

Mme Marshall s'affairait fébrilement à servir du café à chacun.

— Seigneur ! Bobby, tu es vraiment un affreux mouchard, lui jeta Jean. Il faut que ta vie amoureuse soit d'un mortel ennui pour que tu aies le temps et l'énergie de t'occuper de la mienne.

— Jeune fille, il ne s'agit pas de ton frère. Je veux savoir qui est cet homme, et je veux le savoir maintenant. Je ne tolérerai pas que ma fille se donne en spectacle en public. Si tu ne peux pas me donner des explications satisfaisantes sur ton comportement de ce soir, tu seras confinée à la maison pour le reste des vacances. Je devrai aussi reconsidérer ton retour à Cambridge. Il semble qu'on t'a farci la cervelle avec un tas d'idées radicales. Je savais que c'était une erreur de te laisser t'inscrire dans un *college* du Nord.

Même Bobby sembla horrifié par le discours de son père. Il avait seulement voulu protéger sa sœur. Il n'était pas question qu'elle soit retirée du *college*. De son côté, Mme Marshall continuait à servir le café, à distribuer les serviettes et les petites cuillers, à offrir du sucre. Jean n'essaya pas de supplier sa mère du regard pour qu'elle prête son appui. Elle savait que la pauvre femme n'aurait jamais même pu songer à intervenir. Les choses se passaient de cette façon dans le monde où elle avait été élevée. Bien des années auparavant, son père avait menacé de la déshériter si elle n'épousait pas un homme acceptable à ses yeux.

— Papa, ce n'est pas juste. Pour l'amour de Dieu ! Danser avec Erich n'a rien à voir avec Radcliffe, s'écria Jean, au bord des larmes.

— Change de ton avec moi, jeune demoiselle, et n'invoque pas le nom de Dieu en vain ! Qui est cet homme avec qui tu as passé la soirée ? Comment l'as-tu rencontré ? Qui te l'a présenté ? Est-ce que quelqu'un le connaît ?

En disant « quelqu'un », le commandant Marshall voulait désigner spécifiquement et exclusivement un homme appartenant à l'élite de la marine ou de Washington, ou bien évoluant dans les cercles des troglodytes. En réalité, Jean n'était pas certaine qu'Erich Mellor ait pu être en relation avec les gens de ces milieux. Elle attendit que Bobby vienne à son secours. Après tout, elle avait vu Erich lui parler. Comme son frère se taisait, elle affirma tout net :

— Bobby le connaît.

— Non, je ne le connais pas. J'ai bavardé un peu avec lui, mais je ne le connais pas.

Selon le code de bienséance de ses parents, les demoiselles de l'âge de leur fille et de son milieu devaient être présentées à des gens convenables par les gens convenables. Danser toute une

176

soirée avec un homme que « personne » ne connaissait était le signe d'un dévergondage digne de la pire punition. Pendant un long moment, le silence s'appesantit sur la pièce.

— Il s'appelle Erich Mellor, risqua bravement Jean. Il travaille à Washington dans la succursale de la banque Upton et Steward. Sa famille habite New York.

— Ah ! ah ! New York, maugréa le commandant Marshall.

New York, pour autant qu'il fût concerné, était une ville pleine de Yankees, de Juifs et d'esprits libéraux.

— Qu'est-ce que c'est que ce nom-là de toute façon, Mellor ? Ça me semble allemand.

Le silence s'approfondit alors de façon sinistre. Al vint à la rescousse :

— Je crois qu'Erich Mellor était l'invité de son cousin Jimmy Heflin, qui a deux années d'avance sur nous à l'Académie militaire.

Immédiatement, Jean l'avait récompensé par un regard de gratitude si éloquent qu'il aurait pu le recevoir comme un gage d'amour. Il l'avait mérité. Il avait juste un peu maquillé la vérité en faisant passer Erich Mellor pour le cousin de Jimmy Heflin alors qu'il n'en était que l'ami. Après tout, Al savait que Heflin avait amené Mellor au bal, et personne ne lui avait dit que les deux jeunes gens *n'étaient pas* cousins. Aussi considérait-il qu'il n'avait pas vraiment menti au commandant Marshall.

— Ah, bon ! Je suppose que c'est un garçon de bonne famille. Néanmoins, Jean, je croyais qu'on t'avait enseigné de meilleures manières que celles que tu as affichées ce soir.

Le commandant Marshall marqua une pause pour reprendre ses esprits. Il ne pouvait pas reprocher à sa fille d'avoir ignoré Al toute la soirée alors que celui-ci se trouvait au salon avec la famille. D'un autre côté, il ne pouvait pas non plus montrer trop d'indulgence envers sa fille :

— Monte à ta chambre. Tout de suite.

L'humiliation fit monter les larmes aux yeux de Jean, qui sentit ses commissures se crisper. Elle se leva, souhaita poliment

177

une bonne nuit à Al et sortit du salon sans un mot pour son frère et son père et même pour sa mère, si désespérément inefficace.

Une fois libérée de l'atmosphère survoltée du salon, elle retrouva l'intimité de sa chambre, où elle se sentit malgré tout libre et heureuse. Elle détestait se retrouver parmi les gens trop stricts et trop conventionnels, comme ses parents, Bobby et Al. Elle en voulait assez à Bobby pour avoir envie de lui cracher à la figure ; elle haïssait son père et avait pitié de sa mère. Elle voulait les fuir tous, mais elle ne le pouvait pas, pas à cet instant, pas ce soir-là. Elle se dépêcha donc à faire sa toilette avant de se mettre au lit. Alors, elle oublia volontiers tout ce qui pouvait toucher à sa famille et s'abandonna au plaisir de penser à Erich Mellor.

Elle se rappela la pression chaude et ferme de sa main sur son dos pendant qu'ils dansaient, sa façon de la guider sans la contraindre. Elle se souvenait comment, tout au long de la soirée, il l'avait graduellement, subtilement rapprochée de lui, de telle sorte qu'à la fin elle avait posé la tête contre son épaule. Au début, elle s'était sentie embarrassée parce que ses seins se pressaient inévitablement contre sa poitrine. Elle n'avait cependant pas tardé à se détendre et à jouir sans complexe du contact de ses formes féminines contre son corps viril.

Jean fit un effort pour se rappeler ce qu'elle éprouvait au sujet de Hal Farmer. Erich était en tous points aussi intelligent et aussi fascinant que Hal, mais beaucoup plus mystérieux, beaucoup plus délicat. Tout ce que Hal Farmer avait pu éveiller en elle lui paraissait léger, frivole en comparaison du torrent d'émotions qu'Erich Mellor déclenchait.

Elle voulait coucher avec Erich Mellor.

Le dimanche matin, elle accompagna ses parents à l'église St. John's. Dans le secret de son cœur, elle était de plus en plus agacée par la religion, dont l'hypocrisie lui semblait impossible à supporter, mais elle devait rentrer en grâce auprès de son père et regagner sa faveur si elle voulait obtenir de lui la permission de revoir Erich Mellor.

Ses parents apprécièrent sa présence soumise. Plus tard, une fois la famille réunie autour de la grande table de la salle à manger pour le déjeuner dominical, le babillage incessant de leur fille à propos de ses amies et de ses cours à Radcliffe les rendit heureux. Elle vanta même les mérites d'activités socialement acceptables, comme le thé ou les quadrilles réunissant les gens de bonne compagnie.

Jean voyait la tension s'effacer du visage de ses parents tandis qu'elle disait tout ce qui lui passait par la têtc. Elle se fit prévenante en demandant à son père s'il voulait encore de la purée de pommes de terre et de la sauce. C'est alors qu'elle surprit le message que sa mère lançait à son père avec ses yeux : « Tu vois, chéri, tout va très bien ; Jean a pris sa leçon. » Pouvait-il être aussi facile de berner ses parents ?

Une fois le plantureux repas terminé, le commandant Marshall se retira dans son bureau et referma la porte derrière lui pour pouvoir travailler tranquille ou faire la sieste sur le sofa de cuir. Bobby devait passer le reste de la journée avec Betty et sa famille. Mme Marshall, assise dans le living-room, écoutait sur leur poste de radio Philco un programme de musique classique pendant qu'elle enveloppait les cadeaux de dernière minute. Finalement, quand Midge Carlisle stoppa sa rutilante Nash grise devant la maison des Marshall et klaxonna, Jean était libre de partir pour une escapade avec sa meilleure amie. Elle cria un au revoir à ses parents, courut à la porte et sauta dans la voiture.

— Oooh ! je suis si contente que tu sois ici, cria Midge en se jetant au cou de Jean.

— Et moi, je suis si contente de sortir d'ici ! lui répondit Jean en riant. J'ai un tas de choses à te raconter.

— Est-ce qu'on va chez Bailey manger une glace ?

— Très bien, mais à la condition qu'on n'y trouve personne de nos connaissances.

— Eh bien, demanda Midge d'un air taquin, qu'est-ce qui se passe?

— J'ai plein de choses à te raconter et je ne voudrais pas qu'une oreille indiscrète puisse nous entendre.

— Tu as fait la connaissance d'un jeune homme.

— Exact.

— Oh! je suis tellement jalouse!

Midge donna un coup de volant qui faillit les entraîner en dehors de la route.

— Ma foi, il doit bien y avoir des centaines de beaux garçons au George Washington College!

— Si tu veux, mais les seuls qui m'aient invitée sont ennuyeux. Je veux quelqu'un d'*excitant*.

— Moi aussi. Et je crois que je l'ai rencontré.

— Oh! tu dois tout me raconter!

— Eh bien...

Jean se lança alors dans une description détaillée de la soirée de la veille. Elles parlèrent d'Erich et du bal tout en savourant leurs *sundaes* et, encore et encore, en étirant leur café. Avant qu'elles aient pu en prendre conscience, il était temps pour elles de retourner chez les Marshall pour prendre part à leur soirée de Noël traditionnelle.

On était à seulement deux jours de Noël. Avec l'aide d'Agate et de Stafford, Mme Marshall avait décoré la maison. Quand Midge et Jean arrivèrent, à la fin de ce dimanche après-midi, elles aperçurent à travers les fenêtres à meneaux les lumières scintillantes de l'arbre de Noël qui se dressait fièrement au milieu du salon. Ce soir-là, un groupe viendrait chanter des airs de Noël pour la famille et ses hôtes. Tous seraient conviés à venir se réchauffer devant la cheminée tout en dégustant des *egg-nogs*, du gâteau aux fruits et des friandises de Noël. Mme Marshall attachait beaucoup d'importance à la période des fêtes. Elle insistait pour que toute la famille soit présente à sa soirée et elle tenait à ce que Stafford et Agate se joignent aux invités, même s'ils devaient discrètement remplir les verres et passer les plateaux de biscuits et de gâteaux. Plus il y avait d'amis qui répondaient à son invitation, plus elle se sentait heureuse, contente et satisfaite de la part qui lui était échue dans le monde.

Midge assistait à ces soirées depuis qu'elle était devenue la meilleure amie de Jean, six ans auparavant. Elle gara sa voiture et les deux jeunes femmes se hâtèrent dans la nuit froide pour vite rentrer dans la maison. Elles étaient saoules de glaces et de verbiage. Elles ne pouvaient pas s'arrêter de glousser en remettant à Stafford leurs manteaux de raton laveur, et même en pénétrant dans le salon.

— Nous n'arrivons pas trop tard, commandant Marshall ? demanda Midge en minaudant avec charme.

Elle embrassa Mme Marshall sur la joue. Parce que son père était architecte et membre du clan des troglodytes, Midge était l'une des leurs.

— Nous ne sommes sûrement pas en retard : Bobby et Betty ne sont pas encore là, lui fit remarquer Jean.

Elle avait automatiquement adopté une attitude défensive et sa voix crispée trahissait déjà l'exaspération qu'elle ressentait toutes les fois qu'elle se retrouvait auprès de ses parents. Elle en avait vraiment assez d'être toujours obligée de les rassurer ou de s'excuser.

C'est alors qu'elle aperçut Erich Mellor assis sur le sofa. Sous l'effet de la surprise, elle resta là, bouche bée, à dévisager le jeune homme.

Erich se leva et vint vers elle, la main tendue.

— Bonsoir, Jean.

Elle lui serra la main comme un automate, trop secouée pour parler.

— Ce jeune homme m'a téléphoné un peu plus tôt, intervint le commandant Marshall, amusé par l'embarras de sa fille. Il m'a demandé s'il pouvait venir se présenter lui-même. Il se trouve que nous avons des amis en commun.

— Oh ! mais alors...

— Bonsoir ! Je suis Midge Carlisle, la meilleure amie de Jean.

Midge serra la main d'Erich tout en donnant un invisible coup de coude à Jean.

Jean se glissa dans un inconfortable fauteuil à oreillettes placé à côté de la table à café. Elle lissa sa jupe sur ses genoux tremblants.

— Nous avons vraiment commis des excès, lança Midge. Nous nous sommes tellement gavées de *sundaes* qu'il ne nous sera plus possible d'entrer dans nos vêtements. Des glaces en hiver. Brrr. Je prendrais bien un peu de café.

Midge savait que les Marshall aimaient être mis au courant des activités de leur fille. Tout en babillant, elle s'arrangea pour s'asseoir sur le sofa, à côté d'Erich. La mère de Jean versa du café pour les deux jeunes filles, puis tendit une tasse à Erich. Jean était étonnée de voir qu'il semblait docile, piégé au milieu des femmes, une tasse de fine porcelaine dans les mains.

— Nous avons découvert quelque chose au sujet de notre nouvel ami, déclara Mme Marshall.

— Oh ? laissa échapper Jean, qui ne put rien ajouter d'autre.

— Il se trouve justement qu'Erich est un mordu du bridge ! Je crois que nous avons le temps de jouer une ou deux manches avant que les invités n'arrivent.

Mme Marshall rougissait de plaisir, car elle n'aimait rien autant qu'une bonne partie de bridge. Il en fut donc ainsi. On installa la table à cartes dans le living-room, on apporta les cartes luisantes à dos fleuri dans leur riche boîtier, le bloc de feuilles de marque et le crayon. Erich ferait équipe avec le commandant Marshall et Jean avec sa mère. Midge voletait autour de la table et examinait leurs jeux. Elle avait toujours trouvé le bridge assommant.

Jean n'était pas folle de ce jeu non plus, mais elle saisissait l'occasion de regagner la sympathie de ses parents. Elle joua donc avec la meilleure humeur et la plus grande concentration possible, compte tenu de la présence toute proche d'Erich. Sa main, son bras, son coude n'étaient qu'à quelques centimètres des siens. Il lui arriva une fois ou l'autre de sentir la pression de son genou contre le sien : elle était certaine que cet accident était délibéré. Elle aurait mieux aimé qu'il s'abstienne : elle avait peur que le rouge lui monte aux joues chaque fois qu'elle sentait la délicate et pressante poussée.

Le son de la voix d'Erich la troublait profondément. Pourtant son discours n'avait rien d'original et ne sortait jamais des normes de la plus ennuyeuse bienséance. Le commandant Marshall avait réussi son contrat après avoir annoncé quatre cœurs, et Erich avait étalé son jeu sur la table.

— Où habitez-vous ? lui demanda le commandant Marshall après avoir couvert le valet de pique de Jean avec son roi.

— J'ai un appartement à l'hôtel Wardman Park. Nous sommes quelques New-Yorkais à considérer cet hôtel comme notre home. Je suis à la banque, Brigham Phelps travaille pour une firme d'architectes et les autres sont des employés du gouvernement.

— Nous sommes témoins de tellement de changements à Washington, ces temps-ci, et il y a vraiment beaucoup de figures nouvelles, se plaignait la mère de Jean.

— Ce n'est que le commencement, renchérit le commandant Marshall. Il y a ces artisans du *New Deal* que Roosevelt nous amène, sans parler des gens qui nous arrivent des pays d'Europe à cause de tout le tintouin que fait cet Adolf Hitler.

— Je serais ici de toute façon, fit remarquer Erich. La banque Upton and Steward avait une succursale à Washington avant même le tournant du siècle.

— Vous aimez vivre ici ?

Mme Marshall avait parlé avec une naïveté feinte et sa question n'admettait qu'une seule réponse : oui. Ce qui n'empêcha pas Erich de dire :

— Pour parler franchement, je trouve la ville quelque peu ennuyeuse comparée à New York.

Mme Marshall serra les lèvres en signe de désapprobation.

Elle détestait qu'on laisse entendre que sa ville bien-aimée n'était pas l'endroit par excellence où passer sa vie. Mais Jean sentit son cœur battre plus vite : au moins, Erich ne serait pas un béni-oui-oui qui ne songerait qu'à se gagner les grâces de ses parents. Et elle aurait été déçue s'il n'avait pas préféré New York à Washington.

L'arrivée de Bobby et de sa fiancée interrompit la partie de bridge. Agate et Stafford apportèrent le bol et les tasses de cristal pour l'*egg-nog,* tandis que Mme Marshall allait de la cuisine à la salle à manger pour surveiller Jean, Midge et Betty qui s'affairaient à disposer sur des assiettes les sandwichs, les petits gâteaux et les biscuits. Erich retourna au salon causer avec les hommes. Jean constata que son frère se montrait agressif avec Erich ; il n'aimait pas que cet intrus tourne autour de sa sœur. Puis Al fit son entrée. Les invités arrivèrent par groupes, remplissant la maison de bouffées d'air frais et de rires. Les chanteurs interprétèrent leurs noëls avec un bel enthousiasme, burent leur *egg-nog,* dévorèrent gloutonnement les bonnes choses qu'il y avait à manger avant de partir. Jean n'eut pas un seul instant pour parler avec Erich, ni même la chance de se tenir à côté de lui.

Il n'empêche qu'à la fin de la soirée Erich Mellor l'avait invitée, avec la bénédiction de ses parents, à l'accompagner au cinéma le lendemain soir.

Ils allèrent voir un film avec Betty Hutton au Loew's Palace. La projection aurait pu se dérouler à l'envers et en marche arrière, Jean ne se serait rendu compte de rien. Des images floues se projetaient sur l'écran et des formes fantomatiques dansaient dans sa tête. Après l'avoir aidée à retirer son manteau, Erich ne laissa pas sa main s'attarder sur son dos. Jamais, au cours du très long film, il ne tenta de lui prendre la main ou même d'abandonner son bras contre le sien. Elle entendait sa respiration calme et régulière ; le rythme invariable de sa poitrine qui se levait et s'affaissait retenait son attention. Chaque fois qu'elle osait jeter un coup d'œil sur son profil, elle découvrait un homme envoûté par l'action du film, tout à fait inconscient d'avoir une compagne à ses côtés. Ses longues jambes, parallèles aux siennes, s'étiraient dans la pénombre sans même les frôler. De plus, il semblait délibérément diffuser dans l'air son odeur particulière, un parfum de séduction.

Après le cinéma, Erich l'invita à prendre un verre au Metropolitan Club. C'était la première fois qu'elle s'y trouvait sans la présence d'un membre de sa famille ; le martini qu'elle sirota assise à une petite table lui parut exquisement sophistiqué. Elle s'était saoulée assez souvent auparavant, à Radcliffe et même antérieurement, lorsque Midge et elle s'étaient essayées à boire de l'alcool avec d'affreux résultats, pour savoir qu'elle pouvait porter un verre et peut-être même deux sans perdre sa dignité. Il y avait bien des choses qu'elle voulait savoir sur lui, mais cela ne l'empêcha pas de parler sans arrêt d'elle-même. Ses nerfs lui jouaient des tours, l'excitation aussi. Et une hâte accompagnée de terreur, car le moment où elle perdrait sa virginité lui paraissait maintenant très proche. Erich lui demanda :

— Qu'est-ce qu'on dit à Boston à propos de la guerre qui se prépare en Europe ?

— Je ne peux parler de Boston, ni même de Radcliffe, mais je peux vous dire ce que j'en pense. Je hais la guerre, je hais l'idée même de la guerre. Je fais du travail bénévole pour une revue appelée *War Stories* ; son premier numéro va sortir ce printemps, en avril espérons-nous.

Tandis qu'elle lui parlait de la revue, elle étudiait soigneusement ses réactions. Son frère, son père, Al auraient piqué une colère devant ce qu'ils auraient considéré comme un projet d'écervelés, d'idiots traîtres à leur patrie, mais Erich écoutait avec ce qui lui paraissait un intérêt détaché. Il finit par dire :

— Vous montrez beaucoup de courage en vous engageant ainsi dans cette publication.

— Je vous remercie. J'aimerais croire que j'ai du courage.

— Si ça peut vous aider, je dirai que je suis d'accord avec les buts que vous poursuivez. Moi aussi je hais l'idée même de la guerre. Moi aussi, à ma propre façon, je travaille pour la paix.

— Vraiment ? De quelle façon ? Qu'est-ce que...

Erich regarda sa montre :

— C'est plutôt compliqué. Et il se fait tard. Laissez-moi vous en parler une autre fois. Il vaudrait mieux maintenant que je vous raccompagne à la maison, autrement votre père va s'inquiéter.

Lorsque Erich l'aida à passer son manteau, il lui sembla cette fois que ses mains s'attardèrent sur ses épaules pour une caresse sans équivoque, délibérée. Il resta quelques secondes derrière elle, à une distance que n'autorisaient pas les convenances. Elle rougit. Sur le chemin du retour, ils échangèrent des banalités : le lendemain il partait passer quelques jours dans sa famille à New York. Il reviendrait vers le vingt-neuf. Accepterait-elle de fêter la Saint-Sylvestre avec lui ?

L'échange de cadeaux devant l'arbre, les visiteurs, les repas de fête, enfin le brouhaha qui entoure la célébration de Noël, tout contribua à faire passer le temps plus vite en attendant le retour d'Erich. Al était en Californie pour passer les vacances avec ses parents : Jean fut donc soulagée du pensum que sa présence lui aurait imposé. Elle aimait bien ce garçon, mais chaque mot qu'elle prononçait devant lui, chaque geste qu'elle faisait à son endroit s'accompagnaient de la crainte de nourrir ses espoirs. Par ailleurs, Jean avait mauvaise conscience. Sa mère assurait un élégant confort dans la maison familiale si solide et si chaude où ils évoluaient comme les personnages idéaux d'un livre d'images destiné aux enfants. C'est pourquoi Jean se sentait comme un renard déguisé en lapin. Sa mère la dorlotait, son père réagissait à son comportement de bonne fille avec une approbation teintée de méfiance, alors qu'elle se savait sournoise, déloyale et sans scrupule.

Le matin de Noël, ils lui offrirent une voiture.

Jean se tenait dans l'allée, entourée par sa famille, et elle pleurait. Ils avaient tous enfilé leur manteau en vitesse par-dessus pyjamas, chemises de nuit et robes de chambre pour aller admirer la rutilante berline DeSoto bleu marine. Jean ouvrit la portière, s'assit sur la banquette grise plutôt rugueuse et posa ses mains sur le volant. Elle était vaincue par un flot d'émotions contradictoires : gratitude, sentiment de culpabilité, allégresse. Cette voiture, elle en était certaine, lui permettrait un jour de s'enfuir.

La veille du jour de l'An, tout Washington était en liesse ; il y avait des soirées partout en ville. Le commandant et Mme Marshall répondraient à quelques invitations, Bobby et Betty à quelques autres. Erich avait demandé à Jean de l'accompagner dans sa tournée : un dîner à caractère privé à la résidence de M. et Mme Upton, après quoi ils feraient de brèves apparitions à plusieurs fêtes dans des salles de danse et des clubs répartis à travers la ville. Jean avait donné à entendre à ses parents et à son frère qu'il était possible qu'ils se retrouvent à un endroit ou l'autre au cours de la soirée.

Elle espérait secrètement ne rencontrer personne de sa famille. Toutefois, pendant le dîner dans la somptueuse maison des Upton, elle pensa que ses parents auraient bien pu s'y trouver aussi. C'était une réception terriblement guindée. Erich était assis à l'autre bout de la table. Jean était placée entre deux vieillards. L'un, bon enfant et jovial ; l'autre, vieux jeu et un peu sourd. Celui-ci inclinait la tête, la main en conque derrière son oreille, de sorte qu'elle se sentait obligée de constamment crier dans sa direction. De temps en temps, elle se penchait pour voir Erich s'incliner aussi du côté de ses voisines, deux dames âgées. Une fois ou deux, leurs yeux s'étaient croisés et il lui avait souri. Pour le reste ce dîner ressemblait plus à une corvée qu'à une partie de plaisir.

Plus tard, l'honorable société de banquiers prit congé pour se rendre en voiture à l'hôtel Raleigh, où avait lieu le bal de la Saint-Sylvestre. Au cours de la première heure, Jean et Erich furent pris dans le tourbillon de la fête. La jeune fille se sentait de plus en plus déçue : toute sa beauté et toute sa disponibilité allaient être inutiles ! Les parents de Midge Carlisle assistaient au bal avec un groupe d'amis. Ils traversèrent la grande salle pour faire la connaissance d'Erich et pour bavarder avec l'amie de leur fille. Jean les avait toujours beaucoup aimés. Elle était particulièrement heureuse de les revoir maintenant, parce qu'ils pourraient dire à ses parents qu'ils l'avaient vue à l'hôtel Raleigh, en train de danser un fox-trot avec des vieux schnocks.

Juste avant les douze coups de minuit, l'appréhension monta en elle. Quand finalement Erich l'invita à danser, il l'entraîna au beau milieu de la foule des danseurs, à l'abri des regards indiscrets de ses relations.

— Est-ce que vous vous amusez ? lui demanda-t-il en souriant.

— Oh !... hésita-t-elle, prise de court. Tout le monde est gentil.

Elle voulait rester elle-même avec cet homme, mais elle ne tenait pas à insulter les gens avec qui il travaillait.

— Oh, Jean ! s'exclama-t-il en riant. Je sais qu'ils sont terriblement ennuyeux, chérie, mais je dois me plier à certaines exigences. Ça fait partie du métier. Tu t'en es bien tirée et je t'en suis reconnaissant. Soit dit en passant, ils te trouvent charmante.

Il l'avait appelée « chérie », il l'avait tutoyée.

Pendant quelques instants, elle ne put penser à rien d'autre sinon à la pression de sa main sur son dos, à la chaleur de leurs mains jointes, au contact de leurs deux corps pendant qu'ils dansaient. Elle détourna son regard par crainte qu'il ne lise sa joie dans ses yeux.

Quand la musique cessa et que tout le monde applaudit, il l'entraîna gentiment vers la porte de sortie. Ils s'échappèrent de la bruyante salle de bal pour aboutir dans un long corridor. Ils tournèrent à droite et, après avoir parcouru une vingtaine de mètres, ils se retrouvèrent devant une porte, dans un enfoncement. Erich sortit une clef de sa poche et ouvrit.

À l'intérieur un tout petit salon, luxueusement décoré et meublé, s'ouvrait sur une chambre. Il l'avait entraînée dans une suite privée, comprit Jean. Son sang battait à ses oreilles avec une telle force qu'elle eut peur de s'évanouir.

Erich ne remarqua pas sa réaction, mais il traversa rapidement la chambre et ouvrit une fenêtre toute grande. Une masse d'air froid entra en même temps que les cris de joie montant de la rue et l'écho de la musique provenant du bal.

— Viens ici, dit-il en lui faisant signe d'approcher.

Elle aperçut sur la table près de la fenêtre une bouteille reposant dans un seau d'argent rempli de glaçons, et deux coupes.

— J'ai cru qu'après avoir payé notre tribut au bon peuple, nous devrions saluer, en privé, la nouvelle année. Ne prends pas cet air effarouché. Je n'ai aucune intention de t'emmener de force dans la chambre pour te violer. Je voulais un salon privé pour nous deux, et tout ce qu'on pouvait m'offrir, c'était cette suite. Allons, prends un verre de champagne.

Jean accepta la coupe et y trempa ses lèvres. Les bulles lui chatouillaient le nez. Elle examinait Erich à travers ses cils.

Il était loin d'être aussi bel homme que Bobby. Il avait un nez aquilin. Il n'avait pas le teint éclatant de son frère et d'Al : il paraissait moins *neuf*. Des cernes bleuâtres soulignaient ses yeux sombres. Peut-être était-il fatigué. Après tout, il revenait tout juste de New York.

— À quoi penses-tu? demanda-t-il.

— Je pense que tu es plus âgé que tu ne le dis.

Il sourit :

— Peut-être le suis-je, de bien des façons. Mais, je te le jure, j'ai vingt-quatre ans.

Il laissa durer le silence. Jean prit une profonde respiration et demanda bravement :

— Et toi, à quoi penses-tu?

— Je pense qu'il est exactement minuit.

Il se pencha et l'embrassa légèrement sur les lèvres. Quand il s'écarta, elle fut déçue. Comme baiser, ce n'était pas terrible. Mais il déposa tout de suite leurs verres sur la table, de façon à pouvoir la prendre commodément dans ses bras.

Ils glissèrent progressivement de la table au canapé, où ils finirent par s'asseoir, puis s'allonger, dans les bras l'un de l'autre. C'était la première fois qu'on l'embrassait aussi sérieusement. Elle était enchantée de s'être parfumée, parce qu'il couvrait de baisers sa gorge, ses oreilles, le creux de ses bras, ses poignets, puis revenait à sa bouche avant d'embrasser ses yeux clos, ses joues, ses cheveux. Ils ne parlaient pas. Elle ne pouvait s'empêcher de murmurer et parfois, malgré elle, de gémir. Sans aucune hésitation, il mit la main sur sa poitrine ; elle sentait son corps se presser contre le sien. Terrifiée par sa propre audace, elle glissa ses doigts sous son habit afin de pouvoir toucher son corps à travers la soie mince de sa chemise. Elle caressa les muscles larges et souples de son dos. Elle aurait aimé presser fortement ses hanches contre les siennes, mais elle n'osa pas.

C'est alors qu'elle sentit contre elle la poussée de son membre en érection. À travers l'épaisseur de leurs vêtements lui parvenait un battement léger et insistant. Elle l'enserra dans ses bras, enfouit son visage dans le coussin du sofa et se concentra sur cette nouvelle sensation. Le corps d'Erich s'arquait et poussait, et le corps de Jean réagissait, cherchant à garder le contact. Elle était secouée de frissons exquis en même temps qu'un plaisir plus profond et plus brutal montait en elle. Jean le serrait très fort contre elle, comme si elle voulait le faire pénétrer de force en elle.

— Oh ! Erich, gémit-elle. Oh ! Erich, s'il te plaît !

Il se laissa tomber de tout son poids sur elle. Il lui prit le visage entre ses deux mains et écrasa sa bouche contre la sienne pendant que son corps entier se pressait contre le sien.

Soudain il s'écarta d'elle. Il fit une série de mouvements maladroits et presque désespérés pour se redresser et recula jusqu'à l'autre extrémité du canapé. Une mèche de cheveux noirs barrait son front : il la releva d'un geste brusque. Sa poitrine se soulevait péniblement. Jean, embarrassée et décontenancée, s'assit, reprit ses esprits et réarrangea sa tenue.

— Je suis désolé, dit Erich.

— Désolé ! répéta Jean, décontenancée.

Elle était bouleversée. C'était bien la dernière chose qu'elle s'attendait à entendre de sa part.

— Je ne me suis pas conduit en gentleman. Te prendre de force.

— Tu n'étais pas... Tu n'allais pas...

Elle ne savait pas comment réagir. Al ne s'était jamais jeté sur elle avec une telle passion, mais elle n'avait jamais souhaité qu'il le fasse. Ses caresses furtives et ses rares baisers avaient été délicats, pleins d'égards.

— Nous devrions rejoindre les autres, dit Erich en se levant. Ils vont se demander où nous sommes passés. Si tu veux retoucher ton maquillage, c'est par là.

Jean ramassa son sac et alla se réfugier dans la salle de bains. Le miroir lui renvoya un visage éblouissant. Elle était radieuse, resplendissante, magnifique. Comment pouvait-il lui résister ? Quel homme curieux il était, quel mélange d'impulsion et de retenue !

Quand elle revint au salon, il avait remis de l'ordre dans ses vêtements. Ils quittèrent la suite d'hôtel en silence et retournèrent à la salle de bal. Le rythme de la musique frappa les sens de Jean comme un coup de fouet : trop de bruit, de mouvement, de rires, de lumière ; la terre continuait à tourner. Ils reprirent place parmi les danseurs. Erich tenait Jean à une certaine distance, de sorte que leurs jambes et leurs poitrines ne se frôlaient même pas. Une brume était tombée sur le visage d'Erich et ses yeux étaient distants. On aurait dit qu'il était fâché contre elle. Mais pourquoi ?

Ils se joignirent ensuite au groupe de la banque qui se pressait autour des tables. Plusieurs étaient déjà retournés chez eux. Jean consulta sa montre et fut surprise de voir qu'il serait bientôt deux heures. Ils avaient été dans les bras l'un de l'autre pendant presque deux heures ! Tout s'était passé si vite !

— Je devrais te ramener chez toi, dit Erich. Je ne veux pas que tes parents s'inquiètent.

— Il est possible qu'ils ne soient pas encore rentrés eux-mêmes, protesta-t-elle.

Erich ne céda pas. Il se tenait là, arborant un sourire officiel, pendant qu'elle ramassait son sac et souhaitait poliment bonne nuit aux gens qui l'entouraient. Au vestiaire, il l'aida à passer son manteau sans presque la toucher. Ils traversèrent le hall de l'hôtel sans échanger un seul mot et attendirent qu'on amène leur voiture.

6

Julia

Le lendemain matin, vers six heures, les rayons du soleil commencèrent à filtrer à travers les rideaux de la chambre de motel. Les paupières entrouvertes, Julia observait la lumière se frayer un chemin de plus en plus large et de plus en plus brillant. Elle avait plus ou moins sommeillé entre de longues périodes où elle ne cessait de se retourner sous les couvertures. À côté d'elle, Sam dormait du sommeil des bienheureux, complètement détendu.

Julia se rappela une conversation qu'elle avait surprise entre sa mère et celle de Sam :

— Sam est un garçon remarquable, faisait remarquer Diane. Si calme, si heureux.

— Il est toujours comme ça. Il nous a été confié alors qu'il n'avait que quelques mois et, déjà, il était heureux. Un bébé serein, si tu peux imaginer ça. Il nous a toujours semblé que Sam était tout bonnement heureux d'être sur terre.

Julia s'était alors demandé, et se demandait encore, comment il était possible de se sentir tout bonnement heureux d'être sur terre. À certaines occasions, elle avait été contente, enthousiaste, enflammée ou saisie de vertige, mais elle n'avait jamais éprouvé la joie sereine d'être tout simplement en vie. À mesure qu'elle vieillissait, le simple fait d'exister la terrifiait de plus en plus.

Elle avait entrepris l'année, sa dernière à Gressex, avec l'impression de descendre à skis une pente verglacée. Le temps l'emportait. Elle n'avait aucun contrôle sur sa vie. Tout au long de l'année précédente, elle s'était mise en quête d'un *college,* avec l'aide de sa mère, de son père ou de Chase. Maintenant elle devait se plier à la tâche fastidieuse de remplir des demandes d'admission. Autour d'elle tout lui était familier, aucune mauvaise surprise ne la guettait. Elle avait une série de cours à suivre ; elle avait sa chambre privée ; elle partageait l'amitié de ses vieilles copines de pensionnat. Et pourtant, elle avait le sentiment de se trouver en prison. Tout le monde attendait de sa part qu'elle suive le troupeau et s'enferme, pendant quatre années encore, pour potasser ses bouquins, produire les travaux demandés, écouter des cours ennuyeux et accumuler des crédits. Une vie découpée en morceaux et alignée en colonnes sur son bulletin de notes. Rien qu'à penser à ça, elle sentait tout son corps s'affaisser, comme si toutes les règles auxquelles elle devait se conformer l'écrasaient de leur poids.

C'était seulement lorsqu'elle était avec Sam que l'anxiété desserrait son étau. Chaque week-end, depuis qu'ils étaient devenus amants, il venait lui rendre visite. Le Wesleyan College n'était qu'à une heure de route de Gressex. Ils louaient une chambre dans ce motel même où ils se trouvaient actuellement. Ils faisaient l'amour, dînaient au restaurant ou allaient au cinéma, puis retournaient faire l'amour. Sam était si placide. Julia se sentait rassurée par sa présence. Elle ne lui avait jamais confié qu'elle était en proie à l'anxiété dès qu'il la quittait. Elle se décida pourtant à le lui dire, parce qu'elle jugeait que c'était une marque de confiance : elle voulait lui être agréable.

Les choses n'avaient pas tourné comme elle l'avait envisagé.

Le dimanche précédent, ils étaient allés faire une promenade à pied autour de l'étang Walden. Le soleil brillait et, autour du plan d'eau, les érables arborant des tons orange, cramoisis et dorés, frémissaient sous la brise.

Un grand nombre de touristes et de familles se pressaient entre la route et le bord de l'eau. Sam prit donc Julia par la main et l'entraîna dans le sentier qui traversait pelouses et fourrés, jusqu'à un endroit isolé, sur la rive opposée. Assis sur la berge, épaule contre épaule, presque cachés par les herbes hautes, ils balançaient leurs pieds à quelques centimètres au-dessus de l'eau glauque.

— J'adore être avec toi, soupira Julia.

— J'adore aussi être avec toi.

— Parfois, quand tu n'es pas là, je suis incapable de respirer.

— Qu'est-ce que tu veux dire ? Tu ne peux pas respirer ?

Julia pouvait sentir contre elle son corps tendu.

— N'aie pas peur, Sam. Ce n'est rien. Il m'arrive parfois de ne plus pouvoir respirer, c'est tout. C'est comme si j'avais un poids posé sur la poitrine. Et sur l'estomac. Je ne peux pas aspirer l'air.

Julia remonta son tee-shirt pour lui faire voir son diaphragme qui se soulevait et retombait tandis qu'elle prenait de longues et profondes respirations.

— Tu peux me dire quand ça t'arrive ? La nuit ? Pendant certains cours ?

— N'importe quand. Il n'y a pas de moment particulier. Ça peut même m'arriver tandis que je marche en bavardant avec mes amies. Ou bien pendant que je prends une douche. Parfois le matin, quand je viens tout juste de m'éveiller.

— Qu'est-ce que tu fais alors ?

— Eh bien, de temps en temps, je me rends compte que ça se produit. C'est comme si je me disais : « Oh ! mon Dieu, je ne peux pas respirer ! » Souvent, ça s'en va tout seul. D'autres fois, je me couche dans la position fœtale et je me bouche les yeux et les oreilles.

Elle s'arrêta, comme si elle était embarrassée, puis elle ajouta :

— Ou bien je chante pour moi-même.

— Grand Dieu ! Julia, on dirait que tu fais des crises d'angoisse.

L'inquiétude de Sam la troubla. Comme elle ne voulait pas

l'effrayer, elle lui demanda donc d'un ton taquin et enjôleur :

— Qu'est-ce qui peut m'effrayer à ce point ?

— Je ne sais pas, Julia. Je ne peux pas deviner. Tu sais que je t'aime. Tu es belle, intelligente, ingénieuse et populaire. Tu as beaucoup d'amis.

— Je n'aurais pas dû en parler. Mon Dieu, Sam, si tu voyais les autres filles qui habitent dans mon pavillon, tu te rendrais compte à quel point j'ai la tête solide. Elles se plaignent toutes d'être en prison et de ne pas manger à leur faim. Certaines tâtent de la drogue, d'autres paniquent à propos de leur admission au collège.

— Qu'est-ce que tu penses du collège ces jours-ci ?

— Oh ! la perspective me déplaît souverainement.

Elle arracha un brin d'herbe et se mit à le déchiqueter.

Sam mit tendrement sa main sur son dos :

— Qu'est-ce qui te déplaît ?

— Toute cette merde avec les demandes d'admission. La compétition ! Sam, je ne suis même pas sûre de vouloir y aller. Quatre années encore à bûcher pour passer des examens. Je me demande si je suis capable d'y faire face.

— Bien sûr que tu l'es.

— Très bien, je suis capable. Mais est-ce que je le veux ? Je ne pense pas le vouloir. Je suis fatiguée de mener cette vie. Elle me dégoûte.

— Qu'est-ce que tu veux faire ?

— Devine.

Elle jeta le brin d'herbe dans l'eau.

— Voyager ? Vagabonder à travers l'Europe ?

— Non.

Elle posa sa main sur la cuisse de Sam.

— Travailler ? Commencer à entasser de l'argent ?

— Pas ça non plus.

Elle posa sa tête sur son épaule.

— Enseigner aux attardés, nourrir la foule des affamés ! Voyons, Julia, je ne suis pas capable de lire dans tes pensées.

Fatigué de ce jeu, Sam se leva d'un seul mouvement :

— J'ai faim. Allons manger quelque chose.

— D'accord. Aide-moi à me relever.

Sam la tira par la main qu'elle lui tendait. Il l'embrassa distraitement et la ramena au sentier qu'ils avaient emprunté pour venir. Elle laissa tomber le sujet : sa mère, sa tante Susan et ses amies lui avaient souvent répété que les hommes sont obtus. Il faudrait qu'elle attende une autre occasion et qu'elle s'y prenne autrement. Et si elle devenait enceinte ?

Tandis qu'ils remontaient dans la vieille Volvo marron, Sam dit soudain :

— Mais tu ne dois pas négliger ce problème de respiration, Julia. Je crois que tu devrais consulter un médecin.

— Très bien, je le ferai.

Elle mentait. Elle savait que le médecin ne pouvait rien pour elle. C'est de Sam qu'elle avait besoin.

Pendant toute la semaine, elle avait ruminé cette conversation. Elle craignait d'avoir effrayé Sam avec ses phobies, ou de l'avoir ennuyé. Quand il l'avait appelée vendredi pour lui annoncer qu'il ne viendrait pas la voir ce week-end, parce qu'il avait un examen à préparer, elle n'avait pas été surprise. Elle redoutait cependant que Sam ait cessé de l'aimer ; elle avait peur de l'avoir perdu.

Elle essaya de se distraire avec ses amies, et la journée du samedi ne se passa pas trop mal. Mais ensuite, elle ne put fermer l'œil de la nuit. Le dimanche matin, épuisée et extrêmement tendue, elle était hors d'elle au point d'éclater en sanglots. Elle trouva un tube de Tylenol à moitié plein dans les affaires de Sonja et avala tous les comprimés. Elle sombra alors dans un sommeil bienheureux qui dura tout l'après-midi du dimanche et toute la nuit suivante.

Mais, le lundi, son angoisse était toujours là. Et, ce qui n'était pas pour la rassurer, elle avait rendez-vous avec Mme Derek, sa conseillère pédagogique. Durant son entrevue, elle eut le sentiment d'atteindre le point de non-retour. Peu importe ce qu'elle disait, les adultes dont elle dépendait se contentaient de lui caresser la tête et s'attendaient ensuite à ce qu'elle reste dans le rang.

Elle devait faire un geste d'éclat.

À l'heure du lunch, elle téléphona à Sam. Heureusement, il se trouvait à sa chambre.

— Je dois te voir. Il faut que tu viennes ici aujourd'hui même.

Après un long silence, il répondit d'une voix tendue, troublée :

— Ça va. J'arrive le plus vite possible.

— Sam...

Il avait déjà raccroché. Elle croisa ses bras sur sa poitrine, se pencha pour reprendre son souffle. Qu'adviendrait-il s'il était vraiment en colère contre elle ? Que lui arriverait-il s'il la laissait tomber parce qu'il ne pouvait pas supporter son comportement ?

Pendant une heure et demie, Julia fit les cent pas entre son lit défait et sa table de travail surchargée de cahiers et de manuels scolaires. Une heure et demie longue et douloureuse durant laquelle elle répétait une multitude de discours, cherchant les mots justes pour convaincre Sam de l'amener avec lui, de vivre avec elle, de l'épouser.

Mais lorsque Sam entra dans la chambre, son beau visage décomposé par le désarroi et la peur, tous ses beaux raisonnements s'écroulèrent.

— Qu'est-ce qui se passe ? lui demanda-t-il après l'avoir embrassée.

Il portait un vieux jean, une chemise de flanelle à carreaux, des bottes de travail et il paraissait tellement beau, tellement désirable que, même s'il se tenait à deux pas devant elle, il semblait impossible à atteindre. Julia se sentit éperdue de désir.

— Oh, Sam ! s'exclama-t-elle d'une voix qui n'était guère plus qu'un murmure.

Sam la prit dans ses bras :

— Calme-toi, Julia. Tout va bien.

Ils s'assirent sur le lit. Après quelques minutes, Julia reprit son souffle.

— Sam, il faut que je parte d'ici. Je déteste cette école. Je veux vivre avec toi.

— Voyons, Julia. Reviens sur terre. C'est tout simplement impossible maintenant.

Il se leva brusquement et traversa la chambre en deux ou trois enjambées.

Julia cligna des yeux. S'apprêtait-il à partir?

— Sam, tu ne comprends pas. Je...

— Julia, je ne peux pas croire que tu m'as fait venir ici pour me parler de ça. Je pensais que tu avais des problèmes ou je ne sais quoi.

— J'ai des problèmes, Sam. Qu'est-ce que je dois faire pour te le prouver?

— Regarde, Julia...

Elle sentit de l'exaspération dans sa voix.

— Non, c'est toi qui vas regarder!

Julia avait crié et elle tenait maintenant une paire de petits ciseaux qui se trouvaient sur sa table de travail. Elle en pressa la pointe contre son poignet.

— Je suis fatiguée d'essayer de te faire comprendre, Sam. Je suis fatiguée d'attendre. Si tu ne me sors pas d'ici à l'instant, je vais me tuer.

— Oh! Julia, ne sois pas stupide, explosa Sam.

Julia enfonça alors rapidement les ciseaux dans son poignet gauche, puis dans le droit. Deux minces filets de sang clair, fluide et rouge coulaient le long de ses bras.

— Va-t-en alors, ordonna Julia. Va-t-en. Si je ne peux pas être avec toi, je ne veux pas vivre. Va-t-en! Va!

— Julia! Julia! qu'est-ce que tu fais? s'écria-t-il effrayé.

Il courut vers elle, mais elle s'enfuit par la porte qui donnait sur la salle de bains commune. Des gouttes de sang faisaient des taches brillantes sur les carreaux blancs du plancher. Il la rattrapa, mais elle le repoussa de ses mains grandes ouvertes, tandis que le sang continuait de couler le long de ses bras.

— D'accord, Julia. D'accord. Je vais t'emmener avec moi.

— Oh, mon Dieu! s'écria Sonja qui venait d'entrer dans la salle de bains.

— Tout va très bien, la rassura Julia. Je pars avec Sam.

Puis elle s'évanouit.

Quand elle reprit conscience, étendue sur le sol de la salle de bains, sa tête reposait au creux des bras de Sam.

— Tout va bien, Julia, murmura Sam en lui ramenant les cheveux de chaque côté de son visage.

— J'ai besoin de toi, Sam.

— Je le sais. Je vais t'emmener avec moi.

— Tu le promets?

— Je le promets.

Il aida Julia à se lever. Après un bref moment d'étourdissement, elle retrouva son équilibre. Avec du ruban gommé, Sonja assujettit des bouts d'essuie-mains en papier sur les poignets de Julia. Puis, pendant que celle-ci jetait quelques vêtements dans un sac de voyage, elle aida Sam à nettoyer le plancher de la salle de bains.

— Je suis prête, partons, dit Julia.

— Tu vas avoir de sérieux problèmes, l'avertit Sonja.

— Je m'en moque.

— Qu'est-ce que je vais raconter à la responsable du pavillon? à la direction?

— Dis-leur que je suis partie épouser Sam.

— Seigneur! Julia, ça va les rendre fous, protesta Sonja.

Mais Julia descendait déjà les escaliers en courant.

Elle se précipita dans la voiture et se hâta de verrouiller la portière.

Sam jeta le sac sur la banquette arrière et s'installa au volant.

— J'aimerais bien te conduire à un hôpital pour qu'on examine tes poignets.

— Ils sont très bien, Sam. Vraiment. Allons au Howard Johnson.

— Est-ce que tu parleras, une fois là-bas ? Je veux dire parler de façon raisonnable ?

— Oui, je le promets. Sors-moi d'abord d'ici.

Prendre une chambre au Howard Johnson, c'était comme revenir chez eux.

— Allons, dit Sam en fermant la porte. Explique-moi de quoi il s'agit au juste.

Julia s'adossa à la tête du lit. Comme elle frissonnait, elle ramena les couvertures sous son menton :

— Je ne pouvais plus rester là. J'avais un rendez-vous avec Mme Derek ce matin. À propos de mon admission dans un *college*. Ça me casse la tête, cette histoire-là. Je ne pouvais plus en supporter davantage.

— Pourquoi dis-tu ça ? lui demanda-t-il en s'asseyant au pied du lit.

— Je sais, il y en a pour qui c'est la grande affaire. Tu es passé par là. Mais j'en ai ras le bol de ça. Je suis fatiguée des tests, de la pression. De répondre aux attentes de tout le monde.

— Donc tu ne veux pas aller au collège ?

— Sous aucun prétexte. J'en ai assez des professeurs. J'en ai assez des règlements.

— Qu'est-ce que tu veux faire alors ?

— Ce que je veux vraiment ? J'aimerais travailler dans un restaurant.

Julia attendit sa réaction. Comme il se contentait de la regarder calmement, elle poursuivit :

— J'aimerais travailler dans un restaurant, t'épouser, t'aider à terminer tes études et vivre avec toi.

Sam se leva. Il alla à la fenêtre et tira les rideaux.

— Ce n'est pas impossible, ajouta Julia. Tu as vingt-deux ans. J'en ai dix-huit. On peut raisonnablement se marier à cet âge.

— Tes parents te tueraient.

— De toute façon, mes parents vont me tuer pour ce que j'ai déjà fait.

— Tu seras probablement expulsée de l'école.

— Je m'en soucie comme de l'an quarante. Je déteste cet endroit. Je veux vivre avec toi, Sam.

Il vint s'asseoir tout près de Julia et prit ses mains dans les siennes. Il avait l'air vraiment sincère lorsqu'il lui avoua :

— Je ne sais vraiment pas quoi faire, Julia.

— Nous sommes faits l'un pour l'autre. Je le sais. Je l'ai toujours su.

Sam ne répondit rien.

— Tu le sais aussi, Sam.

Elle se pencha, prit la tête de Sam entre ses deux mains et la tourna vers elle. Elle lut dans ses yeux ce qu'elle avait besoin de savoir : il l'aimait.

Mais Sam recula.

— Ce n'est pas parce que nous sommes faits l'un pour l'autre que nous devons nécessairement nous marier.

Julia posa délicatement sa main sur son bras :

— Veux-tu au moins y penser ?

Sam dégagea son bras, posa la paume de sa main contre celle de Julia, noua ses doigts aux siens et serra. Sa poigne était chaude et ferme :

— Oui, d'accord, acquiesça-t-il doucement.

— Oui, d'accord, répéta-t-elle solennellement.

Ils restèrent assis pendant un moment, dans une espèce de contemplation amoureuse réciproque. C'est Julia qui rompit le charme :

— Oh, Sam ! je t'aime !

Elle rit, se jeta sur lui et le couvrit de baisers. Elle se leva soudain et remit de l'ordre dans ses vêtements :

— Je meurs de faim !

Ils allèrent acheter une pizza qu'ils revinrent manger au lit pendant qu'ils regardaient un film à la télévision. Julia sentit son angoisse diminuer peu à peu, puis disparaître.

— Je me demande si la direction de l'école a appelé tes parents, dit Sam une fois le film terminé.

— Probablement, mais ça ne m'intéresse pas de le savoir.

Julia alla se laver les mains dans la salle de bains. Une croûte d'un brun rougeâtre s'était formée sur le papier qui enveloppait ses poignets. Elle décida de ne pas y toucher pour l'instant et alla se jeter sur le lit tout défait.

— Julia, tes parents doivent être inquiets.

— Ils vont savoir que je suis avec toi.

Ils reprirent leur discussion depuis le début. Julia exprimait de nouveau son impatience et Sam, qui gardait son bon sens, se montrait toujours hésitant. Julia finit par dire :

— Fort bien. Amène-moi seulement avec toi à Middletown. J'y trouverai un appartement, un emploi. J'ai besoin de te savoir près de moi.

— Tes parents...

— C'est ma vie à moi.

— Ils ne me le pardonneront jamais.

— Veux-tu arrêter de penser à mes parents !

À moitié fâchée, à moitié hilare, Julia donna une poussée à Sam et le fit basculer sur le dos.

Il lutta avec elle jusqu'à ce qu'elle se retrouve sous lui. En évitant soigneusement de toucher à ses poignets, il lui colla les bras au matelas, puis il l'examina sérieusement :

— Tu es la personne la plus volontaire que j'aie jamais rencontrée.

— Eh bien, je sais ce que je veux, lui répondit Julia en soutenant son regard.

Sam l'embrassa sur le front, puis se laissa glisser à côté d'elle :

— Et moi aussi, je sais ce que je veux, murmura-t-il.

Il la serra contre lui et lui caressa les cheveux.

— Qu'est-ce que tu veux, Sam?

Ils étaient enveloppés l'un dans l'autre, leurs jambes entre-mêlées.

— Je veux que tu sois en sécurité. Je veux que tu sois heureuse.

Julia retint son souffle, ferma les yeux et fit un vœu. Sam poursuivit, comme pour l'exaucer immédiatement :

— Je veux que tu restes avec moi. Nous y arriverons.

Ils firent ensuite l'amour, avec une soudaine timidité venue sans doute de ce nouvel engagement tacite. Il la déshabilla avec délicatesse, multiplia les baisers, les caresses et combla les moindres attentes de Julia. Quand il la pénétra, elle se cramponna à lui de toutes ses forces. Ils ne se quittèrent pas des yeux une seule seconde. La tendresse mêlée à la jouissance donnait au visage de Sam une apparence de fragilité, de vulnérabilité. Les yeux de Julia se remplirent de larmes. Elle savait que son visage était tout rouge et luisant. La douce tension qui les unissait devint extrême, à peine supportable. Finalement Sam grogna et, oubliant sa douceur, poussa si violemment que Julia se mordit la lèvre inférieure. Il se pressait contre elle avec une passion impérieuse et possessive qui la chavira.

Quand elle eut repris son souffle, elle murmura en pleurant, tremblant et riant :

— Tu vois, Sam? Tu vois? Tu ne pourras jamais me quitter.

— Je sais. Je ne te quitterai jamais, Julia, je te le promets. Non, jamais je ne pourrai vivre sans toi.

Ils s'endormirent ensuite dans les bras l'un de l'autre, satisfaits, épuisés et, enfin, calmés.

Pourtant, quand il s'éveilla le mardi matin, il regarda Julia avec consternation :

— Mon Dieu! je ne peux pas croire que nous sommes ici.

— Eh bien, partons.

Julia avait parlé sur un ton taquin, mais elle redevint tout de suite sérieuse :

— Amène-moi à Middletown.

— Est-ce que tu vas appeler tes parents ?

— Oui, une fois que nous serons arrivés là-bas.

Sam se contenta de la regarder et passa dans la salle de bains. Quand il en ressortit, déjà tout habillé, il lui fit part de sa décision :

— Très bien, Julia. Papa dit toujours que la nuit porte conseil. Et j'ai attendu à ce matin pour prendre une décision. Écoute-moi. Je vais t'amener à Middletown ; nous pouvons même songer à y vivre ensemble pendant un certain temps. À une seule condition : ne me fais jamais plus chanter en essayant de t'ouvrir les poignets. Tu me comprends ? Ce n'est pas honnête. Et j'ai eu peur. Si un jour tu recommences, peu importe si nous sommes mariés ou non, je te quitterai définitivement.

Julia lui répondit d'une voix soumise :

— Je suis désolée, Sam. Je ne recommencerai pas, je te le promets. J'essayais seulement... de gagner la partie.

— Eh bien, tu l'as gagnée, répondit Sam d'un ton qui ne permettait aucune réplique. Ça va, partons.

Ils écoutèrent du *soft rock* à la radio pendant qu'ils roulaient. Quand ils furent à proximité de la ville, Julia revint à la charge :

— On va simplement essayer. Je vais d'abord trouver où loger. Je chercherai ensuite un emploi. Tu pourras venir me voir quand tu ne seras pas en classe. Ce sera amusant.

— Ce serait agréable de pouvoir être avec toi tous les jours, reconnut Sam.

Julia lui adressa un sourire triomphant.

Une fois en ville, ils allèrent tout droit à un drugstore non loin du collège. Il s'y trouvait un tableau d'affichage qui annonçait des emplois et des chambres à louer.

Ils notèrent quatre adresses, à distance de marche du Wesleyan College sans pour autant être situées dans un voisinage particulièrement agréable. Ils passèrent devant les deux premières maisons sans s'arrêter. Une fois qu'ils furent parvenus à la troisième, Julia s'écria :

— Arrête, celle-ci me paraît bien.

Sam ouvrit grands les yeux. Comme les deux autres, la maison de style victorien avait connu de meilleurs jours. Elle avait besoin de peinture, d'une toiture neuve. Elle avait besoin de tout. Mais des chrysanthèmes jaunes et orange bien entretenus égayaient la façade ; derrière, des draps fraîchement lavés claquaient gaîment au soleil sur une longue corde à linge.

Sam gara sa voiture et accompagna Julia, qui vérifia rapidement si les longues manches de sa chemise dissimulaient ses poignets. Une géante à l'allure de grand-mère vint répondre et se présenta sous le nom d'Edith Overtoom. Tout en parlant, elle conduisit Julia et Sam jusqu'à une chambre au fond de la maison :

— C'est une belle chambre. Grande et bien éclairée. Et puis elle est au rez-de-chaussée. Je sais bien que je devrais m'y installer et laisser les jeunes monter les escaliers, mais il est difficile de briser une habitude. Vous aurez votre propre salle de bains, de l'autre côté du couloir.

— Est-ce que je pourrai utiliser votre corde à linge ? demanda Julia.

Mme Overtoom fit entendre un rire bruyant :

— Eh bien, je ne vois pas pourquoi vous ne pourriez pas. Personne ne m'a posé la question auparavant. D'habitude, les gens préfèrent aller à la laverie automatique au bout de la rue. Vous pouvez utiliser la cuisine, pour autant que vous nettoyiez tout quand vous avez terminé et que vous ne touchiez pas à mes provisions.

— Parfait. J'aimerais bien louer la chambre.

— Vous êtes étudiants au collège ?

— Sam seulement. Nous allons bientôt nous marier. Je cherche du travail pour pouvoir mettre de l'argent de côté.

— Ah bon ! J'exige deux semaines de loyer d'avance. Pas de musique forte après minuit. Vous devez laver vos draps et vos serviettes. Vous faites vous-même l'entretien de votre chambre et de votre salle de bains. Fumez-vous ?

— Non.

— À la bonne heure. Pas de réunions d'amis dans votre chambre. Mais votre fiancé peut venir aussi souvent qu'il le désire. Je suis une propriétaire aux idées larges !

— Tant mieux ! s'exclama une Julia tout sourire. Sam, sois le bienvenu dans mon nouveau chez-moi !

En additionnant la part de son budget destinée à l'achat de ses vêtements et l'argent gagné au cours de l'été comme baby-sitter, elle était riche. Elle régla le prix de la chambre à Mme Overtoom et savoura le délicieux plaisir d'être considérée comme une grande personne lorsque celle-ci lui remit un reçu. Sam l'attendit, le temps qu'elle défasse ses bagages, puis ils allèrent prendre le lunch à la cafétéria du campus. Des amis de Sam s'arrêtèrent pour bavarder avec lui. Puis il retourna à ses cours, laissant à Julia la tâche de se chercher un emploi. Au lieu de cela, elle se surprit à flâner autour des magnifiques pelouses du campus. Elle ne pouvait pas croire qu'elle n'était plus à Gressex. Elle fouilla en vain au fond de son cœur pour y découvrir quelque trace de remords. Même en envisageant la possibilité que Sam ne l'épouse pas ou qu'il en vienne à se dégoûter d'elle, elle n'éprouvait encore aucun regret. Elle était libre.

Tôt ce soir-là, elle vint à la rencontre de Sam. Ils rentrèrent à pied chez Julia. En chemin, ils achetèrent du Coke diète, quelques sandwichs et une boîte de pansements. Une fois dans la chambre, Sam aida Julia à enlever de ses poignets le papier taché de sang. Il appliqua des pansements sur ses coupures, petites mais irrégulières. Des cernes rouges, comme si elles étaient infectées, leur donnaient une vilaine apparence. Puis Sam s'installa sur le plancher pour étudier, tandis que Julia, étendue sur le grand lit, consultait les offres d'emploi dans le journal local.

À dix heures, Sam referma son livre en le faisant claquer et déclara :

— Bon ! J'ai rempli ma part du contrat, Julia. Maintenant tu remplis la tienne. Appelle tes parents et dis-leur où tu es.

— D'accord, soupira-t-elle.

Ils se dirigèrent tous deux vers le living-room, où Mme Overtoom, que Sam avait secrètement nommée Mme Overload, regardait la télévision.

— Est-ce que je pourrais utiliser votre téléphone ? lui demanda Julia.

— Pour un interurbain ?

— Oui, mais je vais demander que les frais soient virés.

— Très bien. Il se trouve dans la cuisine. Vous pouvez l'utiliser comme vous voulez pour les appels ordinaires. Mais il faut éviter de monopoliser le téléphone et ne jamais faire facturer d'appels sur mon compte.

— Non, certainement que non. Je vais faire vite.

C'est Diane qui répondit :

— Julia, chérie ! Où es-tu ? Est-ce que tu vas bien ?

— Très bien, maman. Je suis à Middletown avec Sam. Je suis désolée de vous avoir inquiétés, toi et papa, mais je ne pouvais pas rester à l'école plus longtemps.

— Mais Sonja nous a dit...

La voix de Diane se brisa.

Julia se sentit tout de suite devenir impatiente :

— Je suis très bien, maman. J'allais justement... Écoute, je vais vous expliquer tout ça une autre fois, à toi et à papa. Je voulais seulement que vous sachiez où je suis.

— Je suis heureuse que tu te portes bien, chérie. Quels sont tes plans ?

— Je me cherche du travail. Je ne veux plus étudier. Je veux rester ici avec Sam et travailler.

— Oh, Julia !...

— Écoute, maman, je ne veux pas discuter de ça maintenant. Je te rappellerai dans quelques jours et nous en parlerons alors.

Elle raccrocha vivement, mettant abruptement fin à leur conversation.

— Julia, ce n'était pas gentil de faire ça, la gronda Sam.

— Oh, je déteste lui parler. Elle m'en demande toujours trop.

— Comme quoi ? Qu'est-ce qu'elle a dit ?

— Elle veut connaître mes plans. Elle croit probablement que je dois tenir un agenda comme elle, pour être certaine que mes journées soient bien remplies. Elle ne me comprend pas, Sam. S'il te plaît, ne me pousse pas à bout. J'ai fait ce que tu m'as demandé. Je lui ai dit que j'étais ici avec toi, en sécurité. Elle va cesser de s'inquiéter. Je la rappellerai dans quelques jours.

— Je ferais bien d'appeler mes parents aussi.

Julia sentit sa gorge se contracter sous l'effet de la peur. Qu'arriverait-il si les Weyborn convainquaient Sam ou, pire, lui ordonnaient de la ramener chez elle ? Elle se traîna dans le corridor jusqu'à sa chambre et s'écroula sur le lit. Ses mains étaient glacées. Elle porta ses poignets à son nez, trouvant une espèce de réconfort dans l'odeur agressive d'antiseptique dégagée par les pansements. Retenant sa respiration, elle ferma les yeux et concentra sa pensée sur l'odeur.

— Julia, qu'est-ce que tu fais ?

Julia tourna la tête et aperçut Sam, debout dans l'embrasure de la porte. Elle s'attendait à ce qu'il lui dise qu'il la laissait maintenant, que ses parents avaient insisté, qu'il devait maintenant retourner à sa chambre d'étudiant...

— Julia...

Sam s'assit sur le lit à côté d'elle et l'attira vers lui. Julia posa sa tête sur la poitrine de Sam et prit une brusque et profonde respiration, comme si elle avait eu un spasme. Elle haleta et frissonna. Sam garda ses bras autour d'elle. Julia sentit la chaleur lui revenir.

— Oh ! Sam, murmura-t-elle. Sam.

Ils s'écroulèrent tous deux sur le lit en se tenant l'un l'autre. Sam tira une couverture sur eux. Épuisés, ils s'endormirent.

Au matin, Julia et Sam s'éveillèrent très tôt. Ils firent rapidement l'amour en silence dans le lit inconfortable avant que Sam retourne vite à ses cours. Julia fouilla dans les sacs d'épicerie qu'elle avait rapportés la veille, y trouva un Coke diète et grimpa de nouveau dans le lit pour boire en songeant à la journée qu'elle entreprenait. Elle s'appuya contre le mur et fit revivre les moments qu'elle venait de passer avec Sam, les mots d'amour qu'il lui avait murmurés en partant et, dans un sursaut d'énergie, elle sauta à bas du lit.

Elle devait d'abord faire un peu de lessive : des sous-vêtements et des chaussettes essentiellement. Elle était partie de Gressex sans apporter beaucoup de choses. Elle s'était toujours montrée méticuleuse pour tout ce qui entrait en contact avec sa peau. Même si elle achetait ses vêtements dans des magasins à bas prix, elle les lavait scrupuleusement. Dans la grande salle de bains au bout du couloir, elle avait trouvé de l'Ivory liquide. Elle avait donc frotté, puis mis à tremper dans le petit lavabo des chaussettes de coton blanches, des sous-vêtements luxueux garnis de dentelle et des chemises de coton blanches. Les pull-overs blancs à col montant ou les chemises d'homme trop grandes portés par-dessus ses jeans bleus étaient devenus, pour elle, une espèce d'uniforme.

Étendre sur la corde à linge ses vêtements qui sentaient frais et les fixer avec de longues pinces de bois exactement pareilles à celles que sa grand-mère utilisait se révéla une merveilleuse expérience. La journée était fraîche et ensoleillée. Julia se sentait de bonne humeur. Elle n'aurait pas pris une cuillerée de sucre pour son café sans demander d'abord à sa propriétaire mais, quand elle rentra dans sa chambre, elle tenait solidement une pince à linge dans sa main. Elle se proposait de sortir pour chercher du travail, mais le lit froissé la tenta. Elle se débarrassa de ses mocassins, s'installa tout habillée dans le lit et resta là à contempler la pince à linge comme si celle-ci représentait une chose concrète à quoi s'accrocher lorsqu'elle se sentirait emportée par une vague de défaitisme.

Elle ne dormit pas vraiment, mais elle entra dans cet état de relaxation qui permet à l'esprit d'errer en toute liberté. La magie de la pince à linge la ramena derrière la maison de McLean, où elle était venue avec sa mère en juillet dernier aider sa grand-mère à quitter cette merveilleuse maison.

Tante Susan avait assisté aux funérailles, puis elle était retournée chez elle en avion pour organiser la vie de sa famille avant de revenir donner un coup de main. On l'attendait dans deux jours. Ce matin-là, Julia errait dans la maison en mâchonnant des céréales qu'elle prenait à même la boîte. Elle s'efforçait de fixer dans sa mémoire chaque mur, chaque recoin, chaque centimètre carré de cette maison qu'elle perdait pour toujours. Elle se retrouva sur la galerie grillagée, richement entourée de rosiers grimpants, de lierre et de belles-de-jour, et c'est là que, tout à fait par accident, elle surprit une discussion entre sa mère et sa grand-mère.

Diane parlait d'une voix enjouée dans laquelle on percevait cependant quelque chose de crispé.

— Tu sais, maman, tu ne pourras plus étendre ta lessive sur la corde, quand tu seras dans ton nouvel appartement.

Julia fut scandalisée du ton triomphant que prenait sa mère, du plaisir vicieux qu'elle semblait alors éprouver. Elle se cala dans un fauteuil de rotin à coussin fleuri pour épier la conversation.

— Je sais, répondit mélancoliquement Jean. J'y ai déjà pensé. Ç'a toujours été un des grands plaisirs de ma vie que d'étendre la lessive.

— Oh! pour l'amour du ciel, maman! tu parles comme une vieille paysanne toquée incapable de s'adapter aux changements amenés par le temps. Tout le monde se sert de séchoirs électriques depuis des années et des années.

— Justement, je ne suis pas *tout le monde*. J'ai toujours particulièrement chéri le parfum du soleil et du vent sur mes draps, la nuit. Ton père aussi aimait ça.

— J'en suis sûre. Et je suis sûre qu'il aimait savoir que tu passais de précieuses heures à trimballer ce lourd panier dehors, à te pencher comme une lavandière pour en épuiser le contenu, alors que les autres femmes avaient le loisir d'utiliser un séchoir, de gagner un temps précieux et de pouvoir ainsi faire quelque chose de leur vie !

Julia sentit son estomac se serrer lorsqu'elle remarqua l'amertume qu'il y avait dans la voix de sa mère. Elle fut surprise de la douceur avec laquelle sa grand-mère répondit :

— Chérie, j'ai fait quelque chose de ma vie. Toi et moi ne nous sommes jamais entendues là-dessus. Ça me chagrine tellement de t'entendre constamment blâmer ton père. Un séchoir, j'en avais un. Et j'avais quelqu'un pour m'aider à faire les travaux domestiques. C'est par goût que j'ai choisi d'étendre la lessive sur la corde. J'ai toujours considéré ça comme un rituel, Diane. Tu peux rire de moi. Mais j'ai toujours senti, chaque fois que je suspendais le linge, que j'implorais une espèce de bénédiction, comme si le vent soufflait des esprits bienveillants dans les tissus qui toucheraient le corps de mon mari et de mes enfants, aussi bien que le mien.

— Mon Dieu ! maman, il y a des fois où tu sembles aussi superstitieuse qu'une païenne. Des esprits bienveillants ! J'ai toujours retiré de mon séchoir du linge souple et doux, mais ce que j'enlevais de ta corde était toujours rugueux et raide !

— Eh bien, Diane, maintenant tu as ta propre maison et ton séchoir. Je n'ai jamais essayé de te convaincre d'utiliser ma méthode. N'est-ce pas ? Veux-tu bien, en ce cas, me laisser faire ce que je veux avec ma lessive ? Je ne comprends pas pourquoi tu en fais tout un plat !

— Oh ! tu as seulement décidé de ne pas être de ton siècle, c'est tout.

La détresse qu'elle avait sentie dans la voix de sa mère incita Julia à se lever pour jeter un regard à travers les tiges grimpantes. Diane revenait à grands pas vers la maison en essuyant rageusement les larmes qui coulaient sur ses joues. Jean continua son travail : elle secoua soigneusement un chemisier avant de le suspendre par le bas et dégagea une manche pour qu'elle puisse flotter librement.

Il commençait à faire chaud. L'air était lourd. Seul le bourdonnement des abeilles de l'autre côté du rideau végétal troublait le silence. Julia s'enfonça dans le fauteuil et ferma les yeux. Sa mère n'arrêterait donc jamais de harceler les gens ! Elle essayait toujours de les amener à faire les choses à sa façon à elle. Elle s'était toujours interrogée sur l'attitude de sa mère, qui tentait constamment de changer son père, alors qu'on pouvait bien voir qu'il resterait toujours le même.

Julia était couchée dans le vieux lit de la chambre qu'elle avait louée à Middletown, Connecticut. On était en octobre. Elle flottait entre le sommeil et l'état de veille, les yeux fixés sur la pince de bois qui lui avait rappelé une journée vécue l'été précédent.

La pince à linge lui rappela un autre souvenir.

La mémoire de Julia puisait maintenant à une source différente. La jeune fille n'était plus chez sa grand-mère, mais chez elle. Elle revoyait l'enfant qui ne comprenait rien aux batailles civilisées mais incessantes que, mâchoires serrées, se livraient ses parents.

Chaque soir, Diane donnait leur bain à ses enfants, supervisait leurs devoirs, leur lisait une histoire, puis les embrassait après les avoir bordés dans leur lit. Julia se sentait donc bien seule quand sa mère s'absentait pour un voyage d'affaires. Mais il y avait pire ! C'étaient les soirs où Diane entreprenait de persuader leur père de prendre part au cérémonial du coucher. Souvent Julia et Chase étaient tapis en haut de l'escalier et retenaient leur respiration pendant que leurs parents discutaient à voix basse.

— Jim, il est presque neuf heures. Tu m'as promis de mettre les enfants au lit ce soir.

— Je ne peux pas, Diane. Je suis occupé. Je dois finir de lire cet article. Tu ne peux pas t'en occuper ?

— Bien sûr que je peux ! Mais j'espérais...

— Écoute, je suis arrivé à un passage très important et j'aimerais ne pas être interrompu !

D'autres désagréments arrivaient à une fréquence presque rituelle, à l'occasion du cirque qui accompagnait le petit-déjeuner.

— Oh, non ! criait Julia. Maman, j'ai renversé mes céréales !

— Ce n'est rien, chérie. Demande à papa de réparer le dégât.

— Papa...

— Tu fais mieux de demander à maman, mon ange. Je ne sais pas où elle range le balai.

— Maman...

Julia jetait un regard anxieux à ses parents. Sa mère, en train de préparer des sandwichs au beurre d'arachide et à la gelée, tournait à peine la tête pour dire à son mari :

— Jim, le balai est dans le placard, à côté de la porte du sous-sol. Si je dois m'occuper de balayer, tu devras finir le lunch des enfants.

— Je ne sais pas comment faire leur lunch. De toute façon, je dois partir.

— Jim, je ne peux pas tout faire moi-même.

— Diane, quand vas-tu cesser de me harceler ?

Et leur père partait travailler en claquant la porte.

Une autre fois :

Chase, qui a alors sept ans, fait entendre une voix plaintive :

— Maman, il y a quelque chose de collant sous ma chaussure.

— Demande à papa d'enlever ça, chéri. Il a oublié de nettoyer le plancher de la cuisine après le dîner, hier soir ; c'est pourquoi il y a quelque chose de collant sur les carreaux et sur ta semelle.

— Viens ici, champion. Je vais arranger ça. Laisse-moi voir.

Berk! Diane, comment vais-je parvenir à enlever cette saleté? Je crois que je ne réussirai pas en utilisant seulement du savon et des essuie-tout.

Son père avait l'air complètement dépassé.

— Je suis sûre que tu vas trouver quelque chose, lui répondit Diane avec ce ton sans équivoque qu'elle prenait avec les enfants pour les empêcher de faire des sottises.

Mais son père ne parut pas comprendre l'avertissement :

— Oui, mais je ne connais pas la nature de cette saleté. Oh là là! est-ce que nous avons du détergent?

La voix de sa mère traduisait l'irritation, et Julia sentit un malaise dans sa poitrine :

— Je suppose qu'il y en a sous l'évier.

— Tu penses que le détergent va dissoudre ça? C'est tellement gluant!

Diane se tourna vers Julia et dit doucement :

— Chérie, tu n'as pas mangé tes carottes. Maman va les couper pour toi.

La voix calme de Diane sembla détendre Jim.

— Laissons ça, fiston. On s'occupera de ton soulier après dîner. Mon assiette est en train de refroidir.

La voix stridente de Diane s'éleva soudain :

— Jim. Chase aura fini de manger avant toi. C'est toujours comme ça. S'il court dans toute la maison avec cette semelle...

— Bon, bon. Voici ce que nous allons faire, Chase. Enlève ta chaussure et je la nettoierai quand j'aurai mangé.

— Jim, tu m'as dit que tu retournais au labo ce soir.

— Oui, je l'ai dit.

— Alors occupe-toi de cette chaussure maintenant. Il en aura besoin pour l'école demain. Si tu ne la nettoies pas tout de suite, tu oublieras de le faire plus tard.

— Je le ferai quand je rentrerai ce soir.

— Non, tu ne le feras pas. Juste ciel! Jim. Pourquoi me laisses-tu toujours toute la besogne? Quand tu rentres le soir, tu es trop fatigué pour entreprendre quoi que ce soit.

— Maman, je vais la nettoyer moi-même ! Je réussirai, tu verras.

— Oh ! Chase. Viens ici, l'appela Diane d'une voix chancelante. Maman va s'en occuper. Ce n'est rien, chéri. Assieds-toi avec papa et termine ton dîner.

Julia était à table, les yeux fixés sur son assiette, pendant que sa mère, debout près de l'évier frottait la chaussure de Chase.

Une autre fois. La pire. Julia a l'impression qu'on lui enfonce de cruelles aiguilles dans la tête.

— Julia ? Julia, chérie. C'est papa. Nous allons à l'hôpital, mon bébé. On va te soigner. Tu te souviens de ce qu'a dit le docteur Walker ? Que tu devrais probablement aller à l'hôpital ? Eh bien, il vient juste de téléphoner, et nous partons maintenant.

— Je veux maman !

— Je sais, chérie. Nous essayons de la joindre. Elle reviendra à la maison aussitôt qu'elle le pourra. Sois sage, mon lapin, laisse papa t'envelopper dans cette couverture. Je vais t'emporter dans mes bras jusqu'à la voiture de M. Donalin. N'est-ce pas épatant ? Nous allons voyager dans sa grosse voiture rouge.

— J'ai huit ans. Je ne veux pas que tu me portes. Je suis une grande fille.

— Allons donc ! fais comme si tu étais mon bébé encore une fois. Laisse papa te porter. Nous allons amener ton ourson et tu le porteras.

— Je ne veux pas de couverture, parce qu'il fait trop chaud. J'ai trop chaud quand tu me portes, papa. Ça me fait mal ! Je veux maman !

Les chambres blanches identiques, les gens qu'on dirait habillés de draps blancs, les gants de caoutchouc, les conciliabules partout, la lumière trop éblouissante qui brûlait ses yeux. Les voix.

— Nous la soumettons à des tests au cas où il s'agirait de méningite cérébrospinale.

Julia pleurait de voir le visage convulsé de son père et ses yeux remplis de larmes. Elle ne comprenait pas le sens des mots qu'il prononçait, mais elle pouvait clairement percevoir sa terreur. Qui pourrait s'occuper d'elle ? Qui pourrait faire disparaître cette chambre blanche, cette chaleur, ces étrangers ?

— Je veux maman !

— Maman va venir. Maman va venir.

Mais maman n'était pas venue.

Julia enfonça sa tête dans l'oreiller et sanglota. La pince à linge de bois tomba du lit et atterrit sur le plancher avec un petit bruit sec à peine audible.

Quand Sam réveilla Julia, on était déjà au début de l'après-midi.

— Fainéante. Je m'esquintais sur des équations compliquées et toi, tu dormais.

Julia eut du mal à ouvrir les yeux. Elle se sentait fiévreuse et somnolente. Elle aperçut Sam à travers ses cils, Sam le magnifique, et elle respira sa bonne odeur de cidre, rafraîchie par l'air du dehors. Elle allongea les bras et l'attira contre elle.

— Snif, snif, le huma-t-elle en l'étreignant de toutes ses forces.

Mais derrière l'odeur, elle sentit sa tension, sa résistance.

— Partons loin d'ici, Sam, supplia-t-elle d'une voix pressante.

Elle se redressa et l'agrippa par les épaules :

— Fuyons et marions-nous. Aujourd'hui !

Sam recula :

— Julia. On est en plein milieu du semestre. Je ne peux pas m'échapper comme ça ! Mes parents ont déjà payé les frais de scolarité pour l'année.

— Oh ! ils ont plein d'argent. Pourquoi s'inquiéter de ça ? Tu peux trouver un collège n'importe où ! Nous avons juste besoin d'un peu de temps, d'un autre lieu, loin d'ici...

— Julia, ça suffit. Je t'ai amenée ici. Pour le reste, laissons venir.

— Tes parents n'approuvent pas que je sois avec toi.

— Ce n'est pas vrai. Ils sont inquiets à ton sujet. Ne sois pas paranoïaque.

— Qu'est-ce qu'ils ont dit hier soir?

— Ils m'ont demandé de t'amener à la maison ce week-end. Juste pour discuter ensemble. Julia, ils veulent t'aider. Nous voulons tous t'aider.

— *C'est toi qui dois m'aider!*

Julia examina le visage de Sam. Elle n'avait jamais imaginé que les choses se passeraient ainsi.

— Voilà, j'ai des travaux scolaires à faire. Et nous avons aussi besoin de manger.

La voix de Sam trahissait de l'impatience. Sam s'assit sur le bord du lit, d'une manière tout aussi raisonnable et courtoise que s'il avait été à ses cours, aussi amicale que s'il avait été en compagnie de ses professeurs ou de ses parents, et fixa Julia.

Julia le regardait. Elle sentait son corps se contracter sous sa chemise de coton blanc, se contracter juste un peu, comme de l'eau qui se transformerait en glace. Elle savait qu'elle avait exaspéré Sam, mais elle ne pouvait pas s'en empêcher. Elle en arriva à la conclusion qu'il ne voulait pas vraiment l'épouser. Elle se sentait menacée.

— Laisse-moi le temps de me rafraîchir et je t'accompagnerai à la salle à manger du campus.

Elle s'aperçut que Sam, en voyant qu'elle agissait normalement, commençait à se détendre. Elle s'enferma dans la salle de bains. Pendant qu'elle se lavait la figure, le miroir lui renvoyait l'image de la baignoire. Elle eut alors une vision : elle était dans la baignoire, un couteau de cuisine dans la main, et l'eau chaude coulait.

7

Diane

Le mardi soir, juste après dix heures, Diane tenait le téléphone à la main et elle écoutait la tonalité, comme si elle avait
pu réentendre la voix de Julia. Celle-ci avait raccroché plutôt
brutalement, mais au moins elle avait donné signe de vie. Soulagée et épuisée, Diane se laissa tomber sur une chaise et enfouit
sa tête dans ses mains. Julia s'était montrée impatiente, mais sa
voix lui avait paru forte et ferme. Elle se portait bien.

Une fois que son cœur eut cessé de battre la chamade, Diane
prit une profonde respiration et composa la numéro de Jim, au
laboratoire. Elle laissa sonner douze fois sans obtenir de réponse : il devait être sur le chemin du retour. Quel homme raisonnable et optimiste, pensait Diane. Il n'avait pas passé toute la
soirée couché comme un invalide en proie à la fièvre, perdu dans
ses souvenirs et obsédé par le doute. Il avait poursuivi son train-
train habituel, de sa façon méthodique, confiant que tout irait
pour le mieux. Elle lui enviait sa sérénité.

Elle venait tout juste de se lever, décidée à se libérer des
souvenirs déprimants qui refusaient de la lâcher, prenant le chemin de la cuisine pour aller se préparer une tasse de café. Maintenant réconfortée à la pensée que sa fille était en sécurité, Diane
tourna son regard du côté de la fenêtre. Au lieu de se détendre
en laissant ses yeux se perdre dans l'épaisseur de la nuit, elle se
rappela cette unique occasion où elle avait essayé de vivre pour
elle-même. C'est la seule fois où Jim avait perdu son sang-froid.

C'était en 1980. Jim était heureux des installations dont il bénéficiait dans son nouveau laboratoire; Chase et Julia, âgés respectivement de dix et de huit ans, étaient de nouveau absorbés par l'école. Quant à elle, Diane avait grande hâte de reprendre son travail. Tout l'été, pendant qu'elle conduisait les enfants à la plage ou les traînait dans les magasins pour les habiller en vue de la prochaine année scolaire, elle s'était rappelé sa conversation du printemps avec Lisa. Elle avait besoin de prendre des vacances pour elle seule. Où irait-elle? Que devrait-elle faire?

À la fin de septembre, elle s'inscrivit au Congrès annuel de la bijouterie, à New York. L'activité tourbillonnante, le bavardage des autres joailliers ainsi que leurs stands d'exposition lui donnaient habituellement un regain de vie. Cette année-là, elle se trouva attirée par une conceptrice de bijoux finnoise, Tarja Wiio, dont elle admirait le travail depuis longtemps. Même si Tarja lui paraissait extrêmement froide, elle lui avait demandé de se joindre à elle pour dîner.

Elles renoncèrent au banquet qui avait lieu dans la salle de bal de l'hôtel. L'ascenseur les déposa au restaurant du dernier étage, où l'éclairage était bas, les prix élevés et la nourriture somptueuse. Après avoir commandé du saumon, du canard aux cerises ainsi qu'une bouteille de champagne, Diane s'appuya sur le dossier de sa chaise et sourit :

— Seigneur! je me sens si bien à la pensée de manger tout un repas sans être interrompue!

Tarja eut l'air intriguée :

— Pardon? Qui donc vous interrompt?

— Eh bien, les enfants. Le téléphone. Ou bien ma fille arrive tard à la maison après un cours de ballet, ou bien mon fils doit partir pour une réunion de scouts. Ce genre de choses.

— Je vois. Je n'ai pas d'enfants, heureusement.

— Êtes-vous mariée?

— Oh non!

La Finnoise ressemblait à Diane à plusieurs points de vue.

Elle était grande, comme elle, et avait une assez forte ossature. Mais ses cheveux étaient blond pâle et coupés courts, avec une frange, et elle se tenait très droit, à la façon militaire. Elle avait semblé quelque peu offusquée par la question de Diane. Celle-ci lui demanda encore :

— Est-ce que vous vivez seule ?

— Oui.

Tarja ne donna pas plus de détails. Diane ne voulait pas paraître indiscrète, elle changea donc de sujet :

— J'aime vos nouveaux modèles, Tarja. Ils donnent une impression de force, de puissance. Ils ont même quelque chose de choquant ; mais c'est un compliment que je vous fais.

— Je comprends. Merci.

Tarja effeuilla le saumon avec sa fourchette :

— J'aime le modèle que vous avez réalisé il y a environ cinq ans : ces belles broches qui ressemblaient à des décorations militaires.

« On peut se fier à Tarja, pensa Diane, pour parler franchement plutôt que de louanger par politesse ma production actuelle, qui s'essouffle et devient répétitive. » Elle sourit :

— Merci. J'étais fière de ces broches. J'aimerais en revenir à ce genre de travail. J'ai le sentiment que la mode des bijoux féminins est à la veille de subir des transformations. Il y a de plus en plus de femmes qui occupent des postes de responsabilité : elles voudront des créations qui font *sérieux*.

— Continuez, la pria Tarja avec un sourire aimable.

— J'aimerais créer une nouvelle gamme de bijoux de luxe pour Arabesque. J'y pense depuis des mois. J'utiliserais de l'or, de l'argent, des pierres précieuses et semi-précieuses serties au milieu de riches ornements, de conception classique cependant. Des bijoux qui auraient du poids.

Elle sortit un bloc et un stylo de son sac et esquissa rapidement deux exemples :

— Comme ceci. Et ceci.

Tarja regarda attentivement et approuva :

— Oui, je vois.

Diane remit bloc et stylo dans son sac :

— Mais ces idées ne sont pas encore au point, n'est-ce pas ? Je me sens si frustrée ! Je ne peux pas réaliser exactement ce que je veux. Chaque fois que j'ai un moment libre au studio, je me retrouve en train de griffonner des guirlandes, des ballons, des babioles. Mon univers est trop envahi par les enfants.

— Vous avez besoin de vacances.

— Il n'y a aucun doute et vous avez cent fois raison.

Diane but une gorgée de champagne :

— Il faudrait que je prenne du recul.

— Pourquoi ne viendriez-vous pas à Helsinki ? Je vous ferais voir mon studio, ma ville, puis nous pourrions nous envoler ensemble vers Leningrad et aller visiter l'Ermitage.

— Oh ! ça m'est impossible !

Diane prenait conscience qu'elle était surprise et même quelque peu effrayée par une idée aussi extravagante.

— Pourquoi pas ?

— Eh bien, ça coûterait trop cher. Les billets d'avion, les hôtels.

— Vous pourriez loger chez moi, évidemment. J'ai beaucoup de place.

Diane regarda Tarja droit dans les yeux :

— Combien de temps faut-il pour aller à Helsinki ?

— Quinze heures de vol, plus ou moins. Avez-vous peur de l'avion ?

— Non, il ne s'agit pas de ça. Mais je ne pourrais pas laisser les enfants pendant si longtemps.

— Ça vous ferait du bien. Ce n'est pas ce que vous disiez il y a un instant ?

— Oui, oui... Je prendrais bien encore du café.

La pensée de découvrir deux pays vraiment étrangers était séduisante. La Russie, avec son histoire, ses débordements, son opulence et la richesse de ses beaux-arts, la tentait plus particulièrement.

— Vos enfants ne sont plus des bébés, n'est-ce pas ? poursuivit Tarja, d'une voix grave.

— Ils ont huit et dix ans.

— Ils sont en bonne santé ?

— Oh oui !

— Et ils ont un père.

— Oui, et nous avons aussi une gouvernante maintenant.

Diane hésitait. C'est pourquoi elle fut surprise de s'entendre dire :

— Oui, Tarja. Je crois que vous avez raison. Je pense que je devrais accepter votre invitation.

Elle pensait que ce serait bon pour Jim d'assumer l'entière responsabilité de la maison pour un temps. Ce serait bon aussi pour les enfants de se rendre compte qu'elle avait sa vie, et qu'ils pourraient survivre sans elle.

Tarja semblait lire dans ses pensées quand elle déclara :

— Ce serait bon pour vous.

Avant de partir, Diane avait assis Chase et Julia devant un globe terrestre et elle leur avait clairement indiqué le point précis où elle se rendait. Elle leur avait fait lire à haute voix les articles de l'encyclopédie qui traitaient de la Russie et de la Finlande. La Finlande vivait une alliance fragile avec son vaste voisin. C'était un pays singulier, qui se battait pour garder sa propre identité. Diane se découvrit un lien de parenté avec cette situation. Elle se sentait comme un pays qui lutte pour sa liberté en dépit des liens géographiques indestructibles qui le rattachent à un empire puissant et implacable : la maternité. Jim voyageait souvent sans s'inquiéter de la sécurité de ses enfants, sans éprouver de tiraillements, de douleur ou de culpabilité déchirante. Diane revendiquait la même chose pour elle.

La lumière, si dorée au Massachusetts, prenait un éclat de bronze à Helsinki. Elle ricochait en reflets brillants sur les édifices avant-gardistes de verre et de pierre. L'air sec et métallique mordait la peau.

Tarja vint accueillir Diane à l'aéroport. Elle l'installa dans son chic appartement de Tapiola et lui fit ensuite visiter Helsinki pendant deux jours. À la fin de la deuxième journée, elle amena Diane dans son atelier, au cœur de la capitale. L'édifice audacieux où il se trouvait pointait vers le ciel ses flèches de chrome et de verre, entre deux immeubles de brique de style néoclassique. Tarja possédait une boutique remarquable. Ses bijoux n'étaient pas étalés dans une grande vitrine, mais dans de petites voûtes aménagées à la hauteur des yeux, dans un mur bleu foncé. Chaque alvéole, brillamment éclairée et tapissée de soie ou de velours, était protégée par une porte de verre fermée à clé. La plupart des bijoux en or ou en argent, dont un certain nombre étaient sertis de pierres précieuses, constituaient des pièces originales. On ne pouvait pas parler de jolis objets. L'ensemble était troublant et inquiétant. Les pièces, lourdes, torsadées, en relief ou évidées, dont certaines pouvaient même être considérées comme laides, semblaient des morceaux de paysage arrachés à la surface de la lune. Diane imagina leur poids au creux de sa main.

— Extraordinaire ! Fantastique !

— Venez voir mon atelier.

Tarja précéda Diane dans un étroit couloir qui conduisait à une pièce sans fenêtre, à l'arrière de l'immeuble. L'odeur familière et plutôt agréable du métal fondu, de la cire, du plâtre, des creusets refroidis sauta au nez de Diane. Des lunettes et des masques protecteurs reposaient sur l'établi de bois, près d'une série de boîtes de plexiglas où la limaille provenant des métaux précieux avait été recueillie. Les forets, les loupes, les balances électroniques, les chalumeaux au propane et à l'acétylène, les tours à polir, tout était bien aligné et brillant. Le coffre-fort, qui renfermait les feuilles, les miettes et les lingots d'or et d'argent, occupait un des coins.

— C'est l'idée que je me fais du ciel, soupira Diane avec convoitise. Mon Dieu ! que je vous envie, Tarja ! Vous prenez vraiment votre travail à cœur.

Tarja haussa les épaules. Elle ne paraissait ni surprise ni flattée :

— Je suis une artiste. Et je n'ai pas d'enfants qui monopolisent mon temps et mon énergie.

Le lendemain matin, Tarja tassa Diane dans sa sous-compacte et la conduisit à son chalet d'été, situé au bord d'un lac de la région de Lappo. Le soleil brillait de tous ses feux. Bientôt la route entra dans une forêt de pins massifs, aussi droits que des soldats au garde-à-vous. Elles roulèrent ainsi vers le nord pendant une heure avant d'emprunter une route plus petite et plus tranquille, qui les mena à un chemin isolé, étroit et sinueux. La forêt s'éclaircissait autour d'elles. Des cônes de lumière chatoyaient entre les conifères, éclairant des buissons de baies sauvages et le tapis de feuilles mortes semé de pierres moussues. Le chalet, construit en pin naturel aussi satiné que la peau, était enfoui au milieu de cette verdure. Des disques de verre teinté étaient suspendus dans chaque fenêtre. La maisonnette semblait aussi naturellement à sa place que si elle avait poussé à partir des racines des arbres qui l'entouraient.

— Oh ! c'est splendide ! s'exclama Diane en sautant de la voiture.

Tarja sourit. Les deux femmes portèrent leurs bagages et leurs provisions à l'intérieur.

— Installez-vous dans la chambre. Je dormirai dans le living-room, insista son hôtesse.

Tarja alluma les lampes et régla le thermostat. Diane examinait le chalet. Il n'y avait que deux pièces : une chambre et un grand espace rectangulaire qui servait de salon, de cuisine et de salle à manger ; un tout petit couloir débouchait sur la salle de bains et le sauna. Tout paraissait austère : le pin naturel, le verre brillant, la céramique lisse. Les rideaux, le couvre-lit, les serviettes, même les coussins sur les bancs étaient uniformément rouges, bleus ou jaunes.

— Maintenant, venez avec moi, dit Tarja, quand elle eut rangé les provisions.

Elle entraîna Diane dans le joli bois de bouleaux et de pins qui entourait le chalet. Elles débouchèrent rapidement sur les berges d'un très grand lac aux eaux bleues et brillantes comme le diamant. L'éclat du soleil laissait croire que l'air était chaud, c'est pourquoi Diane avait laissé son manteau et ses gants dans la maison. Mais son pull et son pantalon de laine ne l'empêchaient pas de frissonner.

— Avez-vous faim ? Pendant que le sauna chauffe, nous pourrions piquer une tête dans le lac. Puis ensuite prendre un bain de vapeur. Je vous assure qu'ensuite, votre repas aura un goût divin.

— Nous baigner à cette saison-ci, Tarja ? L'eau doit être glacée.

— Ce n'est pas glacé ! Vous voyez de la glace ?

— Non, je sais bien. Mais je pense que l'eau doit être très, très froide.

— Naturellement qu'elle est très froide. Nous éprouverons un choc. Le sauna aussi nous en donnera un. Mais c'est bon. Les Finnois ont l'habitude d'agir ainsi. Pour ma part, je le fais tous les week-ends, quand je peux évidemment. En février, cependant, je m'abstiens. Voyez comme je suis mince et comme ma peau est douce. Je parais jeune aussi. Cette pratique améliore la circulation. Ça remet en forme. Vous verrez.

— Bon, allez-y puisque vous en avez l'habitude. Moi, je ne peux pas. J'aurais une crise cardiaque ou je mourrais. Je ne suis pas vraiment du genre sportif, vous savez.

Déjà Tarja retournait à son chalet à grandes enjambées. Alors Diane suivit lentement son étrange amie dans l'étroit sentier coussiné par les feuilles mortes, tout en se demandant si elle ne devait pas tenter l'expérience. Quelques années plus tôt, elle aurait été enchantée de participer à une activité si nouvelle, si tonifiante. N'était-elle pas venue pour vivre des choses peu familières et inusitées ?

Elle découvrait une autre facette de Tarja. Non seulement le corps nu de la Finnoise qui, aussitôt entrée dans la maison, s'était déshabillée sans aucune timidité, mais encore un aspect plus audacieux, plus frondeur de sa personnalité. Ici, dans son pays, Tarja n'était guère plus enjouée qu'à New York, mais elle affichait une belle assurance et avait quelque tendance à se montrer autoritaire. Elle manifestait moins le bonheur que le triomphe, et Diane l'observait avec de plus en plus d'amusement, d'admiration et d'affection.

« Eh bien, à Rome, il faut faire comme les Romains, se rappela Diane. Même si ça doit t'entraîner très loin, puisque Tarja s'est déjà mise à poil avec un empressement extraordinaire. » Le corps de Tarja, exposé à la lumière crue du soleil, avait des formes aussi géométriques que les bijoux qu'elle concevait. Elle était tellement mince que les os saillants de ses hanches et son mont de Vénus formaient un triangle parfait sur son ventre plat. Les seins fermes faisaient penser à de petits boutons de porte. Tarja était grande, droite et svelte. Sa peau claire ressemblait à une feuille d'argent translucide qu'on aurait collée à ses os blancs. « Ici, on croit aux contes de fées », pensa Diane. Elle regardait Tarja sortir de la maison toute nue, puis courir dans le sentier de la forêt de manière aussi naturelle, aussi simple que si elle avait été une sirène sortie du lac.

À l'inverse, Diane prit conscience du poids languissant de son propre corps quand elle enleva ses vêtements. Même si les chauds rayons du soleil filtraient à travers la fenêtre, l'air frais qui remplissait encore la maison lui donna la chair de poule.

— Venez ! cria Tarja.

— J'arrive ! répondit Diane en se ruant dans la porte.

Immédiatement, elle fut choquée par sa nudité. Elle était aussi désagréablement embarrassée de se découvrir en tenue d'Ève, dehors en plein jour, que si elle s'était retrouvée sous les feux de la rampe devant des centaines de spectateurs.

Par timidité, elle croisa ses bras sur sa poitrine et se mit à courir. Ses seins tressautaient. Dans sa course, les brindilles et les feuilles sèches crépitaient sous la peau délicate de ses pieds. Les soubresauts de sa course faisaient danser la lumière du soleil devant ses yeux. L'air devenait mystérieusement plus dense comme si, au lieu de passer de l'ombre à la lumière, elle traversait une matière tour à tour sèche et onctueuse.

Devant elle, Tarja lança un cri perçant en se jetant dans l'eau. Parvenue à la rive, Diane resta là à hésiter tout en regardant son amie sauter et s'ébattre dans l'eau. « Ne recule pas maintenant ! » se gourmanda-t-elle. Et elle sauta.

L'eau était si froide qu'elle crut sentir sa peau grésiller contre ses os. Déjà, après sa course dans la fraîcheur de l'air nordique, son cœur battait sourdement. Mais quand elle plongea dans les profondeurs glacées du lac, il se transforma en un marteau-pilon qui aurait fonctionné automatiquement, comme un moteur en acier, à l'intérieur de sa chair apeurée et violentée. La température glaciale de l'eau lui arrachait l'air des poumons. Son corps n'était plus qu'un cri de douleur. Elle se laissa couler, les pieds les premiers, dans la masse froide, tandis que chacun de ses organes, de ses muscles, de ses nerfs ou de ses os tressaillait violemment. L'eau miroitante se referma au-dessus de sa tête. Il lui sembla qu'elle était maintenant dépourvue de toute énergie.

Soudain, sans qu'elle l'ait explicitement voulu, elle refit surface. Presque inconsciente, elle chercha son souffle et cracha l'eau qu'elle avait dans la bouche tout en fouettant de ses bras l'azur glacial et brûlant de la surface du lac. À mesure qu'elle aspirait l'air froid dans ses poumons éclatés, elle se transformait en statue de marbre. Ses membres, son torse, son cœur et ses veines n'étaient plus qu'une masse pétrifiée. Et cette rigidité était une bénédiction.

Elle se laissa couler encore une fois.

— Sortez, maintenant ! lui cria Tarja. Vous devez...

Alors la Finnoise, qui était revenue sur la berge, plongea, saisit l'avant-bras de Diane et la fit remonter. Celle-ci restait tout à fait passive ; elle était incapable de réagir. Tarja traîna Diane jusqu'à une surface gazonnée où elle put s'allonger et reprendre son souffle. L'air, plus chaud que l'eau, frappa encore une fois Diane comme une gifle : elle eut l'impression que l'univers entier s'était rué sur elle. Ses oreilles bourdonnaient ; sa vision était embrouillée.

— Ouf ! Vous êtes vraiment mal en point. Venez.

Tarja tira Diane contre elle et lui passa un bras autour de la taille. Les deux femmes clopinèrent jusqu'au chalet. Diane ne sentait plus ses pieds, ni ses jambes, ni aucune partie de son corps. Sa conscience n'était plus qu'une minuscule pépite d'or au milieu d'un champ flamboyant. Si Tarja ne l'avait pas soutenue tout au long du retour, elle se serait tout simplement écroulée comme une bûche et serait morte là. Quand elles atteignirent enfin la maison, ses doigts et ses pieds lui démangeaient, et l'air chaud du living-room se révéla un baume pour ses poumons.

Tarja traîna Diane jusqu'à l'arrière du chalet, ouvrit la lourde porte de bois du sauna et la fit entrer dans la petite pièce sur-chauffée. Diane sentit sa peau devenir si sèche qu'elle eut l'impression qu'elle se fendillait comme celle de gros raisins mûrs. Son cœur, qui jusqu'ici avait battu de façon imperceptible, enfla à l'intérieur de sa poitrine et se mit à marteler furieusement ses côtes.

— Je suis en train de mourir ! haleta Diane.

— Non, vous n'allez pas mourir. Couchez-vous. Respirez calmement.

Tarja aida Diane, faible et désemparée, à s'allonger sur le banc étroit. La chaleur était si intense dans le sauna que l'air semblait en être absent. Diane lutta contre une vague de claustrophobie.

— Réveillez-vous ! Diane, réveillez-vous ! Allons, asseyez-vous.

Diane ne se rendait pas compte qu'elle s'était évanouie. Elle sentait les mains de Tarja qui la tiraient pour qu'elle s'assoie, le dos appuyé au mur. D'étranges chatouillements à la naissance des cheveux l'avertirent qu'elle transpirait. C'était bizarre, aussi bizarre que lors d'un accouchement, de voir comment son corps continuait à lutter, à vivre, à fonctionner indépendamment de sa volonté ou même de son désir.

Elle se sentait comme quelqu'un qui revient d'un très long voyage.

— Tenez. Buvez ceci, lui ordonna Tarja.

Diane obéit. Elle avala le petit verre de bière brune, délicieuse et très riche. Elle respirait normalement, ses sens lui revenaient et elle était complètement détendue.

Plus tard, elle prit une douche, s'habilla et s'attabla pour déguster un festin : d'abord du hareng à la crème sure garni d'oignons et d'aneth, puis du saumon à la sauce moutarde accompagné de pommes de terre nouvelles et de radis au sel, sans oublier le pain noir, lourd et un peu sucré, que Diane beurra généreusement. Le soleil se couchait, là-bas, aux confins de la forêt, plongeant le chalet bien abrité dans une mélancolie douillette. Diane et Tarja ne parlaient pas, sinon pour offrir un peu de ceci ou de cela. Elles se laissèrent envelopper par la nuit qui tombait. Elles firent la vaisselle en observant un silence amical, puis elles écoutèrent un opéra sur la stéréo portative de Tarja avant d'aller au lit.

Diane sombra dans un sommeil profond, doux, sans rêves. Elle avait l'impression que ses os trempaient dans du lait. Quand elle s'éveilla, elle se sentit bien en vie sous le duvet de Marimekko. Elle se tourna vers la fenêtre et regarda le soleil jouer sur l'écorce parcheminée des bouleaux argentés. Son plaisir était total.

Depuis qu'elle était arrivée en Finlande, Diane mesurait la profondeur de l'infidélité dont elle était capable. Il ne s'agissait certes pas de l'extase qu'elle aurait trouvée dans les bras d'un autre homme. Non. L'extase, elle la trouvait au fond d'elle-même. C'était comme si, dans ce lac de Finlande, elle s'était affranchie. Elle avait extirpé de sa peau, de son cœur, les attentes et les exigences de son mari et de ses enfants. Elle n'éprouvait aucune honte, aucun regret. Elle savourait sa victoire : elle était redevenue elle-même, Diane, exclusivement Diane.

Elle était prête à aller en Russie.

Tarja était une femme naturellement tranquille. Elle ne parlait pas beaucoup. Pendant le vol vers Leningrad, Diane appuya sa tête contre le hublot froid et laissa ses pensées s'envoler librement. Pour la première fois, depuis des années, elle jouissait d'une longue période de temps que rien ni personne ne viendrait interrompre.

C'est probablement parce qu'elle se trouvait si loin au nord de l'Europe qu'elle se rappela qu'au cours du dernier hiver, Chase avait participé à une compétition de patinage artistique. Elle s'était rendue à la patinoire de la ville avec d'autres mères pour assister à l'épreuve et à la cérémonie de remise des récompenses. Elle avait remarqué que ses amies et elle avaient bavardé et ri sans retenue, comme au temps de leur adolescence. Quand Chase était apparu sous les réflecteurs pour exécuter en solo une figure acrobatique très simple, le cœur de Diane s'était rempli d'amour et de terreur. S'il tombait, s'il se trompait, elle mourrait sur-le-champ dans les gradins. Son fils n'était pas tombé et elle n'était pas morte, mais son cœur lui avait fait mal, comme s'il avait brûlé sous l'intensité de son appréhension.

Le printemps suivant, quand Melony, une fillette populaire de deuxième année, n'avait pas invité Julia à son anniversaire, la détresse de la fillette avait rongé Diane comme une fièvre. Elle avait bercé son enfant, l'avait apaisée et consolée. Elle lui avait offert un sundae au chocolat chaud en ville avant de l'amener voir un film de Disney. Et pendant tout ce temps, son cœur était rempli de haine.

Ce n'était pas seulement la tristesse et la peur qui contrariaient sa sensibilité ; l'espoir et le bonheur trop violents la tourmentaient aussi. Diane savait que l'important, pour ses enfants, n'était pas d'avoir une mère qui fabriquait de jolis bijoux. C'était d'avoir une mère qui préparait des carrés au chocolat qu'elle apportait ensuite à l'école le jour de leur anniversaire. À Pâques, elle décorait des œufs, les déposait dans des paniers de paille et les cachait avec des balles et des battes, et des pistolets à eau. Elle faisait des biscuits de Noël avec eux. Elle créait leurs costumes d'Halloween. Elle se portait volontaire pour accompagner les écoliers dans les cars lorqu'on les amenait au Musée de la science ou à l'*Old Sturbridge Village*.

L'agitation de ces excursions faisait passer son cœur par toutes sortes d'émotions : les rires nerveux, les bousculades et la bulle de chewing-gum qui éclate ; la petite fille malade dans l'allée, le doigt du garçonnet pris dans le cadre de métal de sa banquette. S'occuper de jeunes enfants équivalait à traverser une tempête de grêle.

Ses enfants étaient maintenant plus vieux, mais elle ne savait pas encore quand les chaînes qui l'attachaient à eux se délieraient. D'ailleurs, se demandait-elle, qui peut le savoir ? Bien sûr, il y avait eu cette époque de grande passion entre elle et son mari. En ce temps-là, elle plongeait son regard dans les yeux de Jim quand ils étaient dans les bras l'un de l'autre. Elle se disait alors : « Je suis toi, tu es moi, nous sommes un. » Ce ravissement attendri renaissait entre eux à l'occasion et elle se disait qu'ils pourraient compter l'un sur l'autre, lorsque les enfants s'envoleraient hors du nid. Mais quand cela arriverait-il ? D'ici là, est-ce que les liens étroits qui les unissaient se briseraient ? Pourrait-elle sentir le relâchement, entendre le bruit sec de la rupture ? Quand saurait-elle que l'impact de ses actions ne se répercuterait plus désormais sur la vie de ses enfants ? Pour l'heure, alors qu'elle survolait la campagne finnoise avant de s'enfoncer au cœur de l'Union soviétique, elle se sentait délinquante, coupable, comme si elle était en train de voler quelque chose qui appartenait encore réellement à ses enfants.

Tarja et Diane arrivèrent à Leningrad au cours de la nuit, à temps toutefois pour se faire conduire à l'hôtel Astoria, où Tarja avait fait les réservations. Diane était excitée à l'idée d'être en Russie, mais fatiguée par le voyage et les pensées qui avaient tenu son esprit occupé. Elle sombra dans un sommeil profond en dépit de l'inconfort d'un lit plutôt raboteux.

Le matin suivant, après un petit-déjeuner composé seulement

de pain noir et de thé, elles rencontrèrent leur guide de l'Intourist, une agréable jeune femme qui s'appelait Khristina Ahkmatova. Elle les fit monter dans sa Volga grise pour les conduire à l'Ermitage. En route, celle-ci leur signala au passage les principales curiosités de la ville.

— À votre droite, vous verrez la cathédrale Saint-Isaac. Saint Isaac était le patron de Pierre le Grand. En face du square, vous apercevrez le palais Mariinsky, le foyer de la Cité soviétique, que vous appelleriez chez vous l'hôtel de ville.

Leur cicérone manœuvrait la voiture avec habileté et parlait un excellent anglais.

— Maintenant vous découvrez devant vous le fameux Cavalier de bronze, la statue équestre de Pierre le Grand que Catherine II avait fait ériger en souvenir du père de la patrie. Le cheval dressé sur ses pattes de derrière représente la Russie. Il piétine un serpent qui, selon l'idée du sculpteur Falconet, symbolise les forces opposées aux réformes du tsar.

— C'est très beau ! s'exclama Diane.

Aucune des deux femmes n'ajouta un seul mot. Diane s'adossa à la banquette et contempla en silence la ville qui étincelait malgré ce jour morne.

Elles s'engagèrent dans Dvortsovaya Ploshchad. Diane avait déjà lu que l'Ermitage s'étendait sur une longueur de quatre pâtés de maisons et renfermait plus de mille salles, salons et autres pièces. Elle n'en fut pas moins impressionnée de voir cette construction énorme. Comme une enfant, elle pressa son nez contre la vitre de la portière pour mieux apprécier la grande place. Les édifices se dressaient autour d'un champ de parade assez vaste pour contenir une armée de milliers de soldats. Au centre se dressait la colonne d'Alexandre, une stèle phallique comme l'est le monument de Washington, mais plus gracile et supportant un ange à son sommet. Le complexe colossal formé par les bâtiments donnait une impression d'équilibre et de grandeur tout à la fois. Les dimensions mêmes de chacun atténuaient l'aspect sévère et plutôt monotone des façades classiques.

La foule qui se pressait aux portes de l'ancien palais d'Hiver avait elle aussi quelque chose de démesuré. Diane et Tarja firent patiemment la queue derrière leur guide dans cette file sans fin, qui avançait toutefois rapidement. Diane pouvait saisir des bribes de français et d'allemand ainsi que quelques mots qui lui parurent du finnois, mais la plupart des gens parlaient le russe et donnaient l'impression d'être des Russes.

Sans préambule, Khristina Ahkmatova commença sa conférence :

— Nous avons plus d'un million et demi d'objets exposés sur vingt-quatre kilomètres de salles et de galeries. Le musée est si grand et les œuvres si extraordinaires qu'il arrive de temps en temps, à ce qu'on dit, que des visiteurs épuisés s'évanouissent.

Diane comprit ensuite. Pendant la longue journée qu'elles passèrent à visiter le musée, elle fut confondue par une telle accumulation de chefs-d'œuvre. Elle avait la bouche bée d'admiration devant des samovars en argent et en or massif, incrustés de joyaux ; devant la vaste salle du trône bronze et or, où l'on pouvait admirer une carte de la Russie de vingt-sept mètres carrés sur laquelle les villes et les cours d'eau étaient indiqués avec des émeraudes et des rubis ; devant les miroirs richement décorés, les chandeliers de cristal, les plafonds peints, les statues de marbre, les piliers de malachite aux moulures dorées. Épatée, Diane tournait la tête dans tous les sens et retenait son souffle, ce qui ne l'empêchait pas de remarquer les fichus des femmes russes. La plupart d'entre elles portaient des vêtements sombres, mais se couvraient la tête avec des tissus aux motifs compliqués et brillamment colorés. Une impression de déjà-vu s'empara d'elle. Un merveilleux enivrement, une espèce de jouissance sensuelle, commençait à l'assaillir. Elle reconnut l'excitation qui l'envahissait et la rendait agitée, incapable de dormir, irritable, d'humeur capricieuse, avant une période d'intense création artistique. Elle fut à la fois peinée et heureuse quand vint le moment de retourner à l'hôtel. Elle était exténuée. Mais elle reviendrait le lendemain.

Dans la salle à manger, entre deux bouchées de caviar et de *starka,* Diane déclara :

— C'est exactement ce dont j'avais besoin, Tarja. Je suis aussi près que ça de créer mes nouveaux modèles. Aussi près que ça.

Elle tenait son pouce et son index presque collés, pour montrer l'espace infime qu'il y avait entre son inspiration et son aboutissement.

Le lendemain matin, les deux femmes se levèrent tôt. Quand elles descendirent dans le hall de l'hôtel pour rencontrer leur guide, le commis au bureau de la réception appela Diane :

— Madame Randall ? Nous avons quelque chose pour vous. Ça vient juste d'arriver.

Il lui remit une enveloppe. Elle l'ouvrit et lut le télégramme :

JULIA À L'HÔPITAL.
MÉNINGITE.
REVIENS.

JIM.

Diane se frappa le front en rejetant la tête en arrière :

— Oh, mon Dieu ! gémit-elle. Tarja, ma fille est malade, je dois rentrer chez moi tout de suite.

Elle se tourna vers le commis de la réception et lui répéta la même chose.

— Oh non ! protesta-t-il. Vous ne pouvez partir avant quatre jours. C'est écrit sur votre billet et sur votre visa.

— Je sais, je sais, mais ma fille est malade. Tenez, lisez le télégramme.

— Je suis désolé, je ne puis rien faire pour vous aider.

L'homme se détourna d'elle. Tarja essaya de la rassurer :

— Diane, calmez-vous. Il faut que vous gardiez votre calme. Les choses vont être difficiles. Ici on n'aime pas l'imprévu ou le changement. Laissez-moi donner quelques coups de téléphone. Je vais voir ce que je peux faire.

— Merci, Tarja. Je vais demander qu'on me mette en communication avec les États-Unis.

Les quelques heures qui suivirent s'écoulèrent avec une brûlante intensité et chaque minute s'enfonçait dans le cœur de Diane comme une lame bien aiguisée. Diverses personnes en autorité écoutèrent Diane en marmonnant qu'elles comprenaient sa situation, mais l'informèrent qu'aucun changement ne pouvait être apporté ; elle devrait patienter jusqu'au moment indiqué sur le visa. Quand Diane insistait pour qu'on fasse les changements désirés ou qu'on la mette en contact avec quelqu'un qui le pourrait, les commis acquiesçaient, disparaissaient et revenaient ensuite avec un autre fonctionnaire. Pendant qu'elle attendait, elle essayait de se rassurer : Jim était auprès de Julia et Jean prendrait l'avion pour venir lui apporter réconfort et soutien. Julia adorait sa grand-mère. Susan viendrait elle aussi. La téléphoniste ne pouvait obtenir la communication avec Boston. Des représentants officiels venaient et repartaient. Quelquefois ils écoutaient d'une oreille sympathique ; d'autres fois ils aboyaient des monosyllabes à Tarja, répétant toujours que la question relevait de quelqu'un d'autre. Quand Khristina Ahkmatova arriva pour les amener au musée, les deux femmes lui exposèrent le problème et lui demandèrent de les aider.

— Je regrette, je ne suis pas qualifiée pour ça. Je suis seulement votre guide. Je suis désolée, répondit-elle simplement.

Elle attendit ensuite quelques minutes et finit par s'en aller.

Tarja demanda à Diane d'attendre à la réception pendant qu'elle monterait à leurs chambres pour faire leurs bagages à toutes deux, juste au cas.

Diane s'écrasa dans un fauteuil. Elle pleurait en pensant à Julia. Elle refusait de croire à quelque nébuleux mécanisme de justice en vertu duquel les mères qui partaient seules pour vivre des expériences parfaitement égoïstes étaient punies. Jim ne s'enfermerait certainement pas dans ce genre de superstition. Mais, assise là, impuissante, pendant ces heures douloureuses, elle ne pouvait empêcher la culpabilité de croître au point de l'envahir totalement. Bien sûr, la Maternité était une puissance universelle au pouvoir organique mystérieux et jaloux. Diane avait fait fi des devoirs imposés par la Maternité, préférant s'accorder quelques jours de quiétude innocente et désinvolte. Et maintenant elle en payait le prix.

— Venez manger un peu, l'invita Tarja, qui était redescendue.

— Je n'ai pas faim. Comment pourrais-je manger alors que ma fille est atteinte d'une maladie mortelle ? Et je suis à l'autre bout du monde. Qu'est-ce qui cloche ? Pourquoi ces gens ne peuvent-ils être d'aucun secours ?

— Ils font probablement des vérifications à votre sujet. Leur système n'est pas particulièrement souple. Vous devez vous montrer patiente.

— Peut-être pourrais-je prendre un taxi jusqu'à l'aéroport et voir si je peux attraper un avion, n'importe quel avion, pour aller n'importe où.

— Ça ne donnerait rien. Leur système ne permet pas ça non plus.

— Leur système... leur système...

— Oui, il est compliqué. Tout doit être vérifié et revérifié, et personne ne veut porter la responsabilité d'une décision qui s'écarte de la règle. Vous saviez ça avant de venir, Diane. Je vous avais écrit que vous pourriez trouver l'ambiance lourde.

— Oui, je sais. Mais je n'ai jamais imaginé qu'une catastrophe me tomberait sur la tête.

Diane attendit donc, dans le hall de l'hôtel Astoria, aveugle à la beauté qui l'entourait, l'esprit uniquement occupé par sa fille.

À trois heures de l'après-midi environ, un homme dans le petite soixantaine, grand et mince, aux yeux et aux cheveux foncés, s'approcha d'elle. Contrairement aux fonctionnaires qu'elle avait vus à l'hôtel, il était luxueusement vêtu. Il portait avec élégance un complet de laine gris foncé bien coupé. Il avait l'air russe, mais il parlait un anglais parfait.

— Bonjour, madame Randall, dit-il. Je m'appelle Erich Malenkov. Vous avez un problème, me semble-t-il?

Elle se leva d'un bond :

— Ma fille... Ceci est arrivé ce matin, dit-elle en lui tendant le télégramme. Je dois partir tout de suite.

— Oui.

Comme s'il avait voulu l'exaspérer, il s'assit et lui indiqua une chaise près d'elle :

— Est-ce que je pourrais voir votre passeport et votre carte d'identité de l'hôtel?

Elle les lui remit sans dire un mot. Il étudia soigneusement les deux documents :

— Comment s'appelle votre mari?

— Vraiment, est-ce que c'est nécessaire? Le temps passe...

— Diane!

Tarja l'avait interpellée; elle s'était contentée de prononcer son nom, comme un avertissement.

— Si vous voulez bien m'aider, je vous aiderai à mon tour.

Le ton aimable d'Erich Malenkov n'avait pas changé. Diane soupira :

— Jim Randall.

— Le nom de vos parents?

— Al White, Jean White.

— Et le nom de jeune fille de votre mère?

— Marshall.

— Avez-vous des frères, des sœurs?

— Deux frères, une sœur. Et deux enfants. Ma petite fille de huit ans est malade. Elle a la méningite. S'il vous plaît, ne pouvons-nous pas couper court à toutes ces formalités? s'entendit-elle plaider.

— Oui, répondit Malenkov, en se levant. Nous pouvons partir maintenant. Votre valise est-elle prête?

— Eh bien, oui, balbutia Diane, surprise et confuse.

— Je vais vous conduire toutes deux à l'aéroport. Nous vous avons retenu des places dans un avion qui part pour Helsinki dans trois heures. De là, madame, vous pourrez prendre le vol pour Boston via Londres. À Helsinki vous devriez plus facilement obtenir la communication téléhonique avec Boston.

Il guida les deux femmes jusqu'à sa voiture, une longue berline d'un noir éclatant.

La ville et la Neva défilaient devant leurs yeux. Diane avait fait une si grande distance pour voir cela, pour être là. Et la hâte de quitter ces lieux, de revenir chez elle torturait tout son être.

Erich Malenkov escorta Diane et Tarja jusqu'à la salle d'attente réservée aux gens qui prenaient l'avion en partance pour Helsinki. Quand il lui tendit son billet, Diane le lui arracha presque :

— Merci. Je vous remercie infiniment. Je ne pourrai jamais assez vous remercier.

Il inclina la tête vers elle :

— Ça me fait plaisir de pouvoir vous aider.

Dans l'avion, assise entre Tarja et un Russe énorme aux épaules débordantes, Diane attacha sa ceinture avec des mains tremblantes. Elle s'appuya sur le dossier, ferma les yeux et pria silencieusement tandis que l'avion vibrait, grondait et s'élevait dans le ciel parsemé de nuages.

Un peu moins de vingt-quatre heures plus tard, elle atterrissait à Logan. Elle avait appelé Jim d'Helsinki, puis de Londres. Tandis qu'elle pénétrait dans le hall des arrivées, elle aperçut Jim qui l'attendait. Il paraissait aussi fatigué qu'elle et aussi terrifié.

Contournant un couple qui s'étreignait devant elle, elle rejoignit son mari :

— Comment va-t-elle ?

— Son état s'est amélioré. Elle n'est pas hors de danger, mais elle va mieux.

Diane posa sa main sur son bras, autant pour exprimer son désarroi que pour se soutenir. Sans faire mine de vouloir la serrer dans ses bras ou l'embrasser, Jim la libéra de son sac encombrant et fit demi-tour :

— Le carrousel est par là.

En route vers le Brigham and Women's Hospital, Jim décrivit à sa femme, dans ses moindres détails, la maladie de Julia et ses symptômes. Diane savait qu'il n'essayait pas de la torturer, mais il lui donnait l'impression d'être fâché contre elle, comme si son départ avait eu pour effet de déclencher cette terrible infection. Car il s'agissait d'une infection de la colonne vertébrale, qui apparaissait comme une complication du rhume ordinaire dont Julia s'était à peu près remise avant qu'elle parte pour la Finlande. C'était du moins ce que Diane avait pensé, six jours auparavant. Par la suite, Julia s'était plainte de frissons et de maux de tête, et une fièvre croissante l'avait rendue de plus en plus apathique et pitoyable. Jim avait cru que c'était une vilaine grippe. Toutefois, quand il l'avait amenée consulter son pédiatre, le docteur Walker avait découvert que Julia avait le cou tellement raide qu'elle ne pouvait pas le plier vers l'avant. Il l'avait immédiatement hospitalisée et avait ordonné des analyses de sang. Les résultats avaient confirmé ses soupçons. La méningite était curable, mais elle nécessitait une vigilance constante. Elle passerait au moins deux semaines à l'hôpital.

Après ce qui avait paru une éternité à Diane, ils arrivèrent à l'hôpital. Jim gara la voiture dans l'immense parking souterrain et ils coururent dans les corridors sans fin jusqu'à la chambre de Julia. Elle était bien là, couchée, pâle et immobile, ses yeux brillant d'un faux éclat, signe de fièvre et de déshydratation. Diane put voir qu'en moins d'une semaine, Julia avait perdu du poids. Elle avait les joues creuses. Quatre tubes de perfusion, partant du haut support à côté du lit, descendaient jusqu'à son bras.

— Oh, mon bébé ! s'écria Diane en courant vers sa fille.

— Maman, j'ai peur !

Diane se pencha au-dessus d'elle, plaça sa joue fraîche contre sa joue brûlante et lui baisa les cheveux. Elle oublia ses propres frayeurs :

— Ne crains rien. Papa dit que tu vas mieux et qu'on te soigne bien. Tu seras rétablie bientôt.

— Et tu es ici, maintenant.

— Oui, je suis ici.

Diane s'assit sur le lit et enferma les mains de sa fille dans les siennes :

— Oh! ma petite chérie, tu vas aller très bien, je te le promets.

Pendant les huit jours suivants, Diane resta au chevet de sa fille. Elle lui lisait ses histoires favorites, chantait pour elle quand elle sommeillait, riait avec elle durant les sottes émissions de télévision destinées aux enfants. Et quand, au cours des derniers jours, Julia fut assez bien pour bouger un peu, elle lui découpa des poupées de papier et lui apprit à broder. Quand les souvenirs de son magnifique plongeon dans les eaux cristallines du lac de Finlande lui revenaient subrepticement à l'esprit, Diane les chassait avec le même sentiment de culpabilité que celui d'une femme adultère qui écarte l'image de son amant. Pas ici, pas maintenant, ça ne convenait pas, ce n'était pas sage.

Le printemps suivant, Diane sortit sa nouvelle collection de bijoux de luxe : des broches, des boucles d'oreilles et des colliers coulés dans l'argent et plaqués or qui présentaient des formes byzantines sinueuses ressemblant à des lettres, à des lys ou aux lions rampants des blasons, tout cela entrelacé autour d'une pierre semi-précieuse. Elle avait investi des sommes folles dans une campagne publicitaire qui s'était étendue à tout le pays. L'agence lui avait proposé l'image d'une jeune femme brune très élégante qui s'adressait à un conseil d'administration exclusivement composé d'hommes. Son chemisier de soie blanc s'agençait parfaitement à son tailleur marine, sur lequel se détachait une broche d'Arabesque. Toute la collection fut vendue.

Elle n'essaya jamais de retourner en Russie par la suite. Elle n'avait jamais voulu tenter de nouveau le destin ou toute autre force qui régit la vie des mères.

Dix ans plus tard, Diane, assise dans sa cuisine, espérait impatiemment le retour de son mari pour lui apprendre qu'ils avaient évité une autre crise : Julia était saine et sauve.

8

Jean

Que le jardin du Luxembourg soit fréquenté par une foule plus âgée que celle des Tuileries n'aurait pas dû la surprendre, pensa Jean. Pourtant, malgré son attachement à la rive gauche, la présence des mères poussant leurs landaus ou courant après leurs bambins lui manquait. Toute sa vie, elle avait été étonnée par le plaisir que lui causait la simple vue des bébés. Ceci l'avait particulièrement frappée quand ses propres enfants, devenus adolescents, s'étaient progressivement métamorphosés en adultes. Cette transformation, souvent brutalement affirmée, l'avait ébranlée. Et quand l'un après l'autre, ses quatre enfants, enfin sortis de leur adolescence, avaient pris leurs distances de façon diversement cruelle, Jean avait ressenti de l'amertume. Pourquoi personne ne l'avait-elle prévenue de ce qui l'attendait ? Ni sa mère ni les mères de ses amies, encore moins une passante dans la rue ou une étrangère charitable, ne l'avaient mise en garde : « Ne fais pas d'enfants. C'est une tâche trop ingrate, trop douloureuse. Oui, ils nous aiment quand ils sont petits. Mais dès qu'ils atteignent douze ou quatorze ans, ils changent. Ils nous critiquent, nous regardent avec dédain, quand ils ne nous haïssent pas souverainement. Ils nous rendent responsables pour tout ce qui va de travers dans leur vie. Et alors ils nous quittent. »

Eh bien, elle-même n'avait jamais attiré l'attention de ses enfants sur cette question ; elle n'avait pas averti Diane ou Susan, Bert ou Art. Naturellement, lorsqu'ils avaient été en âge d'avoir des enfants, ils avaient continué, par habitude, de rejeter ses conseils, de sorte qu'elle avait jugé inutile de chercher à les influencer.

Mais, bizarrement, Jean fondait devant les bébés des autres femmes. Leur présence versait un baume sur son cœur. La vision de jeunes enfants l'avait réconfortée durant toutes ces années pénibles de l'adolescence de Diane et de Bert. Son aînée faisait constamment le procès de sa mère. Elle s'était rebellée avant de manifester ouvertement son hostilité. Quant à Bert, le cadet de deux ans de sa fille, il avait aussi traversé une période très agressive.

Pourquoi les poupons produisaient-ils un effet semblable sur elle ? Elle n'était pas portée par l'espoir vague et altruiste que, quelque part, une mère accomplissait parfaitement sa mission. Les tout-petits lui rappelaient plutôt qu'en dépit des heures mouvementées qu'elle traversait elle avait déjà eu une vie comblée d'amour tendre et chaleureux.

Quand ses enfants étaient plus jeunes, ils lui avaient souvent demandé lequel d'entre eux elle préférait.

— Je vous aime tous également, leur répondait-elle invariablement.

Demi-mensonge, demi-vérité. Bien sûr, elle n'aimait pas tous ses enfants de la même manière, mais elle se serait jetée devant un autobus pour sauver n'importe lequel d'entre eux. Ils étaient cependant différents l'un de l'autre, et sa relation avec chacun était unique.

Bert et Susan tenaient de leur père : tête froide et sens pratique. Jean les aimait autant que les deux autres, mais elle savait qu'ils étaient bien armés pour affronter la vie. Par ailleurs, Diane manifestait un entêtement à toute épreuve, alors qu'Art affichait une sensibilité exacerbée. Ce trait de caractère poussait du reste son père à le juger faible. Mais elle, Jean, comprenait sa fille et son fils si difficiles à élever, parce qu'ils lui rappelaient sa propre jeunesse.

1940
War Stories

Quand Erich avait ramené Jean à la maison, au petit matin du jour de l'An, il l'avait embrassée lentement et délicatement avant de la quitter, mais il ne lui avait pas fixé de rendez-vous.

Jean croyait comprendre. Seule dans sa chambre, elle ne parvenait pas à dormir. Blottie au creux de son lit, la tête appuyée contre son oreiller, elle se reporta dans la suite d'hôtel qu'Erich avait retenue pour eux la veille. Elle revécut en pensée chaque seconde, chaque respiration et chaque attouchement. Il l'avait désirée, elle n'en doutait pas. Mais il croyait qu'elle était une fille bien – elle était effectivement une fille bien, une fille distinguée – et il n'avait pas voulu profiter d'elle : il n'était pas ce genre d'homme. Peu importe la force du désir, un homme honorable ne poussait pas au lit une femme de la classe sociale à laquelle Jean appartenait. L'année précédente, Midge, sa meilleure amie, avait vécu une histoire semblable avec un jeune professeur du George Washington College. Il était trop pauvre pour espérer l'épouser ; aussi, en dépit de leur mutuelle attirance, avait-il cessé de la voir. Le diable emporte les hommes honorables ! pesta Jean.

Durant l'interminable et pénible journée du premier de l'An, Jean accompagna ses parents à un brunch, un thé et un cocktail. Cette attitude plut à ses parents. Elle espérait, de son côté, que ces mondanités la distrairaient d'Erich. Ce fut peine perdue. Chaque fois qu'elle en avait l'occasion, elle s'éclipsait de la fête, repérait un téléphone dans un coin tranquille et composait le numéro de la maison paternelle pour entendre Agate ou Stafford répondre « Non, mademoiselle Jean, M. Mellor n'a pas appelé. »

Finalement, quand ils rentrèrent en fin de soirée, elle se retrouva avec sa mère, qui commentait gaiement les derniers potins tandis que son père pensait déjà au travail qui l'attendait dans son bureau. Quant à elle, Jean songeait que rien ne l'attendait, sauf son lit vide et, au mieux, un livre. Elle s'était raconté des histoires. La magie de la séduction n'avait joué que dans sa tête. Erich n'avait pas appelé.

Ils venaient à peine d'enlever leurs manteaux lorsque la sonnerie du téléphone retentit.

— C'est pour vous, mademoiselle Jean, annonça Agate.

— Jean, je suis désolé d'appeler si tard, s'excusa Erich. Aimerais-tu venir patiner ? On a transformé la piscine de l'hôtel en patinoire, et tout le monde s'amuse ferme au clair de lune. J'ai pensé que nous pourrions patiner d'abord et, ensuite, je t'inviterais à dîner.

Elle aurait accepté de se baigner avec lui dans la nuit glacée, s'il le lui avait proposé. Mais, en fille obéissante, elle lui répondit :

— Laisse-moi demander à mes parents.

— Oh, chérie ! Il est déjà tard, geignit sa mère.

Après avoir compris de quoi il s'agissait, son père se dirigea vers son bureau, signe évident qu'il laissait la décision à sa femme.

— Maman, je suis en vacances ! Tout le monde est là-bas, maintenant. S'il vous plaît !

— Bon, ça va pour cette fois, céda sa mère.

— Merci, maman !

Jean saisit sa mère par les épaules et déposa un baiser sur sa joue avant qu'elle ne change d'avis.

— Laisse-moi le temps de passer un pantalon et de retrouver mes patins ! dit-elle à Erich.

Elle vola alors dans l'escalier pour se préparer.

Erich portait un pull aux dessins écossais et un cache-col de laine rouge qui faisaient ressortir son teint basané. Il lui ouvrit la portière de sa voiture, puis il s'installa au volant en lui adressant un sourire aussi doux qu'un baiser. Jean était si complètement heureuse de se trouver en sa compagnie qu'elle lui raconta par le menu détail le moindre événement de la journée. Au moins, pensa-t-elle, il ne croirait pas qu'elle s'était enfermée dans la maison pour attendre son coup de fil.

Durant l'hiver, les parterres du Wardman Park Hotel se transformaient en jardins féeriques. La neige gainait le tronc des arbres et formait de fantastiques amoncellements le long des sentiers. L'air que l'on respirait avait un je ne sais quoi de grisant. Il faisait froid et tout brillait d'un éclat merveilleux autour d'eux. Les couples évoluaient sur la glace bras dessus, bras dessous au rythme des valses diffusées de l'hôtel et laissaient traîner derrière eux l'écho de leurs rires tout comme les joyeuses couleurs de leurs longues écharpes de laine. Ici et là, les amoureux cherchaient refuge derrière les arbres pour s'embrasser ou s'engouffraient dans l'hôtel pour siroter un grog.

Erich et Jean s'assirent côte à côte sur un banc pour chausser leurs patins.

— Prête ?

— Prête, répondit Jean en souriant.

Il passa un bras derrière son dos, mit sa main libre dans la sienne et la tint fermement comme pour lui faire savoir qu'il la voulait tout près de lui. Ils s'insinuèrent ensuite dans le flot des patineurs.

Erich était un patineur accompli, gracieux et rapide. Au début, Jean se tenait toute raide, la tête remplie de mises en garde : « Évite les faux pas, ne tiens pas ta main trop serrée, ne respire pas trop rapidement. » Elle se concentra pour ajuster sa foulée à la sienne et s'accorder à son rythme. À la seule pensée d'être aussi près de lui, blottie contre son flanc, elle se sentait transportée et son cœur battait à grands coups. Elle savait que, sous la longue main ferme qui lui enserrait la taille, il pouvait, au rythme de sa cage thoracique qui se soulevait et s'affaissait, mesurer l'ampleur de son émoi.

Après quelques tours, elle commença à s'amuser. Le mouvement cadencé de ses jambes devenait agréable. Elle sentait l'air froid de la nuit lui caresser la figure, mais le corps d'Erich contre le sien lui transmettait une douce chaleur. Envahie par le rythme envoûtant dc la *Valse des patineurs,* elle se réchauffa, se détendit et enfin s'abandonna complètement. Au-dessus d'eux les étoiles et les lampadaires semblaient scintiller au rythme de la musique. Le tempo s'accéléra. La main d'Erich se raffermit sur sa taille et ils naviguèrent ensemble de plus en plus vite, effleurant la surface brillante de la glace.

Après un certain temps, Erich l'entraîna vers le bout le plus sombre de la patinoire pour qu'ils puissent reprendre leur souffle.

— Tu patines très bien, la complimenta-t-il.

— Toi aussi.

L'exultation s'emparait de Jean et l'embrasait peu à peu : elle était ici, là où elle avait toujours voulu être, au cœur de ce que la vie pouvait offrir de plus agréable et de plus excitant. Elle arracha son béret, et ses boucles brunes retombèrent librement sur son dos. Elle leva son visage rougi par le froid vers le ciel et elle éclata d'un rire de pure joie :

— Je suis si heureuse !

Erich lui sourit et l'attira vers lui pour l'embrasser sur la bouche. Alors elle se leva sur la pointe de ses patins, mit ses bras autour de son cou et lui rendit son baiser.

Ils restèrent ensuite un long moment sans rien dire, leur respiration troublée par le désir.

— Je t'ai invitée à dîner, murmura Erich à son oreille. Nous y allons maintenant ?

— Non, souffla-t-elle contre son cou.

— Tu veux patiner encore un peu ?

— Non.

Erich tenait toujours Jean fermement contre lui. Sans honte, elle se frotta à lui.

— Tu veux rentrer à la maison ? demanda-t-il d'une voix grave.

— Non. Je veux que tu m'amènes là-haut.

Il leva les mains pour saisir ses poignets, la força à relâcher son étreinte et l'éloigna de lui. Il la scruta d'un air sérieux pendant qu'il évaluait la situation. Le milieu auquel Jean appartenait n'était pas censé être émancipé. C'étaient des gens bien. Mais il voyait bien qu'elle se fichait de tout cela. Dans une tentative de séduction, elle releva le menton et, les yeux mi-clos, lui lança un regard aguichant.

— D'accord, finit-il par accepter.

Il la ramena au banc où, assis côte à côte, ils délacèrent leurs patins. Ses chevilles douloureuses faillirent lâcher lorsqu'elle se releva. Une fois dans l'hôtel, ils se dirigèrent vers les ascenseurs. Erich, silencieux, ne lui manifestait aucun signe de tendresse. Quand ils eurent atteint le cinquième, il la guida jusqu'à sa porte. Il ouvrit, fit passer Jean devant lui et tourna le commutateur.

Jean cligna des yeux, étonnée par le calme soudain. La chambre lui parut agréable, luxueuse même, mais impersonnelle. Pas de photos, pas de papiers empilés sur le bureau ; seulement l'ameublement traditionnel du boudoir et de la chambre, qu'elle entrevoyait à travers la porte ouverte.

— Tu vis ici ? demanda-t-elle soudain nerveuse.

— Oui. Mais c'est temporaire.

— C'est... bien, bégaya-t-elle sans oser le regarder.

— Nous ne sommes pas obligés de faire ça, tu sais, ajouta-t-il d'une voix gentille.

Elle rougit, embarrassée ; mais elle leva les yeux vers lui et son courage lui revint. Elle contempla son visage et dit :

— Je veux. Oh, oui ! je veux.

Il mit ses mains sur ses épaules et l'embrassa doucement. Elle réagit par un violent mouvement de désir et, avec gaucherie, elle s'enroula autour de lui si passionnément qu'il faillit perdre l'équilibre. Erich prit son visage entre ses mains pour la forcer à le regarder :

— Arrête, Jean. Écoute-moi. Il y a quelque chose que tu dois savoir. Je ne peux pas t'épouser. Je ne peux même pas te donner l'espoir que nous le pourrons plus tard. Nous entrerons en guerre prochainement. Il est possible que ça ne nous plaise pas, mais les États-Unis ne pourront pas l'éviter. Je n'ai aucune sécurité à t'offrir, aucun avenir.

— Je me fiche de la sécurité. Je n'ai que faire de l'avenir. Je nous veux maintenant. Ensemble, maintenant.

— Jean...

— J'en suis certaine. Tu ne me crois pas?

Elle se dégagea de son emprise et recula. Sans le quitter des yeux, elle commença à se déshabiller. Elle jeta son pull rouge sur le plancher, puis elle se pencha pour retirer son pantalon gris. Elle essaya d'enlever son soutien-gorge, mais ses doigts tremblaient tellement qu'elle avait peine à défaire les agrafes. Sa poitrine se soulevait et s'affaissait si rapidement qu'elle se demanda s'il ne pouvait pas voir son cœur impétueux battre contre sa chair. Elle fit tomber son soutien-gorge, dégagea un bras, puis l'autre.

— Tu es tellement belle, Jean.

Elle tremblait de crainte et de désir. Elle porta ses mains à ses hanches pour faire glisser sa petite culotte, mais elle en fut incapable. Elle lui tourna alors le dos en croisant ses bras sur sa poitrine comme pour se protéger. Elle était au bord des larmes. Immédiatement, Erich arriva derrière elle. Il l'enlaça et déposa un baiser dans ses cheveux. Il la fit ensuite pivoter sur elle-même et il l'embrassa sur la bouche, tout en caressant ses épaules avec sa longue main chaude. Il lui plaqua les bras le long du corps et se pencha pour embrasser ses joues, son cou, ses clavicules et ses seins. Le tissu de ses vêtements semblait rêche sur la peau fine de la jeune fille. Elle poussa un gémissement et arqua le dos. Il la retint avec ses mains.

— Tu es si belle, répéta-t-il.

Il glissa une main derrière ses genoux et la souleva pour l'emporter dans la chambre. Après qu'il l'eut déposée sur le lit, Jean resta sur le dos, immobile, les mains croisées sur sa poitrine, et elle l'observa pendant qu'il enlevait ses vêtements. Quand il passa son pull écossais par-dessus la tête, son épaisse chevelure noire se hérissa sous l'effet de l'électricité statique et resta dressée sur sa tête comme une crête de coq. Cela la fit rire, et Erich sourit à son plaisir. Il prit un temps infini à déboutonner sa chemise de coton blanche avant de l'abandonner sur une chaise. Son torse était long et maigre, les muscles de ses bras et de sa poitrine proéminents.

Il défit sa ceinture, abaissa la fermeture de son pantalon, qu'il laissa tomber sur le sol. Son caleçon blanc tout froissé était tendu par son pénis en érection. Cette vision effraya quelque peu Jean. Il sembla comprendre sa réaction, car il avait encore son sous-vêtement quand il vint s'allonger près d'elle. Il l'attira sur lui et plaqua ses lèvres contre les siennes pour un long, très long baiser, pendant que ses mains couraient sur son dos nu. Ses caresses, ses attouchements légers l'apaisaient et l'excitaient en même temps.

Erich roula sur lui-même, de sorte que Jean se retrouva sous lui. Il l'embrassa à nouveau. Quand sa main caressa l'intérieur de sa cuisse, elle sentit la chaleur l'envahir et elle le serra plus étroitement dans ses bras. À son tour elle caressa, sans pouvoir se rassasier, son dos soyeux, ses bras robustes, sa poitrine velue mouillée de sueur. Au fur et à mesure qu'elle se détendait, une chaleur langoureuse montait en elle. Erich s'agenouilla pour lui retirer sa culotte. Elle se sentait incapable d'ouvrir les yeux, mais elle le sentit se pencher au-dessus d'elle et se frayer un chemin au plus profond de sa chair. Elle cessa de trembler et gémit doucement. Son sang coula, elle s'agrippa à lui. Une rose toute chaude bourgeonna dans son ventre, puis ouvrit soudain ses pétales d'ardente allégresse.

Erich attendit qu'elle ouvre les yeux avant de lui adresser son compliment :

— Tu ne peux pas t'imaginer à quel point tu es belle.

— Je suis si heureuse ! Je n'ai jamais été aussi heureuse de toute ma vie.

— Tu n'as pas eu trop mal ?

— Oh non !

Alors il prit appui sur ses bras, et ses muscles puissants saillirent sous sa peau. Sa respiration devint saccadée, il se pressait contre elle comme s'il avait perdu et la conscience et le contrôle de lui-même. Jean l'observait, secouée et étonnée par l'intensité de sa passion. À titre d'essai, elle bougea ses hanches et resserra les muscles à l'intérieur de ses cuisses. En retour Erich gémit. Cela l'excitait, lui plaisait, et elle bougea encore. Il ferma les yeux. Il lui semblait qu'il tombait en elle, tandis qu'elle était remplie d'un brûlant plaisir. Alors Erich frémit, sa mâchoire se serra et la chair de poule couvrit sa poitrine, ses bras et l'arrière de ses cuisses. Il se laissa tomber sur elle et enfouit sa tête dans le creux de son épaule. Elle poussa un soupir de triomphe et de contentement. Posant le bout de sa langue sur l'épaule de son amant, elle lapa sa sueur puis le mordit doucement, dans un geste animal de possession.

Ils restèrent tous deux ainsi sans parler. Erich devenait plus lourd au fur et à mesure que sa respiration se faisait plus lente. Il se laissa retomber sur le côté et laissa son bras reposer sur elle. Ils restèrent ainsi de longues minutes.

C'est Erich qui brisa le charme :

— J'aimerais bien ne pas bouger d'ici, mais je dois te ramener chez toi. Je ne veux pas bouleverser tes parents.

— Tout bouleverse mes parents, grogna Jean.

Il rit :

— Quand retournes-tu au collège ?

— Dans deux jours.

Il passa la main sur la courbe de sa hanche :

— J'irai à Boston quand j'en aurai l'occasion. Et les affaires m'amènent souvent à New York. Pourrais-tu te libérer et venir m'y rencontrer à l'occasion ?

— Je trouverai un moyen.

— Viens-tu parfois à la maison au cours du semestre ?

— Oui, à l'occasion d'un long week-end. Je ne suis pas venue souvent en fait. Il n'y avait pas de raison spéciale pour que je descende à Washington. Mais maintenant...

La réalité revenait et l'assaillait comme un courant d'air froid.

— Est-ce que tes parents ne deviendront pas suspicieux si tu te mets à venir en visite ?

Elle fit signe que non :

— Ils vont être tellement occupés par la guerre qu'ils ne me remarqueront même pas. C'est l'unique sujet de conversation à la maison. Papa est plus préoccupé que jamais. Bobby a posé sa candidature pour participer à l'entraînement des forces navales sous-marines. Il attend qu'on l'appelle et, pour l'instant, il tourne comme un lion en cage. Al, tu sais, Al White, le meilleur ami de Bobby, est déjà parti. On l'envoie rejoindre l'équipe des officiers d'un navire de guerre. Et toi, vas-tu t'enrôler ?

Erich se tourna pour glisser un oreiller sous sa tête :

— Je ne sais pas. Je suis contre la guerre, mais je n'aurai probablement pas le choix.

Jean se lova contre lui. Elle murmura, la bouche collée contre sa peau :

— Je ne supporterais pas de te perdre. Je t'aime.

Même s'il n'avait pas entendu cet aveu, elle éprouvait une sorte de soulagement de lui avoir déclaré son amour.

— Nous devrions partir, maintenant. Il est tard.

Le jour suivant, elle prévint ses parents qu'elle sortait avec Midge pour le lunch, après quoi elles passeraient l'après-midi dans les magasins. Midge lui avait promis de la couvrir. Jean se rendit effrontément à l'hôtel en voiture et coucha avec Erich. Alors, immensément satisfaite d'elle-même, elle revint à la maison et, à la face de tout le monde, elle téléphona pour prendre officiellement rendez-vous avec son amant.

Elle était au living-room, où elle offrait diplomatiquement à ses parents le plaisir de sa présence en attendant qu'Erich vienne la prendre pour aller dîner, lorsque Bobby et Al surgirent.

La figure d'Al s'illumina lorsqu'il l'aperçut.

Elle portait un ensemble très sobre de laine noire, que ses parents, elle le savait, jugeaient une tenue très comme il faut.

— Jean ! Je suis content de te voir ici.

Il s'assit à côté d'elle sur le sofa :

— Je suis venu faire mes adieux. Je retourne à Norfolk demain.

Jean resplendissait de bonheur, son corps vibrait encore à la suite des heures de passion qu'elle avait partagées avec Erich au cours de l'après-midi.

— Oh ! Al. Tu seras prudent, n'est-ce pas ?

Elle vit l'espoir briller dans ses yeux. C'était vraiment un homme adorable, beau, gentil, intelligent, bon. Malgré l'intensité de son amour tout neuf, elle s'aperçut qu'elle était très attachée à lui.

— Il n'y a pas lieu de s'inquiéter, pas encore. J'en suis seulement à l'entraînement.

— Ah bon ! Je tiens tellement à toi, déclara Jean avec sincérité.

Elle lui effleura légèrement la main.

Son père s'éclaircit la voix, mais c'est Bobby qui parla :

— Écoute, Jean. Al et moi partons prendre Betty pour aller dîner en ville. Pourquoi ne viendrais-tu pas avec nous ?

Jean vit alors les phares d'Erich balayer l'allée.

— Oh ! j'aimerais bien, Bobby, mais le reste de ma journée est déjà organisé et je ne peux pas modifier mes plans. Je suis désolée. Nous sommes tout un groupe à aller manger au restaurant, mentit-elle, et nous avons promis d'être à l'heure. Je ferais mieux de me dépêcher. Au revoir !

Elle était déjà dehors avant que l'un ou l'autre ait pu ajouter un seul mot. Elle sauta dans la voiture d'Erich au moment même où il en sortait pour aller sonner. Au moment où ils tournaient au coin de la rue, elle se rapprocha de son amant et posa la main sur sa cuisse.

Le 3 janvier, après que Bobby l'eut aidée à porter ses bagages dans sa voiture, Jean prit congé de sa famille et mit le cap sur Boston pour y entreprendre un nouveau semestre.

En route, elle s'arrêta cependant à l'hôtel où logeait Erich. Ils avaient convenu qu'ils n'auraient pas le temps de faire l'amour, puisque Jean voulait profiter de la clarté pour rentrer à Cambridge. Cependant, lorsqu'ils échangèrent ce qui devait être un simple baiser d'adieu, le désir éclata comme un éclair entre eux deux. Erich l'entraîna vers le sofa. Il descendit son pantalon ; elle secoua les pieds pour les libérer de leurs chaussures, roula ses bas, remonta sa jupe, s'assit à califourchon sur lui et sentit la rigidité de son membre viril sous elle. Elle plongea son regard dans le sien ; frémissante de désir, elle le dévora avec ses yeux, sa bouche, ses mains, sa langue, son sexe.

Elle posa sa tête sur son épaule :

— Je t'aime, Erich.

Voilà, elle avait ouvertement affirmé son amour cette fois.

Elle l'entendit aspirer précipitamment l'air en entendant sa confession. Il laissa s'écouler quelques secondes avant de déclarer lui aussi :

— Je t'aime.

Le 15 janvier 1940

Très cher Erich,

Je t'aime et tu me manques plus que je ne saurais te l'exprimer avec des mots. Je pense à toi constamment.

Et pourtant les heures s'envolent. Erich, je suis si heureuse ! Je suis revenue à Cambridge pour découvrir que Hal Farmer et Stanley Friedman ont reporté au premier février la publication du premier numéro de War Stories. *Tout le monde est si excité ! On m'a même demandé de rédiger un article ! Oh ! Erich, j'étais nerveuse, mais tout allait si bien que je n'ai pas pu faire autre chose que de la bonne besogne. J'ai interviewé Penelope Farley, une Anglaise dans la soixantaine qui habite Boston depuis la fin de la Grande Guerre. Mme Farley a perdu son mari, ses deux fils et un frère au cours du conflit, et sa demeure à Londres a été* détruite lors d'un bombardement. Hal et Stanley ont trouvé mon texte brillant. Ils n'ont pas changé un seul mot. Mon article va paraître en seconde place dans la revue. Je suis vraiment enchantée. Erich, je pourrais bien produire un impact, exercer une influence dans la bonne direction. Je veux dire que, par cet article, je pourrais faire pencher la balance dans l'esprit de quelques personnes et leur faire rejeter la guerre.

Je suis si heureuse ces temps-ci. Je suis tellement occupée avec War Stories et avec mes cours. Je travaille ferme pour obtenir de bons résultats scolaires.

Et toujours, toujours, à chaque seconde de la journée, je pense à toi. C'est pourquoi je suis heureuse.

S'il te plaît, appelle-moi, mon chéri. Viens me rendre visite ou laisse-moi aller te voir à New York. J'ai besoin d'être avec toi.

Avec tout mon amour.
Jean

Le 30 janvier 1940

Mon chéri,

Il est trois heures du matin et je ne peux dormir. Je voudrais être avec toi. Mais comme cela est impossible, je peux au moins me rappeler le temps que nous avons passé ensemble la semaine dernière à New York. C'était encore mieux que tout ce que j'aurais pu imaginer. Chaque minute que nous avons passée ensemble a été parfaite : non seulement l'amour que nous avons fait – tu sais que j'ai adoré ça – mais aussi nos promenades dans Central Park; nos tête-à-tête dans la chaleur et le confort du café de l'hôtel Algonquin tandis que la neige et la bourrasque rageaient au dehors. Je suis heureuse que tu penses comme moi. Oui, la guerre est une mauvaise chose et nous devons travailler pour la paix. Cela

*importe tellement pour moi que tu croies à ce que je
fais, que tu penses que cela compte. Mon frère et mon
père sont convaincus que je suis insignifiante, pour la
seule raison que je suis une femme. Maintenant, à cause
de toi, je me sens absolument fière d'être une femme.*
Je meurs d'envie de te revoir bientôt.

Avec tout mon amour.

Jean

Le premier numéro de *War Stories* parut le premier février.
Le quatre, le commandant Marshall appela sa fille et lui ordonna
de venir à la maison immédiatement. Même si son père avait
refusé de discuter au téléphone, elle savait qu'il était en colère.
Il considérait sa participation à la revue comme un affront personnel, cela allait de soi. Il jugeait sans doute *War Stories*
comme une publication subversive. Il allait la sermonner, la
réprimander et lui administrer une forme de châtiment. Elle
devrait donc l'écouter, la tête penchée en signe de repentance.

Ensuite, elle annoncerait à ses parents qu'elle allait rendre
visite à Midge. Mais elle irait plutôt surprendre Erich dans ses
quartiers de l'hôtel Wardman Park. Peut-être trouverait-elle le
moyen de passer la nuit avec lui avant de reprendre la route de
Cambridge.

Elle fit le voyage de Boston à Washington d'une seule traite,
ne s'arrêtant que pour faire le plein et boire une tasse de café. Il
était presque dix heures du soir lorsqu'elle arriva enfin. Tandis
qu'elle s'engageait dans l'allée de la maison, elle surprit sa mère
qui faisait le guet à une fenêtre. Elle prit son sac de voyage et
marcha fièrement vers la porte.

Sa mère accourut pour lui ouvrir :

— Bonsoir, chérie. Tu as fait bon voyage ? As-tu faim ? Je
t'ai préparé une assiette de sandwichs et du chocolat chaud.
Allons, laisse Agate porter ta valise à ta chambre. Ton père
t'attend.

Jean déduisit qu'il devait certainement être furieux, parce

que sa mère était au bord de la crise de nerfs. Elle suspendit son manteau dans la penderie et se rendit dans le living-room.

— Ferme la porte, lui ordonna son père.

Il était debout devant la cheminée éteinte et il lui désigna une chaise en face de lui :

— J'estime que tu me dois des excuses, jeune demoiselle, commença-t-il.

— Je ne crois pas, repartit Jean.

Et la bataille commença.

Durant la première heure, les choses se passèrent à peu près comme elle s'y était attendue. La colère de son père était cependant pire que ce qu'elle avait redouté. Il lui porta plusieurs coups bas en laissant entendre à quel point elle avait blessé et humilié son frère, qui pouvait éventuellement se faire tuer au cours de la guerre imminente.

— Tu es une petite sotte et une ingrate ! Je t'ai tout donné et tu me récompenses en faisant insulte à mon travail et à mes convictions, en minant les principes qui ont guidé ma conduite pendant toute ma vie.

— Papa, je vous prie d'essayer de comprendre que cet article ne vous vise aucunement. Je ne l'ai pas écrit pour vous blesser. Je l'ai écrit parce que j'y crois.

— Qu'est-ce que tu es, une communiste ?

— Non, mais une Américaine qui ne croit pas à la guerre.

— Et tu t'imagines que cela ne rejaillit pas sur ton père, qui a travaillé toute sa vie à défendre son pays quand il était en guerre ? Non, ne te donne pas la peine de me répondre. Nous avons déjà perdu une heure sans aboutir nulle part. Tu es la pire tête de cochon, la fille la plus stupide dont j'aie jamais entendu parler. Tu me fais honte, Jean. M'entends-tu, j'ai honte de toi !

— Je suis désolée, papa, mais je dois avoir le courage de mes opinions.

— Eh bien, tu n'auras pas à faire preuve de courage pour défendre tes opinions tant que tu dépendras financièrement de moi. Je te retire de Radcliffe.

— Quoi ? Vous ne pouvez pas faire ça, papa !

— Certainement que je le peux. Qui paie ta pension, tes frais de scolarité ? Ce n'est pas toi. Ni tes maudits amis anarchistes. C'est moi, ou plutôt c'était moi. Je ne débourserai plus un sou. À moins que tu ne me présentes des excuses accompagnées de la promesse de cesser toutes relations avec cette racaille.

— Vous vous conduisez en tyran.

— C'est mon droit. C'est grâce à mon argent que tu fréquentes ce satané collège aux idées libérales. Je savais que j'avais tort. Dès le début. Je savais que j'avais tort.

— Les frais du semestre ont déjà été payés.

— Très bien. Retournes-y donc. Mais nous te coupons les vivres. On verra si ces intellectuels te paieront les vêtements, l'essence, les billets de cinéma ou le dîner au restaurant. On verra si tu pourras trouver quelqu'un pour régler tes frais de scolarité et ta pension l'année prochaine et la suivante. Parce que je n'ai pas l'intention de le faire.

— Je ne vous crois pas !

— Tu dois me croire, Jean. Tu es allée trop loin. J'en ai assez. Et je garde la DeSoto.

— Quoi ? C'était un cadeau de Noël !

— C'était un présent. À ma fille. Tu n'agis pas comme ma fille devrait agir. Tu n'as aucun droit légal sur cette voiture. Elle est immatriculée à mon nom, pas au tien. Donc, si tu crois que tu vas retourner à mes frais à ton collège et à ton comportement rebelle, tu te trompes. Tu peux t'y rendre à pied si tu veux. Je ne te donnerai pas d'argent pour acheter ton billet de train. Je ne te fournirai même pas la monnaie pour une tasse de café.

Jean, médusée, gardait le silence.

— J'ai dit tout ce que j'avais à te dire, Jean. Monte te coucher maintenant, et je souhaite que la nuit te portera conseil. Si, demain, tu veux présenter des excuses, je serai disposé à les accepter. Autrement, tu subiras les conséquences de ton entêtement.

Le commandant Marshall traversa la pièce d'un pas

courroucé et, juste comme il ouvrait la porte, Jean prononça distinctement :

— Vous me faites vomir.

Elle vit le dos de son père se raidir, mais il ne se retourna pas. Il sortit du living-room, et elle l'entendit bientôt ouvrir et fermer la porte de son bureau.

Sa mère vint alors la rejoindre précipitamment. Elle se tordait les mains comme une servante qu'on vient de fouetter.

— Jean, commença-t-elle d'une voix pitoyable.

Puis elle s'arrêta, comme dépourvue de tous ses moyens.

— Pauvre maman ! soupira Jean.

Elle se leva, passa devant elle et monta à sa chambre.

Cette nuit-là, Jean resta assise dans son lit à ressasser ses émotions et à caresser des projets de vengeance qu'elle savait ne devoir jamais réaliser. Elle brûlait d'appeler Erich. Elle se languissait de le voir. Elle était là, à Washington, tandis qu'il dormait à quelques pâtés de maison, et il l'ignorait ! Mais elle était trop remplie de colère et d'amertume pour lui parler maintenant. Et elle n'accourrait pas vers lui comme une damoiselle désespérée cherchant un chevalier pour lui porter secours. Elle devait réfléchir au problème toute seule et trouver la solution elle-même.

Elle ne s'excuserait pas auprès de son père.

Abandonnerait-elle le collège et tous les avantages qu'il pouvait lui apporter uniquement pour respecter ses convictions ?

Oui. Oui, sans aucune hésitation.

Évidemment, pensait-elle au moment où le soleil commençait à se lever, cela ferait une grande différence si, en ne retournant pas à Radcliffe, elle se trouvait à rester à Washington, où elle pourrait voir Erich chaque jour. Mais sa décision n'était pas fondée sur ses seuls caprices, sur ses seuls désirs. Pour une fois, ses principes et ses passions étaient du même côté.

Peut-être que *War Stories* jugerait utile d'avoir une correspondante à Washington ! C'était la ville où tous les événements importants survenaient. Elle avait même entendu parler des allées et venues démentes des diplomates des diverses ambassades. Lors des bridges hebdomadaires de sa mère, des épouses de représentants au Congrès échangeaient des ragots au sujet de l'épouse d'un diplomate roumain qui travaillait comme vendeuse dans un magasin à rayons local, de l'épouse d'un diplomate allemand qui refusait d'assister à une réunion mondaine si la femme d'un émissaire italien y était aussi invitée. La moitié de ses camarades d'école secondaire avaient des parents, des oncles ou des tantes qui exerçaient leurs activités à Washington.

Elle connaissait beaucoup de gens qu'elle pourrait interviewer. Elle se trouverait un emploi où elle accomplirait des tâches mineures de secrétariat. Elle s'installerait dans une pension et puis elle écrirait ses articles le soir ! Cela apprendrait à son père qu'elle n'était plus la petite fille qu'on pouvait mener par le bout du nez. Et puis la plupart de ses cours, au collège, l'ennuyaient. Écrire pour *War Stories* représentait le rêve de sa vie.

Sa tête bourdonnait. Elle finit par s'allonger et elle sombra rapidement dans un sommeil profond et rafraîchissant. Elle s'éveilla deux heures plus tard en entendant sa mère et Agate s'affairer dans les chambres voisines. Elle se leva, prit son bain et mit des vêtements frais : son meilleur ensemble de tweed et son petit chapeau de feutre noir si coquet.

Sa mère, qui avait entendu ses talons hauts résonner dans l'escalier et sur le chemin de la cuisine, courut derrière elle. Il était passé neuf heures ; son père devait déjà être parti. Jean se versa une tasse de café et avala des toasts avec de la confiture.

— Qu'est-ce que tu fais, chérie ? lui demanda sa mère.

— Je déjeune, maman. Ensuite je pars. Ne vous inquiétez pas, je n'emprunterai pas la nouvelle DeSoto de papa. Je vais prendre le trolleybus.

— Oh ! vraiment, Jean, je suis sûre...

— Maman. Laissez tomber.

— Où vas-tu ?

— Dehors.

Elle n'avait pas l'intention de faire passer sa colère sur sa mère, mais pourquoi ne le ferait-elle pas? Qu'est-ce que sa mère avait fait pour la défendre contre son père? Elle vida sa tasse, enfila son manteau et sortit.

Jean prit la direction de Pennsylvania Avenue. Elle savait exactement pour qui elle voulait travailler. Pendant des mois elle avait entendu son père se plaindre de Harry Woodring, ancien gouverneur du Kansas, devenu ministre de la Guerre. C'était un féroce isolationniste tout à fait opposé à l'entrée en guerre des États-Unis aux côtés des Anglais et des Français. Si son ministère l'engageait, elle ferait d'une pierre deux coups : son père deviendrait fou de rage et elle serait à même de recueillir de l'information pour *War Stories.* Comme Washington prenait conscience que le pays n'échapperait pas à la guerre, on avait un urgent besoin d'employés de bureau : quiconque savait taper à la machine avait toutes les chances d'être embauché. Vers le milieu de l'après-midi, Jean avait un emploi. Ce n'était malheureusement pas tout à fait ce qu'elle avait envisagé. On l'avait renvoyée de bureau en bureau, puis on l'avait dirigée finalement vers le *Munitions Building,* un vieux bâtiment délabré de Constitution Avenue. Une chef de service débordée, nommée Polly Anderson, l'avait interviewée pendant cinq petites minutes avant de l'accepter au sein de l'équipe de secrétaires.

— J'espérais faire quelque chose de plus... exigeant, fit remarquer Jean. J'ai écrit des articles pour...

— Est-ce que vous avez un diplôme de collège?

— Non, mais...

— Vous avez un diplôme d'école secondaire et vous pouvez taper à la machine, pas vrai? Le travail que je vous offre convient à vos qualifications. Si vous n'en voulez pas, allez ailleurs. Vous trouverez probablement ce que vous cherchez. Tout le monde a besoin de personnel aujourd'hui. Je n'ai plus de temps à vous consacrer. Au revoir.

— Non... attendez. Je veux cet emploi.

— Bien. Vous commencez demain.

Elle célébra l'événement en se payant un lunch à la Scholl's Cafeteria. En mangeant, elle parcourait les petites annonces du *Times-Herald* pour y trouver une chambre à louer. Georgetown était son premier choix. C'était un quartier en phase de transition. Plusieurs de ses maisons, jadis élégantes, avaient été transformées en pensions. Jean alla en visiter trois avant d'en choisir une qui lui convenait, rue M. C'était une affreuse petite chambre, mais la salle de bains au bout du couloir était propre et moderne. De plus, la propriétaire était une femme timide.

— Est-ce que vous autorisez les visites masculines à l'étage, dans la soirée ?

— Ah, mon Dieu ! je n'ai jamais pensé... Personne ne m'a encore demandé. Eh bien, je suppose que j'autorise...

Mme Connors bégayait en examinant le manteau de fourrure de Jean, son sac et ses gants de cuir.

— Magnifique, déclara Jean. Je la prends. J'emménage demain.

À bord du trolleybus qui la ramenait à la maison, Jean faisait mentalement des additions. Son salaire au *Munitions Building* lui rapporterait cent vingt dollars par mois. La chambre lui en coûterait soixante. Cela ne lui laissait pas beaucoup d'argent pour se nourrir et s'habiller, surtout si l'on pensait aux bas de soie, qui coûtaient trois dollars la paire. Mais elle se dit qu'elle pouvait compter sur sa mère pour lui fournir un certain nombre de choses essentielles. Elle ne pourrait peut-être pas se payer le pain, mais sa mère lui fournirait certainement le gâteau.

La maison était silencieuse. Sa mère faisait toujours la sieste au début de l'après-midi. Jean téléphona au pavillon de Midge et laissa un message pour que son amie la rappelle immédiatement à la maison. Elle ne serait pas trop surprise ! Elle passa un vieux pantalon et des flâneurs confortables avant de descendre au sous-sol pour chiper la vieille malle qu'utilisait Bobby à l'époque où il fréquentait les camps de vacances. Elle traîna la malle jusqu'à sa chambre et commença à emballer ses affaires. Midge la rappela et poussa un cri de joyeux étonnement en apprenant la nouvelle. Elle promit de sécher ses cours du lendemain pour l'aider à s'installer chez Mme Connors.

C'était presque l'heure où son père rentrait de son travail. Jean entendait sa mère, dans le living-room, qui préparait les verres pour le cocktail. Debout dans la cuisine, elle vit Stafford entrer les bras chargés de bûches pour alimenter le feu de cheminée. Jean croqua quelques biscuits à la farine d'avoine préparés par Agate et but un verre de lait. Puis elle chaussa ses bottes, endossa son manteau, passa ses gants et sortit.

Elle marcha jusqu'au drugstore le plus proche, se glissa dans la cabine téléphonique et composa le numéro d'Erich.

Ces quelques semaines de février resteraient toujours dans sa mémoire comme les plus heureuses de sa vie. Elle adorait son travail, qu'elle effectuait assise à un antique bureau, devant une non moins antique machine à écrire et d'interminables formulaires. Polly Anderson dirigeait son bureau comme s'il s'était agi d'un club d'étudiantes : les rires et les bavardages y résonnaient à tout instant ; l'air y fleurait le parfum et le vernis à ongles. Personne ne semblait se douter de la véritable nature du travail à exécuter, mais tout le monde s'affairait avec énergie et détermination. Une impression d'expectative optimiste flottait dans tout le bureau. Des officiers de l'armée et des civils occupant des postes de responsabilité entraient puis sortaient, non sans s'être permis de flirter avec les jeunes filles.

Dans ses rapports avec ses parents, Jean bénéficiait d'une trêve plus ou moins confortable. Son père lui parlait rarement, mais sa mère était vraiment heureuse que sa fille vive à Washington plutôt qu'à des centaines de kilomètres de la maison. Elle invita Jean à venir le dimanche, pour le dîner, ou n'importe quand si elle le désirait. « Ton père va se calmer avant longtemps, la rassurait-elle. Il est très heureux que tu travailles pour le gouvernement, tu sais. » Jean venait donc souvent à la maison, en partie pour plaire à sa mère, mais surtout pour attraper des bribes des commérages qui avaient cours à Washington.

Elle passait la plupart de ses soirées et parfois ses nuits avec Erich.

Il était souvent en dehors de la ville à cette époque, son travail exigeant qu'il se rende assez régulièrement à New York. Les industries se mettaient en branle et modernisaient leurs usines. Cela signifiait beaucoup d'argent et des prêts accordés ici et là.

Quand Erich n'était pas à Washington, elle prenait du bon temps dans sa petite chambre minable. Il n'y avait encore qu'une seule autre pensionnaire chez Mme Connors, de sorte que Jean pouvait abuser de la salle de bains. Elle passait de somptueuses heures à laver ses cheveux, à se détendre dans des bains de mousse parfumée, à laver à la main ses sous-vêtements, ses blouses et ses robes. Elle avait commencé à tenir un journal quotidien très touffu et, les soirs de solitude, elle y consacrait des heures. Hal Farmer avait apprécié la suggestion qu'elle avait faite d'être la correspondante de *War Stories* à Washington, mais il lui avait conseillé de ne pas aller trop vite. « Prends note de tout, lui avait-il recommandé lorsqu'il l'avait appelée de Boston. Fais une description détaillée de chaque diplomate, général ou membre du Congrès qui passe par le bureau. Prends note du nombre de fois où certaines personnes apparaissent. Si tu dînes chez tes parents, prête l'oreille à toute rumeur à laquelle ton père pourrait faire allusion. Envoie-moi chaque semaine une lettre où tu me mettras au courant de tout ce que tu pourras avoir appris, et je te ferai savoir s'il y a là-dedans matière à un article. » Parfois Jean avait des crampes dans la main à force de tout consigner dans son gros journal fermé à clef. Jusque-là elle était déçue : elle n'était tombée sur rien de particulièrement excitant. Mais elle réussirait. Elle savait qu'elle réussirait un jour.

Quand Erich était là, elle n'avait pas le temps d'écrire. Ce n'était pas seulement parce qu'ils passaient des heures à faire l'amour entre les murs étroits de sa chambre, mais parce qu'ils commençaient toujours par aller manger dans quelque restaurant.

Aucun d'eux n'était intéressé à cuisiner et il y avait de nombreuses cafétérias à bon marché où ils pouvaient bavarder à table pendant des heures. Ils se faisaient rire l'un l'autre en se racontant les histoires qu'ils avaient entendues. Une Américaine en grand deuil – robe noire, chapeau et voilette – restait en faction devant le Sénat et la Chambre des représentants, en espérant que sa présence convaincrait les membres du Congrès de renoncer à la guerre. Un gros Allemand à monocle essayait de s'introduire sans invitation dans les réceptions d'ambassade ; il se présentait chaque fois dans le costume traditionnel d'un pays différent. Une matrone aristocratique de Géorgie avait emménagé dans une grande résidence et avait annoncé qu'elle donnerait une réception chaque semaine jusqu'à ce que chacune de ses cinq filles ait trouvé mari parmi les diplomates et les officiers qui avaient envahi la ville.

Ils essayaient d'imaginer ce que Hitler ferait. Ils se demandaient tout haut quel rôle l'U.R.S.S. jouerait dans tout cela. Les relations avec les Russes étaient précaires, c'était le moins qu'on puisse dire. En ville, on parlait partout des virulentes tirades anti-américaines que l'ambassadeur de Russie, Constantin Oumansky, lançait en public et même lors des grands dîners diplomatiques. L'armée soviétique avait déjà envahi la Finlande, mais Jean ne pouvait guère s'émouvoir pour la Finlande : elle était incapable de s'inquiéter pour ce petit pays enneigé comme elle le faisait pour l'Angleterre et la France, par exemple.

L'essentiel de ses discussions avec Erich était centré sur les initiatives qu'ils pouvaient entreprendre individuellement en faveur de la paix. Ils avaient joint les rangs d'un nouveau groupe appelé Mobilisation américaine pour la paix mais, jusqu'à présent, ils n'avaient guère fait autre chose que signer des pétitions. Jean voulait faire davantage. Elle rêvait de changer les choses.

Ce furent des jours et des nuits passionnés, ardents et merveilleux pour Jean. Sa ferveur idéologique était peu de chose à côté du désir qu'elle avait d'Erich. Elle arrivait mal à croire tout ce qu'ils partageaient au lit. Personne, ni même l'expérimentée

Midge, ne lui avait confié qu'un homme et une femme pouvaient parvenir à un tel degré d'intimité. Elle n'éprouvait aucune honte. Aucun tabou ne freinait leur spontanéité, et Jean était prête à tout pour lui.

Un soir, vers la fin de février, une neige fondante rendit les routes très glissantes. Erich, à New York depuis trois jours, devait justement revenir au cours de la soirée. Jean l'attendait dans sa chambre en avalant la soupe qu'elle avait préparée sur son petit réchaud. Elle craignait que le mauvais temps ne retienne Erich. Elle se languissait de lui.

À son grand soulagement, il arriva à neuf heures. Il jeta son manteau dégoulinant sur une chaise, déposa sa valise sur le lit et serra Jean contre lui. Ils s'embrassèrent, mais Jean sentit dans son étreinte quelque chose de pressé qui n'avait rien à voir avec l'amour. Elle s'écarta de lui :

— Qu'est-ce qui ne va pas, Erich ?

— Rien, Jean, répondit-il avec un sourire forcé. Je suis seulement fatigué après ce voyage difficile. Laisse-moi respirer, prendre un verre, et je serai de nouveau détendu.

Jean prépara un scotch à l'eau, juste comme il l'aimait, et quelque chose de moins corsé pour elle. Erich se laissa choir dans le fauteuil. Elle lui tendit son verre. Il appuya sa tête sur le dossier et fixa le plafond. Des cernes noirs apparaissaient sous ses yeux.

Jean se leva et se pencha pour dénouer sa cravate. Souvent ce simple geste était le prélude à l'amour. Ce soir-là, cependant, il restait là sans bouger, l'air préoccupé.

Jean tira une chaise de bois bancale devant lui et s'assit. Elle prit une large gorgée de sa boisson.

— Erich, parle-moi, je t'en prie, supplia-t-elle.

Il la regarda avec, dans ses yeux sombres, une expression qu'elle n'avait jamais vue auparavant. C'était comme s'il était en train de la juger, de l'évaluer. Puis il poussa un profond soupir, posa son verre sur la table et se pencha en avant, les coudes sur ses genoux, les mains jointes sous son menton :

— Rien de ce que je vais te dire maintenant ne doit être répété en dehors de cette chambre. Même si mes propos te mettent en colère, même si tu me quittes, tu dois me promettre une discrétion absolue.

— Erich, pour l'amour du ciel ! Je t'aime ! Jamais je ne trahirai ta confiance, à plus forte raison si tu me demandes de ne répéter à qui que ce soit les propos d'une conversation confidentielle !

— Je te demande de me le jurer.

Jean lui adressa un sourire où se lisaient l'embarras et la surprise :

— Très bien, Erich. Je le promets. Je jure sur la Bible, je jure sur ma vie, que rien de ce que tu diras ce soir ne sortira jamais de cette pièce.

Il étudia longuement son visage en silence. Soudain il se leva, traversa la chambre comme s'il voulait mettre la plus grande distance entre eux, se retourna et la regarda encore :

— Tu connais mes sentiments pour toi, Jean. Je ne peux te promettre ni le mariage ni la sécurité, mais je t'aime. Je crois que tu le sais. Je sais que tu m'aimes. Mais ce que je vais te demander pourrait bien t'amener à t'éloigner de moi tout de suite et pour de bon.

— Ne sois pas ridicule...

Erich ne la laissa pas poursuivre :

— Je sais que ma demande a quelque chose d'offensant. Et il est très difficile pour moi de la formuler.

— Je ne serai pas insultée. Rien de ce qui vient de toi ne peut m'offenser.

Erich revint s'installer dans le fauteuil :

— Très bien, Jean. Je me suis joint à un groupe d'hommes d'affaires qui luttent pour la paix. La moitié du temps que je passe à New York est consacrée à mes rencontres avec eux. Je dois taire leur nom et leur statut. Mais tu serais surprise et heureuse de savoir combien de personnes, parmi les plus influentes, veulent que les États-Unis restent en dehors de ce conflit européen. L'un des chefs de ce groupe est propriétaire d'une grosse entreprise. Sa compagnie produit une marchandise dont les forces armées auront besoin si nous devons entrer en guerre. Ce chef, donc, a besoin d'une information que ton père détient.

Il fit une pause. Le cœur de Jean s'était mis à battre plus vite, mais elle resta silencieuse et attendit.

— Comme tu le sais, ton père est un expert en décryptage pour les services secrets de la marine. Les forces navales américaines ont mis la main sur un message codé envoyé par Berlin à un officier allemand du front Ouest. Si ton père peut déchiffrer le message, la marine aura accès à une information extrêmement précieuse pour elle. Nous voulons ce message codé. Nous avons avec nous un homme qui peut le déchiffrer plus vite que n'importe quel militaire. Si nous pouvons obtenir cette information avant la marine, nous serons capables d'établir un plan antimilitaire que nous pourrons soumettre au président des États-Unis. Je sais que ton père apporte souvent du travail chez lui. Tu me l'as dit et d'autres sources nous l'ont confirmé. Il est plus que probable qu'il a apporté ce message codé à la maison pour pouvoir y travailler le soir dans la paix et la tranquillité de son bureau. L'édifice du ministère de la Guerre est un immense cirque par les temps qui courent, et il lui est sans doute impossible de se concentrer là-bas. Je veux que tu cherches dans son bureau et sur sa table de travail quelque chose qui puisse ressembler à un message codé. Si tu le trouves, je te demande de me le confier pendant quelques heures. Tu pourras ensuite le remettre à sa place. Est-ce que tu peux faire ça?

Jean hésita :

— Je ne sais pas... Tu connais mes sentiments à l'endroit de mon père, mais...

Erich se leva de façon impétueuse, comme s'il avait été en colère, et alla se planter devant la fenêtre :

— Je comprends. Je n'aurais jamais dû te demander ça, Jean. Oublie ça.

Mais elle le rattrapa, saisit son bras avec ses deux mains et le força à la regarder :

— Non, arrête. Je veux vraiment t'aider. Je ne pourrais pas copier le message pour toi ?

— Non. Il nous faut l'original. Le message pourrait être écrit à l'encre sympathique ou avec une encre qui nécessite une certaine lumière pour être lisible, et il se peut que ce soit difficile d'en faire une copie exacte. Peu importe. Je n'aurais jamais dû te demander ça.

Il secoua la tête et il parut soudain fatigué, distrait et inquiet. Il l'éloigna gentiment de lui et retourna s'écraser dans son fauteuil. Il renversa la tête vers l'arrière et passa ses mains sur ses yeux comme s'ils étaient blessés.

Jean se mordit la lèvre, elle avait pris sa décision. Elle vint s'agenouiller devant lui et enferma ses mains dans les siennes :

— Erich, crois-moi, je vais le faire. Je te le promets. Dis-moi quand.

Erich ouvrit les yeux et la regarda attentivement un long moment.

— Jeanie, je ne veux pas que tu agisses contre ton gré.

— Non, je veux réellement t'aider.

— Nous en avons besoin le plus tôt possible.

— J'ai compris, dit-elle en se relevant. Je me sens si impatiente, si importante ! ajouta-t-elle en faisant les cent pas dans la petite chambre.

— Tu es vraiment importante. Ta participation pourrait être décisive.

— J'irai dimanche. Maman me supplie toujours de venir déjeuner ce jour-là. Elle ne peut probablement pas supporter d'être seule avec Betty maintenant que mon frère subit l'entraînement des officiers de sous-marins. Habituellement papa fait la sieste après le repas. Ce sera le temps idéal pour m'introduire en douce dans son bureau.

— Tu ne trouveras peut-être pas le document en question à la surface de sa table de travail. Il l'a probablement caché dans un livre ou sous une pile de papiers sans valeur. Ce n'est pas le genre de chose qu'on laisse exposée au regard de n'importe qui. Surtout pas avec le va-et-vient qu'il y a chez toi. Tu devras faire preuve d'imagination. Je crains que tu ne doives chercher longtemps.

Jean sourit, un sourire aussi large et suffisant que celui du chat Cheshire. Elle vint vers Erich, s'assit sur ses genoux et mit les bras autour de son cou :

— Si c'est aussi important, je sais exactement où le trouver. Dans son coffre-fort. Et je sais comment l'ouvrir.

— Tu connais le chiffre ? s'exclama Erich, les yeux grands ouverts par l'étonnement. Tu es une fille formidable !

— Quelle sera ma récompense pour tout ça ? susurra-t-elle en se tortillant légèrement.

Pendant une fraction de seconde, elle le sentit résister, incapable de se détendre.

— Ce n'est pas un jeu, Jean. C'est sérieux.

— Je comprends très bien, Erich. Mais ça aussi, c'est sérieux, riposta-t-elle en se penchant pour l'embrasser.

L'haleine chaude et douce d'Erich se mêla à la sienne, et Jean se pressa contre lui, mais Erich la secoua légèrement, comme font les parents pour ramener un enfant à la raison :

— Attends, Jean, lui ordonna-t-il d'une voix enrouée par l'émotion.

Il la repoussa doucement, se leva et retourna à la fenêtre. Il y resta un bon moment, le dos tourné, comme s'il était plongé dans ses pensées ou plutôt comme s'il discutait avec lui-même, puis il sembla en être arrivé à une décision. Il secoua la tête et murmura :

— Non. C'est la seule façon. Il faut que ça se fasse de cette façon.

— Erich ? Quelque chose ne va pas ?

Il revint alors vers elle, enchâssa sa tête dans ses deux mains et la renversa de telle sorte qu'elle ne puisse faire autrement que de le regarder. Ses yeux sombres brillaient, comme s'il avait été sur le point de pleurer.

— Chère Jean, ma très chère et bien-aimée Jean, murmura-t-il d'une voix qui était une véritable caresse. Je t'aime tellement. Je mourrais plutôt que de te mettre en danger ou de te faire souffrir.

Jean le regarda fixement, perplexe, et répondit :

— Ne t'inquiète pas au sujet de cette affaire de message codé, Erich. Je suis capable de le subtiliser. Et je n'ai pas peur.

— Tu es magnifique !

— Toi aussi, répondit-elle, heureuse que le souci ait quitté son visage.

— Je t'aime, Jean, je t'aime de tout mon cœur.

— Je t'aime, Erich.

Peu de temps après, alors qu'ils reposaient nus dans le lit étroit, Jean murmura :

— Il n'y a rien d'autre que tu puisses me dire ? La table de travail et le bureau de mon père sont toujours dans un beau désordre. J'aurai des montagnes de papiers à éplucher, sans oublier ce qu'il a entassé dans son coffre-fort.

Erich se déplaça pour lui faire face. Il passa sa main dans sa longue chevelure et dit :

— Nous n'avons pas beaucoup de détails. Le texte peut être écrit en anglais, en allemand ou en swahili. Il peut aussi avoir l'air d'une équation mathématique. Mais nous savons qu'il est bref et qu'il est écrit sur une bande de papier qui peut se plier ou se rouler. Nous sommes sûrs d'une chose : il a été transporté par un pigeon voyageur.

— Un pigeon voyageur ! s'esclaffa Jean. On s'est payé votre tête. L'Allemagne possède des sous-marins, des avions de combat, des torpilleurs, et tu es en train de me dire qu'on a utilisé une bande d'oiseaux pour transporter des documents ?

— Mais on suit plus facilement la trace des machines que

celle des oiseaux, répliqua Erich. C'est peut-être une méthode périmée, mais ça marche. Ou plutôt ça marchait jusqu'à ce que ton père intercepte un des messages.

— Très bien alors. Je chercherai un message écrit sur une bande pliée ou roulée.

— C'est ça. Il pourrait se lire comme un mot d'amour, une recette de gâteau ou des notes qu'un collégien tricheur dissimule au fond de sa chaussure. Mais ce sera court. C'est le seul indice que nous ayons.

— Tu peux attendre jusqu'à dimanche, n'est-ce pas? Autrement on pourrait soupçonner quelque chose à la maison. Je n'ai pas passé beaucoup de temps là-bas, comme tu sais. Mais, Erich, qu'arrivera-t-il si mon père s'enferme dans son bureau, après sa sieste, pour décrypter le message? Il pourrait y travailler une partie de l'après-midi et même de la soirée?

— J'ai pris contact avec quelques membres de mon groupe. Ils s'arrangeront pour que ton père soit convoqué à une réunion urgente qui le retiendra assez tard dimanche soir. Il n'aura pas le temps de penser au code. Tu pourras retourner à la maison lundi matin, sous prétexte que tu as oublié quelque chose dont tu as besoin et le remettre à sa place.

Jean réfléchissait à haute voix :

— Le dimanche, nous passons à table à une heure environ, juste après que mes parents sont revenus de l'église. Mon père va faire la sieste vers deux ou trois heures. Pendant ce temps, maman écoute la radio et tricote. Mais elle somnole souvent sur sa chaise. Je devrais être capable de m'introduire dans le bureau sans que personne ne s'en aperçoive. Dès que j'aurai trouvé le message codé, je prendrai congé de ma mère et je courrai jusqu'à l'arrêt du trolleybus.

— Je t'attendrai dans la voiture à l'arrêt du trolley. Ça nous fera gagner du temps.

— Bonne idée! Je laisserai mon parapluie à la maison. Non, ce n'est pas très brillant. Oh! je penserai à quelque chose d'autre. Erich, je suis si heureuse de participer à cette aventure!

***

En prenant part au repas familial ce dimanche-là, Jean songea qu'elle aurait pu devenir comédienne. Au fur et à mesure qu'elle avait grandi, elle avait automatiquement adopté le rôle qu'on lui demandait de tenir : celui de la bonne jeune fille. Aujourd'hui elle se surpassait. Aujourd'hui elle était la fille aimante, plus mielleuse encore que la gluante Betty, assise en face d'elle, et qui n'arrêtait pas de pépier au sujet des couleurs à choisir pour son mariage. Bobby reviendrait à la maison en mars pour se marier. Jean avait accepté d'être une des demoiselles d'honneur.

Assis au bout de la table, son père mangeait en silence. Il était préoccupé. Alors qu'elle l'observait, un élan spontané de sympathie traversa le cœur de Jean. Il paraissait vieux. Il avait pris passablement d'embonpoint au cours des trois derniers mois, beaucoup plus qu'il n'était bon pour lui, et des poches de graisse apparaissaient maintenant sous ses yeux. Il n'avait pas l'air en bonne santé. Il avait perdu cette sorte d'énergie impatiente que tellement de militaires affichaient au *Munitions Building* à cette époque. Il paraissait usé.

Si son père se rendait compte de son examen ou de son inquiétude, il n'en montrait rien cependant. Il était absorbé dans ses propres pensées. Mais plus que cela, il semblait avoir officieusement rayé Jean de sa vie. Il était furieux qu'elle fréquente Erich alors qu'elle aurait dû épouser Al, un homme de la marine, l'homme qu'il avait choisi pour sa fille. Il était ennuyé que celle-ci travaille, en dépit du fait qu'il était lui-même responsable de son abandon des études. Injure suprême, Jean était à l'emploi de l'armée et non de la marine. Il ne s'informait jamais de son travail. D'ailleurs il ne lui parlait pas à moins qu'elle ne lui adresse la parole directement.

N'eût été de Betty, qui gazouillait béatement à propos de son mariage prochain, le repas aurait été vraiment sinistre. Mais ils s'en tirèrent de façon civilisée ; Betty finit par retourner chez elle et le commandant monta faire la sieste.

Comme elles le faisaient le dimanche depuis des années, Jean et sa mère nettoyèrent la table et lavèrent la vaisselle : c'était le jour de congé d'Agate et de Stafford. Jean était heureuse d'avoir quelque chose à faire. Elle était tellement nerveuse qu'elle ne tenait pas en place. Rester calmement assise pendant tout le dîner avait été une dure épreuve pour elle. Plusieurs fois elle avait fait mine de s'émerveiller au sujet du mariage à venir en poussant des cris qui rivalisaient avec ceux de Betty. L'eau chaude dans laquelle elle plongeait les mains et le récurage de la rôtissoire l'avaient calmée. Toutes les fois qu'il lui arrivait de penser à ce qu'elle devait faire bientôt, ses mains se mettaient à trembler.

La vaisselle lavée, sa mère se retira au living-room et ouvrit la radio. Peu de temps après elle dormait devant la cheminée rougeoyante.

Jean monta vite à l'étage sur la pointe des pieds. La porte de la chambre de ses parents était fermée. Elle présuma que son père dormait. Elle redescendit au rez-de-chaussée et s'introduisit dans le bureau, laissant la porte entrouverte de façon à pouvoir entendre tout bruit suspect. Elle s'était dit que, si son père la surprenait, elle prétendrait qu'elle avait besoin de son certificat de naissance pour compléter son dossier au service du personnel du ministère.

Après avoir jeté un regard rapide sur la table de travail encombrée, elle se dirigea directement vers le coffre-fort, caché derrière une grande mappemonde sur le mur du fond. Elle souleva soigneusement le large et lourd cadre de bois et le déposa par terre. Elle connaissait le chiffre aussi bien que son nom et il ne lui fallut que quelques secondes avant d'entendre le déclic souhaité.

Le coffre était bourré jusqu'à la limite du possible. Jean ne l'avait jamais vu ainsi. Son père gardait sur la tablette du bas ses papiers personnels ainsi que le coffret de velours contenant le collier de diamants et de perles que sa mère avait reçu en héritage. Les papiers relatifs au travail officiel étaient ordinairement sur la tablette supérieure. Maintenant les deux tablettes débordaient. Jean prit la pile de papiers sur la tablette du haut et la feuilleta rapidement. Quel fouillis ! C'était désespérant. Il y avait tellement de choses à trier là-dedans. Pas étonnant que son père ait l'air si fatigué. Jean sentit son énergie l'abandonner ; un lugubre sentiment de découragement commença à s'emparer d'elle.

Mais l'enjeu était trop important. Puisqu'elle avait accepté cette mission, il fallait qu'elle s'en acquitte de façon convenable. Elle s'installa à l'abri d'un gros fauteuil de cuir. S'il arrivait à sa mère de passer par là en se rendant à la cuisine et de jeter un coup d'œil dans le bureau, elle ne verrait rien d'anormal.

Sans perdre de temps, Jean examina les papiers un à un en prenant soin de reconstituer fidèlement la pile originelle. La plupart des documents portaient l'en-tête de la marine et quelques-uns le sceau du président des États-Unis. Elle remarqua au passage plusieurs notes manuscrites de son père. Rien ne correspondait à ce que Jean cherchait, rien de codé ni d'assez bref.

Elle remit soigneusement la pile à sa place. Elle sortit ensuite précautionneusement celle qui se trouvait sur la tablette inférieure et retourna derrière le fauteuil. Il s'agissait de documents d'ordre militaire : notes, réquisitions, ordres, directives. Seuls les papiers où se trouvaient alignées des colonnes de statistiques avaient quelque peu l'apparence – et si peu encore – de ce qu'Erich désirait.

Laissant la pile sur le plancher, Jean alla inspecter ce qui restait dans le coffre. Elle ouvrit le coffret de velours : rien que des bijoux. Elle sortit la pochette de classement dans laquelle se trouvaient les papiers de famille et, sous l'impulsion du moment, elle récupéra son certificat de naissance. Pourquoi ne pas le prendre maintenant ? Elle fouilla dans chacun des dossiers et ne trouva rien d'inusité. Elle passa finalement en revue tout ce qui était au fond du coffre : toujours rien. Elle rangea les papiers.

Que faire maintenant ? Elle était amèrement déçue. Si elle devait trier ce qui était sur la table de travail de son père, elle en aurait pour des heures et, encore, elle n'aurait probablement pas le temps de tout vérifier. Si le message codé était aussi important qu'Erich le disait, ou bien son père le gardait dans le coffre, ou bien il ne l'avait pas apporté à la maison.

Elle décida de vérifier encore une fois le contenu des tablettes. Elle prit le temps d'étudier chaque feuille. Au bord des larmes, elle se leva pour replacer les documents.

Plus d'une heure s'était écoulée. Le soleil déclinait. Un rayon de soleil tomba à l'intérieur du coffre : quelque chose de sombre, tout au fond, avait échappé à son attention. Une masse noire et mince était plaquée contre une paroi de telle façon qu'on ne pouvait rien apercevoir au premier coup d'œil.

Jean plongea le bras à l'intérieur et en retira un portefeuille ordinaire en cuir noir.

Elle l'ouvrit et y découvrit une bande de papier commun pliée plusieurs fois. Des signes y étaient inscrits, mais elle ne pouvait pas les interpréter. Cela faisait penser à une formule mathématique à laquelle étaient mêlés des mots d'une langue qu'elle ne connaissait pas, mais qu'elle crut être du russe. Pas de l'allemand, du russe ! Il fallait que ce soit cela. Dans son excitation, elle embrassa presque le papier. Avec des mains tremblantes, elle le glissa dans le portefeuille et celui-ci dans la poche de sa robe. Elle remit tout en place, referma la porte et tourna le bouton. Elle raccrocha la mappemonde au mur et sortit sur la pointe des pieds. La maison était encore silencieuse. Sa mère ronflait doucement au son d'une valse viennoise. Jean enfila son manteau et sortit de la maison en tirant la porte derrière elle sans faire de bruit. Elle courut dans la rue jusqu'à l'endroit où Erich l'attendait dans sa voiture.

Elle s'était imaginé qu'Erich l'accueillerait à bras ouverts. Toutefois, quand elle s'installa à côté de lui dans la voiture, il demanda sèchement :

— L'as-tu trouvé ?

— Je crois. Je suis aussi sûre qu'on peut l'être. Tu veux le voir ?

Elle sortit le papier du portefeuille et le replia de façon à le ramener à sa dimension originelle. Une étroite bande pas plus longue qu'une feuille de papier à cigarette reposait au creux de sa main. Elle la déplia pour lui faire voir l'alignement curieux des lettres, des chiffres et des signes :

— Je n'ai rien pu comprendre de ce qui y est écrit. Je l'ai trouvé dans ce portefeuille de cuir au fond du coffre. Il n'y a rien d'autre dedans. Ça m'a pris une éternité, mais je pensais...

— Tu as bien travaillé.

Erich glissa le papier et le portefeuille dans la poche de son veston :

— Partons. Nous n'avons pas une minute à perdre.

Son visage était impassible :

— Je te laisse à la pension, puis je file rejoindre les autres. Nous travaillerons probablement là-dessus toute la nuit. Je viendrai te chercher vers sept heures demain matin. Ça me donnera le temps de te conduire chez tes parents, où tu remettras le portefeuille à sa place. Ensuite je te déposerai à ton travail. Penses-tu que ton père sera encore à la maison ?

— Je ne suis pas sûre. Je n'y ai pas dormi depuis des semaines. Il n'a pas l'habitude de quitter la maison avant huit heures.

— Très bien, je passerai te prendre à huit heures. Tu seras cependant en retard au bureau.

— Ça n'a pas d'importance. Comme j'ai toujours été ponctuelle, Polly Anderson fermera les yeux. Crois-tu que j'ai mis la main sur ce que tu espérais ?

— Je ne le saurai pas avant que nos spécialistes l'examinent. Ton bout de papier correspond à la description. Il est assez petit pour être transporté par un pigeon ; on l'a plié plusieurs fois et il a été soumis à des conditions difficiles. Et on dirait certainement qu'il s'agit d'un message codé. Nous aurons seulement à vérifier si c'est le bon.

— Si ça ne l'est pas, je retournerai pour chercher encore.

— J'espère bien que tu n'auras pas à le faire. Il ne nous reste pas beaucoup de temps.

Jean étudiait le visage d'Erich pendant qu'il conduisait. Dans la lumière crue de l'après-midi, il paraissait plus vieux et fatigué. Elle avait envie de se rapprocher de lui pour lui caresser les cheveux, lui masser le cou et les épaules. Elle souhaitait que se relâche la tension qui l'accablait.

Il stoppa la voiture devant la pension, mais laissa tourner le moteur. Il allongea le bras pour caresser la courbe de sa joue :

— Je ne peux pas entrer, Jean. Je le regrette bien. Je dois apporter ça sans tarder.

— Je sais. Oh ! Erich, j'espère bien avoir réussi !

Mais Erich ne partageait pas son excitation. Il la contemplait en silence. On aurait dit qu'il voulait imprimer chacun de ses traits dans sa mémoire :

— Je t'aime vraiment, Jean. N'oublie jamais ça.

Elle prit le visage d'Erich entre ses mains :

— Je t'aime.

Il se pencha et l'embrassa tendrement, puis la serra contre lui avec une passion qu'il cherchait à peine à dissimuler. Elle enfouit son visage contre son épaule.

Après un long moment, il relâcha son étreinte :

— Il faut que je parte.

— Eh bien, au revoir.

Elle ramassa son sac et ses gants. La main sur la poignée de la portière, elle ajouta :

— Je t'attends demain matin à huit heures.

— C'est bien ça.

Comme il paraissait triste, et grave ! Elle resta au bord du trottoir et suivit du regard la voiture noire jusqu'à ce qu'elle disparaisse au premier tournant.

Elle occupa le reste de la journée à ourler et à broder à la main le jeu de draps et de taies d'oreiller en lourde percale qu'elle offrirait à Betty et Bobby en cadeau de mariage. Penchée sur son travail, elle s'imaginait raconter à Myra, à Hal Farmer et à Stanley Friedman l'exploit qu'elle venait d'accomplir. Comme ils seraient impressionnés ! Elle aurait aimé prendre un long dîner avec Midge et commérer pendant tout ce temps avec elle. Mais elle avait promis à Erich de garder le secret, et elle ne dirait rien. Jamais.

À huit heures le lendemain matin, elle était postée à la fenêtre voisine de la porte d'entrée et surveillait l'arrivée de la voiture d'Erich.

Vers huit heures quinze, elle sortit attendre au bord de la rue, comme si cela avait pu la faire apparaître.

Une demi-heure plus tard, elle commença à s'inquiéter. Elle secoua son poignet et porta sa montre à l'oreille : elle pouvait entendre le tic-tac. Peut-être sa montre avançait-elle. Elle rentra vite dans la maison pour vérifier l'heure à l'horloge qui décorait le manteau de la cheminée du living-room de Mme Connors. Huit heures quarante-six.

Elle serra le col de son manteau autour de son cou en retournant à son poste d'attente. Elle frissonnait. Quelque chose n'allait pas. Si Erich savait que ses amis avaient besoin de plus de temps, pourquoi ne l'avait-il pas prévenue ? Il l'aurait certainement appelée. Il fallait donc qu'il soit en route. Il avait dû être retardé.

Elle allait et venait sur le trottoir. Elle comptait les voitures qui passaient, décidant superstitieusement que la treizième serait celle d'Erich. Mais celle-là aussi passa sans s'arrêter. Elle se fit croire que, si elle ne regardait pas la rue pendant cinq minutes, il arriverait. Elle arpenta donc le trottoir en fixant religieusement ses pieds. Au bout de cinq minutes, Erich n'était toujours pas là.

Elle aperçut Mme Connors à la fenêtre de la chambre au-dessus de l'escalier. Elle salua joyeusement de la main sa logeuse, pour donner l'impression que tout allait bien. Mme Connors lui renvoya un salut timide et gauche, puis laissa le rideau retomber en place.

Il était neuf heures. Elle aurait dû être au bureau maintenant.

Si Erich arrivait enfin et voyait qu'elle était partie, il saurait où la trouver. Il viendrait même au *Munitions Building* s'il le fallait. Où pouvait-elle le joindre ? Il ne lui avait laissé aucune instruction pour le cas où une complication surgirait. Elle pouvait seulement faire ce qu'elle croyait le plus approprié et se fier à Erich pour la retrouver.

Elle arriva enfin au bureau avec une heure de retard. Voyant son air défait, Polly Anderson lui suggéra de retourner chez elle. Mais la perspective d'être enfermée toute la journée dans sa petite chambre, à se ronger les sangs, ne lui souriait guère. Elle fit croire qu'elle se sentait bien et insista pour rester : elle voulait travailler. Polly lui confia une tâche très facile : remplir des tas de formulaires de réquisition tous semblables. Jean sacrifia son heure de lunch pour rattraper le temps perdu.

La journée lui parut interminable. Le babil des secrétaires, le va-et-vient des militaires aux nombreuses décorations, tout s'estompait autour d'elle. Elle se concentra sur sa machine à écrire comme si sa vie en dépendait. Ses noirs pressentiments se pressaient tout de même dans son cerveau pour ne former qu'une seule voix criarde et obstinée, comme celle de la furie qui avait été son institutrice à l'école élémentaire. Où était Erich ? Pourquoi n'avait-il pas téléphoné ? Qu'est-ce qui n'allait pas ? Aurait-il été pris ? Par qui ? Il l'aimait ; il ne la mettrait pas délibérément à la torture. Peut-être avait-il été victime d'un accident et gisait-il, blessé, dans un hôpital ? C'était possible, vraisemblable même. C'est la seule raison qui pourrait expliquer son absence. À moins que quelqu'un ne l'ait tué !

Elle devait cesser d'imaginer le pire. Elle devait se détendre et faire confiance à Erich. Elle s'obligea à penser à l'amant attentionné qu'il était, à se rappeler la douceur de ses lèvres sur les siennes, les mots tendres qu'il lui murmurait. Erich. Il était son seul vrai amour. Elle devait se montrer patiente, ce qui n'était jamais facile pour elle. Quand il reviendrait, ce qui ne devrait pas tarder, il lui expliquerait alors ce qui était arrivé.

Quand elle rentra à la pension, ce soir-là, aucun message ne l'attendait.

Tandis qu'elle réchauffait de la soupe, elle se rendit compte qu'elle n'avait pris qu'une tasse de café depuis le matin. Elle n'avait pas faim. L'anxiété la nourrissait. Elle avala un peu de soupe sans se soucier qu'elle soit brûlante et pas assez salée. Cette chaleur lui faisait du bien. Elle se pelotonna dans son lit, remonta les couvertures jusqu'à ses oreilles et attendit que la sonnerie du téléphone retentisse.

Quand l'obscurité fut tombée, elle s'endormit. Au milieu de la nuit elle s'éveilla en sueur, le cœur battant ; un cauchemar traînait encore dans sa tête. Peu à peu elle se calma, ferma les yeux et attendit l'aurore.

Au matin, elle appela Polly pour l'informer qu'elle ne viendrait pas travailler, qu'elle était malade. Elle prit le temps de s'habiller, de se coiffer et de se maquiller avec soin.

Elle se hâta ensuite vers le trolley qui allait en direction inverse de Constitution Avenue et qui la conduirait au Wardman Park Hotel. L'air hautain, elle traversa le hall et se dirigea vers les ascenseurs tout naturellement, comme si elle était chez elle. Au cinquième étage, elle courut frapper à la porte d'Erich.

Pas de réponse.

Elle redescendit dans le hall et s'approcha de la réception, où un commis feuilletait ses livres.

— J'aimerais laisser un message pour M. Erich Mellor.

— Je regrette, mademoiselle. Aucun Erich Mellor n'est inscrit à l'hôtel.

Jean laissa échapper un soupir d'impatience.

— Il n'est pas à l'hôtel. Il a un appartement ici.

Avec un sourire aimable, l'homme vérifia le registre lentement, attentivement. Quand il leva la tête vers elle, Jean savait déjà qu'il était sûr de son fait et qu'il était déjà désolé pour elle.

— Nous n'avons aucune trace de M. Erich Mellor. Je regrette, mademoiselle.

— Merci, murmura-t-elle d'une voix étouffée.

Elle était très fatiguée. Elle prit un taxi au poste d'attente derrière l'hôtel et se fit ramener à Georgetown. Les chauds rayons du soleil n'arrivaient pas à la réchauffer. Vidée, elle monta dans sa petite chambre, passa une chemise de nuit et se jeta sur son lit. Elle était encore trop secouée, trop déroutée, trop incrédule pour pleurer.

Elle dormit par secousses et d'un sommeil agité pendant tout l'après-midi. Quand elle aperçut le ciel sombre à travers le petit carré de sa fenêtre, elle se leva, prit la bouteille de scotch qu'elle gardait pour Erich et s'en versa une rasade. Elle avait l'impression d'ingurgiter un médicament au goût âpre, mais elle se força à l'avaler. Assise dans le fauteuil, elle contemplait le ciel noir en buvant le whisky à petites gorgées. Peu à peu, le nœud de détresse qui l'étouffait se desserra et elle commença à pleurer. Erich l'avait abandonnée. Elle avait trahi son père, son pays, et l'homme qu'elle aimait au-delà de toute raison l'avait trahie avant de s'effacer. Elle enfouit sa figure dans un oreiller pour étouffer ses sanglots.

Passé minuit, elle finit par sombrer dans le sommeil. Parce qu'elle était jeune, en santé et d'un naturel optimiste, et aussi parce que le jour était clair et radieux, elle se sentit d'humeur moins sombre quand elle s'éveilla. Restant allongée sur le dos pendant quelques minutes, le temps de mettre une compresse d'eau froide sur ses yeux bouffis par les larmes, elle s'arma à nouveau de foi et de patience. Elle revêtit son ensemble le plus joli et s'exhorta à jouir du plaisir d'admirer les cerisiers bourgeonnants, tout juste sur le point de fleurir. Les propos réconfortants des autres secrétaires, le bon café chaud et la brioche à la cannelle que Polly Anderson avait déposés devant elle quand elle était entrée au bureau firent le reste. Elle sentait son énergie ravivée et, soudain, il lui vint une idée brillante. Au moment de la pause café, elle descendrait à la salle de toilettes des dames, où elle trouverait un téléphone public, et elle demanderait à la standardiste de la mettre en contact avec la banque Upton and

Steward. Même s'il avait été muté dans une autre ville, on aurait à cet endroit une adresse où faire suivre son courrier.

— J'aimerais parler à M. Erich Mellor, s'il vous plaît.

— Je ne trouve pas de M. Erich Mellor dans mon annuaire, répondit la téléphoniste. Savez-vous dans quel service il travaille ?

— Il était, euh... Je sais seulement qu'il occupe un poste de cadre. Il travaille aussi parfois à la succursale de New York.

Il lui semblait que sa tête allait éclater. Elle n'était plus maîtresse de ses pensées.

— Je vérifie encore une fois, lui fit savoir aimablement la dame.

L'attente parut à Jean une éternité.

— Je regrette, reprit la standardiste, nous n'avons pas d'Erich Mellor sur nos listes.

— Merci.

Jean raccrocha et s'appuya contre le mur. Elle n'avait jamais téléphoné à Erich à son bureau. Elle ne lui avait jamais demandé son numéro. C'est toujours lui qui l'appelait. Peut-être que les listes de la banque n'étaient pas à jour. Cependant, comme il avait disparu sans laisser de traces, il était probable qu'il n'avait jamais travaillé à cet endroit ou qu'il y avait travaillé sous un autre nom, un nom qu'elle ignorait.

Elle avait été amoureuse de quelqu'un qui n'existait pas.

L'évidence la frappait enfin, des tenailles de fer lui écrasaient le cœur.

Elle revint à son bureau pour reprendre son travail.

Après quelques jours, l'espoir de Jean fit place au désespoir et elle dut regarder la vérité en face. Elle ne verrait jamais plus Erich. Il s'était servi d'elle. Pourquoi ? Dans quel but ? Avait-elle mis sa famille en danger ? Que se passerait-il quand son père serait dans l'impossibilité de présenter le papier qu'elle avait subtilisé ? Le commandant Marshall n'avait jamais fait confiance à Erich. Elle admit avec amertume qu'il avait eu raison. En définitive, ce qu'elle avait cru un amour profond et éternel n'avait été qu'une illusion.

Elle se trouvait stupide. Le regret et le dégoût d'elle-même la rongeaient.

En mars, deux semaines exactement après la disparition d'Erich Mellor, Bobby revint à Washington pour épouser Betty. Al aussi était venu en permission, puisque Bobby l'avait choisi comme témoin. Pour fêter le retour des jeunes militaires, les Marshall les avaient invités à dîner. Betty, Bobby, Jean et Al se retrouvèrent donc autour de la table familiale dès le premier soir. Jean était sincèrement heureuse d'être là, car l'occasion l'éloignait de sa chambre solitaire et de ses pensées moroses. Contrairement à son habitude, elle resta silencieuse toute la soirée. Elle observait son père et elle fut soulagée de constater qu'il ne manifestait aucun signe particulier d'inquiétude. En fait, il semblait animé ; il échangeait avec Bobby et Al des propos enthousiastes au sujet de Roosevelt, de Hitler et du vote prochain qui approuverait la conscription et les différentes mesures à prendre pour rebâtir la puissance militaire des États-Unis. L'Allemagne était en guerre avec la Grande-Bretagne et la France depuis septembre. Les trois hommes pensaient unanimement que les États-Unis allaient aussi entrer en guerre : ce n'était plus qu'une question de temps.

« Ces excellents jeunes hommes pourraient mourir », songea Jean, assise dans la luxueuse sécurité de la maison familiale. Elle se demandait pour quelle raison précise Erich avait voulu obtenir le message secret, à quelle nationalité il appartenait, à quel groupement politique il était affilié. Comme ce serait horrible si elle avait remis à Erich des renseignements qui pourraient nuire à l'armée américaine et, par conséquent, mettre en danger son frère, son père et Al ! Le remords et la colère engendrés par sa stupide crédulité la faisaient frissonner.

— Tu vas bien, Jean ? lui demanda sa mère.

— Oui, maman. Je suis seulement fatiguée.

— Tu ne travailles pas trop fort ?

— Non, je vais bien, je vous assure.

La sollicitude maternelle, que Jean trouvait habituellement trop protectrice et envahissante, lui semblait tout à fait gentille ce soir-là. Elle aurait voulu poser sa tête sur les genoux de sa mère pour qu'elle la caresse comme lorsqu'elle était enfant. Jean apprécia ses cheveux blancs sagement coiffés ainsi que sa silhouette mince et droite. Mme Marshall apportait beaucoup d'attention aux détails de la vie et, grâce à elle, les jours se déroulaient sans heurt. Le gigot d'agneau servi ce soir-là était donc cuit à point, l'argenterie bien polie, les miroirs étincelants, et la douce lumière des bougies ajoutait de l'éclat à la salle à manger. Jean chuchota alors, de façon à ne pas interrompre les hommes :

— Je vous admire beaucoup, maman. Vous semez la beauté partout où vous passez.

Sa mère parut surprise, puis rougit de plaisir :

— Eh bien, merci, ma chérie. Je ne me rendais pas compte que tu l'avais remarqué et je ne connais personne dont l'opinion compte autant pour moi que la tienne.

Après le repas, le groupe retourna au salon, mais Betty et Bobby s'excusèrent presque aussitôt, parce qu'ils avaient encore des détails à régler pour leur mariage. Al invita Jean à prendre un verre. Elle trouvait que ces trois mois à Norfolk l'avaient légèrement transformé. Il semblait avoir mûri, il affichait un air d'autorité. Jean se rendit compte qu'il connaissait des gens, des secrets et des plans dont elle ne savait rien. Malgré son humeur dépressive, tout ce mystère l'excitait.

Al lui parla un peu de l'entraînement auquel il était soumis et des exercices de survie qui en faisaient partie. Jean l'écoutait avec un réel intérêt. Puis il lui posa quelques questions sur son travail et sur l'intérêt qu'elle y portait. Mine de rien, il lui demanda :

— Que devient Erich Mellor ces jours-ci ? Tes parents ne t'ont pas permis de l'inviter ?

— Je ne le vois plus. Je ne sais même pas s'il est encore à Washington, lui répondit-elle en toute bonne foi.

— Mon Dieu ! c'est une bonne nouvelle pour moi ! s'exclama-t-il, tout sourire. J'ai cru que tu l'épouserais.

— Oh, non ! protesta-t-elle vivement.

Al gara la voiture en retrait de la route, coupa l'allumage et se tourna vers elle. Il était vraiment bel homme et il paraissait si propre, si soigné. Il méritait d'être heureux.

— Jean, tu sais que je t'aime.

Elle avait soupiré après lui à une certaine époque. Elle songeait maintenant qu'elle pourrait mener une vie agréable à ses côtés. S'il lui était impossible d'avoir ce qu'elle voulait, elle était certaine qu'elle pourrait le rendre heureux, et cette certitude la rassurait sur sa propre valeur. De plus, elle était assez superstitieuse pour croire que, si elle se conduisait honorablement jusqu'à la fin de ses jours, elle pourrait compenser pour le mal qu'elle avait fait en dérobant ce bout de papier dans le coffre de son père. Et puis, parce qu'elle aimait bien Al, elle voulait être honnête : c'est pourquoi elle déclara calmement :

— Je ne mérite pas ton amour, Al. Je ne suis pas celle que tu imagines. J'ai fait des choses... stupides dans ma vie.

Il emprisonna ses mains dans les siennes et se pencha vers elle :

— Quelles choses stupides ?

— Eh bien, j'ai joint les rangs d'un groupe pacifiste, à Cambridge. J'écris pour un journal appelé *War Stories*.

— Je sais tout ça. Bobby m'a mis au courant. Ce n'est pas un péché, Jean. Je peux comprendre. Je souhaite la paix, moi aussi.

Jean se tourna pour le regarder directement :

— Et j'ai cru que j'aimais Erich.

— Je sais ça aussi, répondit-il en souriant. Et je peux comprendre encore. Il m'est parfois arrivé de penser que j'étais amoureux d'une autre femme.

— Toi aussi ? Quand ?

Pour une raison obscure, cette confession étonnait Jean. Elle sentit une flamme de désir et de jalousie embraser son cœur.

— Oh, ça n'a aucune importance. Ce n'était rien comparé à ce que je ressens pour toi. Nous sommes faits l'un pour l'autre, Jean. Je sais que c'est vrai.

Elle examina son beau visage. Pour la première fois, elle découvrait en lui un homme d'expérience et, en même temps, le réconfort profondément satisfaisant de sa fidélité. Il ne pourrait jamais la trahir. Al l'embrassa alors, chastement, et elle lui rendit son baiser. Elle nota avec plaisir que son corps répondait au sien avec envie. Une chaleur bienfaisante s'épanouit en elle quand elle l'enveloppa de ses bras, respira son haleine et sentit sa joue contre la sienne. Elle relégua alors pour toujours ses autres secrets au plus profond de sa conscience. Elle ne pourrait jamais lui confier qu'elle avait volé un document dans le coffre-fort de son père. Elle ne pourrait pas le décevoir aussi profondément. Elle n'était pas brave à ce point.

Al s'éloigna d'elle, reprit son souffle, puis caressa ses cheveux avant de laisser courir sa main sur son visage et de dessiner le contour de ses lèvres avec son index.

— Je voulais... Je souhaitais une occasion plus appropriée, un décor plus romantique, mais je retourne à Norfolk dans deux semaines. Jean, veux-tu m'épouser ?

Comme elle hésitait, il se sentit poussé par une sorte d'urgence et la supplia :

— S'il te plaît, dis oui.

— Oui, répondit-elle.

La passion avec laquelle il l'attira à lui pour l'embrasser la surprit. Le doux et modéré Al White la dévorait si furieusement avec ses mains et sa bouche qu'elle resta saisie et un peu effrayée. Elle n'aurait jamais deviné que l'amour, avec Al, pût être aussi physique. Elle se retrouva coincée contre la portière, la tête pressée sur la glace, son manteau à moitié ouvert et sa jupe relevée presque jusqu'en haut des cuisses.

— Je t'en prie ! finit-elle par implorer, le souffle coupé. Pas comme ça.

Immédiatement, Al se redressa et se réinstalla au volant. En silence, ils mirent de l'ordre dans leurs vêtements.

— Je suis désolé, s'excusa-t-il l'air penaud. J'ai attendu ce moment depuis si longtemps, Jean.

— Il y a ma chambre, offrit-elle timidement.

— Non, refusa-t-il en secouant la tête. Nous attendrons notre nuit de noces.

— Comme tu veux, acquiesça Jean, qui souriait dans le noir à cette pensée charmante.

Al démarra.

— Si nous nous occupons des analyses de sang demain, nous pourrons nous marier avant que je retourne à Norfolk. Nous pourrions peut-être songer à un mariage double avec Bobby et Betty.

— Betty nous tuerait. Non. Marions-nous sans flafla, devant un juge de paix.

— Tu ne veux pas d'un grand mariage traditionnel ?

— Oh, non ! Je veux seulement être ta femme.

— Mme Albert White ?

— Mme Albert White.

Ce soir-là, ils annoncèrent la nouvelle au commandant et à Mme Marshall. Pendant que celle-ci essuyait des larmes de joie, son mari descendit au cellier choisir une bouteille de champagne pour célébrer l'événement. Alors qu'ils discutaient de leurs plans, Jean se sentit confuse. Qu'était-elle en train de faire ? C'était comme si, soudainement, Erich Mellor n'avait été rien d'autre qu'un rêve. Pourrait-elle vivre heureuse et tranquille en même temps qu'elle se rachèterait en secret pour la trahison qu'elle avait commise envers son père ?

Le commandant Marshall ne semblait pas encore s'être aperçu que quelque chose manquait dans son coffre-fort. Jean connaissait très bien son père. Elle savait qu'il traversait la maison comme un ouragan chaque fois qu'un souci le tourmentait. Elle savait aussi comment sa mère s'affairait aux soins du ménage avec plus de célérité encore quand elle sentait son mari préoccupé. Il semblait serein. Peut-être que le bout de papier n'était pas si important, après tout. Mais lorsqu'elle songeait à quel point il aurait pu être vital, elle se sentait bouleversée. Mais si ce remords était la punition que la vie lui imposait en raison de ses erreurs, elle devait estimer qu'elle s'en tirait à bon compte.

Jean et Al passèrent leurs tests sanguins et firent les démarches pour obtenir leur dispense de bans. Les Marshall avaient suggéré que Jean revienne vivre avec eux jusqu'à ce que son fiancé rentre de son port d'attache. Celui-ci applaudit à cette idée et Jean admit que cet arrangement convenait mieux à sa nouvelle situation. Elle garderait son emploi et, au lieu de dépenser l'argent pour la pension, elle l'économiserait pour acheter une jolie pièce de mobilier destinée à la maison qu'Al achèterait éventuellement. Al avait hâte qu'elle revienne s'installer dans la sécurité de la maison familiale. Le commandant Marshall était enchanté que sa fille soit subitement revenue à la raison et il la traita en conséquence, allant même jusqu'à lui restituer sa voiture. Il fut tacitement entendu qu'elle mettrait un terme à sa collaboration à *War Stories* : après tout, elle serait mariée à un officier de la marine de guerre.

Deux jours avant leur mariage, les fiancés se rendirent à Georgetown pour y prendre les choses de Jean. Malgré le beau soleil du début de mars, le temps était anormalement frais et venteux, comme si l'hiver répugnait à disparaître. Jean prit son manteau de fourrure dans la penderie et noua une écharpe de soie autour de sa tête.

À la rue M, elle fit part à Mme Connors des heureuses nouvelles qui la concernaient et elle insista pour que celle-ci garde la somme totale du loyer mensuel.

— Vous êtes gentille, et je vous souhaite à tous deux une vie remplie de bonheur, leur dit Mme Connors en reniflant sentimentalement dans son mouchoir. Oh! j'y pense, il y a du courrier pour vous. Où donc l'ai-je mis?

Le cœur de Jean se mit à tressauter comme un cerf-volant dans le vent d'automne.

Jean ne souhaitait pas qu'Al voie le courrier. Elle lui suggéra donc d'un ton aussi détaché que possible d'aller chercher les boîtes vides dans la voiture.

Mme Connors lui remit un petit paquet ficelé, enveloppé dans du papier kraft et sans adresse de retour. Elle monta en vitesse à la salle de bains de l'étage et verrouilla la porte.

Elle déchira rapidement l'emballage, se brisant même un ongle dans l'opération, et découvrit une petite boîte noire portant le nom d'une bijouterie.

Elle la secoua et entendit un léger cliquetis. Un petit médaillon en forme de cœur suspendu à une chaînette reposait sur un coussinet de soie violette. Au dos du bijou en or, elle lut cette inscription:

Pour Jean,
Avec mon amour.
E. M.

Elle retira de l'enveloppe blanche qui accompagnait la boîte une carte portant simplement ces mots: « Je te retourne ce qui ne m'appartient pas. »

Estomaquée par l'arrogance du message, elle se sentit insultée. Il lui retournait son cœur parce qu'il n'en voulait plus.

Elle jeta le médaillon avec son emballage à la corbeille. Que le diable l'emporte! Et Dieu merci pour Al et l'amour confiant et respectueux qu'il lui offrait.

Elle avait la main sur le bouton de la porte quand une vague de souvenir, de plaisir et de doux regret l'inonda. Elle revint sur ses pas et reprit le cœur dans la corbeille. Tout était fini, mais elle ne regrettait pas que cela lui soit arrivé. Elle effleura du doigt le métal dur et froid et elle glissa l'ongle de son pouce dans l'interstice séparant les deux moitiés. Elle était curieuse de voir ce qu'Erich pouvait y avoir caché.

— Jean ? Tout va bien ? s'informa Al en frappant à la porte.

Un frisson de culpabilité la traversa.

— Ça va ! J'arrive.

Elle glissa le médaillon dans la poche gauche de son manteau et rejoignit l'homme qui allait devenir son mari. Ils déménagèrent de cette chambre tout ce qui lui avait appartenu durant ces jours où elle n'avait été ni une enfant ni une épouse, mais une maîtresse, une journaliste et une révolutionnaire.

Al et Jean furent mariés par un juge de paix, devant Bobby et Betty, le commandant et Mme Marshall, ainsi qu'une Midge au nez rouge qui pleurait d'attendrissement. Ils passèrent leur nuit de noces en Virginie, dans un ancien relais de diligence transformé en auberge de campagne. Le feu de rondins qui ronflait dans la cheminée de leur chambre faisait danser des ombres sur le lit à colonnes recouvert d'une courtepointe cousue main.

Al attendit poliment que Jean se déshabille. Elle enleva son peignoir, le déposa sur une chaise et s'installa dans le lit vêtue de sa chemise de nuit transparente et garnie de dentelle. Al, qui était sorti de la salle de bains dans son peignoir à carreaux, alluma les deux bougies qui attendaient dans leur chandelier de cuivre et la rejoignit :

— Ma chérie, murmura-t-il en se tournant vers elle.

Jean l'étreignit et l'embrassa. Ce qu'elle expérimenta cette nuit-là avec Al ne lui procura pas cette volupté presque insupportable qui l'amenait au bord de l'évanouissement lorsqu'elle était dans les bras d'Erich. Elle se sentait plutôt envahie par une sensualité diffuse qui la détendait depuis le bout des orteils jusqu'à l'extrémité des doigts. Elle se sentait ragaillardie. Elle avait l'impression que son sang affluait à ses joues et lui donnait un air de santé. Le couple séjourna ensuite à l'hôtel Carlton pendant les quelques jours qui précédèrent le départ d'Al pour Norfolk.

Jean était secrètement amusée et flattée par les soins que son mari apportait à préparer leurs nuits d'amour. Chaque soir, il déposait des bougies allumées sur la commode, de façon que la lumière soit douce et flatteuse. Il suspendait une serviette à la chaise la plus proche ou encore au pied du lit. Jean se rendit peu à peu compte, au cours de sa vie conjugale, que ces marques de délicatesse, qui lui semblaient alors un peu méticuleuses, avaient quelque chose de ravissant. Elle était reconnaissante au livre ou à la femme qui avait enseigné à Al qu'il était du devoir de l'homme de dorloter une femme en faisant l'amour. Il prenait toujours son temps pour amener Jean jusqu'au plaisir. La nuit de leurs noces, il ne retira pas la chemise de Jean, mais il la retroussa joyeusement jusqu'à ses hanches. Peu après, elle se rendit compte qu'il ne la déshabillerait jamais. Elle prit sur elle de se dénuder complètement et elle constata avec satisfaction que cela l'émoustillait. Al ne perdit jamais la conviction que la possession du corps de son épouse était un privilège qui ne devait pas être pris à la légère.

Le soir de son mariage, et tous les soirs qui suivirent, Jean se félicita d'avoir épousé Al. Il la rendait heureuse, il assurait sa sécurité, il l'aimait profondément et elle sentait, elle aussi, qu'ils étaient faits l'un pour l'autre. Elle ne regrettait rien.

Elle avait fait des adieux attendris à son mari et à son frère, qui regagnaient leur base respective. Elle se retrouva, seule et mariée, dans la chambre de son enfance. C'est à ce moment qu'elle se rappela le médaillon. Quand elle voulut reprendre le bijou dans la poche de son manteau, il avait disparu. Elle s'assit sur le bord de son lit pour essayer de se rappeler ce qui s'était passé chez Mme Connors. Elle se souvenait d'avoir ouvert le paquet dans la salle de bains, d'avoir éprouvé un sentiment de culpabilité et de déloyauté envers Al en voyant le cœur en or. Elle se rappela l'avoir jeté à la corbeille, l'avoir repris et mis dans la poche de son manteau avant de courir aider Al à emballer ses choses. L'avait-elle déposé par inadvertance dans le coffret à bijoux qu'elle avait emporté dans sa petite chambre ? À moins qu'elle ne l'ait laissé tomber dans l'une de ses valises ? Il lui apparaissait maintenant que le médaillon renfermait peut-être le papier qu'elle avait dérobé dans le coffre de son père. Non, cette hypothèse relevait de la pensée magique. Elle se gronda elle-même de vouloir croire qu'Erich lui avait retourné le message codé.

— Jean, chérie !

Jean sursauta en entendant la voix de sa mère.

— Un autre cadeau de mariage vient d'arriver. Descends vite.

— Oui, maman. J'arrive.

Elle abandonna ses recherches et accourut dans la salle à manger transformée en entrepôt pour les cadeaux qu'on lui faisait parvenir : argenterie, linge de maison, seaux à glace, assiettes à fromage et, de la part d'amis et de parents stationnés outre-mer, des services à thé peints à la main, des couvertures de laine, des chandeliers en bois sculpté.

Elle venait de recevoir un long et lourd colis enveloppé de toile et attaché solidement avec de la corde, adressé à M. et Mme Albert White. C'était un tapis oriental à franges dont les dessins complexes se détachaient sur le fond rouge. Un tapis dont la grande valeur ne faisait aucun doute. Sur une carte sans signature, on pouvait lire ces mots écrits en caractères d'imprimerie : Félicitations à l'occasion de votre mariage.

Ce soir-là, Jean se joignit à ses parents pour essayer de deviner qui, parmi leurs amis, avait pu envoyer ce cadeau. Sûrement quelqu'un de stationné en Orient ou au Proche-Orient. Étrange ! Ils ne pouvaient pas trouver qui. La situation était embarrassante. Ils ne voulaient pas faire preuve de mauvaise éducation en n'accusant pas réception d'un cadeau aussi magnifique. Ils durent se résigner à attendre que l'expéditeur leur demande si le cadeau était arrivé à destination.

Tous les soirs, Betty venait passer la soirée chez les Marshall. Elle brodait des draps, des taies et des serviettes d'invités en bavardant avec sa belle-mère et Jean. Elle fut vexée en apercevant le tapis. Elle n'avait rien reçu d'aussi somptueux, et Bobby était l'aîné de Jean.

Il ne s'était pas écoulé un mois qu'il devint évident que Jean était enceinte. Betty fut encore une fois vexée. Elle plantait ses aiguilles dans la percale comme s'il s'était agi de la chair de Jean. Évidemment, la grossesse de Jean la frappait comme une injustice. Étendue sur le canapé avec une compresse froide sur les yeux, la future mère écoutait la radio en ignorant les regards furieux de sa belle-sœur. « Quel homme habile ! répétait Mme Marshall, comme si Al avait fait le bébé tout seul. L'événement va bien le transporter jusqu'au septième ciel. »

Ainsi passaient les jours. Les pensées de Jean se tournaient avec espoir et amour vers le bébé qui se formait en elle. Quel phénomène admirable ! se disait-elle, un véritable miracle ! Les mois passaient et le souvenir d'Erich Mellor revenait rarement à son esprit. Ce roman n'avait été qu'un épisode sans conséquence, une erreur de jeunesse. Elle oublia complètement le médaillon. Puis Diane naquit, et la vraie vie de Jean White commença.

9

Julia

Vers la fin de l'après-midi, ce mercredi-là, Julia s'aspergea le visage d'eau froide, puis elle examina dans le miroir couvert d'éclaboussures ses paupières gonflées par les longues heures passées au lit et ses yeux rouges d'avoir pleuré. Assise sur le bord de la baignoire, elle se contraignit à respirer profondément. Il fallait absolument qu'elle reprenne le contrôle d'elle-même.

Sur le papier peint décoloré par le soleil, de petits canards jaunes chaussés de caoutchoucs noirs dansaient sous leurs parapluies rouges. À travers les mailles du rideau de coton bordé d'une frange de pompons blancs, Julia découvrait la cour où sa lessive se balançait gentiment sous la brise. Souriant de façon désabusée, elle se dit qu'elle avait accompli quelque chose ce jour-là. Elle décrocherait son linge quand Sam et elle reviendraient du restaurant. Ses vêtements fleureraient la bonne odeur de l'air frais et ensoleillé.

Elle prit la bouteille d'eau de lavande sur la petite console en osier, huma l'odeur familière et réconfortante, puis se parfuma les poignets et l'arrière du cou.

— Julia ? Ça va ?

La voix de Sam lui parvenait de l'autre côté de la porte.

Julia ouvrit et lui sourit :

— Je me sens très bien. Je n'ai eu qu'à sentir ça. C'est cette odeur qu'on respire dans la maison de ma grand-mère, dit-elle en touchant pour s'amuser le bout du nez de Sam.

— Très agréable. Viens, je meurs de faim ! clama-t-il en lui saisissant la main.

Bras dessus, bras dessous, ils prirent la direction du campus. Le temps s'était refroidi au cours de la journée. Les feuilles d'automne, qui jonchaient les rues et les trottoirs, tournoyaient sous leurs pas tandis qu'ils progressaient vers le haut de la colline. À côté d'une maison, trois jeunes enfants couraient se jeter dans un tas de feuilles en criant de plaisir. « Encore ! encore ! hurlèrent-ils quand ils se furent relevés, encore ! » La mère, qui les avait regardés sauter appuyée sur son râteau, rit et reconstitua le tas de feuilles.

Sans parler, Sam et Julia s'arrêtèrent pour observer les enfants. Les deux garçonnets aux cheveux bruns frisés couraient l'un derrière l'autre tandis qu'une toute petite fille aux cheveux d'un roux éclatant se penchait pour examiner quelque chose qui bougeait dans les fleurs.

— Vous pouvez y aller ! cria la mère.

C'est une bonne mère, pensa Julia. Du genre de celles qui gardent des provisions de pain au gingembre et de cidre dans leurs placards.

De quoi aurait l'air leur enfant à elle et à Sam ?

Elle s'appuya contre Sam, en serrant sa main, en proie au désir amoureux. Mais, de manière inattendue, il se détacha brusquement d'elle et fonça vers le sommet de la colline.

— Hé ! attends une minute, l'appela Julia.

Sam continuait sur sa lancée. Il avait le dos raide, les mains bien plantées dans les poches de son jean.

— Qu'est-ce qui ne va pas ? demanda Julia, qui courait pour le rattraper. Sam ?

Elle passa son bras sous celui du jeune homme tout en essayant d'accrocher son regard.

— Rien. Je dois travailler au laboratoire ce soir. Je n'ai pas beaucoup de temps pour manger.

Julia réfléchit quelque temps. Elle essayait d'imaginer ce qui avait provoqué cette soudaine froideur. Étaient-ce les enfants qui jouaient dans le parterre ?

— La vie était plus simple quand nous étions petits, ne trouves-tu pas ?

Comme il ne répondait pas, elle chercha une autre raison à son humeur morose.

— Je ne suis pas enceinte, Sam.

Il posa sur elle ses yeux noirs impénétrables.

— Dis-moi ce qui ne va pas, murmura-t-elle d'une voix suppliante.

Un voile de tristesse couvrit le regard de Sam.

— Nous en reparlerons plus tard, si tu veux bien.

— D'accord.

Ils avaient atteint le campus. Ils coupèrent à travers les pelouses envahies par des groupes d'étudiants oisifs. Quand ils entrèrent dans la chaleur confortable de la cafétéria, l'éclairage cru, les bavardages et les rires les assaillirent. Ils prirent place dans la file qui s'allongeait devant le comptoir. Une fois servis, ils trouvèrent une table et Julia relança la conversation sur un terrain neutre :

— Aimes-tu le professeur responsable du travail de laboratoire ?

— Il est correct, répondit-il en haussant les épaules.

— Qu'est-ce que vous faites ce soir ?

— L'observation des traits mutatifs chez les vers génétiquement transformés, débita-t-il d'un ton monotone, sans même la regarder.

— Beurk ! Comme c'est plaisant !

Sam se contenta de hausser les épaules encore une fois.

Elle ne pouvait plus avaler. Ses aliments étaient insipides. Il lui semblait qu'un bloc de glace, enfoncé dans son ventre, allait bientôt comprimer ses poumons et les empêcher de respirer.

— Sam, je t'en prie, dis-le-moi.

— Te dire quoi ?

— Pourquoi tu t'es soudain refermé sur toi-même depuis que nous avons vu les enfants jouer dans le jardin.

— Il n'y a rien, Julia. Change de disque.

Le bloc de glace se déplaçait. Elle devait bouger, il fallait qu'elle sorte :

— Je retourne chez moi. À plus tard, dit-elle en se levant.

Sam sembla irrité :

— Je vais dormir dans ma chambre ce soir. Ce sera plus commode : j'ai un cours de très bonne heure demain.

— Comme tu veux.

Elle replaça sa chaise et s'enfuit hors de la cafétéria. La nuit était tombée lorsqu'elle se retrouva dehors. Elle eut alors l'impression de plonger dans une eau froide et noire. Elle mit quelques secondes à s'orienter et à trouver le chemin qui la ramènerait chez Mme Overtoom.

— Bonsoir ! C'est moi ! lança Julia en entrant dans la pension remplie d'une forte odeur d'oignon et de chou.

— Bonsoir, chère. Je ne peux pas te parler. Je regarde mon programme.

Mme Overtoom était dans le living-room, bien installée devant son téléviseur. Julia traversa la maison pour reprendre sa lessive raidie par le froid. Elle s'attarda quelques minutes dans la cour obscure, le nez enfoui dans le linge de coton blanc pour y respirer la fraîche odeur laissée par le soleil.

Une fois dans sa chambre, elle plia ses vêtements et les rangea dans les tiroirs. Elle refit son lit et mit de l'ordre dans la pièce. Elle n'avait le goût ni de regarder la télé ni de lire. Elle aurait voulu retrouver Sam, au campus, pour savoir s'il était ou non fâché contre elle. Elle aurait dû terminer son repas. Qu'est-ce qui ne tournait pas rond chez elle ? Elle ne faisait jamais rien comme il fallait. Tout était mêlé dans sa tête. Elle enleva ses chaussures, se mit au lit et tomba aussitôt endormie.

Quand elle s'éveilla, l'épais silence qui enveloppait la maison lui permit de se rendre compte qu'il était tard. Elle alluma la lampe de chevet et consulta sa montre : onze heures quinze.

Onze heures quinze et Sam n'était pas encore rentré. Il avait une séance de laboratoire, mais aucune classe ne s'étirait jusqu'à la nuit. Elle se rappela alors qu'il l'avait prévenue de son intention de rester à son pavillon. Il ne voulait pas dormir avec elle.

Elle s'arracha du lit et tourna en rond dans sa chambre, en proie à l'agitation. Aucune de ses ambitions ne paraissait correspondre à ce qu'on attendait d'elle. Pourtant, elle ne souhaitait qu'épouser Sam et organiser leur vie pour qu'elle soit stimulante et agréable. Elle avait lutté pour réaliser ses rêves et elle avait échoué. Elle n'avait probablement réussi qu'à s'attirer l'hostilité des gens qui voulaient son bonheur. Elle se sentait frustrée.

Du revers de la main, elle balaya sa brosse, son tube de rouge à lèvres et son stylo éparpillés sur la coiffeuse. Les objets de plastique rebondirent sur le plancher en faisant entendre un cliquetis sec.

Elle colla l'oreille à la porte pour écouter. La maison était parfaitement calme. Elle entrouvrit la porte : aucun son de radio ou de télévision ne lui parvenait. Mme Overtoom devait être au lit. Julia imagina que le sommeil de sa logeuse devait être à la fois houleux et agréable. Cette idée l'amusa. Puis elle s'engagea dans le couloir, pieds nus.

Elle atteignit la cuisine sans faire le moindre bruit. Elle avait l'impression d'être devenue un esprit ténébreux qui se déplaçait dans son milieu naturel.

Même si la nuit d'octobre était très noire, elle s'abstint d'allumer. Mme Overtoom avait peut-être le sommeil léger et un simple « clic » risquerait de la réveiller. Julia avançait à tâtons le long des murs. Ses mains glissèrent enfin sur l'émail froid de l'évier et la surface lisse et unie du réfrigérateur.

Elle trouva ce qu'elle cherchait. Au moment où, d'un mouvement calme et précis, elle allait retirer un long couteau du gros bloc de bois installé au bout du comptoir, le plafonnier répandit une lumière brutale.

— Aaaaah ! s'écria Julia, frappée par la clarté soudaine.

— Aaaaah ! s'écria Mme Overtoom, les yeux agrandis par la terreur en découvrant Julia un couteau à la main.

Mme Overtoom portait un bonnet fleuri qui tenait en place des bigoudis de caoutchouc roses sur lesquels elle avait enroulé ses cheveux gris. Son corps énorme était enveloppé dans une chemise de nuit en finette blanche à motifs de roses ; un ruban rose fermait la chemise juste sous son triple menton. Elle ressemblait à un gros cochon heureux.

— Ma petite, tu m'as causé la peur de ma vie ! Qu'est-ce que tu fais ?

— Je suis désolée de vous avoir réveillée, madame Overtoom.

Julia devait réfléchir vite pour justifier la présence de ce dangereux ustensile dans sa main :

— Je voulais couper l'étiquette d'une chemise de nuit toute neuve, et je n'avais pas de ciseaux.

— Vraiment ? Tu ne voulais pas plutôt avorter dans ma salle de bains ?

L'horreur des mots que venait de prononcer Mme Overtoom fit vaciller Julia.

— Oh, non ! Oh ! madame Overtoom, non ! Je ne ferais jamais ça. Je ne tuerais jamais mon bébé !

— Ah ! dans ce cas-là, c'est peut-être à toi-même que tu veux t'en prendre ?

Julia ouvrit la bouche pour protester mais, en baissant les yeux, elle aperçut les pansements révélateurs qui dépassaient de sa manche. Elle n'ajouta rien.

— Assieds-toi, ma fille, nous allons boire du chocolat chaud.

Sans attendre de réponse, elle se dirigea, dans toute sa splendeur fleurie, vers la cuisinière.

Julia replaça le couteau dans le bloc. Elle reviendrait le prendre plus tard. Pour l'instant, il était inutile qu'on la confonde avec quelque maniaque des films de Stephen King et qu'elle inquiète Mme Overtoom plus longtemps. La table de cuisine était couverte d'une nappe jaune au milieu de laquelle trônait un bouquet de fleurs de plastique. La salière et la poivrière représentaient un pèlerin du *Mayflower* et une servante indienne.

— Joli n'est-ce pas ? demanda Mme Overtoom en notant que Julia avait remarqué les figurines. Je vais nous préparer un petit gueuleton. Ça fait des heures que j'ai mangé et je ne pourrai jamais me rendormir sur un estomac vide. Regarde dans l'armoire derrière toi. J'en ai toute une collection.

Des salières et des poivrières pour toutes les occasions étaient alignées par paires, comme une petite colonie de nains. Des têtes jumelles de pères Noël dont les chapeaux portaient des guirlandes de lierre ; des spectres souriants pour l'Halloween ; des canards et des lapins pour Pâques ; des trèfles à quatre feuilles pour la Saint-Patrick ; de grosses poupées Kewpie portant une bannière blanche avec l'inscription Bonne Année et une jolie paire de cœurs fleuris en porcelaine pour la Saint-Valentin.

— J'en ai encore d'autres dans la salle à manger. Celles qui ont vraiment de la valeur. Tu serais surprise de voir combien j'en ai. Je l'ignore moi-même. J'ai commencé à les collectionner il y a longtemps ; mes amis et mes enfants ont toujours su quel souvenir me rapporter de leurs voyages. Le magazine *Yankee* a même publié un article illustré sur ma collection !

Pendant qu'elle parlait, elle apporta deux assiettes d'œufs brouillés au bacon, puis elle ajouta deux verres de jus d'orange, deux grandes tasses de chocolat fumant et des muffins aux myrtilles.

Elle déposa ensuite en gémissant sa lourde masse sur une chaise et demanda à Julia :

— Et toi, qu'est-ce que tu aimes collectionner ?

— Je collectionnais des poupées.

Julia se sentait gênée de répondre à la question de Mme Overtoom. Elle mourrait de honte si quiconque entendait jamais parler de cette conversation.

— Quel genre ? Mme Alexander ? Barbie ?

— Des poupées Barbie chez ma grand-mère. Et puis des poupons, quand j'étais petite.

— En as-tu eu qui mouillaient leur culotte ?

— Oui. Et puis j'en ai eu une qui pleurait quand on lui mettait une tétine dans la bouche.

— Eh bien, voilà qui t'aura préparée à la vraie vie. Tiens, mets du beurre sur ton muffin. Mets du sel et du poivre sur tes œufs. Je ne les ai pas assaisonnés en les faisant cuire.

Elles mangèrent en silence pendant quelques instants. Puis Mme Overtoom se lécha les babines et s'adossa confortablement :

— Eh bien, Julia, demanda-t-elle sans transition, qu'est-ce qui se passe ? Es-tu enceinte ?

Julia soupira. Ce repas léger et chaud l'avait revigorée. La tension avait disparu :

— Non, je ne suis pas enceinte. J'aimerais bien l'être. Je veux me marier et avoir beaucoup d'enfants.

— Mais ?...

— Mais Sam n'en veut pas. Du moins pas sans prévenir nos parents.

— Et vos parents ne seraient pas d'accord ?

— Mes parents me tueraient.

— Pourquoi ?

— Oh !... parce que ma mère a une personnalité très forte et qu'elle voudrait que je sois sa copie conforme.

— Qu'est-ce qu'elle fait, ta mère ?

— Arabesque, c'est elle, dit Julia, qui attendit la réaction de Mme Overtoom. Oh ! vous avez certainement entendu parler de cette maison. Attendez...

Julia courut au living-room, ramassa sur le canapé un magazine de mode, imprimé sur papier glacé et le rapporta à la cuisine. Elle le feuilleta rapidement pour repérer la page où apparaissait une réclame accrocheuse :

— L'Arabesque qu'on annonce ici.

— Tu veux dire que ta mère travaille pour cette maison ?

— Non, je veux dire qu'Arabesque, c'est elle, c'est son bébé.

Elle est propriétaire de la compagnie. Elle crée des bijoux. Elle voyage autour du monde.

— Tu dois être bien fière d'elle.

— Je la déteste.

Elle lança le magazine sur la table et se rassit. Elle pencha la tête au-dessus de son assiette pour que Mme Overtoom ne puisse voir son visage.

— J'en suis fort désolée, murmura celle-ci.

Julia haussa à peine les sourcils pour voir comment sa logeuse réagissait. Mme Overtoom picorait un muffin. Julia poursuivit :

— Elle dirige la maisonnée comme un général. Elle donne ses ordres à un caporal, mon père. Elle ne cuisine jamais. Une gouvernante s'en charge. Elle voyage constamment. Et elle voudrait que je calque exactement ma vie sur la sienne, que je réalise des choses originales et extraordinaires. Elle me répète sans cesse : « Oh ! Julia, chérie, toi qui es si brillante, si douée, tu pourrais faire ce que tu veux dans la vie ! » Elle voudrait que je devienne la première présidente des États-Unis ou quelque chose du genre. Elle souhaite vraiment que j'aie ce genre de succès. Elle se vante toujours de lutter pour que les femmes de ma génération puissent s'affirmer et devenir célèbres. Mais ce que moi je voudrais être, une épouse et une mère, ce n'est pas assez bien pour elle.

— Lui as-tu dit ce que tu pensais de ça ?

— Je n'ai pas besoin de lui en parler. Je sais ce qu'elle pense. Elle agit comme si tante Susan était une sorte de paysanne béatement heureuse qui élève quatre garçons, fait tout dans la maison et ne travaille à l'hôpital que sur appel. Car elle est infirmière. Maman ne lui rend même pas visite. Elle dit que tous ces animaux qu'elle garde chez elle lui donnent de l'urticaire et qu'elle souffre de claustrophobie dès qu'elle met le pied sur son voilier. Elle ne nous laisserait même pas avoir un chien. Ou un chat. Trop de travail, trop de poils.

— Et tu voudrais vivre comme ta tante Susan ?

— Oui, ou bien comme ma grand-mère, qui fait vraiment des choses. De *vraies* choses. Du pain de ménage. Des tartes aux pommes. Chez elle on se sent chez soi. Elle a eu quatre enfants et elle les aime. Elle a fait du bénévolat : elle a été marraine de la troupe scoute dont son fils faisait partie. Elle étend sa lessive dehors, au soleil, plutôt que de la mettre au séchoir. Elle a toujours le temps de s'asseoir pour vous écouter. La moitié du temps, quand on essaie de parler à ma mère, elle est cachée au fond de son bureau, à l'étage, ou bien elle discute au téléphone avec sa collaboratrice.

— Et où se trouve ton père, lorsque tu as besoin de lui?

— Au travail, évidemment! Il est spécialisé en génétique moléculaire, et ses recherches sont très importantes. Il essaie d'isoler le gène qui transmet le cancer du sein.

— Mon Dieu!

— On souhaiterait que ma mère, qui tout de même n'est pas idiote, se rende compte que son « travail », comparé à celui de mon père, est insignifiant. Mais non, elle se conduit comme s'il était d'égale valeur, et papa est censé passer autant de temps qu'elle à la maison. Elle n'a jamais cessé de le harceler, à ce sujet, depuis les premiers temps de leur mariage.

— Elle me paraît être une personne très déplaisante.

Cette remarque surprit Julia et elle l'encaissa comme une gifle :

— Oh! pas vraiment. Vous ne penseriez pas ainsi si vous la connaissiez. Je veux dire qu'elle n'est pas déplaisante, excepté à mon endroit. Elle n'a d'ailleurs aucune intention de se montrer désagréable. C'est seulement qu'elle veut que je lui ressemble. Et moi, je ne veux pas.

— Et alors, qu'est-ce que tu entends faire avec le couteau?

Surprise, Julia afficha un large sourire idiot, du genre de celui qu'on fait de façon inopportune quand on apprend que quelqu'un vient de mourir.

— Eh bien, je crois que je vais m'ouvrir les veines,

murmura-t-elle en jetant un regard rapide à sa logeuse. Dans la salle de bains, où ce sera plus facile à nettoyer.

Comme Mme Overtoom ne répondait pas, elle ajouta :

— Je suis désolée.

— Peut-être devrions-nous appeler les Samaritains, suggéra Mme Overtoom, après un bref silence.

— Oh, non ! Je ne suis pas croyante. Ou, plutôt, je crois à quelque chose, mais je ne sais pas exactement à quoi. Je ne sais pas trop vers quel Dieu me tourner.

— Oh, non ! Les Samaritains sont des spécialistes du suicide. C'est-à-dire qu'ils le préviennent. Ils savent quoi dire. Moi, je ne sais pas quoi dire. Je ne suis même pas certaine de comprendre pourquoi tu veux te suicider.

Mme Overtoom regarda Julia en secouant la tête et reprit :

— Tout au long de ma vie, j'ai eu mon lot de chagrins et de deuils, et pourtant je n'ai jamais encore souhaité mourir. Et si j'étais jeune et jolie comme toi...

Julia leva les yeux vers Mme Overtoom confite dans sa graisse rose de vieille femme. Une touffe de poils gris poussait sur son menton. Julia détourna son regard en pensant que sa logeuse pouvait remarquer son indélicatesse.

— Je ne me tuerai pas ce soir, madame Overtoom. Et si je décide de le faire, ce ne sera pas dans votre maison. Je le promets.

La grosse femme se leva en s'aidant de ses deux mains. Elle déposa son assiette et sa tasse dans l'évier :

— Je suis soulagée. Il est passé minuit. Seras-tu capable de dormir ?

— Oui, je suis sûre de pouvoir dormir. Aimeriez-vous que je lave la vaisselle avant d'aller au lit ?

— Non, non, ma chère. Je nettoierai tout ça demain matin.

— Je vous remercie pour le gueuleton. C'était délicieux.

— Ce n'est rien, crois-moi.

Pendant un instant, Julia sentit le besoin de cajoler la vieille dame. Elle avait l'impression que si elles s'étaient rencontrées plus tôt, elle seraient devenues amies ou, mieux qu'amies, parentes d'adoption. Mais Mme Overtoom s'éloigna en s'appuyant pesamment au mur, leva la main vers l'interrupteur, prête à éteindre la lumière. Julia passa devant elle en souriant et monta à sa chambre.

Cette fois, elle se déshabilla complètement avant de se mettre au lit. La chambre était fraîche, de sorte que le contact de l'air sur sa peau nue était vivifiant. Elle se glissa sous les draps et tira la couverture. Elle était fatiguée de réfléchir. Elle sentit son estomac apaisé et satisfait. Elle ferma les yeux et s'endormit aussitôt.

Un peu plus tard, un bruit léger la tira de son sommeil. Trop endormie pour ouvrir les yeux, elle prêta vaguement l'oreille. Quelqu'un s'était introduit dans sa chambre. Elle reconnut le son mat des vêtements qu'on laisse choir sur le plancher, puis le lit plia sous un nouveau poids. Sam était maintenant allongé près d'elle. Il pressait son corps contre le sien et l'entourait de ses bras.

— Tu dors ? demanda-t-il.

Elle n'avait pas remarqué à quel point il faisait froid, jusqu'à ce que la chaleur de Sam l'enveloppe comme un manteau.

— Presque, répondit-elle en se blottissant contre lui.

— J'ai essayé de dormir chez moi, mais je n'ai pas réussi, murmura-t-il. J'ai enfilé mes vêtements et j'ai couru jusqu'ici.

— Je suis contente, dit-elle en l'enserrant fermement dans ses bras.

Ils restèrent quelques instants dans les bras l'un de l'autre. Sam déposa un baiser sur son front et dans ses cheveux.

— Je n'ai pas été correct, avoua-t-il. Je me suis refermé comme une huître, ce soir. Quand nous avons vu les enfants. J'ai un aveu à te faire.

La respiration de Julia se bloqua dans sa gorge pendant qu'elle attendait la suite des mots que Sam allait prononcer.

— Je vous ai toujours enviés toi et Chase.

— Quoi ? fit-elle étonnée.

Il faisait trop sombre pour qu'elle puisse voir son expression, mais elle ne voulait pas faire de lumière pour ne pas rompre le charme.

— Vous pouviez toujours jouer ensemble.

— Nous battre serait plus juste.

— Peut-être. Mais vous vous battiez selon vos propres règles et pour des motifs qui me seront toujours étrangers.

Sam attrapa son oreiller, le tamponna derrière son dos et s'appuya contre le mur derrière lui.

— Quand nous avions fini de jouer tous les trois ensemble, ou bien je retournais seul à la maison, ou bien je restais tout seul après votre départ. Je vous surveillais par la fenêtre. Toi et Sam vous discutiez ou bien vous couriez l'un après l'autre. Vous aviez toutes sortes de plans pour amener les baby-sitters à vous laisser agir à votre guise. Vous faisiez front commun contre vos parents. Vous vous préveniez l'un l'autre : « Prends garde, maman n'est pas de bonne humeur. » J'aime mes parents. Je leur dois beaucoup de gratitude pour m'avoir adopté. Mais ce que je regrette le plus au monde, c'est de ne pas avoir un frère ou une sœur.

— Oh ! Sam, s'écria Julia, je n'avais jamais pensé à ça.

— Je n'oserais jamais exprimer ce regret devant maman et papa. Je leur dois tellement. Mais, Julia, je me suis toujours promis que j'aurais des enfants. Plusieurs. J'en ai toujours rêvé. J'en veux deux à moi et deux autres que j'adopterai. Mais je crains que ça ne soit pas honnête envers toi.

— Pourquoi pas ?

Julia s'était assise en face de Sam, les genoux repliés sous son menton. Elle tira une couverture sur ses épaules pour conserver un peu de chaleur. Sam fit une pause avant de lui répondre. Les mots se bousculaient à ses lèvres :

— Parce que ce n'est pas tout : je ne veux pas que mes enfants soient élevés par des baby-sitters. C'est une question de principe qui ne se négocie pas.

— Je ne veux pas, moi non plus, Sam.

— Vraiment ? lança-t-il l'air dubitatif.

— Je désire rester à la maison avec mes enfants. C'est ce que j'ai toujours voulu. Rappelle-toi lorsque j'étais à l'hôpital avec la méningite cérébrospinale. J'ai juré alors que je ne laisserais jamais un de mes enfants subir une épreuve pareille sans que je veille à ses côtés.

— Ton père était là.

— Ce n'est pas la même chose. C'est peut-être le cas pour certains, mais pas pour moi. J'avais huit ans. Ma mère était comme une déesse pour moi. Je me sentais en sécurité avec elle.

Julia frissonna et vint se blottir contre la poitrine de Sam. Le vigoureux battement de son cœur la réconfortait.

— Non, jamais, poursuivit-elle. Je ne laisserai jamais mes enfants seuls tant qu'ils ne seront pas devenus grands.

— Et ton restaurant ?

— Quel restaurant ?

— Tu as toujours dit que tu exploiterais ton propre restaurant. Tu te rappelles le temps où tu installais un restaurant dans votre garage ? Tu nous servais des repas fantaisistes à Chase et à moi ?

— Biscuits Graham à la mode, dit en souriant Julia, qui se souvenait.

— Tu préparais de vraies bonnes pizzas au fromage fondant avec des triscuits.

Julia pouffa de rire, puis redevint sérieuse :

— Maman détestait que je vous serve, toi et Chase. « Ne te mets pas à leur service ! Laisse-les se débrouiller seuls. Tu n'as pas été mise sur terre pour être aux petits soins avec les mâles. » Oh, mon Dieu ! Elle devenait furieuse.

— Ma mère aussi le deviendra, si tu m'épouses et que tu te contentes d'élever nos enfants.

— Nos mères se ressemblent. Elles sont ambitieuses toutes les deux. Elles ont réussi l'une et l'autre...

— Tu vois ? l'interrompit Sam. Tu me donnes raison juste par ta façon de dire « Elles ont réussi ». Croiras-tu ne pas avoir réussi parce que tu n'auras pas de carrière ? Si tu n'es rien de plus que ma femme et la mère de nos enfants ?

— Bien sûr que non ! Je ne me bornerai pas à élever des enfants au cours de mon existence. Je pourrai toujours ouvrir un restaurant ou me lancer dans une autre entreprise quand je serai plus vieille.

Elle caressait le bras de Sam tout en réfléchissant. Après un certain temps, elle conclut à haute voix :

— Je veux beaucoup d'enfants, Sam. Et je veux aussi rester à la maison avec eux. Mais pas tout de suite, avoua-t-elle en respirant profondément.

— Ciel, moi non plus ! bondit Sam. C'est pourquoi j'étais si bouleversé, cet après-midi, quand j'ai vu les enfants. Julia, je veux vivre avec toi, je veux des enfants avec toi, mais pas tout de suite.

— Nous sommes d'accord sur ce point. Nous vivrons ensemble et je travaillerai pour économiser de l'argent. Pour nous, pour notre avenir.

— L'an prochain, j'entreprendrai mes études universitaires. J'espère être accepté à Johns Hopkins. Ou à Stanford. J'aime l'idée de vivre avec toi plutôt que dans un pavillon ennuyeux. Je n'aurai plus à manger la ratatouille de la cafétéria et je dormirai avec toi.

— Ça pourrait être bien stimulant de vivre ailleurs, dans un endroit totalement différent. Je ne suis jamais allée en Californie. Ni au Maryland, d'ailleurs. Mes parents m'ont amenée en Europe, mais je n'ai jamais vu le reste des États-Unis.

— Tu pourrais venir avec moi quand j'irai visiter les écoles ou que je serai convoqué pour des entrevues.

— Si tu vas à Stanford, nous pourrons faire un voyage au Mexique. *Tequila señor.*

— Tes parents seront déçus.

— Maman, surtout. Papa aura l'esprit ailleurs, comme d'habitude. Mais je ne peux pas organiser ma vie pour plaire à ma mère.

Julia savait que Sam réfléchissait. Elle aurait juré qu'il éprouvait aussi des doutes à l'égard de ses parents.

— Sam, nous devrions dormir. Tu as un cours à huit heures.

— Ouais. Tu as raison.

Sam s'étira, s'allongea rapidement dans le lit en entraînant Julia avec lui.

Elle drapa les couvertures autour des épaules de son bien-aimé, puis elle se pelotonna contre lui. Elle respirait facilement maintenant, et elle se sentit toute chaude et somnolente :

— Nous pourrons en reparler demain. Nous avons tout le temps devant nous.

— Je sais, acquiesça-t-il en la prenant dans ses bras. Je t'aime, Julia.

— Je t'aime.

Rassurée et confiante, Julia ferma les yeux et se laissa envahir par le sommeil. Mais Sam requit encore son attention :

— Julia...

— Mmoui ?

— Veux-tu m'épouser ?

Ses yeux s'ouvrirent tout grands.

— Oh oui ! Sam.

Sam posa ses mains à plat sur sa joue et fit glisser légèrement son pouce sur ses lèvres, comme s'il voulait mémoriser leur forme et leur douceur. Elle noua ses bras autour de lui. Sam déposa sur ses lèvres un baiser aussi solennel que s'il avait été l'expression d'un engagement sacré. Ils s'étreignirent, et des larmes de bonheur jaillirent des yeux de Julia. Ils restèrent ainsi pendant de longues minutes intenses et délicieuses, tandis que l'incandescence de leur amour semblait les fondre l'un dans l'autre.

— Dieu ! que je suis heureuse ! soupira Julia.

— Moi aussi !

Réconfortés par cet aveu réciproque, ils ne tardèrent pas à entrer dans l'univers béni des songes heureux.

10

Diane

Pourquoi, se demandait Diane, assise toute seule dans la cuisine obscure alors qu'elle attendait son mari, pourquoi sa pensée la ramenait-elle en Finlande et en Russie ? Pourquoi ce soir, après toutes ces années ? Était-ce l'apparition de Peter Frost qui réveillait en elle le goût de l'aventure ?

Non, il y avait une raison plus profonde : dans ces pays, elle avait été pendant quelques jours une femme qui agissait pour son propre compte. Elle avait été une femme libre de faire l'expérience de l'univers sans avoir à l'interpréter ou à le dominer au profit de ses enfants.

Elle était restée en contact avec Tarja. Chaque année, à la période de Noël, elles échangeaient de longues lettres ; elles se rencontraient aussi, à l'occasion, aux conférences et aux congrès de joaillerie. Tarja ne s'était jamais mariée. Elle avait un chien maintenant, une magnifique bête de race samoyède nommée Kiki, qui l'accompagnait partout. Il s'installait sagement sur la banquette du passager. Elle n'avait jamais besoin de le tenir en laisse ; il n'aboyait que devant les étrangers, pas devant les amis de sa maîtresse. Quand Diane montrait à Tarja des photos de ses enfants, celle-ci répliquait avec des photos de son chien. Il ne lui venait jamais à l'esprit que la situation puisse avoir un caractère humoristique ou qu'elle était moins favorisée que Diane.

« Eh bien, se réprimanda Diane, assez de nostalgie. » Elle se leva, alluma et chercha au réfrigérateur quelque chose pour le dîner de Jim. Elle trouva un curry que Kaitlin avait fait avec un reste d'agneau de la veille. Elle allait le poser sur le comptoir quand elle entendit la porte se refermer.

— Jim? demanda-t-elle en courant vers l'entrée. Bonne nouvelle! Julia a appelé.

— Magnifique! s'exclama Jim en jetant son manteau sur une chaise. Sans conviction il posa un baiser sur le front de Diane.

— Ça va, toi? s'enquit Diane.

— Bien. Seulement fatigué. Parle-moi de Julia.

Une fois dans la cuisine, il se laissa tomber sur une chaise. Diane examinait son mari. Comme il paraissait épuisé! Parfois, quand il rentrait après une longue journée passée au laboratoire, elle remarquait son dos voûté, son teint blafard et ses traits tirés. De le voir se surmener ainsi lui brisait le cœur.

— Je vais réchauffer le curry. Veux-tu du café en attendant?

— Je préférerais un peu de vin.

Diane lui en versa un verre, qu'elle déposa devant lui.

— Julia va bien. Ce n'était qu'une de ses crises habituelles. Elle est avec Sam. Elle se cherche du travail, puisqu'elle ne veut plus retourner à Gressex. Elle doit nous rappeler dans quelques jours.

— Je t'avais dit qu'il ne fallait pas trop s'en faire.

— Je sais, Jim, mais j'étais malade d'inquiétude. Et puis j'étais hantée par un terrible sentiment d'échec, ajouta-t-elle les yeux soudain pleins d'eau.

— Pourquoi? demanda Jim, qui ne semblait vraiment pas comprendre ce que Diane voulait dire.

— Parce qu'elle s'est entaillé les poignets. Parce qu'elle veut se marier plutôt que poursuivre ses études.

— Dois-tu le succès d'Arabesque à ta mère? Est-ce à cause de ta mère que ton mariage est réussi?

Diane retira la serviette de papier dans laquelle elle avait enfoui son nez et jeta un regard furieux à Jim. Elle ne savait pas si elle devait le trouver sage ou nettement agaçant. Elle se leva pour mettre le plat au micro-ondes.

— As-tu joint les Weyborn ? lui demanda Jim.

— Non, pas encore. Je vais essayer dès maintenent.

La mère de Sam décrocha à la première sonnerie. Quand Diane lui apprit que Julia avait donné de ses nouvelles, elle répondit :

— Je sais. Sam vient juste d'appeler. Jusqu'ici j'ai réussi à retenir ma langue, mais je suis tellement en colère contre ces deux enfants que je me sentirais soulagée si je pouvais les enguirlander.

— Dans un sens, c'est comique. Tu te rappelles toutes ces fois où nous nous sommes inquiétées à propos de Chase et de Sam ? Nous avions toujours peur qu'ils s'encouragent l'un l'autre à faire des bêtises. Nous redoutions qu'ils ne conduisent en état d'ébriété ou qu'ils se comportent comme des écervelés à l'occasion de parties d'étudiants. Mais c'est de Julia et Sam qu'il aurait fallu s'inquiéter.

— Oh ! Diane, tu sais que j'aime Julia. Je serais très heureuse de l'avoir pour belle-fille. Mais pas maintenant, même si nos deux tourtereaux semblent avoir un plan : Julia travaillerait dans un restaurant pour permettre à Sam de faire ses études universitaires. On doit tout de même reconnaître qu'ils font des efforts pour se montrer réalistes. Mais je crois qu'il serait sage pour Julia d'acquérir une certaine formation. Il y a peut-être un institut d'art culinaire à Hartford.

— De quoi est-ce que tu parles, Pamela ? Travailler dans un restaurant ?

— Julia ne t'en a jamais rien dit ?

— Non, jamais !

Diane était piquée au vif par la jalousie. Son amie Pamela connaissait mieux les projets de Julia qu'elle-même, sa propre mère !

— Sam m'a juste mentionné la chose, sans me donner de détails. Mais je n'ai pas été surprise. Tu sais combien Julia adore cuisiner. Je suis sûre qu'ils nous en diront davantage au cours du week-end. Sam a l'intention de nous amener Julia. Pas pour rester. Une simple visite. Nous pourrons donc voir comment elle va.

— Dès que je verrai qu'elle va bien, je la tuerai.

Pamela éclata de rire :

— Ça aurait pu être pire, Diane. Pense à tous nos amis qui ont des enfants avec des problèmes de drogue, d'anorexie, à ceux dont la fille s'est fait avorter.

— Je trouve admirable ton attitude dans cette affaire, Pamela. Je ne pourrais te blâmer si tu décidais de ne plus jamais revoir Julia.

— Pourquoi ? J'adore Julia. C'est un trésor !

L'émotion étreignit Diane, de sorte qu'elle pouvait difficilement parler. Elle tendit le téléphone à Jim et s'écrasa sur une chaise la tête entre ses mains et pleura.

Jim dit au revoir à Pamela et offrit du vin à Diane.

Elle prit le verre que son mari lui tendait, s'essuya les yeux du revers de la main, respira profondément et demanda :

— Jim, tu savais que Julia voulait cuisiner ? Je veux dire professionnellement ?

— Non.

— Moi non plus. Elle l'a dit à Sam, qui l'a répété à sa mère. Pourquoi penses-tu qu'elle ne nous en a pas parlé ?

— Probablement parce qu'elle pense que nous désapprouverions le choix d'un métier aussi ordinaire.

— Tu as raison. Je ne suis pas d'accord avec ce choix. Pourquoi deviendrait-elle cuisinière alors qu'elle pourrait gagner sa vie comme avocate ou médecin ?

— Parce qu'elle l'aurait choisi... non ?

Exaspérée par son froid détachement, Diane jeta un regard courroucé à son mari.

— Tu sembles fatiguée. Allons nous coucher, suggéra Jim.

— D'accord, mais je veux d'abord me faire couler un bain chaud pour me détendre.

— Bonne idée. Je vais regarder le bulletin de nouvelles.

Ils partirent chacun de son côté, mais quand Diane entra

dans le lit, Jim, à sa grande surprise, se blottit tout contre elle et mit un bras sur sa taille :

— Tout est bien qui finit bien, murmura-t-il. Julia est avec Sam. Elle est bien portante. La vie peut reprendre son cours normal.

Diane plia ses jambes contre celles de son mari et se creusa une niche dans son oreiller. Elle savait que Jim était aussi en train de se détendre. Elle se laissa aller dans un doux sommeil, où le corps familier de Jim était en même temps celui de Peter Frost. Au pays des rêves, tout est possible.

Vers la fin de la matinée, le mercredi matin, Diane alla accueillir l'agent du FBI à la porte.

— Entrez, l'invita-t-elle en souriant.

— Comment allez-vous ?

— Très, très bien !

— Vous semblez bien aller, en effet, observa Peter Frost.

Le sourire de Diane s'élargit.

— Ma fille a téléphoné hier soir. Elle est à Middletown avec son petit ami, Sam. Je suis si contente qu'elle soit en sécurité que je n'arrive pas à être en colère contre elle. Mais je suis sûre que ça viendra.

— Elle va bien ?

— Oui, très bien. Elle doit venir au cours du week-end. Je crois bien que nous nous parlerons entre quat'z'yeux.

— Je suis heureux qu'elle vous ait donné signe de vie.

Diane lut dans son regard un intérêt sincère :

— Merci. J'étais si inquiète. Maintenant je me sens revivre.

— Je comprends. Quand mon fils a... eu quelques problèmes, j'ai subi un choc terrible. J'aurais donné tout ce que je possédais, et mes bras et mes jambes, pour qu'il s'en sorte sans trop de mal.

Diane regarda fixement Peter, bouleversée par sa passion :

— Qu'est-ce qui est arrivé ?

— C'est compliqué. Mais j'aimerais bien vous raconter cette histoire un jour, quand nous aurons plus de temps.

317

— J'ai hâte d'en savoir plus long, répondit-elle sincèrement.

Ils se regardaient l'un l'autre, savourant sans arrière-pensée ce moment d'intérêt mutuel. Peter s'éclaircit enfin le gorge et dit :

— Eh bien... je suppose que nous devrions commencer.

Ils montèrent au grenier pour la dernière fois. Il ne restait plus que quelques boîtes à inspecter.

Le soleil à son zénith remplissait de lumière cuivrée le grenier poussiéreux. Comme ils se penchaient ensemble au-dessus d'un carton, Diane pensa que, dans cet éclairage, il remarquerait chacune de ses rides, même celles qui commençaient à peine à se dessiner.

Mais Peter Frost, absorbé par son travail, examinait chaque objet aussi lentement et aussi soigneusement que la veille.

Ils travaillèrent sans succès jusqu'au début de l'après-midi.

— Ma mère n'a jamais été aussi désordonnée que tout ce fatras ne le laisse croire, fit remarquer Diane en riant nerveusement.

Elle venait d'ouvrir la dernière boîte. Ils épluchèrent des liasses de bordereaux et de chèques annulés, des patrons de travaux d'aiguille, de vieilles cartes de Noël postées par des amis, quelques romans à suspense publiés en livres de poche, un annuaire de paroisse, du papier d'emballage, une boîte de trombones, des recettes arrachées dans les magazines et agrafées ensemble.

— Je crois que j'ai été frappée d'un coup de folie cet été. J'ai fait le tour de la maison et du grenier et j'ai jeté sans discernement dans les cartons tout ce qui me tombait sous la main.

Il retira le dernier objet : un sac à main en perles dorées qui avait sans doute appartenu à sa mère à l'époque où elle fréquentait le collège.

Il fouilla dans le sac et en ressortit une épingle à cheveux et une pièce d'un sou. Il tira la doublure vers l'extérieur et, avec d'infinies précautions, il commença à déchirer le tissu crème. La sensation auditive créée par la vieille soie qu'on effiloche fascinait Diane.

Il n'y avait rien sous la doublure. Il déposa le sac au sommet de la pile :

— C'est tout. Merde ! grogna-t-il en se levant.

Il étira les bras au-dessus de sa tête, et Diane aperçut les cernes de transpiration sous ses aisselles. Puis il déroula ses manches de chemise.

— Attendez, ordonna Diane. Il y a encore quelques robes et un vieux manteau de fourrure.

Elle traversa le grenier et descendit la fermeture éclair d'un sac à vêtements bleu. Un mélange de parfums et de naphtaline remplit l'air. Elle découvrait ici l'aspect romantique de la vie de sa mère. Des robes du soir et des robes de cocktail, une cape de soie rouge et une veste de vison. Diane retira le smoking de son père et le tendit à l'agent.

— Je ne sais pas si nous aurons plus de chance, mais on ne sait jamais.

Il chercha consciencieusement. Diane sortit les robes une à une et passa une main caressante sur les tissus somptueux. « Celles-ci sont relativement récentes, songea Diane. Il n'y a qu'à voir la taille. » Elle s'attaqua ensuite au deuxième sac. Des robes plus belles encore et d'un autre âge. Une toilette merveilleusement sophistiquée, noire, à l'exception d'une manche et du corsage blancs. Une robe longue écarlate qui avait sans doute attiré les regards des danseurs. Ah ! si ces vêtements pouvaient parler ! Ils raconteraient sûrement des choses au sujet d'une Jean Marshall que Diane n'avait jamais connue.

— Je crois que nous perdons notre temps, soupira Peter Frost. Les robes du soir n'ont pas de poches, que je sache.

Il semblait déprimé.

— Mais les manteaux en ont, l'encouragea Diane.

Elle voulait désespérément lui plaire, ramener sur ses lèvres son charmant sourire. Elle décrocha le manteau de raton laveur.

— Quel style ! s'exclama-t-elle.

Elle endossa le manteau et en admira l'ample carrure. La peau était si sèche que de larges pans s'étaient détachés de la doublure. La fourrure paraissait vraiment moche. Elle enfonça ses mains dans les poches. Rien, sauf...

Il y avait un trou dans la poche gauche.

Elle retira le manteau, le remit sur son cintre qu'elle suspendit à un crochet planté dans le mur et commença à tâter le bord. La doublure, à cet endroit, tenait fermement à la fourrure. Elle sentit un renflement sur le devant du manteau.

— Peter...

Il s'approcha tout près d'elle. Diane saisit sa main et la posa sur la bosse.

— Ça pourrait être un bâton de rouge à lèvres ou un poudrier, dit-il.

Mais Diane voyait l'espoir dans ses yeux. Elle recula pour le laisser détacher la doublure de la fourrure. Le tissu résista, de sorte que Diane pensa qu'elle devrait aller chercher des ciseaux, mais il céda enfin. La soie se décolla en une longue bande effilochée. Un petit objet en or tomba sur le plancher.

Peter Frost plongea pour le ramasser. Il le déposa dans le creux de sa main, pour permettre à la lumière de l'éclairer et, à Diane, de le voir aussi nettement que lui.

Au bout d'une délicate chaînette en or brillait un médaillon en forme de cœur, dont l'avers était décoré de volutes aux dessins compliqués. Au dos était gravée une inscription :

Pour Jean,
Avec mon amour.
E. M.

— Je crois que nous avons enfin trouvé, murmura Peter.

— E. M. ? Qui est E. M. ? demanda Diane en scrutant les initiales.

Au lieu de répondre, Peter cherchait comment ouvrir le médaillon.

— Habituellement il y a de petites encoches qui commandent l'ouverture, lui rappela Diane.

Peter Frost était trop absorbé pour répondre. Diane le regardait en souriant. Il tournait en tous sens le fragile bijou dans ses grandes mains maladroites.

— Laissez-moi faire, suggéra-t-elle.

Il lui remit le bijou à regret. Le médaillon portait une mince boucle d'or à son sommet. Elle tordit délicatement la fermeture, qui d'abord lui résista. Puis, comme une huître réticente, le médaillon s'ouvrit de quelques millimètres.

Peter reprit le bijou et l'ouvrit complètement. L'intérieur de chaque moitié était bordé d'un mince filet d'or qui permettait de retenir des photos. Dans l'une d'elles, il y avait un bout de papier qu'il retira de son cadre avec un grand soin.

Il le déplia. Une suite de lettres, de chiffres et de symboles qui ressemblaient à une équation géométrique ou à une ordonnance médicale remplissait tout l'espace.

— C'est ça ! cria-t-il d'une voix où perçait l'excitation.

Il avança la main vers Diane pour lui permettre d'examiner les signes, qui n'avaient aucun sens pour elle :

— Qu'est-ce que c'est exactement ?

— Une formule codée. Je dois vous l'emprunter, lui fit-il savoir en replaçant le papier dans le médaillon. Je vous donnerai un reçu. Maintenant, il faut que je téléphone.

Il attrapa sa veste au passage et se précipita dans l'escalier, sans se soucier de Diane. Seule et silencieuse, elle se sentit curieusement humiliée, comme si elle avait eu une aventure avec cet homme et que, à cet instant même, il l'abandonnait.

Elle éteignit la lumière et descendit dans la cuisine en se demandant qui était E.M.

Elle trouva Peter, le téléphone collé à l'oreille, au milieu d'une conversation animée. Kaitlin avait planté un mot dans le plateau de pommes, au milieu de la table, pour l'avertir qu'elle était partie faire les courses. Diane prépara du café, en prenant soin de ne pas faire de bruit, dans l'espoir de surprendre la conversation.

Il finit par raccrocher et se retourna vers Diane en souriant :

— Mission réussie.

— Eh bien, tant mieux, j'imagine.

— Maintenant que le papier est entre nos mains, je peux vous dire de quoi il s'agit. Je dois aussi vous faire signer quelque chose.

— D'accord. Voulez-vous du café ?

— Ah oui ! Avec plaisir.

Il prit la direction du hall d'entrée et en revint avec son porte-documents. Il s'installa à la table de son propre chef et se mit à feuilleter un tas de papiers de toutes sortes.

Diane plaça le sucrier et le pot de crème devant lui. Elle apporta ensuite une assiette de biscuits au sucre que Kaitlin avait préparés. En s'asseyant, elle frôla les genoux de Peter et elle rougit. Elle déplaça donc sa chaise de quelques centimètres.

Peter prit une gorgée de café et leva le voile sur le mystère :

— Revenons à la fin des années trente. Deux hommes, Patrick Brown, professeur de biochimie à l'Université de Georgetown, et Yuri Oshevnev, de l'Université de Moscou, s'étaient rencontrés plusieurs fois à l'occasion de conférences scientifiques en Europe. Ils ont décidé de travailler en collaboration. Ils menaient des recherches sur la production d'énergie nucléaire à partir de la fusion des atomes. Ils communiquaient par code.

Diane avait déjà compris :

— Alors le bout de papier est un message de l'Américain au Russe ?

— Exact. Ils envoyaient leur correspondance à un contact, à Berlin, qui l'acheminait à Moscou ou à Washington. En 1940, à la veille de la guerre mondiale, tout le monde était suspect. Un des messages de Brown, celui-ci plus précisément, fut intercepté par les forces armées des États-Unis et remis à votre grand-père, qui était à la tête des services secrets de la marine. Il l'avait apporté à la maison, comme il le faisait souvent pour son travail de décodage, et l'avait déposé dans son coffre-fort. Il semble qu'il en avait décodé suffisamment pour se rendre compte que ce qu'il avait sous les yeux concernait une recherche scientifique et non pas la stratégie militaire ou l'armement. De toute façon, il ne s'était plus jamais préoccupé de ce papier, semble-t-il. Votre mère avait pu le subtiliser en toute impunité.

— Maman a fait ça?

— À l'époque où votre mère fréquentait le collège, elle faisait partie d'un groupe d'intellectuels de Cambridge qui œuvraient pour la paix.

— Ma mère!

— Oui. Alors qu'elle était à Washington, elle a rencontré un homme nommé Erich Mellor...

— E.M. murmura Diane.

— Mellor l'avait persuadée qu'il avait besoin d'un certain message codé qui pourrait permettre d'éviter la guerre. Il avait fait ses études aux États-Unis et il parlait un anglais parfait. Mais en fait, il était russe. Il voulait des renseignements sur la marine américaine, qui était dans un grand état de délabrement à cette époque. Il demanda à votre mère de trouver ce message et de le lui apporter, ce qu'elle a fait. Mais le bout de papier que j'ai dans les mains n'était pas ce qu'Erich Mellor cherchait. Il le lui a donc retourné dans ce médaillon. Il présumait alors qu'elle le trouverait et le replacerait dans le coffre de son père, qui ne saurait jamais qu'il en avait été retiré. Mais le médaillon a dû tomber dans la doublure du manteau entre-temps.

Diane regarda par la fenêtre et, au lieu de voir la lumière automnale, elle aperçut une jeune fille élégante dans son manteau de fourrure, sa mère, qui avait violé le coffre-fort de son père pour dérober un message codé appartenant à la marine américaine.

— Elle devait sûrement être très amoureuse d'Erich Mellor, dit-elle d'une voix songeuse.

— Peut-être.

Sa mère amoureuse d'un Russe!

— Et il s'est servi d'elle.

— Pas nécessairement. Après tout, il l'aimait assez pour lui offrir un bijou.

— Puis-je voir le message de nouveau ?

Elle l'examina attentivement en le tenant par les coins, n'osant pas toucher aux caractères noirs sibyllins tracés sur le papier.

— C'est une formule ayant trait à la fusion nucléaire ?

— Nous le croyons.

Ce bout de papier était si léger qu'il semblait ne pas avoir de poids. Mais, tout comme une pierre précieuse, il était d'une valeur inestimable. Elle le remit à Peter Frost.

— Au début des années quarante, les scientifiques ont découvert comment créer de l'énergie nucléaire par la fission, la division des atomes. Mais ils travaillaient encore sur le moyen de produire la fusion. Ceci pourrait être une pièce importante du puzzle.

— Qu'est-il arrivé aux deux scientifiques ?

— À cause de la guerre, Brown et Oshevnev sont morts sans avoir jamais pu partager les résultats de leurs recherches avec la communauté scientifique. Il a fallu attendre jusqu'à maintenant, alors qu'un dégel s'est produit dans les relations entre l'Est et l'Ouest, pour que les chercheurs reconnaissent la grande valeur de leur travail et se mettent en quête de leur formule.

— Que va-t-il arriver maintenant ?

— Je vais remettre ce papier à mes supérieurs, qui vont l'acheminer aux autorités responsables. La Russie et les États-Unis coopéraient autrefois. Il semble qu'ils soient prêts à recommencer.

— Ouf ! J'ai de la difficulté à m'y retrouver dans toute cette histoire.

— Je comprends, admit Peter Frost en plaçant devant elle une grande feuille de papier couverte d'un texte serré tapé à la machine. Ce document peut vous paraître bien compliqué, mais c'est tout simplement une décharge. J'ai besoin de votre signature.

Diane jeta un coup d'œil rapide sur le texte et signa. Peter Frost ramassa les papiers et les enferma dans son porte-documents. Puis il retira une carte d'affaires de son portefeuille et y écrivit quelque chose :

— C'est mon numéro de téléphone à la maison. Au cas où vous auriez des questions. Ou si jamais vous voulez me joindre... pour d'autres raisons.

Il allait partir maintenant, et Diane fut surprise par le désappointement qu'elle ressentait et par le désir urgent qu'elle avait de trouver un moyen de prolonger la visite de Peter Frost. Que dire ? Que faire pour le retenir ?

— Je dois partir, dit-il en se levant.

— Oui. Je vous accompagne jusqu'à la porte.

Ils se dirigèrent en silence vers le hall d'entrée éclairé par le soleil de fin d'après-midi. Elle prit son manteau dans la penderie et le lui tendit d'une main indécise. Il posa alors inopinément ses mains sur ses épaules pour l'immobiliser et plongea son regard dans le sien :

— Je dois m'en aller, mais j'aimerais vous revoir encore. Je sais que vous êtes mariée. Je ne veux pas vous faire outrage, mais je ne peux m'empêcher de vous dire qu'il y a quelque chose de spécial entre nous.

— Oui, je sais.

En parlant, elle avait rejeté la tête en arrière, de sorte qu'il se sentit invité à se pencher vers elle pour l'embrasser. Il la serra étroitement contre lui et elle laissa tomber son manteau pour pouvoir caresser ses cheveux. Il y avait si longtemps qu'elle n'avait pas été embrassée de cette façon-là. Un baiser vorace, glouton, indécent. Ses lèvres soudées aux siennes, Peter Frost la fit reculer jusqu'à ce que son dos soit pressé contre le mur. Alors il caressa très lentement ses épaules et ses clavicules avant de s'arrêter sur ses seins.

— Vous avez de très beaux seins.

Le plaisir l'inonda. « Oui, pensa-t-elle, j'ai de beaux seins et je l'avais oublié depuis belle lurette. » Elle cambra ses reins et colla ses hanches aux siennes. Tout en continuant à l'embrasser, il tira sur son chemisier pour le dégager de son jean et glissa ses mains dessous.

— Zut! Zut de zut! murmura-t-il en se battant contre son soutien-gorge.

Il défit les agrafes, remonta les bonnets et poussa un soupir de satisfaction en sentant les seins libres dans ses mains. Il lui donna un baiser chaud et humide. Elle eut la sensation, comme autrefois, qu'une montée de lait engorgeait ses mamelons. Elle voulait sa bouche sur ses seins, elle avait besoin de cette morsure pour briser la tension. Mais tout à coup, elle entendit la porte de la cuisine s'ouvrir et Kaitlin qui criait :

— Holà! Je suis de retour!

Diane repoussa Peter. Il recula en respirant lourdement. Elle agrafa vivement son soutien-gorge et rentra son chemisier dans son pantalon.

— Bonjour, Kaitlin! lança-t-elle d'une voix incertaine.

Alors ils entendirent Kaitlin chantonner en rangeant les provisions.

— Eh bien! soupira-t-elle, encore remplie de désir.

Elle était tout à la fois embarrassée, heureuse et euphorique.

— Écoutez, lui dit-il en remettant ses cheveux en place. Je dois me rendre à Washington aujourd'hui. Je peux revenir la semaine prochaine. Pourrai-je vous revoir alors?

Au fur et à mesure que son sang se refroidissait, elle se rappelait qui elle était, où elle était. Une femme mariée dans sa maison familiale. Ils savaient l'un et l'autre quel sous-entendu cachait la permission de la *revoir*.

— J'ai besoin de réfléchir à tout ça. Vous m'appellerez dans un jour ou deux, alors que nous serons plus calmes?

— D'accord. Je vous appellerai.

Il ramassa son imperméable, ouvrit la porte et sortit dans la lumière éclatante de l'après-midi.

Elle le regarda s'éloigner avec un pincement au cœur.

Diane revint à la cuisine, où elle échangea quelques banalités avec Kaitlin au sujet du repas du soir. Elle était impressionnée et amusée par l'air tout à fait normal qu'elle réussissait à afficher. Elle attrapa ensuite ses clés de voiture et son blouson, puis elle partit pour Cambridge. Lisa avait pris un après-midi de congé à cause d'un rendez-vous chez le dentiste. Diane se sentait soulagée. Elle appréciait le silence. Son assistante avait déposé le courrier de la veille sur son bureau. Elle commença à l'éplucher.

L'*American Gem Trade Association* l'invitait à être membre du jury lors de l'exposition internationale des jeunes créateurs. Le magazine *Ornament* voulait obtenir une entrevue. La *Rhode Island School of Design* la priait de venir donner une conférence sur le design des années quatre-vingt-dix. Elle jeta un coup d'œil sur les messages téléphoniques laissés par les représentants, les bijoutiers, les clients qui voulaient commander des pièces de modèle exclusif.

Elle laissa tomber les papiers sur son bureau, incapable de se concentrer sur son travail ce jour-là. Ses pensées s'embrouillaient. Où était sa mère? Avait-elle eu une aventure avec un espion? Quelle conduite devait-elle adopter avec Julia et Sam? Oh! c'était bien sa chance : avoir à s'inquiéter en même temps pour sa mère et sa fille! En réalité, si elle n'écoutait que son corps, elle se ficherait d'elles complètement. Elle désirait seulement fermer les yeux et se rappeler le baiser de Peter Frost et sa main caressante.

Elle entra dans son atelier, prit le moule qu'elle avait commencé à sculpter, puis le reposa sur l'établi. Même cette partie si passionnante de son travail ne réussissait pas à retenir son attention ce jour-là.

À cinq heures, elle appela au bureau de Jim. Quand il vint enfin répondre, elle lui demanda :

— Pourrais-tu, par hasard, revenir de bonne heure à la maison ce soir? J'ai un tas de choses à te raconter.

— Au sujet de Julia?

— Non, à propos de cette femme mystérieuse qu'est ma mère.

— Elle va bien ?

— Oh ! très bien. C'est moi qui... J'ai appris sur son compte une histoire fabuleuse, à peine croyable.

— Est-ce que ça peut attendre un peu ? Je suis vraiment pris.

Diane retint une remarque cinglante et demanda simplement :

— Que penserais-tu de m'accompagner au restaurant pour y manger un petit quelque chose ?

— Je ne peux vraiment pas. Je vais grignoter un sandwich ici.

— Très bien, fit Diane d'une voix devenue cassante.

— Est-ce que ça va, toi ?

Jim paraissait inquiet, sur la défensive et pressé tout à la fois.

— Oui, Jim, ça va. On se verra plus tard.

Elle raccrocha le téléphone, vaincue.

Elle resta ainsi de longues minutes, la tête vide, laissant la tension accumulée au cours de la journée se relâcher. Quand elle leva les yeux, la nuit tombait déjà. Les fenêtres étaient sombres et l'édifice silencieux ; les klaxons impatients et le roulement incessant des voitures annonçaient le retour des travailleurs à la maison. Il lui sembla que le froid envahissait l'atelier. Elle se leva en frissonnant et serra ses bras autour de sa poitrine pour se réchauffer. Avant d'éteindre les lumières, elle jeta un coup d'œil sur le bloc à dessins où elle avait reproduit les monogrammes savamment entrelacés du couple qui allait bientôt se marier. Elle s'aperçut que le corps de la broche était déséquilibré. Il lui faudrait redessiner le bijou avec plus de soin et faire en sorte que les deux monogrammes se détachent plus nettement. Elle sentit alors la tristesse l'envahir, comme si les deux lettres entrelacées étaient le symbole même de sa vie : elle avait vécu libre de toutes contraintes puis, pendant des années, sa vie s'était confondue avec celle de Jim et avec celle de ses enfants. Maintenant elle retournait au stade initial : elle se retrouvait de nouveau laissée à elle-même, séparée de ses enfants devenus grands et de son mari distant. Elle entamait une nouvelle période de sa vie, et cela lui faisait peur. Elle sourit tout de même en se remémorant le baiser passionné de Peter Frost. Elle éteignit avant de sortir.

La maison aussi paraissait silencieuse et vide. Elle s'attarda au seuil du long couloir qui reliait le hall à la cuisine. Un flot de souvenirs remonta à sa mémoire. Sans faire beaucoup d'efforts, elle revoyait les imperméables des enfants, leurs bottes, leurs cartables, leurs ballons, leurs poupées, leurs pistolets à eau, leurs pull-overs éparpillés sur la table et sur le carrelage bien astiqué. Tellement de choses avaient été jetées et abandonnées là par les enfants qui couraient dans toute la maison en passant d'un jeu à un autre.

Pour elle maintenant, le hall d'entrée recélerait un secret. Elle revint se placer près de la penderie, à l'endroit même où Peter Frost l'avait étreinte, plus tôt dans la journée. Il lui suffisait de fermer les yeux pour sentir de nouveau son baiser, ses caresses, le désir brûlant, intense et urgent qui s'était emparé de lui et qui l'avait, elle, complètement désarmée. Elle se rappela la tristesse qu'elle avait lue dans les yeux de Peter alors qu'il faisait brièvement allusion aux problèmes de son fils. Elle aurait voulu se retrouver assise quelque part avec lui pour l'entendre raconter le reste de sa vie.

Mais, plus que tout, elle savait qu'elle voulait faire l'amour avec lui.

Elle se contraignit à prendre la direction de la cuisine. Le répondeur clignotait. Elle rembobina le ruban et attendit qu'il arrive en bout de course : « Bonjour, maman, c'est Julia. J'appelle seulement pour dire que tout va bien. Sam et moi passerons à la maison au cours de la journée, samedi. Nous avons parlé à ses parents aussi : donc tout va bien. Au revoir. » Après une pause, la voix de Julia se fit soudain de nouveau entendre : « Je t'aime. Au revoir. »

Les larmes montèrent aux yeux de Diane. Bien sûr, Julia l'aimait. Mais elle aimait Sam davantage et voulait se libérer de la maison, tourner le dos à ce milieu où elle n'était qu'une enfant. Elle semblait parfaitement bien. Calme. Saine et sauve. C'est ce qui comptait d'abord.

Diane alla au living-room, se cala dans un fauteuil, ferma les yeux et s'endormit aussitôt.

Elle s'éveilla en entendant la porte avant se refermer. Elle consulta sa montre : presque dix heures.

— Bonsoir. Je suis désolé de rentrer si tard, s'excusa Jim en traversant la pièce pour lui donner un rapide baiser sur le front.

Diane se frotta les yeux :

— As-tu mangé ?

— Oui, un sandwich. Mais je vais aller voir s'il reste de la tarte. Tu en veux ?

— Eh bien oui, je vais t'accompagner.

Elle s'étira et le suivit dans la cuisine. Elle prépara du décaféiné et découpa deux pointes de tarte aux pommes. Pendant qu'ils mangeaient, elle lui raconta toute l'histoire : le médaillon, le message codé, les travaux des deux savants. Et puis l'aventure de sa mère avec un espion russe.

— C'est étonnant, n'est-ce pas ?

— Renversant !

Quelque chose avait frappé l'imagination de Jim. D'une voix neutre, comme s'il avait parlé davantage pour lui-même que pour sa femme, il murmura :

— Pauvres hommes !

— Qui ?

— Les deux savants, Brown et... Oshevnev, m'as-tu dit ? Être ainsi sur le point de faire une découverte qui aurait changé le monde et se faire brutalement fermer la porte si près du but !

— Oui, mais maintenant que leur formule a refait surface, leur recherche pourrait aboutir !

— Oui, mais ils ne sont plus là pour le voir. Ils ne l'auront jamais su. Ils sont morts sans avoir...

Sa voix s'éteignit.

Diane examinait Jim, qui paraissait extrêmement fatigué, et même écrasé par un sentiment de défaite. Elle n'avait pas imaginé qu'il rêvait autant d'acquérir la renommée que de faire une découverte importante. C'était bien le cas et rien n'était plus naturel.

— Oh ! Jim, s'écria-t-elle, mettant sa main sur la sienne, tu es jeune. Tu as encore des années devant toi. Tu réussiras certainement un jour.

— J'espère que tu as raison, soupira-t-il. Il se fait tard. Je monte me coucher.

— Moi aussi. Je te rejoins à l'instant.

Pendant qu'elle le regardait s'éloigner, elle prit brutalement conscience que, pour la première fois depuis des années, il ne s'était pas intéressé aux nouvelles qu'elle lui apportait. Elle rinça machinalement leurs assiettes et les rangea dans le lave-vaisselle. Elle fit un crochet par l'entrée pour vérifier que la porte était verrouillée. Elle passa au living-room, tira le rideau, jeta un regard mélancolique sur la rue déserte et monta rejoindre son mari.

11

Jean

Ce jeudi pluvieux et venteux charriait avec lui la morsure des froids d'hiver. Jean était attablée dans la chaleur de son bistrot préféré de la rive gauche et lisait un Maigret. Un verre de vin blanc sec et un croque-monsieur attendaient devant elle. Elle suspendit un moment sa lecture pour se reposer les yeux. Le menton dans le creux de la main, elle observait la foule pressée qui fonçait tête première dans le vent et la pluie. Depuis peu elle avait commencé à avoir envie de bouger. Elle se demandait si elle ne devrait pas partir pour Amsterdam avant que l'hiver ne s'installe pour de bon ou bien descendre chercher la chaleur dans le sud de la France ou en Italie.

Un jeune homme entra dans le café, jeta un coup d'œil à la ronde et se dirigea droit vers sa table. Son imperméable Burberry lui allait comme un gant. Il avait l'air d'un dandy qui s'efforçait de coordonner ses vêtements à la perfection.

Il s'arrêta à quelques pas de la table de Jean et s'inclina légèrement :

— Excusez-moi, je vous prie. Êtes-vous Jean White ?

Plus tard, elle se demanderait pourquoi elle n'avait ressenti aucune crainte en le voyant soudain surgir devant elle ; pourquoi elle n'avait pas immédiatement pensé : « Oh, non ! Il est arrivé une catastrophe à l'un de mes enfants ! » Sans doute que ce jeune homme lui rappelait son fils aîné au temps où il était jeune officier dans la marine.

— Oui, je suis Jean White.

Il lui tendit une carte et se présenta :

— Je suis Timothy Thompson, attaché à l'ambassade américaine de Paris. Puis-je m'asseoir ?

Jean acquiesça d'un signe de tête en lui indiquant une chaise en face d'elle.

— On m'a demandé de vous transmettre un message. Rien de mauvais, rassurez-vous. C'est plutôt le contraire. C'est en rapport avec un épisode de votre vie qui a précédé votre mariage. Tout ça est bien compliqué. Disposez-vous d'un peu de temps ? Sinon, nous pourrions nous rencontrer une autre fois ?

— Mon Dieu ! Vous avez piqué ma curiosité. Comment pourrais-je supporter d'attendre ? répondit Jean en riant. Puis-je vous offrir un verre ?

Une fois que le garçon l'eut servi, le jeune homme se pencha vers Jean comme pour lui faire une confidence et il commença à parler d'une voix bien posée :

— C'est à propos d'un médaillon qu'on vous a offert autrefois.

Il marqua un temps et rougit. Jean, amusée, se dit que ce jeune homme pourrait être son petit-fils.

Il y avait des années qu'elle n'avait plus pensé à ce médaillon. Maintenant ce jeune homme aux cheveux trop courts pour la dimension de ses oreilles, cet attaché d'ambassade assis en face d'elle dans un café parisien le lui rappelait.

— Qu'est-ce qu'il a de spécial, ce médaillon ?

Il rougit encore une fois jusqu'au bout des oreilles :

— Il vous a été offert par un homme nommé Erich Mellor. Il renfermait un bout de papier que vous aviez remis à M. Mellor, un document qui aurait pu avoir une importance internationale. M. Mellor aimerait vous rencontrer pour discuter de l'affaire. Il espère que vous consentirez à venir le rencontrer à Helsinki. Naturellement, il assumera les dépenses et il se chargera de prendre toutes les dispositions pour rendre votre voyage agréable. Cet

334

arrangement est commode et il permet de gagner du temps, puisque lui-même arrivera de Moscou.

Jean était sidérée. N'importe quelle femme de soixante-dix ans a déjà encaissé des chocs de toutes sortes, au cours de sa vie. Mais qu'Erich Mellor soit en vie et veuille la rencontrer la secoua d'une manière qu'elle n'oublierait jamais. Sans qu'elle puisse s'en empêcher, elle se mit à trembler. Son cœur palpitait violemment.

— J'ignorais qu'il vivait encore. Que fait-il à Moscou ?

— Il y habite. Vous saviez qu'il était russe, n'est-ce pas ? lui demanda Timothy Thompson, perplexe.

Jean le dévisagea.

— Ah, mais oui. Naturellement, lui mentit-elle.

Jean ne souhaitait pas lui donner raison de s'inquiéter. Elle voulait qu'il continue de parler. Elle désirait entendre ce qu'il avait d'autre à ajouter.

— Je présume que vous acceptez de vous rendre à Helsinki. Votre famille nous a appris que vous étiez en vacances. Nous espérons que votre programme est assez souple pour nous laisser organiser cette entrevue le plus tôt possible.

— Oui, j'accepte.

Jean se disait que la rencontre n'aurait jamais lieu assez tôt. Il y avait tant de mystères qu'elle voulait élucider.

Erich était russe ! Après sa disparition, elle avait soupçonné qu'il n'était pas américain ; quand elle imaginait le pire, elle le croyait allemand. La première année de son mariage, elle avait passé des heures sombres à se demander ce que le message codé représentait exactement, dans quelles mains il était tombé. Elle supputait les risques que sa conduite stupide ait ou non entraîné quelque désastre. Mais, tout au long de ces jours et de ces nuits tristes, difficiles et interminables, aucun événement fâcheux n'avait semblé le moindrement relié à la disparition du message codé. Au cours des repas, chaque fois que son père discourait sur la façon dont la guerre suivait son cours, elle n'avait jamais décelé la moindre allusion à ce bout de papier. Jamais son père n'avait parlé d'un message secret égaré quand il sortait d'une rencontre avec des officiers dans son bureau. Jean n'avait d'ailleurs jamais pu attribuer à la formule mystérieuse subtilisée l'inquiétude qui minait son père ou l'exaltation qui le rendait tellement expansif chaque fois que la guerre prenait un nouveau tournant. À la fin des hostilités, peu de temps après que son mari et son frère étaient revenus sains et saufs chez eux, elle était devenue rapidement enceinte. Elle avait fini par oublier complètement le médaillon et le papier.

Erich Mellor, un Russe ! Et elle avait fait l'amour avec lui ! Elle était contente que ses parents n'en aient jamais rien su. Dieu merci, Al était décédé maintenant. Oh ! quelle horrible pensée ! Tel n'était pas son véritable sentiment, mais elle était tout de même soulagée qu'il ne soit plus là pour découvrir cette histoire. Peu de choses auraient pu l'accabler davantage que d'apprendre que sa femme avait eu un amant avant de l'épouser et que cet amant était russe. Même durant les tragiques événements des dernières années, Al n'avait jamais cru que les Soviétiques souhaitaient la paix. Ce serait bien assez que Bert découvre le pot aux roses. De leur côté, les filles jugeraient l'aventure bien romanesque. Quant à Art, son côté anarchiste serait tout bonnement transporté d'allégresse.

Timothy Thompson lui accorda l'après-midi pour faire ses bagages. Puis il la conduisit à Orly, où il lui fit prendre un avion qui arrivait à Helsinki très tard dans la nuit. Otto Kaarinen, un gentil monsieur, version plus âgée de Timothy Thompson, vint l'accueillir à l'aéroport. Il l'accompagna ensuite jusqu'à la réception de l'hôtel International, l'informant qu'elle pouvait utiliser le service aux chambres pour commander tout ce qu'elle voulait, quand elle le voulait. Il la prévint que quelqu'un passerait la prendre le lendemain, à midi, pour la conduire chez Erich Mellor.

Des fleurs fraîches et une sélection de liqueurs, incluant une bouteille de Courvoisier, avaient été placées en évidence dans la grande chambre bien aérée. Elle prit une longue douche, après quoi elle se versa un cognac qu'elle dégusta à petites gorgées, assise dans son lit. Elle craignait de ne pas trouver le sommeil, mais lorsqu'elle se coula sous les épaisses couvertures, elle se rendit compte qu'il était au rendez-vous.

Le matin suivant, elle s'accorda le plaisir d'un énorme petit-déjeuner qu'elle prit dans sa chambre, devant la fenêtre qui s'ouvrait sur le port. Elle n'était jamais venue à Helsinki auparavant et s'interrogeait sur l'opportunité de faire un rapide tour de reconnaissance avant le lunch. Elle se retrouva plutôt dans la salle de bains en proie à une panique idiote. Elle scrutait son vieux visage et son corps fatigué dans la glace en cherchant désespérément quoi faire pour améliorer ce qu'elle voyait.

« Pas d'affolement, se dit-elle. Erich Mellor ! Après toutes ces années ! »

Lui aussi aurait vieilli, évidemment. Il y avait quelques jours à peine, alors qu'elle se pomponnait, elle s'était félicitée de sa belle apparence et de l'attraction évidente qu'elle exerçait dans les jardins du Luxembourg. Heureusement, elle échappait au terrible dilemme de savoir quoi porter depuis que sa garde-robe renfermait presque exclusivement des jupes, des chemisiers et des blazers. Mais elle essaya toutefois deux robes de soie et un tailleur de tweed garni d'un col de velours. Elle cherchait la toilette qui ferait le mieux ressortir son sex-appeal. Décidément elle voulait paraître attirante, sans pour autant avoir l'air d'une vamp sur le retour. Pour l'occasion, il convenait de paraître élégante, impeccable et sereine. Après tout, il l'avait plaquée et elle désirait qu'il voie qu'elle avait réussi sa vie. Il n'avait pas réussi à briser son moral. Ni son cœur.

À partir de cette minute, on pouvait frapper à sa porte à n'importe quel moment : elle serait alors invitée à rencontrer son ancien amant. Jean inspecta chaque millimètre de son visage, de ses cheveux et de son corsage. Elle avait choisi le tailleur de tweed qui l'amincissait avantageusement. En portant une veste sur son chemisier de soie, elle se donnait l'illusion qu'elle ajoutait une autre barrière. Elle mit ses perles, puis les enleva. Elle ne voulait pas ressembler à une de ces vieilles coquettes qui hantaient les comités républicains.

Qu'est-ce qui la poussait à vouloir offrir à cet homme une image parfaite ? Il s'était comporté comme un goujat. Il l'avait séduite pour obtenir ce qu'il voulait, puis il avait disparu sans un mot d'explication, la laissant le cœur brisé.

Et pourtant, il avait été son premier amour. Honnêtement, au fond d'elle-même, elle n'éprouvait aucun regret.

Elle envoya un baiser à son reflet dans le miroir et sortit attendre qu'on vienne la chercher.

On frappa à midi juste. Le même gentleman qui l'avait accueillie à l'aéroport la guida jusqu'à la limousine qui attendait devant l'hôtel. Tout au long du chemin, il attira son attention sur les monuments historiques de la ville. Ils roulèrent jusqu'à un vaste square et la voiture s'immobilisa devant un bel édifice à l'architecture plutôt curieuse. Erich descendrait-il ce large escalier de marbre pour venir à sa rencontre ?

Non. Le chauffeur ouvrit la portière, et son guide officiel l'escorta jusqu'au sommet de l'escalier, lui fit passer une porte massive, l'entraîna jusqu'au bout d'un couloir bordé de tableaux et de grandes statues de bronze et l'introduisit dans un salon privé. Un épais tapis de Turquie, des chandeliers étincelants, des canapés de soie rouges, des secrétaires aux incrustations d'or et des vases chinois composaient un décor d'une magnificence hors du commun.

— Si vous voulez bien attendre ici, l'invita M. Kaarinen en lui indiquant une chaise. M. Mellor va vous recevoir tout de suite.

Elle n'eut même pas le temps de se sentir nerveuse. M. Kaarinen avait à peine refermé la porte derrière lui, que celle-ci s'ouvrit à nouveau et Erich Mellor entra.

La première pensée de Jean fut :

— Oh, juste ciel ! Il a encore ses magnifiques cheveux !

La chevelure d'Erich avait blanchi, mais elle était restée épaisse et ondulée. Cela compensait son allure de vieillard. En effet, il se déplaçait lentement en s'appuyant sur sa canne, le torse légèrement incliné vers l'avant. « Ma foi, se dit Jean, il marche comme un vieil homme. En fait, c'est un vieil homme ! J'ai plus de soixante-dix ans. Il approche sûrement de quatre-vingts ! »

Malgré la vive émotion qu'elle éprouvait, elle le regarda s'approcher en restant bien droite. Toutefois, la colère, le ressentiment, la fierté, la curiosité, mais aussi un élan de joie la firent chavirer, et elle posa la main sur le dossier du canapé.

— Bonjour, Jean, la salua-t-il d'une voix profonde et sonore.

— Bonjour, Erich.

Il s'arrêta devant elle, n'osant même pas déposer un baiser de bienvenue sur sa joue. Elle ne lui tendit pas la main. En dépit de son dos voûté, il était plus grand que Jean, si bien qu'elle dut lever la tête pour soutenir son regard. Ils s'observaient en silence. Son chic costume de laine grise était impeccablement coupé. Il respirait la richesse et le bien-être. Son visage ridé portait la marque des ans ; les os de ses mains saillaient sous sa peau parcheminée.

— Pouvons-nous nous asseoir ? lui demanda-t-il en indiquant le canapé.

Jean prit place à une extrémité, Erich à l'autre.

— Ça me fait plaisir de te revoir, Jean.

— Ça me fait plaisir aussi. Même si les circonstances qui entourent notre rencontre m'étonnent et m'intriguent.

— Oui. Je te dois des explications. Je crois que tu seras satisfaite une fois que tu m'auras entendu. Puis-je t'inviter à manger pendant que nous parlerons ?

Il était d'une si parfaite urbanité qu'elle faillit éclater de rire. Il avait toujours été d'une exquise délicatesse, d'une courtoisie sans faille dans ses propos et dans ses attitudes. Ses manières presque trop polies donnaient l'impression qu'il jouait sur une scène de théâtre.

« Mais bien sûr, nous jouions une pièce, songea Jean. Sa pièce à lui. C'est pourquoi je me suis laissé envoûter tout au long de notre aventure. » Mais elle pensait qu'elle n'avait aucun droit de manifester son indignation. Elle était trop heureuse de le retrouver maintenant.

Il pressa un bouton dissimulé sous une table près de lui. Presque immédiatement, deux serveurs poussèrent une desserte dans la pièce. Ils dressèrent la table près de la fenêtre.

— Pouvons-nous passer à table ?

Erich se leva en s'appuyant sur sa canne, posa sa main libre sous le coude de Jean et la guida vers la table, avec l'aisance d'un parfait gentleman. Ce simple contact, même après toutes ces années, lui causa un certain émoi.

Ils progressèrent lentement vers la fenêtre. Un garçon aida Jean à s'asseoir. Les serveurs remplirent les verres de vodka et enlevèrent la cloche d'argent qui recouvrait le plat de service. Après s'être acquittés de leur tâche, ils s'inclinèrent devant eux en silence et se retirèrent.

Erich leva son verre et porta un toast :

— À notre passé.

Jean le regarda :

— Je ne suis pas certaine de vouloir boire à notre passé.

— À notre avenir alors, se reprit-il en souriant.

— À notre avenir, répéta Jean en levant son verre.

Le goût sec et parfumé de la vodka lui plut. Le premier service, joliment disposé dans un plat bordé d'or, présentait des toasts taillés en triangles garnis de caviar et de lamelles de citron.

— Je ne sais pas qui tu es, mais tu sembles une personnalité très importante, observa Jean.

Il sourit, mais ses yeux sombres paraissaient tristes :

— Ah ! eh bien, dans un sens, je mérite tout ça. J'ai consacré ma vie à mon pays, vois-tu. J'ai consenti un nombre de sacrifices qui dépasse largement la moyenne. Cela dit, toi aussi, Jean, tu es très importante.

Silencieuse et immobile, les mains croisées sur ses genoux, elle observait Erich. Après toutes ces années, elle pouvait au moins montrer un air digne.

— Très bien, reprit-il, comme s'il avait compris le message muet de Jean. À plus tard le bavardage. Place aux explications maintenant. J'ignore tout ce que tu as pu deviner.

— Rien ! Jusqu'à hier, j'ignorais ce que tu étais devenu. Maintenant je sais que tu es vivant, et russe de surcroît. Peut-être aurais-je dû deviner ça il y a longtemps. Bien que je me sois posé des tas de questions, je n'ai jamais soupçonné tes origines.

— J'ai été bien préparé. J'avais vécu aux États-Unis pendant tellement d'années ! Mon accent, mes manières, tout chez moi était authentiquement américain. Que tu n'aies rien deviné ne met absolument pas en doute la qualité de ton intelligence ou de ton intuition. Mais, vois-tu, je faisais allusion au médaillon. Eh bien, je ne ferai pas de mystères, chère Jean.

Il était devenu soudain chaleureux et familier.

— Quand nous nous sommes connus, je travaillais pour mon pays. En bref, il me fallait mettre la main sur un document gardé dans le coffre-fort de ton père. La clé d'un code. Quand tu m'as apporté ce fameux message codé, tu as cru que c'était ce que je cherchais. Et moi aussi. J'étais fou de joie. J'étais très jeune et j'avais réussi un coup de maître ! Toutefois, lorsque j'ai remis le message à mes collègues, ils se sont vite aperçus que ce bout de papier n'était qu'un gribouillis scientifique sans valeur. J'étais embarrassé. J'ai été immédiatement rapatrié en Russie. Par la suite j'ai dû travailler très dur pour prouver que je n'étais pas aussi cancre que je l'avais paru.

Erich fit une pause, prit une bouchée de caviar, essuya sa bouche avec la serviette de lin blanche et avala une petite gorgée de vodka. Il réfléchit un moment et Jean attendit la suite sans prononcer un seul mot.

— Je répugnais à sortir de l'Amérique sans te revoir. Mais on ne m'a pas laissé le choix. Le mieux que j'ai pu faire fut de poster le médaillon avec la bande de papier dissimulée à l'intérieur, pour que tu puisses la remettre dans le coffre de ton père. J'espérais par ce moyen t'éviter des problèmes.

— M'éviter des problèmes, répéta-t-elle sèchement.

Cet homme ne semblait pas se rendre compte qu'il lui avait brisé le cœur. Elle redressa fièrement la tête :

— Mon père ne s'est jamais aperçu que le papier avait disparu. J'allais souvent à la maison, à cette époque. Je suis même revenue vivre chez eux. J'ai toujours su quand mon père s'irritait de ce que les choses ne tournent pas comme il le voulait. Naturellement je craignais que la disparition de ce message lui cause quelque ennui. J'ai aussi craint pour moi-même. Mais rien n'est jamais arrivé.

— Probablement parce que le message n'avait aucune valeur. Du moins à cette époque. Toutes les informations se rapportant aux deux savants avaient été mises à la poubelle, comme tant d'autres renseignements inutiles. Heureusement, comme tu n'as jamais ouvert le médaillon, tu n'as pas pu le remettre dans le coffre. Il y est donc resté toutes ces années.

— Oui. Mais j'ai perdu le médaillon.

Jean, soudain inquiète, pencha la tête vers lui. Il serait peut-être ennuyé de savoir que, si quelque chose d'important était resté enfermé dans le médaillon, elle n'avait aucun moyen de le trouver pour lui.

— Ta fille l'a trouvé.

— Quoi ? Ma fille ? Laquelle ? Où ?

— Diane. Dans son grenier. Dans la doublure de ton manteau de raton laveur. Il y était tombé en passant par un trou dans la poche.

— Seigneur ! Et ce précieux papier a été dissimulé avec le médaillon dans mon vieux manteau pendant plus de cinquante ans ?

— Il semble que oui.

Jean, incrédule, se rappelait les jours houleux de sa jeunesse, quand elle avait perdu Erich et épousé Al. Elle porta son verre à ses lèvres.

— C'est heureux que je ne me sois pas défaite de mon manteau comme j'en ai toujours eu l'intention. Cette vieille guenille ! Mais il avait une telle valeur sentimentale pour moi, et je suppose que Diane a pensé que Julia, sa fille, pourrait le porter pour le plaisir. Cependant, s'il est dans un état aussi épouvantable... mais je divague. Erich, qu'est-ce qu'il peut bien y avoir sur ce papier ?

— Une formule. Une formule qui pourrait changer le monde.

— Ciel ! J'espère que ce serait pour le mieux.

— Je l'espère aussi. La formule pourrait permettre la production d'énergie nucléaire à partir de la fusion à froid des atomes.

Jean haussa les épaules pour montrer qu'elle n'y comprenait rien. Erich poursuivit :

— Je vais essayer de t'expliquer. Il y a deux façons de créer de l'énergie nucléaire : par la fission, c'est-à-dire par la division des atomes, ou par la fusion, qui correspond à la combinaison des atomes.

— Eh bien, je suis un peu au courant de ça, à cause de la bombe atomique, dit Jean en cachant mal une certaine impatience, mais...

Erich leva la main pour la faire taire :

— La fission est une méthode dangereuse pour toutes sortes de raisons, y compris la production de déchets nucléaires. C'est pourquoi elle est impopulaire. Si la science pouvait trouver un moyen de créer de l'énergie à partir de la fusion, nous pourrions bénéficier d'une source inépuisable d'énergie propre et sans danger.

— Es-tu en train de dire que le papier qui était dans le coffre-fort de mon père...

— ...porte une formule de fusion à froid ? Oui. Nous le pensons.

Il lui parla alors de Brown et d'Oshevnev, de leur correspondance codée :

— Mais alors la guerre a éclaté et Brown a été, si je peux dire, *invité de façon pressante* par votre gouvernement à cesser de travailler sur la fusion pour apporter plutôt son concours à la création de la bombe atomique. Il est mort pendant la guerre. En

Russie, Oshevnev a perdu son laboratoire, et toute sa correspondance avec Brown a été détruite. Oshevnev a continué de travailler sur la fusion. Il faisait partie du groupe de savants qui ont fait exploser la bombe à hydrogène en 1953. Mais sans Brown et sans sa formule, il n'a jamais pu progresser dans la voie de la fusion.

— Pourquoi n'a-t-il pas cherché à retrouver la formule avant aujourd'hui ?

— Après la guerre, l'Union soviétique entourait la recherche scientifique d'un mur épais de secret ; elle était très discrète sur les projets qui l'intéressaient. Oshevnev est mort récemment, mais l'un de ses collègues nous a mis au courant de l'importance de ses premiers travaux. Je fais partie d'un détachement spécial qui travaille à l'amélioration des relations entre les États-Unis et notre pays. J'ai toujours été intrigué par les signes alignés sur le message codé. Quand les savants sont venus me voir, je leur ai fait part de mes présomptions. J'en ai aussi parlé à quelqu'un qui occupe un haut poste au gouvernement. Et voilà où nous en sommes aujourd'hui.

— Que se passera-t-il maintenant que vous avez retracé la formule de Brown ?

— Des savants américains et russes, qui travaillent ensemble, vont l'interpréter, la tester et voir où elle peut les mener.

— Elle pourrait donc signifier un grand pas en avant.

— Elle pourrait se révéler extrêmement importante, il n'y a pas de doute.

— Il faut faire un effort pour y croire.

— Ça se comprend. La plupart des gens seraient surpris de savoir qu'une femme ayant mené une vie en apparence ordinaire aura joué un rôle dans l'histoire de l'humanité. Si tu n'avais pas subtilisé le message codé, il aurait été détruit un jour avec les autres papiers qui se trouvaient dans le coffre-fort de ton père. Tout compte fait, tu as préservé de la destruction une formule qui pourrait redonner l'espoir au monde.

Jean restait tranquillement assise en se rappelant ces jours lointains, son impétuosité, son optimisme indomptable, son orgueil juvénile... son amour plus fort que tout. Elle sourit avec une ironie désabusée et conclut :

— Tout ça parce que j'étais folle de toi.

— Tu n'étais pas folle, Jean. C'est moi qui me sentais devenir fou, objecta tendrement Erich. Je ne t'aurais jamais abandonnée de cette façon si je n'y avais pas été obligé, littéralement forcé. Il n'y avait pas d'alternative, j'ai donc posté le médaillon.

— Oui, je comprends. Et pourtant...

Jean baissa les yeux et essaya de trouver les mots justes. Elle sentit ses joues devenir toutes rouges quand elle releva la tête pour lui servir la vérité toute crue :

— Tu m'as utilisée.

— Je t'aimais, Jean.

Il lui prit tendrement la main :

— Je t'aimais, insista-t-il. Je n'avais jamais eu l'intention de t'aimer et je ne m'attendais pas à tomber amoureux. J'ai été surpris de mes propres sentiments. Je te demande pardon de t'avoir menti. Mais je ne te demande pas pardon pour les fois où j'ai fait l'amour avec toi ou pour les mots d'amour que j'ai prononcés. J'étais sincère.

Jean étudiait l'homme en face d'elle et elle retrouvait, malgré les signes évidents de l'âge, celui qu'elle avait jadis aimé. Un nœud qui s'était soudain formé dans sa gorge l'empêcha de parler. Elle hocha simplement la tête pour lui faire savoir qu'elle comprenait.

— Je crois que toute ma vie je t'ai aimée, Jean.

Elle sentit des larmes lui monter aux yeux. Elle retira gentiment sa main et porta son verre à ses lèvres :

— Es-tu marié ?

Il allait lui répondre lorsqu'on frappa discrètement à la porte. Erich cria quelque chose en russe ou en finnois, et les deux serveurs entrèrent avec des plateaux. Après avoir débarrassé la table, ils y déposèrent le deuxième service : saumon poché, pommes de terre grelots et tranches de concombre. Erich attendit qu'ils aient servi le vin et quitté la pièce avant de répondre :

— J'ai été marié. Ma femme est décédée il y a plusieurs années déjà.

— Tu as des enfants ?

— Deux. Un fils et une fille. Ma fille est médecin et mon fils suit mes traces. J'espère que tu auras l'occasion de faire leur connaissance.

— Je suppose que tu sais tout de moi ?

— Je sais que tu as épousé Al. Je ne sais pas si tu as reçu mon cadeau de mariage.

— Un cadeau de mariage ? demanda-t-elle en essayant de se rappeler. Bien sûr ! Le tapis ! Le mystérieux, le merveilleux tapis ! Je n'aurais jamais deviné qu'il venait de toi.

— Non. Tu ne pouvais pas savoir. C'était un geste romantique. Je voulais t'offrir quelque chose de beau, quelque chose qui dure. Tout au cours de ces longues années, la pensée que tu l'avais chez toi me réjouissait.

— Le temps était bien choisi pour me l'expédier. Nous avons tenu pour acquis qu'il nous avait été offert par des amis de nos parents. J'aurais aimé savoir qu'il venait de toi.

— Vraiment ?

Jean réfléchissait. Elle et Al avaient mis le tapis dans leur living-room, là où il apportait à la maison des jeunes mariés une touche de permanence et de luxe. Ses bébés s'étaient traînés sur sa surface veloutée. Ses enfants s'étaient assis sur le tapis pour développer leurs cadeaux de Noël. Comment aurait-elle réagi si elle avait su qu'il lui venait d'Erich, l'amant qui l'avait abandonnée ? Elle se serait sentie compromise, troublée.

— Non, tu as raison. Mais je suis contente de l'apprendre maintenant.

— Tu as été heureuse en ménage ?

— Oui. Tu sais qu'Al est mort l'été dernier ?

— Oui. Je suis désolé.

— C'était un homme bon. Il a été un bon mari aussi. Nous avons quatre enfants.

— Oui, je sais. J'ai rencontré Diane.

— Quoi ? s'exclama-t-elle, stupéfaite.

— Quand elle est venue en Russie il y a dix ans. Elle craignait que sa fille ne souffre de méningite. J'ai pu l'aider à rentrer chez elle rapidement. J'étais heureux de faire sa connaissance. Elle te ressemble beaucoup.

— Mon Dieu ! C'est toi qui as aidé Diane. Quelle heureuse coïncidence !

— Ce n'était pas précisément une coïncidence.

On frappa de nouveau à la porte et les serveurs entrèrent avec un compotier de baies à la crème et une magnifique cafetière en argent, d'où s'échappait un arôme subtil.

Une fois les garçons de table repartis, Erich reprit la parole.

— On m'a dit que tu avais interrompu ton voyage pour venir ici. Je me demande si je pourrais te persuader de t'attarder encore un peu. Je souhaiterais t'amener à Moscou. J'aimerais te faire visiter mon pays.

Jean fixa son attention sur la crème et le sucre qu'elle mêlait à son café :

— Je ne pense pas que je pourrai visiter Moscou tout de suite. Je vais plutôt rentrer à la maison. Il serait préférable que je passe quelque temps avec Diane. Je lui expliquerai certaines choses. Non, je ne peux pas accepter ton invitation maintenant.

— Peut-être plus tard ? Pourquoi pas au printemps ?

— Pourquoi pas ? répondit Jean rêveusement.

Erich devait partir immédiatement après le déjeuner, mais il remit d'abord Jean aux bons soins de M. Kaarinen. Celui-ci l'aida à joindre Diane au téléphone. La voix de sa fille était si claire que Jean dut faire un effort pour se rappeler la grande distance qui les séparait. Sans perdre de temps, elle prit avec Diane les arrangements pour que celle-ci vienne la chercher à sa descente d'avion le lendemain après-midi. Diane n'arrêtait pas de poser toutes sortes de questions, mais sa mère la pria aimablement d'attendre qu'elles soient réunies pour en savoir davantage.

Il lui restait trois heures avant le décollage de son avion pour Londres. Quand elle exprima le souhait de voir un peu Helsinki, M. Kaarinen lui suggéra de visiter le fameux front de mer. Il la conduisit là-bas et lui promit de venir la prendre deux heures plus tard pour l'amener à l'aéroport. Elle entreprit la dernière de ses délicieuses promenades solitaires en sol étranger.

C'était une journée magnifique, le soleil dardait ses rayons obliques sur le golfe de Finlande et lui réchauffait les épaules comme l'aurait fait un moelleux châle de laine. L'immense étendue d'eau roulait ses vagues miroitantes devant les très modernes installations portuaires. Les mouettes tournoyaient en criant au-dessus des bateaux de pêche ; des vedettes et des chalutiers vrombissaient et faisaient mugir leurs sirènes tandis qu'ils prenaient le large ; de majestueux bateaux de croisière en rade se balançaient au gré des flots. Il y avait dans l'air une odeur piquante et salée qui donnait un avant-goût de l'hiver. Elle prenait plaisir à observer la foule bigarrée qui se déplaçait autour d'elle : des fermières, la tête couverte d'un fichu, des pêcheurs costauds, des gitanes en jupes claires, des touristes dans leurs chaussures de tennis. De ne pas comprendre un seul mot de cette langue ajoutait à son plaisir. Diane était venue là une fois, se souvenait-elle, il y avait des années... S'il lui restait du temps, elle essaierait de trouver l'atelier de la joaillière avec qui Diane correspondait encore. Mais non, il était déjà trop tard maintenant. Quand elle reviendrait... oui, quand elle reviendrait, en route pour Moscou.

Elle musarda au marché installé près du port. Elle admirait les gros légumes luisants, les étincelants chrysanthèmes bronze et or et les variétés de poissons frais aux écailles roses. Elle trouvait les harengs magnifiques : argentés lorsqu'on les sortait de l'eau, ils prenaient une belle teinte dorée une fois fumés. Elle s'arrêta devant un étalage d'ingénieux jouets de bois et se rendit compte qu'elle n'avait encore acheté aucun cadeau pour ses petits-enfants. Elle avait réservé une partie de son argent spécialement pour les cadeaux. Maintenant, même si elle se dépêchait, elle n'aurait pas le temps de les choisir et de les acheter tous. Eh bien, il faudrait qu'elle revienne, sinon à Helsinki, du moins en Europe. Il le faudrait, car elle interrompait à regret un voyage qu'elle aurait aimé voir durer indéfiniment.

L'arôme invitant du café frais qui s'échappait d'une pâtisserie lui rappela qu'elle était fatiguée. Elle entra, choisit une table près de la fenêtre, commanda gâteaux et café et se mit à penser à son mari. Al n'aurait pas aimé la voir là : une femme âgée et seule, donc vulnérable. Il avait toujours refusé de voyager en Europe. Il préférait les plaisirs sans surprise que lui offraient les lieux connus et familiers. Elle n'avait jamais insisté et ils avaient passé des vacances d'hiver en Floride, où Al avait pu s'adonner à son golf adoré. Durant les vacances d'été, ils avaient fidèlement visité leurs enfants et leurs petits-enfants. Elle ne conservait que de bons souvenirs de ces séjours et de ces visites.

Au cours des derniers mois, après la mort de son mari, Jean avait essayé de se montrer ouverte à la possibilité d'entrer en contact avec ceux de l'« au-delà ». Des amis, veufs et veuves, lui assuraient qu'ils avaient vu ou entendu un conjoint ou un enfant décédé. On les avait même touchés. Al pouvait se manifester à n'importe quel moment, lui affirmaient-ils. Elle entendrait sa voix ou bien elle le reverrait dans un rêve. Elle avait gardé une attitude qui n'était ni adhésion ni rejet. Elle avait attendu, et Al n'était pas venu.

Au cours de leurs dernières années de vie commune, ils avaient vécu comme des amis ou des camarades plutôt que comme mari et femme. Leur relation, bien que très affectueuse, n'avait plus rien de sexuel. Lorsqu'elle faisait un retour sur sa vie, Jean était certaine d'avoir été une bonne épouse pour Al. Elle l'avait rendu heureux et lui avait donné quatre enfants.

Elle avait été l'amour de sa vie. De cela, elle ne doutait pas.

S'il pouvait la voir maintenant, lui envierait-il son bonheur ? Elle pensait que non. Elle espérait que non. Parce que sous cette étonnante latitude boréale, durant cette fraîche saison qui précédait l'hiver, son cœur percevait d'étranges élans. Jean anticipait avec une grande hâte l'avenir qui l'attendait. Elle avait encore des années à vivre et beaucoup à découvrir, et tellement de choses qu'elle désirait faire. Elle prit une dernière gorgée du riche café noir, compta les marks et les pennies finnois qu'elle devait laisser et se hâta de retourner dans le gai tohu-bohu de ces rues peu familières.

12

Jean, Diane et Julia

Le samedi matin, Jean s'éveilla dans la chambre d'amis chez sa fille aînée. Pendant quelques minutes, elle resta tout bonnement au lit en essayant de rassembler ses esprits. Le vol d'Helsinki à Boston, qui comportait une longue escale à Londres, avait été interminable. Après être passée aux douanes et avoir attendu ses bagages, Jean n'avait souhaité qu'une longue douche chaude et un lit confortable. Diane avait été merveilleuse. Elle avait compris que l'horloge biologique de sa mère était largement en avance sur le coup de midi qui résonnait à Boston. Pendant que la voyageuse prenait sa douche, Diane avait posé une assiette de toasts beurrés et une théière sur la table de chevet, puis était sortie en fermant la porte derrière elle. Jean s'était glissée dans le lit et avait grignoté suffisamment de toasts pour calmer son estomac, avant de sombrer dans un sommeil rempli de rêves. Elle avait dormi presque vingt-quatre heures.

Quand elle ouvrit les yeux, la pluie battait les carreaux et le tonnerre grondait au loin. Elle rejeta les couvertures au pied du lit et marcha nu-pieds, sur l'épais tapis, jusqu'à la fenêtre. Le ciel était sombre. Elle était heureuse de ne pas avoir eu à supporter un temps pareil pendant son voyage de la veille. Mais Julia et Sam viendraient de Middletown ce week-end. Jean avait toujours été inquiète lorsqu'un de ses enfants voyageait sur des routes mouillées dans de mauvaises conditions. Mais elle avait déjà rencontré Sam : elle croyait qu'il se montrerait prudent.

351

Elle entrouvrit la porte de la chambre et prêta l'oreille : silence absolu. Dans sa hâte de voir sa famille, elle se lava le visage et s'habilla rapidement. Tandis qu'elle se brossait les cheveux, elle remarqua dans le miroir à quel point ses yeux lui paraissaient clairs. Était-ce dû à cette longue période de sommeil ou au bonheur ? Un reste de jeunesse rayonnait encore sur son visage.

En sortant dans le large couloir de l'étage, Jean s'abandonna à un moment de nostalgie et, plutôt que de s'empresser de descendre, elle jeta un coup d'œil dans les chambres respectives de ses petits-enfants. Celle de Chase était si ordonnée qu'elle paraissait inhabitée. Jean eut l'impression de se trouver devant la photo d'un album que son petit-fils aurait laissé traîner sur une étagère dans la maison familiale. La chambre de Julia offrait un contraste saisissant. Le fouillis indescriptible qui y régnait était à l'image de cette jeune personne qui se métamorphosait trop vite : tous les stades des changements successifs s'emmêlaient les uns aux autres. Ses chers chaussons roses pendaient au bouton de la porte de sa penderie, des foulards rayés ou bigarrés traînaient sur l'appui des fenêtres, son bureau débordait d'épais et impressionnants annuaires de collèges. À côté de son lit, son ourson favori trônait dans la petite berceuse blanche en rotin où elle s'asseyait quand elle n'était qu'une bambine. Sur sa commode reposait la boîte à musique très ornée que ses grands-parents lui avaient offerte pour le Noël de ses onze ans.

« Charmant », murmura Jean avec indulgence. Elle traversa la chambre et leva le couvercle du coffret pour le plaisir de voir pirouetter la ballerine sur un air du *Casse-Noisette*. Elle aperçut alors, dans le compartiment des bracelets, un lot de condoms dans un emballage de papier d'aluminium. « Oh, mon Dieu ! », s'exclama-t-elle en rabattant vivement le couvercle. Pendant la route qui les ramenait de l'aéroport à la maison, Diane avait mis sa mère au courant des derniers événements qui concernaient Julia. Tout de même, sa découverte la bouleversait.

« Ça t'apprendra à fureter », se reprocha-t-elle tout haut. Elle quitta la chambre de Julia, mais elle ne put tout de même se retenir de mettre le nez dans le bureau de Diane. La porte était ouverte, de sorte que Jean ne fit que se pencher dans l'embrasure pour découvrir la longue table de travail avec ordinateur, téléphone, photocopieuse, télécopieur. Elle aperçut sur le chevalet l'esquisse à moitié terminée d'un collier. Elle remarqua aussi le fauteuil et l'ottomane flanqués d'une bonne lampe de lecture et, entre les deux, le panier de magazines commerciaux. Des posters encadrés annonçant les produits d'Arabesque et des photos de Diane recevant des prix tapissaient les murs. La vie de sa fille était une réussite. Son succès professionnel lui valait des récompenses, son mariage était solide et ses enfants bien élevés. Elle espérait avoir dit à Diane à quel point elle était fière d'elle.

Jean descendit au living-room où un feu de bois de cerisier et de bouleau crépitait derrière la grille de laiton. Pour une fois, elle surprit sa fille sans bloc à dessins, sans livre ni aiguille dans les mains. Elle était bien calée dans un fauteuil et observait la pièce comme si elle la découvrait pour la première fois. Diane sursauta en apercevant sa mère, qui crut la voir rougir.

— Ah! maman. Je ne t'ai pas entendue descendre. As-tu bien dormi?

— Oui, chérie, comme un loir. J'en avais bien besoin.

— J'ai du café de prêt et je peux réchauffer des muffins, à moins que tu ne sois en appétit pour des œufs...

— Non, ça me convient parfaitement, mais j'aimerais bien un verre de jus. Je peux aller me servir. Tu n'as pas besoin de tout faire pour moi.

Elle suivit sa fille dans la cuisine et, pendant que celle-ci mettait les muffins au micro-ondes, elle se versa un petit verre de jus d'orange.

— Jim est au laboratoire, l'informa Diane.

— Il travaille le samedi, maintenant?

— Il travaille tout le temps. Il n'a plus de vie personnelle, répondit Diane en laissant percer une pointe d'amertume dans sa voix.

— Il est peut-être sur le point de faire une découverte importante.

— Il est toujours à deux cheveux d'une découverte. C'est comme ça depuis des années. Oh! tu sais, maman, je ne veux pas perdre mon temps à me plaindre. Nous avons tellement de choses à nous raconter toutes les deux. Retournons au living-room, nous y serons plus à l'aise pour bavarder.

Jean s'installa sur le canapé avec son petit-déjeuner et Diane retourna se lover dans son fauteuil. Elle jeta soudain sur sa mère un regard rempli d'admiration et lui demanda :

— Maman, parle-moi de cet homme qui a précédé papa dans ton cœur.

Alors la mère se confia à sa fille comme elle ne l'avait jamais fait auparavant. Jean lui décrivit sa famille avec une franchise qu'elle n'avait jamais crue possible à l'époque où ses parents vivaient. Ils étaient les grands-parents de ses enfants, et cela devait être pris en compte. Elle lui parla de ses journées de collégienne, de sa foi pacifiste et de son aventure avec Erich. Elle essaya de faire ressortir l'aspect romanesque de toute cette histoire. Cependant elle n'alla pas jusqu'à lui confirmer si, oui ou non, Erich et elle avaient vraiment été amants. De son côté, Diane n'osa pas lui poser la question. Il se pouvait qu'elle ait deviné, se dit Jean, car son sourire en disait long. Elle lui raconta par le menu détail son voyage à Helsinki et sa rencontre avec Erich.

— Et voilà. tu sais tout, conclut-elle.

— Oncle Bobby va certainement faire une crise d'apoplexie quand il apprendra tout ça.

— Je ne vois pas pourquoi il faudrait le mettre au courant. Erich dit qu'on mettra beaucoup de temps avant de savoir si la formule est bien celle de Brown.

— Qu'est-ce que ça t'a fait de revoir Erich après toutes ces années ?

— C'était merveilleux, avoua Jean. Il était si élégant, il a de si belles manières. Il est très impressionnant. Au fait, tu l'as rencontré, tu sais.

— Quoi?

— Ça remonte à l'époque de la méningite de Julia, quand tu étais à Léningrad.

Diane loucha, comme si elle avait voulu voir plus clair dans son passé :

— Mon Dieu! s'exclama-t-elle. Le fonctionnaire qui a court-circuité les formalités administratives. Oh, là, là! C'était un bel homme. Très aimable aussi.

— J'imagine qu'il n'a pas pour fonction particulière, au gouvernement, d'aider les jeunes femmes américaines à changer le jour et l'heure de leur vol. Il savait qui tu étais et il voulait te voir.

— Parce que je suis ta fille.

— Oui.

— Alors il a pensé à toi durant toutes ces années? Maman, ton histoire est un vrai roman. Est-ce que vous vous reverrez?

Jean formula sa réponse avec prudence :

— Peut-être. J'irai sans doute à Moscou au printemps. Tu pourrais venir avec moi, poursuivit-elle, aussi surprise que sa fille par cette invitation qu'elle venait de lui lancer. Tu n'es jamais allée à Moscou et nous n'avons jamais voyagé ensemble. Ce serait amusant, ne trouves-tu pas?

— Quelle bonne idée! s'écria Diane enchantée.

— Jim se formaliserait-il que tu partes sans lui?

— Je ne suis pas certaine qu'il se rendrait compte que je suis partie avec toi.

Jean sentit la désillusion dans le regard de sa fille, qui ajouta :

— Jim devient un véritable vieux bonze, maman. Il ne s'intéresse qu'à son travail.

— C'est un comportement qui va changer, dit Jean d'un ton apaisant.

— Peut-être, répondit Diane en venant s'asseoir près de sa

mère sur le canapé. Peut-être pas. En tout cas, j'aimerais beaucoup aller à Moscou avec toi, quoi qu'en pense Jim. Pour autant que tout aille bien avec Arabesque. Et aussi avec Julia, naturellement.

— J'ai hâte de la voir.

— Moi aussi. Oh ! maman, je ne sais pas quoi faire, laissa-t-elle échapper spontanément. Si Julia était une petite fille, je lui donnerais la fessée ! Elle nous a mis au supplice et je suis encore inquiète à son sujet. Imagine, elle a essayé de s'entailler les poignets. Je suis malade seulement à y penser.

— Mais elle va bien. Sam est avec elle. Et elle viendra à la maison aujourd'hui.

— Je sais. Mais elle veut se marier ! À son âge ! Elle met en péril tout son avenir.

— Elle ne met pas en péril sa vie entière, Diane. Elle veut organiser sa vie d'une façon différente de la tienne, voilà tout.

Diane fixa sa mère. Elle se leva et fit les cent pas dans le living-room :

— J'aurais dû savoir que tu prendrais parti pour Julia.

— Elle a dix-huit ans. Elle a toujours été une fille sérieuse, intelligente et responsable. Je l'ai toujours admirée.

— L'admires-tu encore maintenant, après ce qu'elle a fait ?

Jean réfléchit un peu avant de répondre. Elle pesa ses mots avec soin :

— Il est possible qu'elle ait pensé qu'elle n'avait pas d'autre choix. Elle se sentait peut-être prise au piège. Crois-moi, Diane, ce n'est pas la première jeune fille qui ne réalise pas les vœux de ses parents.

Sur ce point, mère et fille se rejoignaient sur un pied d'égalité.

— Je ne veux pas qu'elle se marie si jeune, admit Diane.

— Il y a beaucoup de jeunes femmes qui le font, pourtant. Mais, s'empressa d'ajouter Jean avant que Diane ne proteste, j'ai peut-être une solution. J'ai pensé que je pourrais l'inviter à venir à Moscou avec nous. Ce serait fabuleux ! Voyager toutes les trois ensemble, juste nous trois. Nous nous souviendrions de ces vacances toute notre vie.

— Tu pourrais certainement le lui offrir, mais je doute qu'elle accepte. Elle est tellement accrochée à Sam.

— Rappelle-toi, Diane, on est toujours obsessif quand on est amoureux pour la première fois.

Jean voyait bien que sa remarque n'avait pas effacé les rides sur le front de sa fille ni fait disparaître la douleur de ses yeux. Jean eut l'impression soudaine de se retrouver au sommet d'une montagne d'où elle pouvait embrasser l'univers. Sa fille était à mi-chemin du sommet. De son point de vue privilégié, Jean voyait s'ouvrir devant Diane des chemins pleins d'ombres et de dangers.

« C'est toujours une surprise, c'est chaque fois nouveau, et tu ne te rends pas compte que c'est dans l'ordre des choses ? » Ce sont les mots que Jean rêvait de dire à sa fille. Elle aurait aussi aimé lui servir une brochette de conseils utiles maintenant que Diane entrait dans une nouvelle phase de la maternité : « Sois patiente, veille sur Sam et Julia du coin de l'œil, laisse-les faire l'expérience de leur propre souffrance et permets-leur de trouver la façon de supporter leur douleur. » Diane était indubitablement parvenue à l'étape la plus difficile de toutes. Jean en savait quelque chose, puisque c'est précisément ce qu'elle expérimentait à cette heure. Témoin de la souffrance de sa fille, elle devait se résigner à attendre que se calme la tempête dans laquelle celle-ci se débattait.

— Je souhaite seulement qu'elle se donne un peu de temps, plaida Diane. Elle est si jeune !

— Je pourrais l'inviter à venir vivre avec moi, offrit Jean, qui aurait fait n'importe quoi pour la consoler. J'ai deux chambres chez moi. Julia pourrait travailler. Ou s'inscrire dans une école d'art culinaire. Il y en a quelques-unes dans les environs.

— Une école de cuisine !

Jean ravala une réplique acerbe et rappela doucement le passé à sa fille :

— Quand tu avais l'âge de Julia, ton père espérait que tu fasses ton droit. Compte tenu de l'époque et de la mentalité d'Al, c'était une façon très avant-gardiste d'envisager l'avenir. Mais tu étais l'aînée, et tu réussissais bien...

Jean décelait maintenant de l'impatience dans les yeux de Diane et elle craignait qu'une âpre discussion ne s'ensuive. Mais le téléphone sonna et Diane se précipita à la cuisine pour répondre. Elle revint rapidement et dit :

— C'est pour toi, maman. Un *homme*.

Elle préféra ignorer l'air narquois de sa fille et elle se hâta vers la cuisine :

— Allô !

— Bonjour, Jean. Je voulais m'assurer que le vol s'était bien déroulé.

La voix d'Erich lui coupa le souffle. Elle resta quelques secondes sans pouvoir répondre :

— Comme c'est gentil à toi, finit-elle par dire. Je suis très bien rentrée.

La voix d'Erich semblait lui parvenir de très, très loin.

— Et la traversée ?

— J'ai trouvé ça bien long.

— J'ai beaucoup réfléchi depuis deux jours. Même si tu viens à Moscou le printemps prochain, je ne pourrais pas attendre jusque-là pour te revoir. Mon travail m'amènera à Washington dans un mois environ. Pourrais-je t'y rencontrer ?

— Je suppose que oui. Oui, évidemment que tu le pourrais. Erich, je serais enchantée !

« Si je ne suis pas victime d'une crise cardiaque d'ici là », songea-t-elle, en sentant son cœur bondir hors de sa poitrine.

— À bientôt donc. Je t'écrirai pour te faire savoir quand j'arriverai.

— Bonne idée, Erich. Arrange-toi pour rester le plus longtemps possible.

— J'essaierai. Au revoir.

— Merci d'avoir appelé. Au revoir.

Jean raccrocha en se disant qu'elle avait bien fait de déménager. Elle pourrait recevoir Erich chez elle et non pas dans la maison où elle avait vécu avec Al et les enfants.

En revenant s'asseoir près du feu, elle se demanda si, oui ou non, elle ne devrait pas renouveler sa garde-robe et se mettre à la diète.

— Qui était-ce, maman ? demanda Diane d'un ton moqueur.

— Erich Mellor. Il voulait seulement s'informer au sujet de mon voyage de retour.

— Oh, vraiment ! C'est la seule raison ?

— Eh bien, il doit venir à Washington le mois prochain et il aimerait me voir.

— Maman, tu rougis !

Jean sourit à sa fille, trop heureuse que la complicité soit rétablie entre elles. « Diane est gentille, se dit-elle. Quand j'avais son âge je lui ressemblais comme deux gouttes d'eau. »

— Tu devrais faire enlever ce petit grain de beauté sur ton cou, lui conseilla sa mère. L'opération s'effectue sans douleur et en quelques secondes dans le bureau du médecin.

Diane lui lança un regard irrité :

— J'ignorais que c'était aussi visible !

Pour paraître particulièrement élégante devant sa mère, elle avait choisi ce matin-là de porter un luxueux pull de mohair émeraude à col bateau et un pantalon de laine et de soie gris. Juste sous l'encolure, elle avait piqué une de ses toutes nouvelles créations : une broche torsadée en or sertie d'émeraudes. Fidèle à elle-même, sa mère avait remarqué le grain de beauté plutôt que la broche, se disait-elle avec une certaine amertume.

— Ce n'est pas si évident, la rassura Jean. Je l'ai remarqué parce que, lorsque j'avais ton âge, j'en avais un identique. Je l'ai fait enlever parce que ça me gênait quand je portais certains types de corsage. Il ne faut pas s'inquiéter pour ça, tu sais.

— Je n'étais nullement inquiète. Peux-tu imaginer que j'ai en tête en ce moment des soucis bien plus graves qu'un grain de beauté ?

— Oui, je comprends. Je ne sais d'ailleurs pas pourquoi j'ai abordé ce sujet. Je pensais seulement que tu es très belle...

Diane était exaspérée. Elle déposa les tasses dans le plateau et prit la direction de la cuisine :

— Le café est froid. Je vais en préparer d'autre.

« Fais confiance à ta mère pour mettre le zoom sur la moindre imperfection », rageait Diane en arpentant la cuisine pour se calmer les nerfs. Cependant elle finit par admettre que sa colère soudaine avait un autre objet. Le téléphone avait résonné pour sa mère, pas pour elle. Elle n'avait pas eu de nouvelles de Peter Frost depuis trois jours. Elle se demandait si elle entendrait encore parler de lui et, le cas échéant, quelle décision elle prendrait. Sa mère avait de la chance. Comme son mari était mort, elle n'était pas enfermée dans un dilemme moral : prendre ou ne pas prendre un amant. Alors elle s'accouda sur le comptoir et éclata de rire, consciente de sa mauvaise foi.

Elle avait à peine commencé à mesurer le café qu'elle entendit claquer la porte d'entrée. La voix de Julia retentit dans toute la maison :

— Grand-maman ! Qu'est-ce que tu fais ici ?

Diane s'obligea à compter jusqu'à dix. Elle voulait adopter une attitude raisonnable. À six toutefois, elle s'élança dans le living-room :

— Julia !

L'expression de la jeune femme s'assombrit si manifestement, quand elle se tourna vers sa mère, que celle-ci se sentit écrasée sous le poids de la culpabilité en même temps que la colère montait en elle.

— Bonjour, maman.

Diane prit place à côté d'elle sur le canapé :

— Montre-moi tes poignets.

— Maman !

Diane attrapa les bras de sa fille et les retourna. De simples pansements antiseptiques étaient collés juste sous l'articulation de la main. Diane sentit son estomac se nouer. Elle retira un pansement. Une coupure rouge d'un peu moins de trois centi-mètres de long marquait l'intérieur du poignet de Julia à un endroit où ni l'artère radiale ni la veine bleu foncé n'avaient pu être atteintes.

Julia n'avait jamais vu le visage de sa mère tourner si rapi-dement au gris, ni être noyé par une telle douleur. Tout éclat, toute lumière avait disparu de ses traits. Elle lui parut soudain vieille, assez vieille pour mourir.

— Maman, je regrette, murmura Julia en ravalant ses larmes. Je ne voulais pas t'inquiéter. J'ai mal agi. Je le sais maintenant. J'étais tellement... je n'ai pensé à personne d'autre qu'à moi.

Diane tenait toujours les poignets de sa fille dans ses mains et elle serrait si fort qu'elle pouvait sentir le pouls battre sous ses doigts :

— Dis-moi seulement, Julia. As-tu vraiment voulu mourir ?

— Non ! cria Julia en secouant la tête avec exaspération. Je ne voulais pas mourir. Je n'en ai jamais eu l'intention. J'étais seulement... Oh ! je ne sais pas, maman, je crois seulement que j'ai un peu perdu la tête.

— Aimerais-tu rencontrer un psychiatre pendant quelque temps ? Ou un conseiller ?

— Maman ! s'écria Julia en riant. Non !

Pour l'instant, l'inquiétude de sa mère l'ennuyait. Elle déga-gea ses mains :

— Laisse-moi respirer un peu. Je n'ai pas besoin de psy-chiatre. Il fallait seulement que je laisse échapper la vapeur. J'ai besoin de Sam et de rien d'autre.

— J'apprends que tu veux te marier, l'interrompit Jean pour la tirer d'embarras.

— Ah oui ! grand-maman. J'aime tellement Sam ! Et il m'aime.

— Où se trouve-t-il ?

— Il est allé voir ses parents. Nous avons cru préférable que je parle à maman et à papa seule, d'abord. Je ne veux pas dire seule sans toi, grand-maman. Je suis contente de te trouver ici.

— Si vous vous épousiez maintenant, Sam et toi, comment organiseriez-vous votre vie ?

— Eh bien, Sam terminerait ses études. Il veut s'inscrire en chimie, à l'université. Quant à moi, j'ai pensé me trouver du travail à Middletown.

— Quel genre de travail ? demanda Diane, qui devinait déjà la réponse.

— Dans un restaurant, ou chez un traiteur.

Diane regarda fixement Julia sans parler.

— Avant de commencer à travailler, peut-être accepterais-tu de faire un voyage avec moi, suggéra Jean. À Moscou.

— À Moscou ?

L'offre avait éveillé l'intérêt de Julia.

— Oui. Un très vieil ami à moi m'a invitée à visiter Moscou au printemps. J'ai demandé à ta mère de se joindre à moi et j'aimerais bien que tu nous accompagnes.

— Moscou ! C'est sensationnel ! J'adorerais y aller. Comment se fait-il que tu aies un vieil ami à Moscou ?

— Eh bien, c'est plutôt compliqué... C'est une longue histoire, Julia.

— Je veux savoir !

— As-tu faim, Julia ? intervint Diane.

— Oui, maman, j'ai faim.

— Je vais préparer des sandwichs.

Diane retourna à la cuisine. Elle percevait l'éclat de leurs voix et de leurs rires, mais elle ne pouvait pas toujours distinguer qui, de sa mère ou de sa fille, elle entendait. Elle colla son front contre le carreau d'une fenêtre et apprécia la fraîcheur du verre sur sa peau. Elle prêta l'oreille au bruit du vent qui rageait dehors. La mélancolie s'empara d'elle. Elle se sentait lourde et sans énergie, comme il lui était déjà arrivé plusieurs fois. Depuis qu'elle savait que sa fille était saine et sauve, elle n'avait plus eu de ces décharges d'adrénaline qui la poussaient à l'action. Au contraire, la fatigue finissait par avoir raison d'elle.

Faisant un effort pour bouger, elle ouvrit le réfrigérateur et sortit de la salade, des tomates, des courgettes et du brocoli. Elle ferait des sandwichs et trancherait des légumes frais qu'on mangerait avec une trempette. Julia adorait les légumes. Diane devait l'admettre, sa fille lui faisait bonne impression. Et pourtant, quelques jours seulement auparavant, elle avait tenté de se trancher les poignets ! Diane savait qu'il lui faudrait beaucoup de temps, des semaines, des mois et peut-être des années avant de se remettre des émois qu'elle venait de vivre, avant d'être capable d'entendre sonner le téléphone sans sursauter, avant d'être suffisamment sûre que sa fille orienterait sa vie vers des avenues moins inquiétantes.

C'est alors que Julia entra dans la cuisine en coup de vent :

— Je meurs de soif !

Elle sortit un berlingot de jus du réfrigérateur et un verre du placard. À cet instant Diane aurait aimé lui arracher le verre des mains, la saisir par les épaules et la secouer jusqu'à ce qu'elle demande grâce. Elle aurait voulu hurler : « Promets-moi que tu ne recommenceras jamais ça ! Jure-moi que tu ne voudras jamais plus essayer de mourir ! »

Mais elle savait que personne ne pouvait prendre un engagement aussi définitif. Elle remarqua à quel point Julia avait l'air détendue et resplendissante. Elle se rappela comment sa mère réussissait encore parfois à la rendre heureuse. Cela s'était d'ailleurs produit le matin même. Elle dit donc à sa fille :

— Julia, tu es tellement belle !

Celle-ci, comblée de joie, s'exclama :

— Oh ! merci, maman ! Je me sens belle aussi.

Alors, spontanément, le verre dans une main et le berlingot dans l'autre, elle l'étreignit d'une façon aussi touchante que gauche :

— Je t'aime, maman.

Puis elle retourna vite rejoindre sa grand-mère dans le living-room.

Diane resta interdite. Était-ce vraiment aussi facile d'accepter tout bonnement sa fille telle qu'elle était, se demandait-elle ?

Devrait-elle désormais renoncer à la couver et à la rappeler constamment à l'ordre ?

Le téléphone sonna. Diane décrocha, convaincue que Jim appelait pour savoir si Julia était arrivée.

— Diane ? Peter Frost.

— Oh ! bonjour !

Son cœur s'était mis à battre plus vite.

— Votre fille est-elle passée vous voir au cours du week-end ?

— Oui. Elle vient juste d'arriver.

— C'est une bonne nouvelle. Mais je ne veux pas vous arracher à elle.

— Vous ne dérangez d'aucune façon. Ma mère est ici également. Elle est arrivée d'Helsinki hier. Elle tient un petit conciliabule avec Julia. Je suis en train de préparer le lunch.

— Tout le monde va bien, alors.

— Plus que bien. C'est la grande forme. Peter, ma mère va peut-être renouer avec Erich Mellor. Elle se propose de voyager en Russie au printemps. Elle est absolument rayonnante.

« Et je le suis aussi », ajouta-t-elle dans sa tête. Elle ferma les yeux et se laissa bercer par la voix de Peter.

— Tant mieux pour elle. Mais je ne veux pas vous retenir. J'ai beaucoup pensé à vous.

— Moi aussi.

Pendant un long et délicieux moment, ils furent liés l'un à l'autre dans un silence aussi doux qu'un baiser.

— Je voudrais vous revoir. Je peux venir à Boston mardi. Pourrions-nous déjeuner ensemble ?

— Oui.

— Je vous rappellerai quand mes plans seront arrêtés. Nous pourrions peut-être aller quelque part sur la côte.

— Je connais un restaurant à Marblehead, suggéra-t-elle.

— Si le temps le permet, nous nous promènerons sur la plage.

Elle s'imagina en train d'embrasser Peter au bord de l'océan.

— C'est une excellente idée.

— Je vous vois mardi, alors.

— Oui.

— Au revoir, dit-il comme s'il lui répugnait de raccrocher.

— Au revoir, répéta-t-elle à regret.

Elle déposa le récepteur et resta là à regarder fixement le téléphone. Elle était sur le point de s'engager dans une aventure et elle se sentait complètement, terriblement et délicieusement heureuse. Quand elle releva la tête, elle remarqua comment un nuage qui s'était scindé en deux laissait un rayon de lumière zébrer sa cuisine. Pendant un moment, les insignifiants électro-ménagers lui parurent magiques. Le vent rassembla les nuages et sa cuisine retomba dans l'ombre.

Elle se mit alors à l'œuvre. Elle prépara des sandwichs et des crudités qu'elle disposa sur un plateau. En entrant dans le living-room, elle entendit Jean raconter à sa petite-fille l'histoire de ses jeunes années à Washington et de sa rencontre avec Erich Mellor. Julia buvait ses paroles. Diane remarqua que sa fille avait le sourire de sa grand-mère. Elle s'installa confortablement dans un fauteuil et les regarda affectueusement l'une et l'autre. La paix enveloppa la pièce.

Récemment parus
dans la même collection

Bernstein, Marcelle	*Corps et Âme*
Carr, Robyn	*Désirs troubles*
Conran, Shirley	*Crimson*
Delinsky, Barbara	*Le Jardin des souvenirs*
Delinsky, Barbara	*Le Mystère de Mara*
Erskine, Barbara	*Le Secret sous la dune*
Flanigan, Sara	*Fleur sauvage*
Gage, Elizabeth	*Tabou*
King, Tabitha	*Chaleurs*
King, Tabitha	*Contacts*
King, Tabitha	*L'Histoire de Reuben*
King, Tabitha	*Traquée*
Llewellyn, Caroline	*Les Ombres du passé*
Miller, Sue	*Au nom de l'amour*
Norman, Hilary	*Fascination*
Norman, Hilary	*Hedda ou la Malédiction*
Norman, Hilary	*Laura*
Roberts, Nora	*Ennemies*
Spencer, LaVyrle	*À la recherche du bonheur*
Spencer, LaVyrle	*Qui j'ose aimer*
Whitney, Phyllis A.	*La Disparition de Victoria*

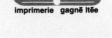

imprimerie gagné ltée

IMPRIMÉ AU CANADA